UMA HISTÓRIA DE AMOR
Agridoce

UMA HISTÓRIA DE AMOR

Agridoce

LOAN LE

TRADUÇÃO:
ANA BEATRIZ OMURO

Diretor-presidente:
Jorge Yunes

Gerente editorial:
Luiza Del Monaco

Editor:
Ricardo Lelis

Assistente editorial:
Júlia Tourinho

Suporte editorial:
Juliana Bojczuk

Estagiária editorial:
Emily Macedo

Coordenação de arte:
Juliana Ida

Designer:
Valquíria Palma

Assistente de arte:
Daniel Mascelani

Gerente de marketing:
Carolina Della Nina

Analistas de marketing:
Heila Lima, Flávio Lima

A phở love story

© Editora Nacional, 2022
Copyright © 2021 by Loan Le
Publicado mediante acordo com a Simon & Schuster Books For Young Readers, um selo da Simon & Schuster Children's Publishing Division.

Todos os direitos reservados. Nenhuma parte desta obra pode ser reproduzida ou transmitida por qualquer forma ou meio eletrônico, inclusive fotocópia, gravação ou sistema de armazenagem e recuperação de informação sem o prévio e expresso consentimento da editora.

1ª edição — São Paulo

Preparação de texto:
Marina Taki Okamura

Revisão:
Lorrane Fortunato, Lavínia Rocha

Diagramação:
Marcos Gubiotti

Ilustração de capa:
Alex Cabal

Design de capa:
Laura Eckes

Adaptação de capa:
Vitor Castrillo

DADOS INTERNACIONAIS DE CATALOGAÇÃO NA PUBLICAÇÃO (CIP) DE ACORDO COM ISBD

L433h   Le, Loan

         Uma história de amor agridoce / Loan Le ; traduzido por Ana Beatriz Omuro. - São Paulo, SP : Editora Nacional, 2022
         320 p. ; 16cm x 23cm.

         Tradução de: A pho love story
         ISBN: 978-65-5881-096-4

         1. Literatura vietnamita. 2. Romance. 3. Ficção juvenil. I. Omuro, Ana Beatriz. II. Título.

                                                                CDD 895.922
2020-331   CDU 821.597

Elaborado por Odílio Hilário Moreira Junior - CRB-8/9949
Índice para catálogo sistemático:
1. Literatura vietnamita 895.922
2. Literatura vietnamita 821.597

NACIONAL

Rua Gomes de Carvalho, 1306 - 11º andar - Vila Olímpia
São Paulo - SP - 04547-005 - Brasil - Tel.: (11) 2799-7799
editoranacional.com.br – atendimento@grupoibep.com.br

Este livro é dedicado a:

Meus pais, Phung Le e Dong Pham
Amo muito vocês

Minha irmã An Le
Amo você e tenho orgulho de ser sua irmãzinha

Meu irmão Dan Le
Ainda te amo.

Nota da autora

Antes de fugir do país, minha família vivia em Nha Trang, uma belíssima cidade litorânea no centro-sul do Vietnã. Cresci falando o dialeto do sul vietnamita, mas, considerando a localização de Nha Trang, algumas palavras podem refletir uma mistura das regiões central e sul. Por exemplo, chamo meu pai de *Ba* e minha mãe de *Mẹ*, enquanto alguns leitores talvez chamem os seus de *Bố* e *Má*. As comidas citadas neste romance também refletem os pratos comumente consumidos na minha família.

1

Bảo

Molho hoisin não é tinta.

Precisamos de uma placa que diga isso, porque nossos clientes não entendem. A obra mais recente é uma estrela deformada na parede. Nota cinco de dez, na minha opinião. O pai da criança provavelmente olhou duas vezes, arrancou a garrafa do filho e então pagou a conta, saindo antes que Mẹ pudesse notar. Para ser sincero, não é como se o molho deixasse nossa parede pior, só é difícil de limpar depois de seco. Mas eu tento, de verdade — na maioria das vezes.

Vários parentes dos dois lados da família me observam de seus retratos manchados de água, que ficam pendurados ao redor do restaurante.

Eu me sento e olho para as cinco mesas à minha frente que ainda preciso limpar, mas o calor está insuportável e o ventilador principal, o ventilador bom, quebrou na semana passada. Hora do intervalo. Tiro os grãos de arroz grudados no meu avental. Mais tarde, tenho certeza de que vou encontrar alguns que, de alguma forma, acabam indo parar dentro dos meus sapatos no final de cada turno. No lado oposto, Việt, meu melhor amigo, segue no mesmo ritmo que eu. Ele usa protetores de ouvido, provavelmente para bloquear a trilha sonora estilo *Paris by Night* que vem do cômodo dos fundos: músicas repetidas sobre a Guerra do Vietnã, amor, guerra, pobreza, guerra.

Việt é a pessoa mais caótica que conheço. Em um dia comum, ele gosta de passar o tempo tagarelando sobre a mais recente série de investigação criminal em que ficou viciado. Penso nisso como uma troca: é ele quem sofre com a minha fascinação por palavras estranhas. Certa vez, ele estava limpando uma janela da frente pelo lado de dentro e, sem querer, estraguei o trabalho dele e adicionei mais riscos do que havia antes. Eu vinha mencionando a palavra "defenestrar", o que o fez me ameaçar calmamente com aquela mesma palavra.

Ba está atrás da bancada, batendo números na caixa registradora, depois enfiando recibos em um espeto para papel. Imagino que a rotina seja satisfatória para ele.

A porta da frente se abre e o sino destrói a lentidão do restaurante, trazendo mais do ar quente e pegajoso para dentro. Minha mãe chama a atenção de dois outros garçons desocupados que vagam pelo salão. Pego a toalha e tiro brotos de feijão, talos de ervas sem folhas e embalagens de canudinhos com o formato de pequenos acordeões. Mẹ avança pelo cômodo. Ela derruba suas sacolas plásticas de supermercado no caminho em direção à cozinha, furiosa. Todos abrem caminho para ela; conhecem o temperamento de Mẹ. Mas a expressão de Ba é tão indiferente quanto a que ele exibe nas fotos do casamento deles nos anos 2000: fria como pedra.

Minha mãe golpeia a bancada com um pedaço amassado de papel diante dele.

— Ahn, você sabe o que eles estão fazendo do outro lado da rua?

Sem erguer os olhos, falando com sua calculadora, ele pergunta:

— Você trouxe mais molho sriracha?

— Voltando para cá, vi esses pôsteres feios por todo lugar.

— Teve uma liquidação. Você comprou na liquidação?

As conversas dos dois são sempre assim: desalinhadas. Um "como vai?" respondido com "não muito".

— Em postes de iluminação e janelas por toda a avenida Bolsa!

O som de vidro estilhaçando vem da cozinha nos fundos. Os cozinheiros começam a culpar um ao outro, misturando espanhol e vietnamita. Minha aposta: foi Bình. Aquele cara é pior no trabalho dele do que eu.

Mẹ ignora o barulho.

— Duas pelo preço de uma. Duas tigelas de phở pelo preço de uma. *Trời ơi.* — Apenas uma família consegue deixá-la tão irritada desse jeito. Ela pausa. — Eles estão tentando roubar todos os nossos clientes. Por que Ahn não está preocupado?

Ba bufa.

— O phở deles não é bom. Eles nunca colocam sal o suficiente.

Agora *isso* eu não posso confirmar. Nunca coloquei os pés no restaurante dos Mai, não sei nem o que pode acontecer se eu fizer isso. Provavelmente minha mãe deceparia minhas pernas.

Talvez eles tenham feito um dos garçons se passar por cliente...

Mẹ concorda com a cabeça, reconsiderando sua preocupação. Depois de um momento, ela diz:

— Duas tigelas de phở pelo preço de uma. Quem quer comer phở lạt? — Ela ri da própria piada sobre a falta de tempero no phở dos Mai. Ba se junta a ela.

Ultimamente, a preocupação dos dois com os Mai tem aumentado, provavelmente porque eles não param de descobrir as mudanças que a outra família tem feito, mudanças que parecem ser respostas diretas aos nossos ajustes. Nós recentemente instalamos novas persianas de madeira que bloqueiam a luz do sol — só porque parece que eles trocaram as persianas também.

Minha mãe foca em mim.

— *Con đang làm gì đó?* — Ela revira os olhos para as minhas mesas. — Por que as mesas ainda estão sujas?

— Ainda não terminei de limpar.

— Por que não? Ele terminou. — Mẹ aponta para o lado oposto.

Olho para lá, onde está Việt...

E pisco. As mesas estão brilhando, e os espelhos estão sem manchas de dedo e — sim — sem manchas de molho. O cara é tipo um *Flash* asiático.

— Ah, fala sério! — resmungo.

— *Giỏi quá!* — diz ela para o traidor.

— *Cảm ơn* — Việt responde sem qualquer traço de sotaque, embora tenha nascido aqui.

Minha mãe se vira novamente para mim.

— Vai logo! — Ela aponta um dedo para mim. — E arruma o cabelo! Está todo bagunçado.

Não consigo evitar; meu cabelo tem vida própria.

O pôster que Mẹ mostrou para o meu pai flutua até o chão atrás dela. Curioso, eu o pego, passando por Việt. Depois de me certificar de que minha mãe já está bem longe, dou-lhe uma cotovelada.

— Puxa-saco.

Việt me dá um soco no estômago.

— Preguiçoso.

Uma história de amor agridoce

Finjo não morrer; ele sempre foi mais forte do que eu.

Việt vai para o salão dos fundos. Olho para o panfleto. Não sei como uma coisa dessas pode ser considerada feia. Ele é incrível. Não há outra palavra para descrevê-lo. Apenas muito legal, com uma espécie de colagem que retrata o Vietnã antigo e moderno: uma mulher, que usa um vestido branco tradicional de seda e um chapéu cônico, pisca para a câmera. Dá para ver o sol e a praia — que me lembram de Nha Trang, a cidade natal dos meus pais — ardentes atrás dela. Um avião acima da mulher escreve nas nuvens os dizeres OH MAI MAI PHỞ: DOIS PELO PREÇO DE UM. Com esse tipo de publicidade da família Mai, meus pais deveriam se preocupar com a *nossa* publicidade. Não temos uma Linh na nossa equipe.

Olho pela janela. Como se o pôster a invocasse, Linh aparece; ela está vindo da rua Larkin. Linh entra correndo no restaurante, com o cabelo todo bagunçado e sua bolsa-carteiro enorme, que ela leva para todo lugar, batendo em suas longas pernas. Sobre a entrada e abaixo de um beiral no estilo de um templo, pende uma bandeira do Vietnã do Sul igual à nossa — amarela com três faixas vermelhas —, que tremula ao receber Linh. Ela é sempre um borrão colorido — indo para a aula, disparando pelos corredores de La Quinta quando o sinal toca, correndo para o restaurante às 15:30.

Eu a vejo, mas não sei quase nada sobre ela. Talvez seja bom ela estar constantemente em movimento, porque, se ela parasse, talvez nós fôssemos obrigados a falar um com o outro. E não fazemos isso desde que éramos crianças.

Hipoteticamente, um templo budista não é lugar de insultos ou ameaças ou um potencial banho de sangue.

Ao longo da vida, fui ao templo esporadicamente, mas o dia em que conheci Linh é o mais memorável, por muitas razões, tirando o fato de ter encontrado o resto dos Mai e ficado *beeem* próximo de testemunhar um derramamento de sangue diante de Ông Phật.

Antes de conhecer Lihn, nunca havia visto outra criança de sete anos perfurar papel com um giz de cera. Repetidamente. Nós estávamos na sala onde os voluntários *chùa* cuidam das crianças enquanto os pais vão fazer suas preces, ou pelo menos ter um momento de silêncio.

Os meus estavam conversando com amigos no andar de cima. Havia mesas com tinta, macarrão, cola e papel, e outra mesa com giz de cera e canetinhas. Não sei bem por que — talvez porque dava menos trabalho —, fui até a mesa com giz.

As outras crianças estavam sentadas bem longe porque tinham medo de que Linh pudesse brigar com elas. Mas a expressão em seu rosto era calma e concentrada — até mesmo satisfeita — e, quando garantiu que todos os gizes estavam completamente sem ponta, ela ergueu o papel branco, triunfante. Eu era o que estava mais perto dela, então ela mostrou para mim.

Os pontos formavam uma imagem completa: grama verde, sol amarelo e um conjunto de balanços vermelhos e azuis.

— Uau — eu disse, como qualquer criança asiática de seis a oito anos com um cabelo de tigela diria.

— É o parquinho da minha escola — respondeu ela, orgulhosa.

— Você consegue desenhar o Homem-Aranha?

Naquela época, era a única coisa que importava para mim.

— Talvez. Não consigo lembrar como ele é. Preciso de alguma coisa para olhar.

— Eu tenho um! Posso ir pegar!

Eu havia trazido minha mochila de Homem-Aranha, mas estava no andar de cima em uma estante com nossos sapatos. Saímos correndo da sala, escapando dos voluntários, que não tentaram realmente nos pegar. Lá em cima, no andar principal, os membros do templo estavam servindo tigelas de phở *chay* e uma senhora de cabelos brancos acenou para pegarmos uma tigela de sopa vegetariana.

Linh pegou sua tigela com tudo o que minha família sempre me ensinou a usar: molho hoisin, manjericão tailandês e broto de feijão. Aquilo me mostrou que ela conhecia phở; que ela *vinha* de phở. Isso foi confirmado quando nós dois experimentamos o phở ao mesmo tempo e dissemos "ECA". Salgado demais. Largamos nossas tigelas, rapidamente, depois seguimos até o nosso destino.

Só me lembro de correr. Estava atrás de uma garota que mal conhecia, mas eu realmente queria aquele desenho de Homem-Aranha. Antes que pudéssemos chegar à minha mochila, porém, a voz afiada de Mẹ soou. Aquela que ainda invoca séculos de mães vietnamitas furiosas. Eu congelei. Nossas famílias estavam em lados opostos da sala, com Buddha no centro, aceitando presentes e agradecimentos dos visitantes.

Linh e eu fomos pegos no meio. Esperei que Buddha ganhasse vida, interrompesse como um árbitro, e ordenasse — enquanto o chão vibra com força —: "Preparados? LUTEM!".

Mas nada daquilo aconteceu.

A mãe de Linh deu um passo à frente, como se estivesse marcando território. A filha mais velha e o marido estavam logo atrás dela.

— Đến đây — minha mãe disse para mim.

Achei que ela estava brava comigo por correr em um templo. Não consegui dizer não e, quando me juntei a ela, segurou minha mão com força. Ba ficou atrás, e me lembro de ficar confuso com a fúria mal contida em seu rosto, tão diferente de sua passividade costumeira.

Depois disso, eles nos arrastaram para longe um do outro.

— Você ainda não terminou suas mesas.

A voz de Ba no balcão da frente me arranca das minhas memórias. Ainda estou parado perto das janelas, mas percebo que o céu está um pouco mais escuro e os postes estão começando a ligar. O ruído das conversas no restaurante enche meus ouvidos.

— Por que você está com esse panfleto?

— Desculpa — digo. — Estava pensando em como é feio. Mẹ tem razão. — Caminho até a lata de lixo mais próxima, com uma mão sobre ele.

A história do templo poderia ter sido mantida como uma memória descontraída, perdida e empoeirada como um livro velho no porão. E eu de fato cheguei a esquecê-la; Linh era apenas uma das muitas crianças que eu havia conhecido e nunca mais vi — melhores amigos por uma hora ou duas, em vez de para sempre.

Então a família de Linh abriu um restaurante na frente do nosso, cinco anos atrás, e eu sabia que era ela. Sabia que ainda desenhava, porque ela carregava o portfólio consigo para todo lugar, quase tão grande quanto ela.

Eu também sabia que não podia chegar perto dela sem correr o risco de sofrer com a ira da minha mãe. O desdém ficava claro na sua voz sempre que ela falava sobre *aquele* restaurante, como se fosse uma pessoa.

Ouvi dizer que aquele restaurante paga mal os funcionários.

Aquele restaurante é ligado a uma gangue; afinal, eles acabaram de se mudar de San Jose.

Aquele restaurante chantageou Bác Xuân, expulsou o homem da loja dele.

Essa última razão talvez seja o motivo pelo qual os vizinhos não os aceitaram tão facilmente a princípio. Bác Xuân basicamente ajudou a área a florescer, conectando seus colegas donos de negócios às pessoas certas. Pode-se dizer que ele era amado. Acho que o círculo de amizades da minha mãe não facilitou nada as coisas para *aquele restaurante* — lobos sociais que comandavam vários estabelecimentos na área: como a Casa de BBQ de Lien Hoa, salões de beleza e até uma agência de viagens. Naquela época, publicidade não era muito comum, então os elogios de uma daquelas mulheres eram garantia de sucesso. Ou você ganha um *dở ẹc* ou um *cũng được*, sendo que o último é o mais próximo que dá para chegar de "ótimo" em termos de elogios em vietnamita. O grupo delas é liderado por Nhi Trưng, uma mulher mais velha que constantemente gostava de se exibir dizendo que seu nome é semelhante ao de uma das líderes militares mulheres que se rebelaram contra a dominação chinesa séculos atrás — conforme descobri na Wikipedia. Como se isso fosse impressionar alguém atualmente. Penso nela como a General, embora a Nhi Trưng da vida real fosse a filha do general.

Ela tinha um motivo especial para odiar os Mai: ela sempre gostara do ponto de Bác Xuân e dizia que ele tinha mais movimento. Aposto que ela estava planejando pegar o lugar logo que surgisse a primeira oportunidade.

Felizmente, as fofocas mudam e a atenção de algumas pessoas dura pouco. Agora, o restaurante dos Mai se tornou um estabelecimento comum como o nosso. Mas isso não impede a veia competitiva da minha mãe.

Meus pais — minha mãe, na verdade — agora são mestres na arte dos desencontros, conhecendo todos os horários dos Mai: de quando eles fecham até quando vão para casa. De certa forma, os horários deles se tornaram os nossos. Somos figurantes nas histórias uns dos outros.

Enquanto olho para o pôster nas minhas mãos, porém, me pergunto se é possível mudarmos nossos roteiros. O que aconteceria se nossas famílias ficassem cara a cara como daquela vez no templo? O que eu e Linh diríamos um ao outro?

— *Tại sao mày đứng đó vậy?*

— Desculpa! — grito para minha mãe. De volta ao trabalho.

Dobro o pôster de Linh e o guardo no bolso, sem saber por quê.

2

Linh

— Talvez eu só não faça o SAT outra vez. Talvez só largue a escola agora e me torne a próxima grande romancista americana.

Lanço à minha melhor amiga, Allison, meu olhar de *"Você está me irritando de novo"*, já que esta é a terceira vez que ela me interrompe enquanto trabalho no meu atual rascunho.

— Fala sério — digo.

— Não, sério. Qual é o sentido do SAT? Não tem nada aqui que a gente possa aplicar na vida real. — Ela enrola o cabelo cacheado cor de mel com um dedo. Seu pé chuta meu tornozelo esquerdo. — E as suas pernas estão no meu espaço outra vez.

Eu as dobro só um pouquinho mais, mas não há muito que eu possa fazer nesta mesa.

— Você vai se sair bem. Já foi bem na primeira vez. E daí que a sua pontuação em matemática não foi perfeita? Ainda assim foi ótima. E você vai arrasar na redação, senhorita editora-chefe. Sei disso.

— E você vai arrasar em tudo. Porque você é Linh Mai, porra! — exclama Ali.

Ela finge tomar um gole raivoso de seu *cà phê sữa đá*, e a condensação deixa uma poça ao seu lado. Desde o sexto ano, sempre tomamos café gelado para dar conta da montanha de lição de casa que temos. O último ano do ensino médio acabou de começar, mas eu já sinto que estou enterrada.

Um pouco do meu café cai na mesa, encharcando as bordas do meu bloco de desenho cor de creme. Não o limpo. Ouço a voz da sra. Yamamoto na minha mente, dizendo *"Se você quer ser uma artista, vai precisar fazer bagunça"*. Foco no meu rascunho.

O horário em que o restaurante fecha é, na verdade, uma ótima hora para desenhar. O assento vazio ao meu lado equilibra meus lápis Prismacolor. Minha borracha, uma mistura feia de todas as cores que venho usando, está ao lado deles. O rascunho não está tão ruim assim. A tarefa: *Desenhe suas memórias*. Instruções: *Por que diabos eu devo dizer pra vocês o que fazer?* Ou pelo menos é isso que Yamamoto sempre diz para a turma na aula de artes.

Estou desenhando uma cena na praia, lembrando a vez em que Ba me ensinou como boiar, onde Mẹ me ensinou a "cozinhar" com areia e a brincar de faz de conta enquanto eu cavava buracos côncavos na areia e despejava água neles para fazer *bánh bèo ngọt*, um doce cozido no vapor que você pode segurar na palma da mão e comer.

Minha irmã mais velha, Evelyn, ficou debaixo da sombra do guarda-sol, lendo — dentre todas as coisas — um livro sobre o esqueleto humano. Adivinha quem está agora estudando Biologia na Universidade da California, em Davis?

A ponta do meu lápis de cor quebra enquanto faço a sombra de uma área debaixo do guarda-sol.

— O que você está desenhando? — pergunta Ali, estendendo o braço sobre o livro do SAT para tocar o rascunho, mas rapidamente dou um tapa na mão dela para afastá-la. — *Meu Deus*, você é um monstro quando desenha, sabia?

Puxo meu bloco de desenho de volta.

— Ainda não está pronto.

E não vai ficar se eu continuar perdendo o foco, ou deixar Ali me distrair com seu papo.

E é isso que ela faz de melhor.

Por sorte, estou acostumada. Ali é figurinha carimbada no restaurante depois da escola e, por anos, fomos eu, Evie e Ali, e nada realmente mudou, a menos que você conte o fato de que agora Ali rouba o último rolinho de ovo, sempre me lançando um sorriso perverso.

Houve um período em que os pais dela estavam em processo de divórcio e, por mais forte que ela fosse, sua casa era um campo de batalha. O divórcio eventualmente se concretizou, e tudo está mais estável agora. Ela voltou a ser a Ali que gosta tanto da minha arte que sempre precisa dar uma espiadinha nela. Ela diz que um dia nós vamos dominar o mundo — ela como escritora, eu como artista.

— O que o seu pai tem hoje? — Ali aponta com o queixo para a frente do restaurante, onde Ba ocupa sua própria mesa.

A luz jorra das janelas da frente, transformando seu cabelo normalmente grisalho em um branco ofuscante. Ele está fazendo os cheques da semana, mas continua olhando para o restaurante dos Nguyễn. O melhor palpite é que ele está espionando eles. Ba é estranho assim.

— Sei lá.

É impossível os Nguyễn *não* verem ele. Meu pai não é a pessoa mais discreta ou astuta; todas as partes dele — seu jeito de andar, de respirar — fazem barulho. Minha mãe, por outro lado, é o oposto. Ela entra e sai de todo evento social, de qualquer cômodo, de qualquer conversa, como um fantasma. Mas ela é mais barulhenta quando cozinha; os temperos e sabores em seu phở, *bún bò* e *bún riêu* são seu jeito de anunciar: "*estou aqui*".

Nosso plano de fazer uma promoção de duas tigelas pelo preço de uma combina o talento de Ba para publicidade e as habilidades culinárias de Mẹ, ou pelo menos é isso que diz Ba. Mas já estou sofrendo com a enxurrada de pessoas que vai aparecer. Já temos uma equipe pequena, tivemos que dar adeus a três garçons que se formaram e foram fazer faculdade. Contratamos substitutos, mas parece que apenas um deles vai continuar.

Antes que eu me dê conta, Ba aparece na nossa mesa. Ele coloca um prato de rolinhos de ovos quentes e crocantes que Mẹ mandou da cozinha. Ali literalmente suspira, como se já não tivesse comido trocentos deles durante o tempo em que nos conhecemos.

— *Cảm ơn*, Ba.

Ele pega meu rascunho e o avalia.

— *Con vẽ này hả?* — ele pergunta calmamente. Concordo com a cabeça e ele abaixa o queixo, demonstrando reconhecimento. Sei que vê que consigo desenhar. Ele não teria me pedido para fazer os panfletos se não ao menos aprovasse meu trabalho. — Você já fez sua lição de casa?

— *Dạ*, Ba.

Ba balança a cabeça, satisfeito, e vai para a cozinha.

Houve um tempo em que eu levava para casa todos os meus trabalhos de arte da escola, durante o primário e o fundamental, e eles os pegavam e os penduravam na parede. Um desenho de flores em um vaso ainda enfeita a parede da cozinha ao lado da porta de vaivém. Eu sabia que eles tinham orgulho.

Mas o ensino médio é diferente. Durante o meu primeiro ano, clientes assíduos costumavam vir todos os dias, atualizando meus pais sobre os filhos que foram para Harvard, ou ganharam um prêmio de prestígio, ou se formaram com honras, ou lhes compraram uma casa. Foi então que meus pais realmente começaram a prestar atenção às minhas notas — aquelas que realmente importavam e podiam me fazer entrar em uma boa faculdade.

Por volta do final do terceiro ano, levei para casa uma prova de física que gabaritei apenas porque estudei a noite toda, deixando de lado um trabalho de artes que estava fazendo na época. A prova valia muita coisa. Mẹ mencionou minha nota a um cliente regular que falou de uma sobrinha que era boa em física e agora trabalhava como engenheira. De alguma forma, aquela ideia ficou na cabeça deles, e meus pais têm insistido na engenharia como um caminho para mim desde então.

Nunca havia visto eles tão entusiasmados.

— Você já contou para eles? — Ali me tira dos meus pensamentos. Ela está me observando. Ela é uma das poucas pessoas que consegue adivinhar o que estou sentindo, me ler instantaneamente.

— Sobre tomar um café com Quyền Thành? Não, isso já está decidido. Não posso voltar atrás agora.

Meus pais não costumam pedir favores de clientes regulares ou amigos. É assim que funciona: se alguma coisa no restaurante está quebrada e um amigo se oferece para consertar, eles recusam. O mesmo amigo aparece com uma caixa de ferramentas apesar disso, e meus pais relutantemente o deixam entrar. Quando todas as coisas estão consertadas, eles se oferecem para pagá-lo, mas o amigo protesta e vai discutindo até a porta.

Nesse caso, um envelope com dinheiro talvez apareça misteriosamente debaixo do tapete da porta do amigo, ou nos bolsos do casaco que ele pendura dentro do restaurante.

Mas meus pais haviam pedido um favor quando Evie estava decidindo para qual faculdade ir, e ligaram para alguns amigos de amigos para ajudar com opiniões e comentários. Dessa vez eles usaram outro favor, marcando um cafezinho com aquela sobrinha de um cliente que era engenheira. Eles me disseram que seria uma oportunidade para fazer perguntas e aprender mais sobre o "meu futuro".

Como posso dizer não?

— Con — chama Ba. Ele está quase entrando na cozinha, mas acena para a frente onde uma família de quatro pessoas espera para se sentar. Assumo meu papel de garçonete, algo que faço desde o primeiro ano e mesmo antes disso. Quando nós havíamos acabado de abrir o restaurante, lembro de seguir os outros atendentes, armada com meu próprio bloco de notas e caneta (ou era um giz?), e os clientes me agradavam com sorrisos.

— Mesa para quatro? Sem problemas. Venham comigo, por favor. — Conduzo a família a uma das mesas do centro, até que Jonathan, o mais competente dos novos funcionários, agilmente entra em cena.

Volto para minha mesa com Ali. Ela está mastigando a ponta do lápis, empacada em um artigo que está escrevendo.

Mesmo agora, meus pais lamentam Evie estar a um dia de viagem de distância, em vez de estar em casa. Evie era a melhor atendente entre nós, calma e serena em serviço. Organizada. Mẹ nunca tinha que pedir para Evie encher os *dispensers* de guardanapo ou as garrafas contendo *tương phở*, porque eles provavelmente já estavam cheios.

E ela é definitivamente mais carismática, como Ali, com os outros clientes. Ninguém diz nada, mas sei, pela forma como eles perguntam sobre Evie, que alguns clientes antigos devem estar decepcionados por eu tê-la substituído — eu, que preferiria mil vezes ficar na minha mente ou na frente de uma tela. Sempre dizem aos meus pais como eles devem ter orgulho dela.

— Logo, logo, ela vai ser médica — os clientes dizem afetuosamente. Então olham significativamente para mim. — E talvez você possa fazer o mesmo.

Talvez em outras famílias isso teria funcionado. Quer dizer, eu e Evie temos apenas dois anos de diferença, mas uma pessoa que não nos conhece bem diria que fomos criadas por duas famílias diferentes.

Mencionar que quero cursar qualquer coisa remotamente criativa? Impossível. No primeiro ano, quando a ideia de fazer algo relacionado à arte havia acabado de vir à minha mente, tínhamos uma cliente cuja filha não podia ser mais perfeita. Só tirava nota máxima, era ativa em todas as áreas da vida, e seu cabelo estava sempre preso em um coque perfeito. Ela também era uma das melhores alunas no time de dança e naturalmente decidiu cursar dança na faculdade. Supostamente, o pai foi mais leniente, e por isso ela conseguiu até, sei lá, *viver* depois de anunciar a decisão. A reação da mãe, por outro lado, permanece comigo: "Às vezes, eu quero morrer! Ela vai ser pobre a vida inteira. Nunca vai dar certo".

E minha mãe simplesmente a consolou como se ela tivesse perdido uma filha, concordando com cada palavra. A mulher e a filha costumavam ser próximas; agora a garota é uma coreógrafa e raramente vai para a casa dos pais. Sempre que a mãe aparece no restaurante, a solidão irradia dela em ondas.

Olho ao redor do restaurante, pousando os olhos nas partes familiares que compõem um lugar que tem sido uma segunda casa por anos: nosso altar vermelho que recebe os clientes; nosso altar particular nos fundos, onde o teto ficou preto de fuligem depois de tantos anos acendendo incensos para preces; as pessoas que vêm aqui para o café da manhã, almoço e jantar, as pessoas que meus pais já conhecem há muito tempo, de quando viviam em um campo de refugiados, que aparentemente lembram de tudo sobre mim quando eu era criança, mesmo que não me lembre delas. Eu vivo as confundindo.

Não há nada de ruim. Não há nada de *errado*, na verdade.

Mas não parece o suficiente. Há alguma coisa que me impele a ir um pouco mais longe daqui. Será que só estou sendo egoísta?

Ali se levantou para alongar as pernas. Ela está parada perto da janela com Ba e começou a conversar com ele. É a cara dela ir falar com alguém que não gosta de conversar. Carisma que vai e vem. Ali ri de alguma coisa, mas Ba parece sério. Deixo meu rascunho e me junto a eles, curiosa.

— Eu posso entrar lá, sabe. Fingir que sou uma cliente e roubar umas receitas.

Ba não responde imediatamente. Até parece que ele está considerando aquela ideia. Reviro os olhos.

— Ba, sem chance.

Qualquer coisa que os Nguyễn façam, nós temos que fazer melhor. Eles abaixam o preço do *chả giò* para quatro dólares por dois rolinhos, e nós temos que cobrar três dólares e cinquenta centavos pelo mesmo número de rolinhos de ovo. Eles têm cinco sabores de *sinh tố*; nós temos seis. Nunca sei quem está ganhando.

Meus pais ainda estão tentando alcançar os outros comerciantes da região, como os Nguyễn, ainda cientes de como foi difícil abrir um restaurante novo no lugar de um que, para todos os efeitos, parecia bem-sucedido.

Eu me lembro de Bác Xuân, o dono anterior, visitando nosso antigo apartamento em San Jose sempre que tinha um fim de semana livre — dando uma passadinha depois de ver sua única filha e seus quatro netos. A mais velha, Fay, vai se casar no fim do outono. Lembro da lentidão com que ele entrou em casa e suspirou satisfeito ao afundar na nossa única poltrona La-Z-Boy confortável. Disse para os meus pais que queria se aposentar e que sua filha, que fora colega da minha mãe em um salão de beleza onde ela trabalhou, sempre elogiava o phở dela.

Se você faz um bom phở, pode abrir esse restaurante, ele havia dito.

As coisas aconteceram tão rápido depois disso. Nós nos mudamos. Fui transferida para outra escola. O restaurante abriu... e de repente eu estava a apenas alguns passos de distância do garoto que havia me pedido para desenhar um Homem-Aranha para ele. Teria sido uma boa coincidência, e poderia ter feito um amigo — se ao menos meus pais não tivessem deixado bem claro que eu jamais deveria chegar perto daquele lugar.

— *Gia đình đó thì dữ lắm, lại rất là xấu.*

— Mas de que jeito eles são ruins?

— Eles não pagam nada para os funcionários. Eles devem muito dinheiro para os fornecedores. Eles...

— Apenas nunca se envolva com eles — minha mãe interrompeu meu pai, algo que ela raramente faz.

Sei que os vietnamitas gostam de julgar uma pessoa com base na família inteira e, para os meus pais, os Nguyễn são péssimos, mas Bảo é um mistério para mim. Ele está lá, mas ao mesmo tempo não está. Em quatro anos de ensino médio, com mais de 2.500 alunos na escola, não tivemos uma aula sequer juntos. É como se a administração da escola soubesse da rivalidade e tivesse conspirado para nos manter distantes.

E o ensino médio vai ter terminado antes que eu perceba e vamos levar vidas ainda mais discrepantes.

— Sr. Mai — diz Ali, fingindo um tom sério —, estou mais do que disposta a espionar seu inimigo se isso for ajudar os negócios. Só me diga quando. — Ela volta para a nossa mesa para pegar suas coisas. — Acho que vou para casa agora. Estou com o prazo apertado. — Ali coloca a mochila nas costas, grunhindo ao sentir o peso dos livros. Ela para ao lado do *pass through* e coloca a cabeça dentro dele. — Posso levar um pouco de caldo, sra. Phạm?

Dica para conquistar minha mãe: chame-a pelo nome de solteira, que ela manteve em vez de pegar o de Ba. — Minha mãe está *morrendo* de vontade de comer phở.

Pronúncia perfeita, graças a mim.

É como se você estivesse confuso e perguntasse "Hã?", só que com um f.

Ah. Entendi. No tom que meio que dá uma volta, certo? Mas também é tipo como se você estivesse dizendo a palavra "fã".

Certo, isso, você entendeu.

Em vietnamita, meu pai murmura, impressionado e confuso, sobre como ele nunca viu uma *mỹ trắng* — uma pessoa branca — comer phở tantas vezes por semana.

Ouço o sorriso contente da minha mãe em sua voz:

— É claro!

Com o cabelo preso em um coque frouxo — com um lápis, algo que nunca aprendi a fazer —, Mẹ vem dos fundos, esfregando uma mão no avental. Ela oferece a Ali um cilindro de plástico cheio de caldo caseiro de frango e osso de bife, nossa marca registrada.

Ali agradece, radiante:

— Ótimo! Muito obrigada, sra. Phạm!

Nós duas observamos Ali sair do restaurante até Mẹ exclamar:

— Ali é tão *dễ thương*! — Ela tem orgulho de eu ter uma amiga que gosta da comida dela.

Ba balança a cabeça.

— *Con đó khùng.*

Eu rio. De acordo com meus pais, Ali ou é fofa ou é um pouco estranha. Vou ficar do lado do meu pai dessa vez.

— Você não vai comer? — Mẹ aponta para os rolinhos.

Se eu disser que não estou com apetite para eles agora, ela vai ficar preocupada.

— Vou, daqui a pouco.

Lembrando da reação de Ba ao meu rascunho, fecho o bloco e o guardo na minha mochila, fazendo o papel lá dentro farfalhar.

A sra. Yamamoto me deu aquele panfleto dois dias atrás. É o anúncio de uma mostra no Asian Art Museum que vai ficar lá por apenas uma noite e uma manhã. A obra de Chang Dai-Chien será exibida, doada por seus familiares vivos. Ele foi um dos primeiros a elevar pinturas em tinta nanquim e viajou o mundo todo antes de focar em aperfeiçoar a arte de pinturas budistas. Yamamoto achou que eu me interessaria. Ela sempre me diz como parece que gosto de capturar memórias — em vez de retratar algo que esteja posando diante de mim — nas minhas obras.

— Apenas vá lá dar uma olhada — disse ela no final da aula.

Eu já estava atrasada para o trabalho e saí correndo porta afora depois de pegar o panfleto com um agradecimento apressado. Mas, enquanto o olhava na volta de La Quinta, logo soube que não poderia perder a exposição.

Mẹ desaparece, depois volta da cozinha com sua própria tigela de phở. Ela gosta de comer antes do movimento do jantar. Meu interior suspira ao sentir o aroma: anis-estrelado, canela, os tons terrosos de frango e ossos de bife. Ela o adorna com manjericão tailandês picado e brotos de feijão fresco, umas gotinhas de limão aqui e ali, e completa com uma espiral generosa de molho hoisin, brilhoso sob nossas luzes. Uma obra de arte.

— Lindo, não é? — Ela inspira, com um pequeno sorriso no rosto. Mẹ fala mais alto quando cozinha, e é mais feliz quando come. Eu a amo por isso. Quero que ela continue sempre assim.

Ela fica triste às vezes — são manhãs em que não deixa o sol entrar, com as persianas da janela fechadas de modo que apenas lascas de amarelo conseguem passar. Ela afunda a cabeça no travesseiro, com as têmporas cobertas por gotinhas de *dầu xanh* para amenizar sua dor de cabeça. Odeio o cheiro. Ele me faz lembrar de doenças e dores no estômago, porque era isso que usavam em mim quando eu era criança. Nesses dias, é Ba quem cozinha. O jantar é sempre um simples *canh sườn bí*, que sempre tem menos sal do que deveria, e nunca chega aos pés da comida de Mẹ.

É sempre pior no aniversário da fuga dela em 1983 ou quando o aniversário de morte de algum parente se aproxima. O relato de Mẹ sobre sua fuga de barco para as Filipinas é um verdadeiro pesadelo. Cresci ouvindo essas histórias. Não sei bem o porquê — uma lição, talvez? Como se fosse um jeito de dizer *"Ei, olha só o inferno que eu passei para que você tivesse uma boa vida"*. Mas será que uma criança de oito anos deveria ter sonhos sobre um mar completamente escuro e um barco lotado com trinta e nove pessoas, incluindo bebês esfomeados aos prantos?

Não é depressão, eu acho. Às vezes, ela simplesmente desliga. É só isso. Como se estivesse se lembrando de alguma coisa e não conseguisse tirar aquilo da cabeça.

Ajuda quando ela liga para minha tia, sua irmã seis anos mais velha, a que ficou no Vietnã. Ela havia planejado fugir com minha mãe, junto com os primos mais velhos. Mas os oficiais a pegaram, então ela insistiu que minha mãe seguisse em frente, confiando nos primos dali em diante. Eles eventualmente chegaram a um campo de refugiados em Palawan, nas Filipinas. Minha tia não ficou detida no Vietnã por muito tempo, e talvez tenha subornado as autoridades para sair.

Mas ela entendeu na época que não teria tanta sorte da segunda vez.

Mẹ diz que eu a lembro de Dì Vàng porque nós duas gostamos de desenhar. Minha tia nos visitou quando morávamos em San Jose. Eu tinha cinco anos. Me lembro de pensar que ela era como uma pintura colorida que ganhou vida e, quando vi uma obra de Kandinsky na minha aula de teoria da arte no segundo ano — uma de suas *Composições* —, pensei: *é ela*. Kandinsky sempre falava sobre uma conexão entre ele e o observador, sobre como o papel do artista era não apenas mexer com seus sentidos, mas também provocar sua alma.

Quando minha mãe e minha tia se falam no telefone, sei que tudo vai ficar bem. Elas cuidavam uma da outra no Vietnã — desde que meus avós faleceram quando minha mãe tinha onze anos — e ainda cuidam uma da outra agora. Os quase catorze mil quilômetros entre elas são insignificantes.

Mẹ sorri quando um jovem casal entra — vietnamita, pela forma como ela os cumprimenta. Ba os conduz a uma mesa. Carisma ativado. Ele já está falando sobre a promoção de phở, entregando-lhes meu panfleto junto do cardápio. O mais recente esquema de marketing de papai talvez funcione, mas vai ser um inferno trabalhar durante essas noites. A promoção vai atrair um monte de outras pessoas vietnamitas, que foram treinadas por suas mães munidas de đũa a comer o que está na frente delas, *depois* comer um pouco mais mesmo que já estejam cheias.

A visão do panfleto atiça alguma coisa na minha mente.

— Quando é mesmo?

— Hm?

— O Dia do Phở — *ou seja lá como vocês o chamam*.

— É 30 de setembro, lembra? Vamos precisar da sua ajuda nesse dia.

Até três semanas atrás, estávamos sem três garçons e garçonetes. Julia, Kingston e Huy estavam um ano na minha frente e foram para a faculdade. Mas dizer que os novos funcionários estavam ajudando seria uma mentira completa. Jonathan era apenas decente. Lisa, a recepcionista, fica facilmente ansiosa. E Tài tem dedos escorregadios.

Recosto na minha cadeira. Parte do ar no estofado escapa.

É claro que vai ser no dia 30 de setembro. O mesmo dia da exposição.

— Evie vai voltar para ajudar?

Minha irmã me mandou uma mensagem outro dia e uma longa sequência de fotos de seu quarto no dormitório, uma selfie com sua nova colega de quarto e uma vista do amanhecer no campus depois de uma corrida matinal.

Talvez, se ela voltar, ela possa ajudar como costumava fazer, e eu possa dar uma saidinha...

Minha mãe franze o cenho.

— Con, você sabe que sua irmã está ocupada com a faculdade.

E quanto a mim? Eu estou ocupada. Tenho outras coisas para fazer. Tenho uma vida.

Mas não posso dizer essas coisas.

— Ah, é mesmo. Verdade.

Mẹ suspira enquanto mistura seu phở.

— Eu sei que não é a melhor situação. Sei que não é assim que você quer passar seu tempo. — Tento protestar, mas ela apenas acrescenta: — Você não é tão difícil de decifrar. Seu rosto sempre me diz tudo. Eu simplesmente sei. Mas nós queremos que isso dê certo. Precisamos que isso dê certo. Ou então seu pai vai ficar emburrado por dias.

Ela olha de soslaio para Ba, que está levando os pedidos do casal para a cozinha.

Não há a menor chance de eu ver a exposição. Chance nenhuma.

Coloco uma mecha de cabelo atrás da orelha. Mordo meu rolinho de ovo. Encharcado.

3

Bảo

Eu me arrependo de muita coisa na vida, e sei que, nesse ritmo, vou me arrepender de muitas outras. Mas meu arrependimento número um *agora* é fazer jornalismo como eletiva. Astronomia, a aula mais fácil que um aluno do último ano pode fazer, já estava cheia. Việt teve sorte de entrar. Eu achava que jornalismo era a segunda mais fácil. Desde o primeiro ano, o *Hawkview* vive cheio de palavras cruzadas, sudoku e jogos de "Encontre a diferença", e sempre acabava enfiado em latas de lixo do banheiro ou do refeitório.

Então Allison Dale se tornou editora-chefe. Juro, ela é mais rígida do que qualquer jornalista do *Los Angeles Times*. Allison nem sequer *faz* essa aula — o último período dela é de estudo livre, o que significa que ela tecnicamente pode ir embora mais cedo, mas não faz isso. Embora essa seja nossa primeira aula de jornalismo, Allison já está esperando que a gente saia atrás de notícias grandes, como a vez em que o time de xadrez roubou o dinheiro de sua campanha conjunta com o time de damas — como Allison descobriu isso, não faço ideia.

O orientador, Ben Rowan, devia se impor com mais frequência, mas ele parece mais uma babá superestimada. Rowan deixa Allison comandar tudo no jornal. Ele é o tipo de cara que parece dizer "desculpa" toda hora.

Estamos no final da nossa reunião editorial sobre o andamento das reportagens. Decido ficar na minha e tentar não cair no sono, já que é o fim do dia letivo. Mas uma parte de mim ainda está se recuperando de ser encurralado por nerds do teatro na feira de clubes durante o almoço. Traumático. Eles estavam demonstrando algum tipo de jogo em círculo no pátio, mas, para mim, parecia que eles estavam tentando invocar demônios. Outros clubes eram menos intimidadores. Aparentemente há um novo clube de TikTok? Eu até consegui evitar a Associação de Estudantes Vietnamitas.

A presidente, Kelly Tran, ainda não me perdoou por ter perdido a hora e não aparecer em um dia de voluntariado de sábado durante o segundo ano. Na verdade, foram três.

A sala do jornal costumava ser uma sala de artes, então as paredes têm pôsteres sobre ética jornalística e um retrato ampliado de Woodward e Bernstein posando juntos na juventude — não sei de onde isso veio —, mas também uma pia funda com um gotejar irritante e jarros com tintas verde neon e amarelas que sobraram do semestre passado. Computadores da Apple rodeiam todo o perímetro da sala, todos adormecidos. Fico basicamente em silêncio porque não tenho nada para mostrar. Esqueci meu artigo sobre as próximas excursões da escola.

Meio que esqueci.

A verdade é que eu comecei a escrevê-lo. Sério mesmo. Conversei com as pessoas que a Allison me disse para procurar: os motoristas de ônibus, os professores e uns alunos aleatórios que ela encontrou em algum lugar, e anotei tudo o que eles tinham a dizer — nada interessante, é claro.

Mas, assim que comecei a digitar durante a última a aula, minhas palavras pararam de fazer sentido. Lembro de, naquele momento, pensar: *Qual é o sentido disso? Alguém vai ler isso?* Então minhas palavras e frases congelaram na tela até nada mais sair, e fiquei empacado tentando encontrar um jeito de uni-las e formar alguma coisa remotamente razoável.

Enquanto isso, todos ao meu redor estavam focados, digitando sem parar, colocando suas histórias naquelas "pirâmides" ou qualquer coisa que Rowan nos ensinou quando as aulas começaram.

Então digo que "esqueci" meu artigo, e Rowan apenas suspira...

Ele acabou de escrever Perdedor *no bloco dele?*

Sinceramente, não sei de onde Allison tira energia. O que ela come? O que os pais dela *fizeram* com ela? Ela está no meio das mesas, que foram reunidas em um quadrado perfeito. Allison é mais como um leão no zoológico encarando os curiosos. Seu cabelo está preso em uma trança. Penso em Katniss Everdeen.

Ela estreita os olhos para mim. É claro que ela sabe que menti, que na verdade odeio escrever. Por que ela não diz nada? Eu me contorço.

Vejo ela nos corredores da escola com Linh. E se Linh fala sobre mim ou minha família — e que histórias ela ouviu? Talvez ela e o resto dos Mai lance dardos em fotos nossas. Isso explicaria por que Allison parece estar pensando em uma forma de meticulosamente me assassinar e esconder meu corpo.

— Certo. Já que você não tem nada sobre o que escrever, vou te encarregar das revisões. Você tem um *Manual de Estilo da Associated Press*?

Faço que não com a cabeça.

Plaft. Allison joga um tomo, que cai na minha mesa.

Marcas de dedo mancham a capa brilhante.

— Obrigado — resmungo.

Ótimo. A única coisa que eu já editei foi o cardápio do restaurante, onde a letra *"s"* sumiu misteriosamente dos substantivos no plural. Eu só os acrescentei de volta, embora achasse que eles pareciam estranhos.

Finalmente, o foco de Allison se volta para um aluno chamado Ernie, que cheira a chiclete de menta, embora nunca masque chiclete. Ele mexe nos óculos arredondados, que caem sobre seu nariz. Olhar para ele me deixa ansioso.

— Ernie, você está dois dias atrasado no artigo sobre o escândalo da reciclagem. Onde está?

— O sr. Allen ainda não me respondeu.

Pelo que me lembro, o sr. Allen, professor de biologia marinha, foi pego colocando lixo comum em sua lata de reciclagem. Pela própria Allison. Aparentemente, isso é um "escândalo".

Allison suspira.

— Você falou com ele?

— Mandei um e-mail.

— Quero que você vá atrás dele, certo?

— C-certo — gagueja ele.

— Espera a turma dele sair. Mostra para ele que tenho provas de que ele quebrou as regras.

— Espera aí, Allison, você guardou o conteúdo de uma *lata de reciclagem*? — interrompe Rowan.

Ela parece confusa.

— Sim, por quê?

Ela está falando sério?

Rowan começa a rir, mas esconde o riso atrás de uma tosse.

— Ótimo. Um jornalista sempre precisa de provas. — Ele sacode o braço para revelar o relógio de pulso debaixo das mangas. — Por que não encerramos essa reunião agora e vamos ao trabalho? Bão, aqui tem uma coisa para você começar a revisar. Tente terminar. — Ele me oferece uma pasta de arquivos, me levanto e pego.

Tente?

Babaca.

Ainda temos mais de meia hora sobrando e Rowan acha que eu não consigo revisar um artigo de quinhentas palavras. Ignorando o insulto, ele volta para sua sala contígua à redação.

Allison empurra uma carteira com o quadril, criando uma saída. Ela chama Luigi, chefe de redação, de lado, para pensarem em uma forma de substituir o que costumava ser a seção de tirinhas. Aparentemente, o desenhista apareceu em uma aula, recebeu uma tarefa de Allison, e depois mudou para a aula de design gráfico.

Começo a ler o artigo de Allison sobre bullying e como nossas estatísticas se comparam às estatísticas do país. Ela sabe escrever, sabe quando disse o bastante, sabe quando inserir os detalhes. Ela é boa. Ela cita Hal, o zelador que é um dos principais defensores de políticas antibullying mais fortes, porque vê as coisas acontecendo nos corredores o tempo todo, e Allison o descreve tão bem que é como se ele estivesse bem ali na sala, apoiado em seu esfregão, com um olhar atento para os agressores.

Só conserto algumas vírgulas e começo um novo parágrafo quando um deles parece longo demais. Na última frase, porém, eu paro. Leio a oração várias e várias vezes e ela só parece... estranha para mim. Não consigo dizer exatamente o que é, então deixo minha caneta parada sobre ela. Um ponto vermelho sangra pela página. E Allison provavelmente não vai gostar do fato que estou questionando — mesmo que seja um pequeno trecho — o artigo dela.

O sinal do corredor nos dispensa, felizmente. Allison berra o próximo prazo para artigos. Quando ela passa por mim, devolvo seu artigo.

— Ficou muito bom.

Então estou livre. Só que não, porque tenho que trabalhar.

— Espera.

Eu me viro.

— Você está mentindo. — Ela olha para o papel... para o pontinho vermelho que eu deixei. — Você hesitou aqui. Por quê?

É desconcertante ver uma garota da minha idade usar o mesmo olhar fulminante que a minha mãe.

— Não sei.

— Como assim não sabe? — questiona ela.

Agora ela está me irritando. Pego o papel de volta e o golpeio.

— Talvez seja bom tirar essa palavra e trocar por um adjetivo. Eu só acho que você precisa de uma palavra mais forte. Além disso, ela se repete no começo do artigo.

Uma longa pausa cai entre nós. Juro que consigo ouvir o *tique-taque* do relógio. *Eu disse isso mesmo?*

— Obrigada — diz Allison. Ela parece estar tentando conter uma careta.

Pego minhas coisas. Minha adrenalina está a mil, como se tivesse acabado de correr uma maratona. Eu me sinto bem — é bom estar certo sobre alguma coisa para variar.

Sou o único que sobrou na sala, então saio... e colido com uma pessoa.

— Desculpa! — diz uma garota.

Linh.

— Ah, não, tudo bem.

Minha boca parece entorpecida. Não consigo encontrar mais nenhuma outra palavra por causa do jeito como ela está me olhando, indecisa, de olhos arregalados... tudo que provavelmente estou sentindo bem agora.

Faço a única coisa na qual consigo pensar:

Fujo.

4

Linh

— Ei, o que você está fazendo aqui? — pergunta Ali ao sair da sala 436 com sua mochila.

Mechas de cabelo se soltaram de sua trança, mas ela as joga para o lado rapidamente. Não esperava vê-la, porque sabia que tinha um período de estudo livre; ela deveria estar em casa agora, o que me dá inveja só de pensar. Eu daria qualquer coisa para ter um intervalo antes de ir para o trabalho. Um tempo em que pudesse apenas pensar e não estar rodeada de pessoas, como fico o dia todo.

— Pegando tinta para Yamamoto — respondo.

Quando cheguei ao estúdio no andar de cima, ela gritou dos fundos, me pedindo para passar na antiga sala de artes porque havia deixado algumas coisas lá durante a mudança.

Pensando que todos já haviam esvaziado a sala àquela altura, passo pela porta... e colido com Bảo. Ele arregala os olhos.

— Desculpa!

Por que soo como uma criancinha esganiçada? Ele é uma cabeça mais alto do que eu, o que não deveria me surpreender — puberdade e tudo mais —, mas, como sempre o vi do outro lado da rua do restaurante, nunca reparei em sua altura.

— Ah, não, tudo bem.

Ele passa por mim, depois quase dispara pelo corredor, longe de nós. Longe de mim. O que não deveria me incomodar tanto, já que provavelmente faria o mesmo se estivesse no lugar dele, mas incomoda. Olho para Allison para ver se ela reparou na interação estranha (ela geralmente repara em coisas desse tipo), mas, surpreendentemente, ela está observando Bảo, com a aparência de quem tem algo a dizer.

— Não sei se gosto desse cara.

— Do Bảo?

Localizo a tinta amarelo-canário na pia e a pego enquanto Allison fala comigo.

— É, ele mesmo. Por um lado, é claramente preguiçoso e está pouco se fodendo para o jornalismo. Por outro, ele encontrou um erro no meu artigo que até *eu* deixei passar.

— Ah, uau, ele encontrou um *erro* — digo, debochando.

Caminhamos juntas pelo corredor até a sala de artes. Com o encerramento das aulas no fim do dia, está tudo caótico. Cotovelos e ombros me acertam, e os cheiros de Axe, suor e perfumes doces da Victoria's Secret me atingem de uma vez só. Música pop e rap em volume alto flutuam dos fones dos meus colegas. Professores caminham apressados com as cabeças abaixadas e desviam de alunos que fazem TikToks aleatórios.

— É sério! O Rowan leu, tipo, três vezes. O Bảo tem um bom olho. Mas não acho que ele se importe. Ou saiba. O que é irritante.

— Os pais dele são donos do restaurante da frente, sabe?

Já contei a Allison sobre a disputa em geral, como na verdade não faz sentido e tudo o mais, mas nunca cheguei a mencionar Bảo. Ou a vez em que brincamos juntos no templo. Algumas coisas não valem mencionar; elas soam e parecem melhores como memórias presas dentro do seu cérebro.

— Mentira! Ele é *aquele* Nguyễn? Não me admira vocês dois terem surtado. — Sorrio. Eu sabia. Mesmo que ela não tenha reagido na hora, é claro que percebeu. — Isso é uma tragédia. Até que ele é bonitinho. E mais alto que você, o que é bom.

Bom? Ela não explica como.

— Uma hora, você diz que odeia ele...

— Obviamente você não está escutando. Eu disse que não *sei* se gosto dele. Mas sei apreciar a estética de alguém.

— Estética?

— Ah, fala sério. Aquele cabelo?

Silenciosamente, concordo.

A sala de Yamamoto é uma floresta de cavaletes, com telas brancas de todos os tamanhos e pinturas em andamento. Este lado da escola recebe a melhor iluminação, não apenas para desenho, mas também para alimentar as plantas pendentes perto das janelas. Yamamoto está mais perto dos fundos, sentada de pernas cruzadas em um banquinho.

Mesmo assim, ela consegue parecer completamente relaxada. Com o nariz praticamente encostando na tela, ela dá batidinhas em seu trabalho atual com uma esponja molhada. Sua bochecha está coberta por uma faixa de tinta verde-floresta.

Quando eu era criança, uma pessoa de ascendência asiática tatuada não era um conceito familiar, então conhecer alguém como ela foi muito legal. Ela também não está posando; as tatuagens combinam com ela. É alguém que pode dizer a palavra "merda" sem nenhum problema.

— Aqui — digo, entregando-lhe a jarra.

— Ah, perfeito. Amarelo-canário, exatamente o que eu precisava. — Ela a coloca no chão. — Como vai o meu antigo covil?

— É estranho ver todos os computadores lá. E a sala parece menor.

— É o que acho também. Sabe, apesar de eu ter reclamado bastante no semestre passado, a mudança foi uma coisa boa, na verdade. Olha para todo esse espaço! — Ela abre os braços. Rio porque amo quando ela sorri. Não que ela seja superséria em aula, embora tenha autoridade para ser. Mas, quando somos só nós duas, ela age como uma irmã mais velha, só que sem os fatos biológicos estranhos e desnecessários que Evie gosta de comentar.

Ela bate as palmas:

— Tá. Deixa eu ver.

Deixo-a olhar minha tarefa de casa outra vez. Acabei terminando o desenho depois do trabalho, à meia-noite. É nesse horário que geralmente faço minha arte — com uma luminária de mesa como única fonte de luz e música eletrônica com baixos pesados nos ouvidos. Assim, me sinto tranquila e concentrada.

— E aí, você vai à exposição?

Mudança de planos.

— Espera, o quê?

Ela abaixa meu bloco de desenho e eu sigo o movimento. De repente, a conversa está se voltando para mim.

— No museu que falei. Seria bom para você. Você realmente deveria ir.

— Ah, sim. Acho que vou — minto, mordendo os lábios.

— Seus pais não sabem. — Uma afirmação, não uma pergunta.

O panfleto que fiz flutua de volta para minha mente. O 30 de setembro me assombra. Suspiro.

— Não. Ainda não perguntei para os meus pais.

Yamamoto sabe um pouco sobre a minha família e como é trabalhar em um restaurante, já que ela teve um pouco dessa vivência. Durante metade de sua infância, a mãe foi dona de um restaurante *fusion* japonês antes de se aposentar. Mas, como os pais dela também eram artistas, ela não consegue se identificar verdadeiramente com meu dilema.

Eu me apoio nos cotovelos, escutando enquanto ela continua sua crítica. Yamamoto compartilha comigo a mesma língua. Não há mais ninguém no mundo que consiga me ensinar sobre luz e sombra e como elas caem sobre os objetos. Ba dificilmente ficaria parado por tempo suficiente para observar sombras. Ele só pensaria nisso como um desperdício de tempo. *"Ba không có thì giờ!"*, que na verdade é sua desculpa de sempre para evitar coisas que ele prefere não fazer, então ele vai consertar alguma coisa quebrada em casa ou lidar com os afazeres do restaurante. Minha mãe *ama* isso.

E, nas poucas vezes que conversei sobre a aula de arte com a minha mãe, há algumas palavras e sentimentos que não consigo traduzir para o vietnamita. Por exemplo, laranja é *màu cam*, mas também existem o laranja-queimado e o laranja-cidra. Traduções diretas não funcionam.

Meu celular vibra no meu bolso, estourando a bolha que envolve Yamamoto e eu.

— Ai, desculpa. Estou atrasada para o trabalho.

— Tudo bem, mas espera. — Yamamoto atravessa a sala até sua mesa e retira um envelope da gaveta. — Sei que já falei disso antes, mas quero garantir que você não vai esquecer.

O *Scholastic Awards*. Todo ano, alunos de ensino médio inscrevem seus melhores trabalhos de arte e redação. Há premiações locais, depois as nacionais, chamadas de Gold Keys, com os melhores no ramo como jurados, e o vencedor recebe reconhecimento no Carnegie Hall em Nova York, e até algumas bolsas de estudo.

— Estou te falando. Fica de olho nisso. Você tem uma chance.

— Sério?

Yamamoto sorri.

— Absolutamente. E olha, talvez isso ajude seus pais a verem o valor no que você está fazendo. Eles não podem dizer não a dinheiro. Mas o primeiro passo é: veja a exposição, sim? Sei que você tem muitas coisas com que se preocupar, mas não quero que se esqueça de si mesma. E do que *você* quer. Este é o *seu* ano.

— Sim, pode deixar. — O temor se instala no fundo do meu estômago, e o olhar pesado de Yamamoto nas minhas costas me empurra pela porta, até o corredor.

5

Bảo

— *Con ăn giống như mèo* — diz Mẹ.

De acordo com ela, estou comendo como um gato agora. Olho para a refeição diante de mim: um *bánh xèo* quase terminado em uma tigela, flutuando em *nước mắm*. É meu quinto prato em vinte minutos. Outras vezes, Mẹ me acusa de comer muito igual a Ba.

Três horas atrás, meus pais estavam na cozinha checando seus números na loteria, com uma concentração digna de cientistas trabalhando em uma cura revolucionária. Depois que todos os bilhetes falharam em exibir números vencedores, eles os colocaram em uma pilha que vai para a "gaveta de tudo" no quarto deles. Fica *tudo* lá: chaves que não se encaixam em tranca nenhuma; cortadores de unha; remédios receitados para colesterol alto (que eles trocam às vezes, e tenho certeza de que não deveriam fazer isso); e fotos minhas em várias idades. Mẹ olhou pela porta telada da cozinha:

— Ah, olha, está chovendo. — Ela assentiu para si mesma. — É um dia bom para comer *bánh xèo*.

— Hm — disse Ba, concordando, antes de descartar outro bilhete perdedor.

E aqui estamos nós.

Por que *bánh xèo* é tão saboroso quando chove? Toda vez que pergunto isso para os meus pais, eles sempre começam a explicar — "*Tại vì...*" — e então alguma outra coisa rouba sua atenção. Inventei minha própria explicação. Não sei se existe uma razão científica, mas sei que *bánh xèo* é como um bom fogo quando o asfalto lá de fora está molhado e o ar está carregado de terra e cimento. Descobri uma palavra para esse cheiro: "petricor". Nesse tipo de clima, nada é mais saboroso do que farinha de arroz, amarelada com pó de açafrão, cozida até ficar crocante e recheada com barriga de porco macia, camarão e broto de feijão em uma mega mordida.

Pensando que precisamos de outra travessa, Mẹ desaparece lá fora com sua capa de chuva, fisgando outra porção. Ruidosamente, ela abre a porta telada, retornando com um sorriso bobo. Um *báhn xèo* perfeitamente cozido chia no prato. Meia hora atrás, meu corpo reagiria com um "Aí, sim". Ela gesticula para nossas tigelas, cheias de *nước mắm* salgado, e deixa aquelas belezinhas afundarem.

Ba pede um deles, mastigando seu pedaço, como se dissesse "*Manda ver, mulher*".

— Como vai a escola? E as inscrições para a faculdade? — pergunta Mẹ.

Inexistentes, responde meu cérebro, mas digo:

— Tudo bem.

Fizemos nosso tour ano passado, visitando majoritariamente faculdades estaduais para que seja mais barato. Com minhas notas, talvez eu consiga entrar em algumas delas, mas não há nenhuma garantia. Pelo menos meus pais sabem disso.

— Só mantenha notas boas e não reprove.

— Pode deixar.

Mẹ suspira outra vez.

— Con, você tem alguma ideia do que quer fazer? Que curso escolher?

— Mẹ, ainda falta, tipo, um ano.

— Mas não é melhor saber agora?

— Vários alunos vão para a faculdade indecisos. É perfeitamente normal.

— Dì Nhi — a General — disse que o filho dela sabia de cara que queria fazer aulas preparatórias para o curso de Medicina antes de ir para Stanford.

— Mas isso não é a mesma coisa que fazer faculdade.

— Eu sei! O que quero dizer é que ele sabia o que queria fazer.

Mudo de posição quando percebo que estou sentado exatamente como a minha mãe, com uma perna dobrada sobre a cadeira. Estico as duas pernas e cruzo os braços. Mas então noto que é assim que Ba se senta.

— Um ano passa rápido — continua minha mãe.

— Estou pensando em muitas coisas. — Estranhamente, a aula de jornalismo de hoje vem à mente. A sensação de segurar a caneta, de ver as mudanças que fiz na página, o momento em que fiz Allison calar a boca pelo menos uma vez. Nunca havia me sentido daquele jeito antes.

— Pensar não é a mesma coisa que fazer! — Ela se recosta e se vira para Ba. — Ahn, fala para ele.

— Ừ — diz ele, concordando. Minha mãe o encara com reprovação, provavelmente esperando que ele diga alguma coisa mais inspiradora.

Ela solta um longo suspiro sofrido.

— Mẹ se pergunta que curso Việt está planejando fazer.

Considerando como ele gosta de ver séries de TV sobre crimes e sua quase obsessão por entrar na aula de ciência forense, eu imaginava que essa era a intenção dele. Mas ele nunca chegou a falar alguma coisa, embora isso não deva ser um problema para ele. O cara não estuda e provavelmente nunca estudou, porque seus poros apenas absorvem todo o conhecimento em uma página.

— Não sei. Pergunta para ele da próxima vez que o ver.

— Việt é tão inteligente. — Minha mãe balança a cabeça, aprovando.

— Brilhante — concorda Ba.

— Os pais dele devem ter muito orgulho.

Não é a primeira vez que me pergunto se meus pais seriam mais felizes se Việt fosse filho deles. Seus olhos praticamente brilharam quando ele foi mencionado.

Irritado, digo:

— Talvez vocês possam adotar ele.

— Con — diz minha mãe, adoçando a voz de um jeito que me incomoda. É quase como se ela estivesse suplicando. — Só achamos que você pode fazer qualquer coisa. E que você precisa *cố gắng* — ela pausa para inspirar.

Aqui vamos nós.

— Sabe, con, quando nós morrermos...

— Mẹ — imploro.

— Quando nós morrermos...

— Daqui, sei lá, cinquenta anos!

Mẹ fala mais alto.

— Ba Mẹ só querem que con seja capaz de se sustentar. Mas isso significa tentar — ela gesticula para si e para Ba, que balança a cabeça como se estivesse confirmando, *"Sim, eu vou morrer, filho"*. — Con não sabe a sorte que tem. Quando Mẹ chegou nesse país, lá em 1982, Mẹ era três anos mais nova que você. Só *mười bốn tuổi! Không biết* o que ia acontecer. Mas Mẹ aprendeu. Mẹ se adaptou. Com Ba foi igual. Nós confiamos na nossa educação e só queremos que você faça o mesmo.

Abaixo a cabeça, comendo o último pedaço de *bánh xèo*, me sentindo o cara mais babaca do mundo. Mas é golpe baixo ela usar sua história de fuga. Não consigo dizer nada em resposta a isso. Como poderia, quando ela mencionou tudo que perdeu? Seu lar, vários familiares — incluindo o irmão mais velho, que tentou fugir antes dela, mas morreu durante o trajeto.

Em raros momentos, ela diz que eu me pareço com ele, como Cậu Cam. Temos o mesmo cabelo, ela diz. Posso ver o quanto é doloroso para ela mencioná-lo, porque ou fica em silêncio, ou rapidamente começa a falar de outra coisa. Nunca sei o que dizer quando isso acontece.

Antes que minha mãe comece a falar sobre a noite em que escapou — a última recitação durou uma hora e quarenta minutos —, eu cedo:

— Tá, tá. Prometo que vou focar. — Respiro fundo. — Vou me esforçar mais.

O rosto de Mẹ se ilumina e ela troca um olhar com Ba, vitoriosa em sua tentativa de me fazer sentir culpado. É como se eu tivesse solucionado todas as suas preocupações — do passado, do presente e do futuro.

— Você pode ser qualquer coisa!

— Talvez médico — sugere meu pai, finalmente dando uma opinião.

... com o maior número de processos por mau exercício da profissão, completo enquanto carrego meus pratos até a pia.

Minha mãe começa a limpar o resto da louça, já se encaminhando para a próxima tarefa da lista, como uma máquina implacável. Ela me pergunta se quero levar alguma coisa para a escola amanhã. *Não? Por quê? Não estava bom?* Cedo e digo que talvez alguns pedaços de *bánh xèo*, sem o molho de peixe. Virando-se para o meu pai, que ainda está limpando os dentes com um *tăm*, ela o lembra de que eles precisam acordar às cinco da manhã para receber a encomenda dos pais de Việt, então o alarme precisa ser ajustado. Ba lhe diz para parar de lembrá-lo: *Bà nói điếc lỗ tai*. O que só significa que ela vai continuar a incomodá-lo para irritá-lo de propósito. Seu tipo de vingança.

Eu os deixo, sem conseguir parar de pensar em minha promessa para eles: *me esforçar mais*.

6

Linh

Uma das minhas primeiras memórias de aprender vietnamita em casa e no templo com outras crianças tem a ver com um tradicional poema popular. Se eu fechar os olhos, volto para aquele quarto no porão, rodeada pela voz melódica da nossa professora, alta para superar o barulho dos ventiladores de teto que lutavam contra o calor de julho: *Công cha như núi Thái Sơn / Nghĩa mẹ như nước trong nguồn chảy ra...*

O que mais me enfeitiçava era a imagem evocada pelo poema popular: uma montanha majestosa e imponente envolvida por uma névoa delicada. Pai. Um lago de água cintilante que jorrava da mesma montanha. Mãe. As linhas seguintes falavam sobre honrar o trabalho e o amor dos pais. A lição era bastante clara: tudo o que faço é um reflexo deles.

Agora, sozinha no meu quarto, estou deitada de costas, encarando o ventilador de teto que gira na velocidade mais lenta possível, não importa o quanto vire o botão para a direita. Eu achava que o quarto pareceria mais espaçoso já que não o divido mais com Evie, como fiz por dezesseis anos. Que poderia decorá-lo como quisesse, deixá-lo tão bagunçado como quisesse. Mas meu corpo se acostumou com a ideia de ter outra pessoa no quarto, e qualquer desejo de reordenar as coisas foi esquecido.

Qualquer um que entrasse veria duas personalidades distintas. No lado de Evie, uma parede imaculadamente decorada com achados fofos de brechós — ela é capaz de farejar descontos como ninguém. O meu lado, embora seja igualmente limpo, exibe minhas obras ao longo dos anos, sem rima ou lógica nas cores, indo de desenhos que mostram minha obsessão por cabras e lhamas na infância aos meus trabalhos mais recentes.

No meu calendário de mesa de Picasso, marquei o dia 30, mas, de alguma forma, não marquei o Dia do Phở. Traço-o com o dedo — não vai ser o fim do mundo se eu não for. Eu sei disso. Mas será que não estou desistindo de algo? Perdendo a oportunidade?

Eu me sento rapidamente e minha visão gira. Às vezes, quando penso demais, fico mais triste, o que não ajuda em nada. Encontro refúgio na arte, escapando de pensamentos como esse, para retomar o controle quando a vida joga outro obstáculo no meu caminho. Quando eu pinto, mágica acontece; por algumas horas, o mundo simplesmente desaparece. Não preciso ouvir os clientes me comparando a Evie. Quaisquer preocupações sobre futuras provas ou turnos no restaurante — tudo isso fica em segundo lugar na minha mente. Minha atenção se fixa em uma imagem ou ideia que ainda não existe, e não pode existir sem mim.

A primeira vez que vi a arte em ação foi quando fizemos uma viagem em família para Huntington Beach. Estávamos caminhando pela orla; eu ainda era pequena, porque me lembro de estar segurando a mão da minha mãe quando *aquilo* aconteceu. Uma pequena multidão havia se formado e, abrigado dentro dela, havia um desenhista com uma tela diante de si. Sua inspiração, um garotinho, estava sentado em uma cadeira, com as pernas penduradas para fora. O garoto tentava parecer sério (e falhava) enquanto o artista capturava sua imagem na tela. Ele não parava de sorrir para seus pais. O retrato custara apenas cinco dólares, e ainda assim o artista o tratou como se fosse a criatura mais importante do mundo.

Fiquei lá o tempo todo, contando os traços deliberados do artista. Minha mãe esperou ao meu lado, meio interessada e meio pronta para continuar andando. É o que teríamos feito se ao menos não tivéssemos chegado ao final da orla.

O artista ainda trabalha lá atualmente, embora suas mãos pareçam mais enrugadas e manchadas de sol do que eram há uma década.

Suspiro, abandonando as memórias, substituindo meus pensamentos com uma realidade mais agradável: *talvez ninguém apareça e eu não precise trabalhar no dia. Talvez meus pais estejam tão bem-humorados que vão me deixar sair.* O humor deles é sempre um bom indicador de se posso ou não fazer alguma coisa. *Esse é o seu ano*, diz a voz de Yamamoto na minha cabeça.

Estou escolhendo acreditar que isso pode ser verdade.

Nossa casa tem apenas um andar, com um longo corredor conectado a cada quarto. Caminho a passos leves sobre os azulejos até o extremo oposto, onde fica o quarto de Mẹ e Ba.

Na porta, ouço apenas sussurros. Tenho sete anos outra vez, ouvindo as conversas dos meus pais como costumava fazer com Evie. Ela estaria logo à minha frente, murmurando *"O que eles estão dizendo?"*, porque ela nunca foi do tipo furtivo, não tinha boa audição e era completamente péssima em leitura labial. Pela fenda da porta, vejo meu pai deitado de bruços, sem camisa. De manhã, ele geralmente fica seminu, com a barriga exposta, e acorda antes de todo mundo, depois vai de quarto em quarto, erguendo todas as persianas.

Mẹ está de pé ao lado da cama, segurando um tubo de analgésico em creme nas mãos cobertas por luvas de plástico. Ela o repreende em vietnamita. Eu me recosto na parede, fora de vista.

— Você deveria ter deixado outra pessoa carregar. Você não é mais jovem, Anh.

— Hm? Um dos nossos cozinheiros? Eles mal conseguem levantar qualquer coisa. Sou o único que levanta as coisas lá.

— O único — Mẹ repete sarcasticamente. — Tem certeza?

Ba, teimoso como sempre, responde:

— Sim.

Ele chia enquanto ela espalha a pomada nas costas dele. Então, calmamente, Mẹ lhe diz que, se ele continuar reclamando, vai quebrar as costas dele de verdade. Escondo um sorriso mesmo que não precise. Ba para de reclamar e Mẹ tira as luvas. Ouço-a entrar no banheiro e o ranger do espelho quando ela guarda o remédio.

— Será que vamos precisar contratar alguém para o dia? — A voz dela ecoa. — Posso pedir para o primo de Duy-Loan trabalhar.

Ele não responde imediatamente, como se estivesse esperando as palavras dela cessarem.

— Nós temos a Linh.

Ba diz meu nome como se eu fosse a solução. Um lampejo de raiva atravessa meu corpo. Por que eu sempre tenho que ser a solução?

— Você sabe que não podemos pagar mais gente — continua Ba. — Acho que vai dar tudo certo. Eu ainda posso ajudar.

Espera. O que ele quer dizer?

— Se você diz...

Eles não me contaram sobre nenhum problema financeiro. Meu estômago afunda quando me lembro de como minha mãe parecia ansiosa ontem, da esperança em sua voz de que a oferta especial vai dar certo. É claro. Mas então me lembro de que eles não teriam me contado sobre uma coisa dessas. Eles não querem que eu me preocupe com coisas que devem ser preocupação *deles*. Típico.

Mais tarde, ao me sentar para jantar na mesa da cozinha, sinto o cheiro da pomada, mas Ba não reclama, apenas se retrai enquanto se senta lentamente à cabeceira da mesa. Passo nossas tigelas para Mẹ, que acabou de enchê-las com arroz — a minha cheia até a borda, enquanto a dela pela metade. Ela come os acompanhamentos mais do que o arroz.

— *Mời Ba ăn cơm. Mời Mẹ ăn cơm* — digo antes de começarmos a comer.

Cada um perdido em seus próprios pensamentos, não falamos imediatamente. Nossos *đũa* batem nas laterais das nossas tigelas. As ondas de vapor do *cahn chua* sobem, flutuando para longe pelo ventilador de teto. É um dos meus pratos preferidos — sopa azeda, mas não do tipo vendido em restaurantes asiáticos. É adocicada com pedaços de abacaxi e equilibrada com tomates e tamarindos cozidos. Mẹ pergunta se quero mais bagre. Balanço a cabeça.

Engulo uma porção de arroz e reúno o máximo de entusiasmo na voz que consigo:

— O Dia do Phở vai ser divertido.

Quando chega o sábado, os problemas de coluna de Ba estão piores, e agora ele mal consegue se mexer. Mẹ e eu saímos por volta do meio-dia para começar os preparativos, mas, antes disso, Mẹ lembra Ba de não fazer nada muito extenuante. Ba está deitado no sofá da sala, com o controle da TV em mãos, que é como prefere ficar quando tem tempo livre, mas ele quer trabalhar hoje à noite. Por mais que sinta dor, ainda está pensando no restaurante.

Minha mãe não quer nem saber.

Ele continua seu protesto em vietnamita:

— Não, vocês precisam de mim hoje. Quem vai ficar no balcão?

— Lisa.

Ba resmunga.

Uma história de amor agridoce

— Lisa! Ela não sabe fazer nada!

Lisa está trabalhando conosco há três semanas, substituindo os funcionários que se formaram.

Mẹ responde:

— Ba diz isso sobre ela toda hora. E Jonathan...

— Sobre todo mundo, basicamente — murmuro. — E foi o senhor quem contratou eles.

Ba apenas nos encara. Ele volta a se deitar, olhando para o teto.

— Mas e se alguma coisa der errado?

Passei a manhã inteira sozinha no quarto, me preparando para o movimento de hoje à noite. Estava tão tensa que não conseguia me concentrar, não consegui nem rascunhar no meu bloco de anotações ou pegar em um pincel. Ba ficar reclamando pela casa não ajudou em nada.

Ainda assim, ouço a preocupação genuína em sua voz, a preocupação de que todos os seus planos mirabolantes vão fracassar.

Mẹ afaga sua cabeça ao passar por ele, com as chaves na mão:

— Đừng lo.

A simples verdade é que ele não consegue se levantar; nós três sabemos disso. Ele fica em silêncio. Ou, melhor dizendo, Mẹ o silencia ao impedir qualquer resposta com a porta da frente.

Uma coisa que as pessoas esquecem quando estão gritando para garçons ou reclamando sobre os preços de uma refeição é a realidade de quanta preparação o cardápio exige. São horas. Aprendi isso do jeito difícil quando era mais nova, passando tempo na cozinha, esperando Mẹ terminar o serviço porque ela dizia que estava "apenas preparando as coisas". *Apenas.* Não. Isso significava observar o lado de fora ir de amarelo incandescente a azul da meia-noite com pontos brancos dos postes de luz. Mas era divertido naquela época. Eu sempre carregava meus gizes de cera. Os garçons e cozinheiros se revezavam cuidando de mim ou fazendo alguma coisa doce — bananas caramelizadas meio que se tornaram minha droga. Evie se encarregava de reabastecer todas as garrafas de hoisin.

Agora na cozinha, minha mãe está com duas grandes panelas cozinhando no fogão, todas contendo o caldo para hoje à noite. Quatro panelas pequenas repousam na mesa de preparo, prontas para serem reaquecidas quando os pedidos chegarem. Mẹ atravessa a cozinha com passos firmes enquanto os outros cozinheiros picam cebolinha, limão e pimenta jalapeño, e lavam brotos de feijão e o manjericão tailandês que faz o anis no caldo de phở se acentuar ainda mais. É tudo um ritmo; eles seguem a batida determinada por Mẹ porque fazem isso desde sempre. Ela é a mais metódica na cozinha, embora o método que use aqui não possa ser replicado ou medido. É instintivo. Minha arte e sua cozinha são meio que iguais, parando para pensar. Nossas mãos se movem antes de nossos cérebros. Mas nunca digo isso em voz alta, porque a resposta seria: "Mas isso vai te sustentar?".

— Como está todo mundo lá fora? — ela pergunta quando me vê observando pela porta.

Dou um nó duplo nas cordas do avental, depois prendo o cabelo em um rabo de cavalo alto.

— Tranquilo. Tudo no lugar.

Os garçons estão arrumando as colheres de sopa, os đũa e os molhos. Mẹ esfrega a testa com as costas das mãos cobertas por luvas.

— Ótimo — repete ela. Eu me pergunto se está tentando se sentir melhor sobre hoje à noite. Como eu.

A primeira onda de clientes é composta por jovens universitários. Lisa os recebe, pegando os cardápios desajeitadamente. Espero que ela consiga pegar o jeito antes de o verdadeiro desafio começar.

Em meia hora, nossas mesas estão cheias e uma fila se formou, uma visão que deixaria Ba empolgado — tão empolgado quanto ele consegue ficar, pelo menos. Em vez disso, meu corpo treme com um pressentimento. Enquanto vou até a mesa seis com pratos de rolinhos de ovo, um grupo animado de três pessoas passa por mim, conduzido por Jonathan. Ele murmura *Me ajuda!* antes de exibir um sorriso falso para o grupo, que se senta na mesa oito — que, tenho certeza, está reservada.

Vou até lá e verifico o sistema de gerenciamento de mesas. Estou certa. Lisa volta depois de levar outro grupo à sua mesa, agitando as mãos. Ela faz isso quando está nervosa.

— Lisa, você checou o sistema agora?

— Por quê?

— A mesa oito. Alguém tinha reservado.

Lisa olha para a tela e empalidece.

— Mil desculpas, não vi!

Contenho meu instinto de gritar, como Ba faria.

— Só dê um jeito de consertar isso.

Eu me viro com tudo e controlo minha respiração. Receber os clientes não é minha função de costume, apenas servi-los. Lisa vai ter que fazer isso.

Passando pela mesa quatro, vejo um garotinho, de seis ou sete anos, estender a mão para pegar uma garrafa de hoisin enquanto sua mãe conversa com uma amiga. Invoco o olhar das mulheres Mai e Phạm — *Mày đang làm gì?* — e o garoto retrai a mão. Como deveria.

O som de panelas e frigideiras da cozinha irrita meus nervos, ameaçando me causar uma dor de cabeça. Mas não há nada que eu possa fazer para impedi-la, então entrego meus pedidos, depois volto para o balcão para garantir que Lisa não fez mais nada de errado — não consigo evitar.

Se é que é possível, a fila lá fora ficou maior. Mais universitários. Famílias. Casais. Eles me encaram quando ponho a cabeça para fora, um mar de olhos que me lembra uma pintura surrealista.

— Hm com licença, senhorita? — pergunta um rapaz usando shorts cargo. Ele é o terceiro na fila. — Quanto tempo vai levar para a gente se sentar?

— Cerca de meia hora.

— Meia hora, uau. — Ele lança um olhar para o amigo atrás dele.

Faço um esforço para reprimir minha irritação.

— Como o senhor pode ver, está bem cheio agora.

— Isso é ridículo — ele resmunga para o amigo.

— Pedimos desculpas pela demora, mas não há mais nada que possamos fazer.

— Por que está demorando tanto?

A audácia.

— Ei! Estamos fazendo uma promoção! É claro que vai ter fila! — explodo.

O rapaz recua por um segundo, sem palavras. Ele está chocado demais para ficar bravo. Antes que um pedido de desculpas envergonhado saia dos meus lábios, Lisa aparece ao meu lado, assumindo o controle da situação. Ela me lança um olhar preocupado e diz algumas coisas que não consigo discernir. O fato de que Lisa precisa me salvar me deixa ainda mais irritada.

Volto para a cozinha. Anseio pela exposição de arte. Finjo estar lá agora — eu e outros visitantes. Sempre que estou em um museu, observando o trabalho de gênios diante de mim, imagino uma nuvem de reverência silenciosa se instalando sobre mim. Na sala, há um monte de pessoas que se volta à arte em busca de respostas, que examina peças apenas para *sentir* alguma coisa.

Um dia, quero ser aquela artista que vê isso, que sabe que o que ela criou fez as pessoas se sentirem completamente contentes, preenchendo um vazio que elas não sabiam que estavam procurando.

Quero estar lá...

... mas estou aqui. O som da máquina de bilhetes emitindo pedidos de comida a toda velocidade me traz de volta à realidade. Seu ruído ficará nos meus pesadelos para sempre. Do salão, vietnamita, inglês, espanhol e outros idiomas e risos preenchem o ar, me arrastando como um tsunami. A sala dos fundos agora parece uma sauna.

— Con?

Minha mãe põe a cabeça para fora quando percebe que ninguém pegou as três tigelas de phở que ela acabou de colocar na janela.

— Eu só preciso de um pouco de ar — digo.

— Mas...

— Só um minuto! — falo. Usando todo o meu corpo, empurro a porta dos fundos, perseguida pela pergunta da minha mãe.

Agachando, entro na viela. Não me importa que cheire a peixe e esgoto ou que o chão possa estar sujo; é o melhor santuário que posso encontrar no momento. Deslizo as costas na parede, me sento, levo as pernas até o peito e repouso a testa nos joelhos. *Respira, Linh. Respira.*

Não sei bem por quanto tempo fico sentada lá. Pelo menos estou sozinha. Pelo menos não há ninguém aqui para me ver desabar como peças de dominó.

— Hm, oi.

Vejo as bordas gastas de um All Star vermelho.

Ah, não.

7

Bảo

É sempre difícil trabalhar quando seu melhor amigo está resumindo um episódio reprisado de *Law & Order: svu*. Mesmo quando não estamos no mesmo espaço, os gritos de Việt atravessam a sala.

— O infrator é sempre o galã famoso — ele usa aquela palavra como se fosse um policial experiente.

— Aham.

— Só queria que pelo menos em *um* episódio, o infrator fosse o cara feio, sabe?

— Sei.

— Quer dizer, na *hora* que o John Stamos entrou em cena, eu fiquei tipo "é *óbvio* que é ele". O bandido.

Estamos repassando nossa lista de coisas para fazer quando fecharmos às dez, daqui a apenas dez minutos. Itens frios na geladeira. Tábuas de corte lavadas, depois viradas. Cada garrafa de hoisin e sriracha cheia. Eduardo, um dos cozinheiros, se despede de mim com um soquinho quando sai. Ele é geralmente o último a ir embora e o primeiro a aparecer toda manhã, em ponto. Ele me lança um sorriso sem graça de pena, como alguém que já foi vítima das reprises de Việt antes.

Việt tem suas manias — sua obsessão com todas as mais estranhas séries policiais ou de ciência forense e sua habilidade quase perfeita de citar seus diálogos —, mas não consigo imaginá-lo sem elas. Ele faz parte da minha vida há muito tempo. Os pais dele e os meus costumavam se reunir no restaurante — principalmente depois que o expediente acabava, ou quando os pais de Việt terminavam de entregar suprimentos para vários restaurantes — para relaxar ou desabafar sobre outros lojistas da região.

Garrafas de Heineken apareciam em algum momento. Enquanto os adultos conversavam, nós nos sentávamos debaixo das mesas e trocávamos histórias imaginárias — interpretando policiais e ladrões —, dividindo brinquedos um com o outro. Às vezes, nem precisávamos falar.

Quando ele se juntou ao time de cross-country no primeiro ano do ensino médio, achei que seria o fim de Việt e Bảo. Que ele encontraria amigos com melhor coordenação motora que não arquejavam depois de correr quatrocentos metros. Mas eu ainda sou seu melhor amigo.

Enquanto Việt começa a recapitular outro episódio, penso: *para o que der e vier.*

A noite passou facilmente, uma vez que nós dois já estabelecemos um ritmo com os outros funcionários. Mẹ colocou a mãe de um cozinheiro, a de Trần, a cargo da cozinha para que ela não precisasse entrar. Mas é diferente com a situação dos garçons. Ela me colocou com Việt porque nós nos conhecemos e formamos uma dupla decente. Ela confia em Việt para fazer seu trabalho, tanto quanto eu me certifico de fazer o meu. O conceito não é perfeito: temos a mesma idade, e deixá-lo tomar conta de mim faz tanto sentido quanto deixar um cavalo e um pônei conduzirem o show. Mas, de alguma forma, funciona.

A mãe de Trần vai embora antes de nós. Eu me certifico de que a porta da frente esteja trancada pelo lado de dentro. Enquanto fecho as persianas, vejo que o restaurante da família de Linh está lotado de clientes às dez. Apenas por hoje, por causa daquela promoção, vai ficar aberto por mais duas horas. Uma fila dobra a esquina, algo que, tenho certeza, nosso restaurante nunca viu antes. Ainda bem que Mẹ está em casa hoje à noite. Do contrário, ela viria e simplesmente se sentaria aqui para espionar as pessoas que entram e saem, assustando não só os clientes deles, mas também os nossos.

Việt se junta a mim para espiar pelas persianas.

— O que as pessoas não fazem por uma promoção. — Ele balança a cabeça. — A gente precisa superar eles, cara.

— Como?

— Colocando alguma coisa especial no cardápio.

— O que mais a gente pode fazer?

Việt dá de ombros.

— Minha mãe sempre fala que a sua mãe faz o melhor *bánh xéo*. Por que não usar isso? Um negócio tipo "monte o seu crepe". Quer dizer, minha mãe já falou várias vezes sobre envenenar a sua para conseguir a receita. O que poderia ser efetivo, se você parar para pensar, já que a sua mãe precisa experimentar um monte de coisas na cozinha.

Encaro meu melhor amigo. A mãe dele é conhecida por seus olhos de águia e sua competitividade. Ela não se tornou uma das fornecedoras mais requisitadas fazendo favores. Mas, veneno?

Việt se explica:

— Mas ela não vai. Digo, envenenar a sua mãe. Foi uma piada.

Não consigo imaginar a mãe dele — ou o pai — fazendo uma piada.

— Fico feliz — respondo secamente. Quase solto a persiana. Então um borrão irrompe da porta dos fundos.

Linh. Ela foge pelo beco.

— Mas o quê?

Os clientes esperando na fila a observam antes de voltarem a olhar para frente — dando de ombros ou apenas balançando a cabeça. Olho de volta para Việt, que já havia voltado para a cozinha. Ele percebe que ninguém havia pensado em reestocar a geladeira com bebidas ainda.

— Provavelmente foi culpa de Trần — digo, ainda distraído.

Aquele beco não tem saída. Para onde ela iria? E por que ela estava correndo?

— É claro — zomba Việt, distante, antes de voltar com uma caixa de água com gás e dando chutinhos em outra meio cheia de refrigerantes variados. Ele agacha para começar a encher os compartimentos da geladeira. Minha atenção alterna entre ele e a viela. — Você vai me deixar fazer o trabalho todo sozinho?

Já faz um tempo que Linh está lá. Três minutos?

Nunca trabalhei tão rápido. Nós reciclamos as caixas que sobraram, desligamos as luzes e saímos para trancar o restaurante. Enquanto Việt puxa as portas da fachada, eu me viro na direção da viela, imaginando Linh lá, sem ninguém saber aonde ela foi. O que a fez fugir?

Uma sensação inominável toma conta de mim — semelhante à que senti quando estava lendo o artigo de Ali, sabendo, *simplesmente sabendo*, que havia uma peça que não se encaixava. Eu havia tentado passar por ela sem consertá-la, até que Ali me confrontou, me forçando a explicá-la.

Dessa vez, porém, talvez eu possa consertar o que está errado... o que quer que seja.

Bem na hora, recebo a mensagem das dez horas de Ba — que na verdade é de Mẹ — perguntando se eu já estava finalmente a caminho de casa. Meus polegares pairam sobre o teclado. A barra vertical pisca lentamente.

— Faz o caminho mais longo para casa — digo a Việt.

— Hã, por quê?

— Porque preciso ganhar tempo, e não quero minha mãe se perguntando por que cheguei atrasado em casa.

— Por que você vai se atrasar?

— Não posso dizer — porque nem eu sei o que vou fazer.

Việt me analisa em silêncio e imagino que ele puxou a intensidade do olhar da mãe. Ele não vai fazer o que eu pedi. Ele vai perguntar por que e o que eu vou fazer, e Linh nunca vai sair daquela viela.

— Diz para ela que você passou na minha casa para pegar uma cópia de uma tarefa de casa. Vou te dar cobertura.

Pisco.

— Sério?

— Sério. — Ele dá de ombros. Nunca me senti tão grato pela atitude *laissez-faire* de Việt. — Mas depois você vai ter que me contar o que está rolando.

Com um aceno rápido, ele vai embora. Rapidamente digito minha desculpa para Ba, que responde com um simples "Tá". E eu sei que é de fato Ba, porque as respostas dele são sempre curtas e diretas.

Logo antes de eu chegar à rua da frente, penso em dar meia-volta outra vez. *O que estou fazendo? Talvez seja uma má ideia vir até aqui.* Sinto como se tivesse acabado de cruzar a fronteira do inimigo e pudesse pisar em uma mina.

Mas agora, a alguns passos da viela, ouço-a sussurrar "Fica calma, Linh! Não é o fim do mundo". Ela está agachada, respirando profundamente, com a testa nos joelhos.

Pigarreio quando estou de frente para ela.

— Hm, oi. Você está bem?

— Hm, sim. — Ela soa como se estivesse prestes a chorar. Movo os pés, inquieto.

— Não queria te incomodar. Meu nome é Bảo, do outro lado da rua. Não sei se você lembra de mim, mas a gente se conheceu daquela vez — paro. Aquilo foi anos atrás; ela não se lembraria. Eu fui apenas um pontinho na infância dela...

— Eu me lembro de você — ela diz lentamente, piscando algumas vezes. A pergunta de por que estou aqui paira entre nós, pesada.

— Noite difícil? — pergunto, com a voz falhando de leve. Por que eu soo como aquele cara em quase toda comédia romântica? A próxima coisa que vou perguntar é *"Quer falar sobre isso?"* — Quer dizer, parece que as coisas estão movimentadas por aqui.

Linh suspira.

— Está um caos lá. Meu pai machucou as costas, então estamos desfalcados. Eu estava com dificuldade para respirar por um momento, e simplesmente saí correndo na frente dos clientes — acrescenta ela, quase para si mesma: — Eu me sinto tão inútil agora. — Ela soa miserável. Não preciso conhecê-la para saber disso.

Agacho para ficar na mesma altura que ela. Linh se afasta instintivamente, mas não sai. Tento encontrar as palavras certas para ajudá-la, para fazê-la se sentir melhor, mas quem sou eu para fazer isso? Sou praticamente um estranho para ela. Antes que eu consiga dizer uma palavra, Linh inspira profundamente.

— Esquece. — Ela esfrega as lágrimas furiosamente. — Preciso voltar lá para dentro.

Quando éramos crianças no templo, eu poderia ter ido para qualquer outra mesa, me sentado com qualquer outra criança. Em vez disso, acabei me sentando com ela. Eu me pergunto se não foram só as atividades que me atraíram, se não foi ela também, Linh Mai, concentrada, em seu habitat natural. Tão segura de si, enquanto as outras crianças estavam apenas fazendo bagunça e passando o tempo.

Essa não é a Linh de que me lembro.

Olho para a porta da viela, imaginando que ela nos levaria para uma cozinha. Presumo que a mãe dela esteja na cozinha, cozinhando, delegando tarefas para os outros cozinheiros — assim como a minha faria. Esse é o domínio dela e, a menos que surja um problema, ela geralmente fica lá durante o horário de funcionamento. A mãe de Linh não teria um motivo para ir para a frente do restaurante. Um plano começa a se formar na minha cabeça. Um plano impossível que hesito até dizer em voz alta.

— Eu posso ajudar? — Pigarreio. — Quer dizer, eu posso ajudar. Sabe, com os clientes e tudo. Só por hoje.

— Mas o seu restaurante...

— Fechou alguns minutos atrás.

— Não sei se a minha mãe... — Ela pausa, embora eu saiba o que ela está sugerindo. — Só não sei.

— Não tem erro. Você nem vai precisar me treinar — tento brincar. Ela abre um sorriso, mas ele logo desaparece.

— Se minha mãe ou meu pai estivessem ouvindo isso, pensariam que você só está tentando nos espionar.

Esse jeito de pensar ecoa o que minha mãe diria. É o mesmo tipo de fofoca que circula entre minha mãe, a General e seu grupo de vigilantes vietnamitas. A verdade perfura a bolha que nos envolve; o ruído vindo do restaurante se intromete.

Estou instigando um tipo de plano do qual Linh claramente não quer participar. Eu não deveria nem ter vindo. Uma irritação percorre meu corpo — por Linh, que mencionou essa disputa confusa quando eu só estava tentando ajudar; por mim, que imprudentemente me meti nessa situação que não tinha nada a ver comigo — por motivos que não sou capaz de entender agora. Eu deveria apenas voltar, retornar para nossas histórias separadas como figurantes nos pequenos mundos de cada um.

— Não estou tentando espionar. E não sou minha mãe *ou* meu pai. Eu sou só... o Bảo. — Eu me afasto, enfiando as mãos nos bolsos. — Quer saber, tudo bem. Desculpa por te incomodar e me intrometer. Boa sorte.

Amanhã, quando Việt perguntar aonde eu havia ido, vou só inventar uma desculpa qualquer.

Amanhã, tudo vai voltar ao normal. Esse encontro terá sido apagado das nossas mentes.

— Bảo, espera. — Dou meia-volta ao ouvir meu nome. — Você estava falando sério? Sobre me ajudar?

O desânimo que já anuviava minha mente desaparece de leve. Ela ainda soa desconfiada, mas há uma nota em sua voz que me puxa de volta. Retraço meus passos, parando na frente dela igual a antes, e ofereço minha mão — minha mão suada.

— Hoje eu sou Bảo Nguyễn, um cara qualquer que só está tentando ajudar em uma noite claramente estressante.

Ela encara minha mão, balançando a cabeça de leve, percebendo como é ridículo eu fazer isso em uma viela qualquer. Mesmo assim, a mão dela, mostrando traços de tinta lavada, aceita a minha — e a solta.

Linh esfrega as mãos nos jeans.

Ótimo.

— Qual é o plano? — pergunta ela.

— Posso servir as mesas. A sua mãe provavelmente está nos fundos, certo? Ela nem vai me ver. E os garçons... — paro.

Merda. Não havia pensado nisso. No nosso restaurante, Bình e os outros já sofreram com horas dos desabafos da minha mãe. Desabafos sobre eles, sobre clientes e especialmente sobre os Mai. Eles foram doutrinados. Então é provável que os funcionários da família de Linh tenham passado pela mesma coisa. Eles *poderiam* me reconhecer.

— Temos garçons novos — ela acrescenta baixinho. — O que pode funcionar a nosso favor.

Linh desvia o olhar por um segundo. Depois coloca o cabelo para trás. Fico chocado por seu comprimento enquanto ela o prende apressadamente, sem se importar com o fato de que alguns fios escaparam. Quando a luz do luar atinge seu rosto, quando vejo a determinação na firmeza de sua mandíbula, a força em seus olhos que me deixa sem ar por um segundo, percebo...

A Linh do templo está aqui.

Ela retesa os ombros, parecendo estar pronta para a batalha. O que me parece correto.

— Certo, vamos lá.

Vamos fazer isso. Nós vamos mesmo fazer isso.

Por favor, dê certo, penso, seguindo Linh para dentro do restaurante.

O aroma de phở é onipresente. Se eu fechar os olhos, estou de volta ao restaurante da minha família. Estamos em um corredor estreito onde os funcionários guardam suas mochilas e casacos. À direita está a cozinha, agitada com o ruído de panelas e frigideiras, água corrente e gritos dos cozinheiros. Linh gesticula para eu me agachar quando passamos pela janela onde os garçons pegam a comida pronta. Uma voz de mulher a chama.

Sem aviso, Linh me empurra para trás e recuo de volta à viela.

— Meu Deus — balbucio enquanto recupero o equilíbrio. Será que todo mundo é mais forte que eu? Preciso malhar.

— Dạ, Mẹ! Estou bem. Desculpa, as coisas só... — A porta corta o resto.

Uma pausa. Por um momento assustador, imagino a mãe dela emergindo da cozinha, abrindo a porta com um chute — como minha mãe faria — e, ao me ver, me reconhecendo na hora.

Armada com um par de *đũa*.

Sei o que mães vietnamitas são capazes de fazer com *đũa*. E minha bunda definitivamente se lembra de 2010, quando bebi ginger ale como sobremesa sem pedir permissão para Mẹ e Ba antes.

Alguns segundos depois, Linh me puxa de volta pela mão.

— Desculpa — sussurra ela.

Assinto, entorpecido, com a mente subitamente paralisada ao sentir a mão dela na minha outra vez. Ela olha para baixo, então retira a mão rapidamente.

Tentando superar o constrangimento, digo:

— Estou pronto. Só me diga o que precisa ser feito.

— Vem comigo. Aja naturalmente.

Passo agachado pela janela novamente. No momento em que entro no salão, me arrependo de cada passo que dei para chegar aqui. Embora a equipe da frente possa não me reconhecer como o filho do inimigo, eles vão notar um garoto novo milagrosamente começando no trabalho quando eles mais precisam de ajuda.

Mas estou errado. Eles estão ocupados com suas mesas; um rapaz passa correndo por nós, murmurando que havia esquecido as bebidas. Linh me leva até o sistema de reservas para me mostrar a disposição das mesas. Usamos o mesmo sistema, percebo, e minha mente foca, presa à linguagem com que crescemos a apenas uma rua de distância um do outro. Não é tão difícil como eu achei que seria, já que o restaurante é praticamente um espelho do nosso.

Espontaneamente, a insinuação que Linh fez mais cedo e a voz acusatória da minha mãe surgem na minha mente: *Eles nos espionaram para aprender nosso jeito de fazer as coisas!*

Afasto o pensamento, sacudindo a cabeça. Não está ajudando. Diferente do nosso restaurante, cujas paredes e pisos já viram dias melhores, este tem uma grandiosa parede com espelhos e arte que pode ter sido feita por Linh. Sinto um lampejo de inveja antes dela me trazer de volta à realidade.

— Vou ficar nos fundos do salão para ficar de olho na comida que sai da cozinha. É só procurar por mim. Se você não me achar, é porque estou na janela e provavelmente vou precisar levar os pratos para fora. Mas se você ouvir o sininho e eu não estiver lá para pegar o que estiver pronto, só vá me encontrar.

— Entendi.

— Linh?

Congelo, sem me virar por um segundo. Uma garota da nossa idade aparece na frente do balcão. Ela está torcendo as mãos, com os olhos suplicando por Linh.

— Desculpa mesmo pelo que aconteceu mais cedo. Eu deveria ter me lembrado de checar as reservas, mas agora está tudo bem, acho.

— Tudo bem. Erros acontecem, mas obrigada por consertar as coisas, Lisa — Linh responde rapidamente, já pegando meu braço, mas o movimento chama a atenção de Lisa.

— Espera. Você estava trabalhando esse tempo todo? — pergunta Lisa, mais curiosa do que desconfiada.

— Sim, eu... eu estava preparando umas coisas lá no fundo. — Olho de soslaio para Linh, que concorda levemente com a cabeça. — Mas a mãe dela percebeu que as coisas estavam ficando caóticas, então vim para ajudar.

— Ah, graças a Deus — a garota sorri como se eu tivesse acabado de salvar a vida dela.

Um cliente aparece para pedir uma mesa, permitindo que Linh e eu escapemos.

— Boa! — sussurra ela.

Contenho um sorriso enquanto ela aponta para a mesa quatro, perto da parede chique, com um casal que espera para pedir a sobremesa.

Quando você trabalha em um restaurante ao longo dos anos, os próprios clientes se tornam um padrão, tipos com questões e exigências que você aprende a administrar. Sempre encontro os tipos "vamos comer algo diferente hoje" — as mães que acham que estão se aventurando ao fugir da noite das garotas no Olive Garden. Elas sempre pedem nossa opinião: Qual é o prato mais pedido? O que *você* sugere? Qual é o mais *autêntico*? A ignorância é a mesma, não importa onde você come. Quando me dou ao trabalho de responder, elas nem sequer aceitam minhas sugestões.

Há babacas que vêm em um grupo de oito pessoas e esperam conseguir uma mesa em cinco minutos; mulheres vietnamitas vestidas de forma elegante demais para esse tipo de restaurante, como Bà Na, que vem às terças — "Bà ngu", resmunga minha mãe sempre que ela entra — e pessoas que não aprenderam a usar *đũa* em uma idade maleável, mas fazem um esforço nobre, apenas para depois procurarem desamparadas por um garçom para que lhes traga garfos e colheres.

Por fim, há os clientes que nem precisam pedir; eles entram, uma onda de cabeças grisalhas, e meus pais sabem imediatamente do que eles precisam. Na maior parte do tempo, são pessoas que meus pais conhecem há muito tempo, algumas até dos dias de refugiados. É tudo mais fácil para nós; eles são os clientes menos problemáticos.

Hoje, não vejo nenhum deles aqui, talvez porque eles saberiam que é melhor evitar esse movimento enorme.

Se eu tenho um pedido, Linh o desliza para que eu pegue. Depois de uma hora, vou aos fundos para pegar meu próximo pedido. Linh está lá, com os cotovelos apoiados na mesa de pedidos, falando com alguém na janela. Ela me vê e arregala os olhos, o que significa que preciso me esconder, e volto para o salão principal, fora de vista.

— ... outro pedido de *gỏi cuốn*?

— Sim, terceiro pedido da mesma mesa.

— Terceiro! — A mãe dela soa felicíssima. Ela se dirige a um dos cozinheiros, brincando: — O que nós colocamos lá? Estamos indo bem, hein?

— Está tudo ótimo, Mẹ! — exclama Linh, me olhando outra vez.

Ela sorri brevemente antes de levar seu pedido para a mesa.

Na minha seção, respondo perguntas sobre o cardápio, mas não é muito difícil já que vendemos itens parecidos. Os clientes me perguntam quantos sabores de *smoothie* vendemos, e é claro que são cinco...

Espera, os Mai vendem seis?

— Com licença, gostaria de mais um *chả giò*.

— Claro, deixa eu só...

Merda.

— Frank — sussurro.

Frank é cinco anos mais velho do que eu. A mãe dele costumava trabalhar em um salão de beleza na mesma galeria que os meus pais e nós definitivamente enfrentamos horas de fofoca delas no almoço jogando no Nintendo DS dele, que nunca tive. Mas eles se mudaram para outro lugar e eu não via Frank há anos.

Ficamos os dois paralisados, sem justificativas para o fato de que estamos ambos no restaurante da concorrência. Começamos a falar um por cima do outro.

— Só estou ajudando uma amiga...
— Não conta para a sua mãe que eu...
— Mas não é nada...
— Eu só queria um *chả giò*!

Piscamos um para o outro.

Relaxo os ombros quando vejo Frank com uma expressão acanhada. Seus amigos observam a interação, intrigados.

— Olha, sei que a sua mãe ia me matar se soubesse que eu estive aqui. Bom, primeiro minha mãe ia. E não sei o que *você* está fazendo aqui, mas não vou contar nada se você também não contar.

Em qualquer outra situação, eu riria da ideia de que um homem crescido ainda morra de medo de se meter em encrenca com duas mães vietnamitas. Mas agora não é o momento.

— Feito — digo.
— Graças a Deus. Eu estava morrendo de vontade de comer esses rolinhos. São os melhores da região. Quer dizer, sem ofensa à sua mãe.

Boa escolha.

Aparentemente, Linh estava nos observando e, assim que passamos um pelo outro, ela se inclina, colocando uma mão no meu cotovelo.

— Tudo bem?

Essa é a terceira vez que ela me toca, e estou descobrindo que não me incomodo nem um pouco. Tive sorte e sou parcialmente grato por minha mãe ter a habilidade de intimidar as pessoas mesmo que elas não vivam mais na região.

— Acho que sim.

O tempo passa rápido. Clientes terminam suas refeições e saem em um ritmo constante, fazendo com que a fila fique cada vez mais curta. A promoção provavelmente deu lucro para o restaurante. Lembro dos comentários ácidos da minha mãe sobre o phở dos Mai, como é muito sem graça, mas, a julgar pelos sorrisos nos rostos dos clientes ao saírem, tenho certeza de que não é o caso.

À essa altura, sobraram apenas cinco bilhetes. O restaurante vai fechar logo, à meia-noite, e meu tempo aqui vai acabar. Talvez eu nunca mais a veja depois de hoje. Talvez isso seja apenas um incidente do acaso. Mas acho que ninguém pode negar que nós formamos uma boa equipe.

Do outro lado do salão, por sobre um mar de cabeças e risos, troco um olhar com Linh.

Nós conseguimos.

Saio escondido depois que os garçons se despedem dos últimos clientes. Linh gesticula, dizendo que vai falar comigo em alguns minutos. Espero na viela enquanto a limpeza acontece. A porta dos fundos se abre algumas vezes enquanto alguns dos rapazes do ônibus tiram o lixo ou esvaziam caixas. Eles me veem, mas apenas acenam com indiferença, sem se importar que um cara estranho está simplesmente esperando lá em meio à quase escuridão.

Linh aparece na entrada do beco, vinda da frente do restaurante. Ela está carregando sua bolsa-carteiro.

— Minha mãe só está limpando umas coisinhas. Você está a salvo.

No meio-fio, alguns passos à direita da fachada do restaurante, nos sentamos em silêncio. Observo o movimento de seus ombros enquanto ela respira, até perceber que sincronizei minha respiração com a dela.

Ela fala primeiro.

— Hoje foi...

As palavras morrem em sua boca, dando lugar a um sorriso. Meu cérebro virou mingau. Mais fios se soltaram de seu rabo de cavalo e sinto uma vontade de tirá-los de seu rosto, de colocá-los atrás de sua orelha. Eles brilham, como os fios do arco de um violino que acabou de ser polido.

Minha mão se levanta por conta própria. Linh congela; seu corpo paralisa, então meu cérebro grita "O QUE VOCÊ ESTÁ FAZENDO?" e minha mão sai de curso. Antes que eu me dê conta...

Toco o ombro dela.

8

Linh

Ele acabou de tocar meu ombro?

9

Bảo

— Nós fomos incríveis hoje! — digo, com mais entusiasmo do que sinto naquele momento. Olho para os meus joelhos, sentindo meu rosto queimar. E tenho certeza de que me sentei em um chiclete.

Depois de não ouvir nada por alguns segundos, arrisco um olhar para Linh — e sinto a cabeça leve quando a vejo sorrindo. Não nos contemos, e nossos risos ecoam pela rua, vibrando com os outros sons de tarde da noite. Êxtase.

10

Linh

Certo, aquele tapinha no ombro foi estranho, mas logo o esqueço.
— Foi intenso!
Bảo ri. É um riso profundo, grave — nossa, que som bom.
— Achei que estava ferrado quando sua mãe te chamou...
— E a Lisa apareceu...
— Depois aquele cara, o Frank, que eu com certeza *não* esperava ver!
Somos como crianças cheias de açúcar. Ou como as crianças que éramos no templo. Dessa vez, não fomos pegos.
— Nunca pensei que aquilo fosse dar certo — digo depois de me acalmar. O cheiro da chuva paira suave no ar. Casais passam por nós; seus sapatos rangem. Carros cruzam a rua. — Mas fizemos um ótimo trabalho.
Registro as partes de nós que estão se tocando: nossas coxas e ombros.
Eu havia rejeitado sua oferta antes e o observei dar as costas para mim. Sou tomada por ondas de arrependimento, não apenas por causa do que eu disse sobre ele estar nos espionando, mas também porque fiquei envergonhada por ter dito não quando ele só estava tentando me ajudar. Ele não precisava ter se preocupado comigo. Ele poderia ter ido para casa assim como em qualquer outra semana. Mas ele não deu as costas para *mim*.
Olho de relance para ele agora. Bảo olha na direção oposta, repousando os antebraços nos joelhos. Ele é, bom... *lindo*. Ele não usa mais o cabelo tigela. Há algo de silencioso nele também, que lembra minha mãe quando ela está concentrada em uma nova receita — o oposto da energia ao redor de Ba ou Ali. Ajeito a postura, desconcertada por todas

essas emoções conflituosas dentro de mim. Nós não nos conhecemos. Não *podemos*.

— Obrigada por hoje. — Gesticulo na direção do beco: — Eu não fico sempre daquele jeito, sabe. Surtada.

— De boa. Eu ficaria daquele jeito se nosso restaurante estivesse tão cheio como o seu estava.

— Não foi só por isso. — Suspiro. — Está rolando uma exposição que eu queria ver. Fiquei sabendo dela recentemente, mas aí me lembrei que caía no mesmo dia que essa promoção.

— Ah.

— Pois é. — Estou esfregando o polegar em um calo no meu dedo do meio, resultado de anos repousando meu lápis nele, sem entender por que quero explicar tudo para ele no momento, ou se ele quer ouvir. — Eu ia pedir para os meus pais para tirar uma folga. Mas aí meu pai machucou a coluna e, como disse antes, estamos com poucos funcionários.

— Como você está agora?

Antes, eu queria fugir. Queria estar em qualquer lugar, menos naquele restaurante. Então Bảo me estendeu a mão, parecendo tão sólido, tão sincero, e apenas um toque me chocou tanto que tive que soltá-la. Parece ridículo pensar nisso agora... mas ele era real! Ele estava bem ali, e agora bem aqui.

— Estou bem — respondo honestamente. — Agora, pelo menos.

Bảo assente.

— Que bom. Quer dizer, hoje foi um dia desafiador, e você sobreviveu a ele. E sempre vai haver outra exposição. — Ele pausa. — Foi algum tipo de exposição avant-garde?

— Avant-garde? — provoco. — Uau, a maioria das pessoas pensa em cubismo. Picasso.

— Desculpa, quem? — Então ele sorri e dá de ombros. Esqueço o que estou pensando por um momento. — Não entendo nada de arte. Só achei que "avant-garde" soava inteligente.

— Você *quase* me convenceu.

Sorrimos um para o outro, sem saber o que dizer em seguida, o que é esperado, eu acho. Ainda não tivemos tempo o bastante para desenvolver um verdadeiro ritmo de conversa.

— Merda, acho que acabei de ver sua mãe na janela. — Bảo se levanta, atrapalhado, e tira a poeira das calças. Eu me lembro agora: não é para isso acontecer. — Acho que é a minha deixa para ir embora — diz ele, caminhando de costas na direção da rua Lemare.

— Te vejo por aí? — grito.

Eu acabei de...?

Ele quase tropeça em uma parte elevada da calçada e me lança um sorriso acanhado que me deixa tonta — embora eu ainda esteja sentada.

— Definitivamente! Mas não vamos esperar mais seis anos.

Assim, ele se vai.

Ouço o sino da porta quando ela se abre. Mẹ está atrás de mim, trancando o restaurante.

— Quem era aquele?

— Um moço pedindo informações.

Mẹ sorri. Ela parece mais jovem do que nunca.

Em qualquer outro dia, ela teria me importunado sobre a pessoa com quem eu estava falando, mas está eufórica demais. Ela ergue uma sacola plástica inchada.

— Estou levando *chè Thái* para casa. Três, um para cada.

— Legal.

Eu me levanto e me aconchego debaixo do braço de Mẹ quando ela gesticula para mim.

Ela pressiona o nariz na minha bochecha e me aperta com força, como costumava fazer quando eu era mais nova. Ela dizia que "só queria me morder".

Hoje foi um dia bom. Quero pintar nós duas desse jeitinho.

— Vamos lá — diz minha mãe. — Vamos ver se Ba ainda está vivo em casa.

Ba esquece sua dor nas costas no momento em que destrancamos a porta. A televisão desliga. Minha mãe balança a sacola com a sobremesa diante dele como se estivesse atraindo a atenção de um cachorro e ele a lança uma expressão furiosa de brincadeira antes de pegar o pacote e desfazer o nó. Essa não é a primeira vez que comemos sobremesa à meia-noite. Quando eu e Evie éramos mais novas — e provavelmente ainda pequenas demais para ficarmos sozinhas em casa —, adormecíamos no sofá, encolhidas uma contra a outra, esperando eles terminarem o expediente no restaurante. Eles nos traziam sobras — sempre alguma coisa doce.

Falta uma pessoa agora, mas ainda caminhamos juntos até a cozinha.

— Deu certo? — pergunta Ba, quase cauteloso.

Brincando ainda mais com sua hesitação, minha mãe o ignora. Ela pega colheres na gaveta, fechando-a com o quadril, retira gelo do freezer e o tritura em um saco plástico com um pilão. Ela despeja o gelo em três copos, depois joga o *chè* sobre ele: leite de coco, pedaços doces e suculentos de longan, cubos de gelatina de grama que se partem debaixo dos dentes, pérolas de tapioca tingidas de vermelho feitas com castanha-d'água. É uma das minhas sobremesas de verão preferidas, e uma das melhores sobremesas para se comer tarde da noite sem se sentir muito culpada.

Ela está demorando demais para Ba.

— *Bà này* — diz ele, estalando a língua, realmente irritado. Ele só quer saber como foi a noite.

Finalmente, Mẹ concede:

— Foi perfeito.

Ba aceita a colher que ela lhe entrega. Então ele apenas acena com a cabeça. Ele tenta esconder, mas posso ver pela forma como ajeitou a postura que está feliz de ouvir aquilo.

— É claro que deu certo. É tudo por minha causa.

Minha mãe bate no ombro dele.

— *Ông quỷ*, isso não teria sido possível se a comida não fosse boa, e isso é por minha causa. — Ela me lança um olhar brilhante. — Sem falar na Linh, que tomou conta da frente e dos clientes.

— É claro. Estamos falando da Linh.

Sorrio fracamente. Se eles fossem capazes de ler meus pensamentos, rever todos os eventos desta noite, não estariam me elogiando. Eu não seria capaz de explicar como não queria ir para o trabalho hoje. Como eu queria desistir. E é claro que não posso fazer isso, não devo fazer isso. Isso só vai arruinar tudo.

11

Bảo

"Infestação". A palavra geralmente é negativa, referindo-se a insetos ou alguma outra coisa que causa doenças, mas também descreve corretamente como os pensamentos sobre Linh abarrotam minha mente nos últimos dias. Ontem depois da escola, enquanto limpava as mesas, meus pensamentos vagaram até Linh e nosso encontro na semana passada. Então, notando que eu não estava fazendo nada, Mẹ me deu um belo tapa na cabeça, ejetando a imagem de Linh — com o cabelo preso como naquela noite e aquele maldito sorriso — de mim. Enquanto me recuperava, Việt ria. Ele sabia o que estava me distraindo porque eu já havia lhe contado tudo durante a nossa aula de ciência forense, enquanto esperávamos nosso professor chegar.

— Linh Mai.
— Sim.
— Você falou com Linh Mai.
— Falei.
— Linh...
— Tá, você pode parar de dizer o nome dela desse jeito.
— Só é difícil acreditar. Você realmente ajudou o inimigo.
— *Você* vê ela como um inimigo?
— Sim, mas isso é o que sei que a sua mãe gostaria que eu dissesse.

Um sorriso lento começou a se formar no rosto dele.

— A pergunta é: *você* vê a Linh como um inimigo?
— Nunca vi — respondi rapidamente, quase maravilhado diante da verdade. Việt arqueou uma sobrancelha, algo que eu nunca o havia visto fazer.

— Ainda não consigo acreditar que você realmente falou com ela. Nunca achei que isso fosse acontecer. Quer dizer, é isso aí!

Fiquei um pouco atônito e amparado por sua reação entusiasmada... como se ele estivesse torcendo por mim.

— Você está estranhamente feliz com essa história. Já eu... se a minha mãe descobrir, ela me mata.

— Sei lá. É só que... você está se arriscando. Saindo da sua zona de conforto. E você não costuma fazer isso.

Tudo isso é verdade, mas são coisas que eu nunca havia ouvido do meu melhor amigo.

Agora, estou debatendo a possibilidade de que meus horários na escola estão conspirando para manter Linh e eu separados. Quando eu a "vejo", é só um lampejo de cabelo enquanto ela vira o corredor. Nunca consigo encontrá-la nos intervalos entre as aulas ou no almoço.

Um pensamento irritante me ocorre: e se Linh estiver na verdade me evitando? Será que aconteceu alguma coisa depois que eu a deixei? Talvez a mãe dela *tenha* nos visto e dado uma bronca nela. Talvez Linh tenha concordado em não falar comigo por causa disso. Não é difícil imaginar o que ela ouviu sobre mim e minha família ao longo dos anos.

Alguns minutos antes do sexto período — aula de jornalismo — abro meu armário para trocar de livros. Allison basicamente disse que ela estava "um pouco" decepcionada com a qualidade dos nossos artigos recentes, então vai haver uma longa lição sobre como escrever. Será que algum dia Rowan vai se impor e lembrar a Allison que ela ainda é uma aluna? Estou me preparando mental e emocionalmente quando sinto alguém ao meu lado. Fecho meu armário.

Meu dia ainda não foi completamente arruinado.

— Linh. Oi.

Linh apoia o ombro nos armários.

— Toma. — Ela me entrega uma caixinha de leite achocolatado.

O cabelo dela está solto, passando dos ombros, mais longo do que me lembro, e ela parece com a Linh pós-Dia do Phở, em vez daquela que eu ajudei naquele beco. Minha garganta parece seca.

— Pra que isso?

— Não consegui falar com você no almoço, mas não queria jogar isso fora. Considere um pequeno agradecimento por me ajudar na semana passada.

— Você realmente sabe como conquistar um garoto. — *Isso, Bảo, isso! Essa foi boa... talvez?* Começamos a andar. Tento lembrar se estou realmente indo para o lado certo. — Como você está? — Essa é a pergunta que eu faço depois de UMA SEMANA pensando nela?

— Estou bem. Feliz que está quase acabando. Sinto que tenho feito uma tarefa atrás da outra. — Então Linh faz uma careta. — Principalmente das aulas avançadas.

— Quantas você tem?

— Três.

Meu estômago se contrai. Três? E ela ainda está viva?

— E ainda preciso trabalhar hoje à noite.

— Eu também. Talvez a gente se veja? — digo isso tão casualmente quanto possível, sem querer parecer que estou sugerindo qualquer outra coisa além de, bem, apenas nos vermos.

— Claro, talvez eu possa ajudar dessa vez — diz ela, com um ar conspiratório, acrescentando um sorriso. Estou sentindo os efeitos dele; talvez seja porque seu rosto está muito mais claro sob as luzes. Uma leveza agradável que só sinto depois de acordar por um longo e bom cochilo.

— Sem chance de a gente conseguir fazer isso de novo — digo fracamente, meio como uma piada, até me dar conta de que não é uma piada. É a verdade. As coisas só deram certo no restaurante da família de Linh, mas não podemos esperar que isso se repita.

Um pouco do riso deixa os olhos de Linh. Caminhamos em silêncio; nossos corpos se recordam do sentimento de estranheza na companhia um do outro. Aquele sentimento de quando eu achei que ela havia rejeitado minha ajuda toma conta de mim outra vez, até ela falar, tão baixo que eu posso ter imaginado:

— É triste pensar nisso... porque nós fomos ótimos juntos. Como se tivéssemos sido feitos para ser parceiros.

Parceiros.

Sim, parece certo para mim.

Ansioso para continuar conversando até não pudermos mais, pergunto mais sobre as aulas dela. Ela pergunta se Allison *ainda* está frequentando nossas aulas em vez de continuar usando seu horário de estudo livre para ir para casa. Ela parece falar sobre Allison com um sorriso provocador, então não lhe digo que me sinto verdadeiramente apavorado por ela em certos momentos.

Chegamos à aula de jornalismo, onde — para a surpresa de ninguém — Allison está sentada no assento de Rowan. Ao lado dela, o maior copo de café gelado da Starbucks que eu já vi. Em um gesto desconcertante, ela sorri para Linh. Ela fica diferente quando faz isso.

— Oi, moça! — Os olhos dela recaem sobre mim, depois se voltam para Linh. Se é que é possível, os lábios dela se alargam. — Não imaginava que veria vocês dois juntos.

Linh pigarreia.

— Ali, eu te contei que ele me ajudou semana passada, não contei?

— Ah, verdade. Foi muito gentil da parte dele. Bem, que bom que você está aqui. Porque tenho uma ideia. — Ali gira na cadeira antes de se levantar como uma vilã que finalmente se decidiu em um plano para dominação mundial.

— Ah, não — diz Linh, ganhando de Ali um olhar que é igualmente fulminante e brincalhão.

— Então, em uma das minhas aulas, umas garotas estavam reclamando que os namorados as levam para todos os lugares errados. Com uma *vibe* chata, caros, etecetera, etecetera. Então pensei: e se a gente criasse um estilo totalmente novo para o jornal? Mandar um repórter visitar novos lugares que qualquer estudante de ensino médio possa frequentar *e* realmente pagar, e mandar a real sobre eles.

— Os restaurantes vão deixar a gente fazer isso?

Não somos exatamente o *Los Angeles Times*. Quem se importa com o que um aluno da La Quinta diz sobre o seu estabelecimento?

— Tenho certeza de que posso pensar em alguma coisa — ela me diz, confiante. — É basicamente publicidade gratuita para os restaurantes.

— Tá, certo, não é uma ideia ruim — diz Linh. — Você tem alguém em mente?

— Boa pergunta. — Ela aponta dois dedos para mim. — Bảo, quero você nisso.

De que forma qualquer parte disso parece boa ou útil para o jornal? Eu, que fui delegado para a tarefa de revisão. Eu, que consistentemente tiro B nos trabalhos de literatura.

— Por que eu?

— Porque você é melhor do que pensa que é, por mais que me doa dizer isso. — Ali me observa com atenção; há uma centelha nos olhos dela me dizendo que ela gosta do fato de que pode me surpreender (e perturbar) com seus elogios. — E Linh, você pode ajudar também.

Os olhos dela se voltam para mim.

— Hm...

— Escuta só: Bảo retrata a cena, avalia a comida, descreve ela. Já que ele cresceu em restaurantes como você e entende de comida, ele *hipoteticamente* deveria ser capaz de fazer isso...

— Ei! — intervenho.

— ... e você pode desenhar o ambiente. Ou pintá-lo. Eu te vejo desenhar há anos, Linh. Você seria perfeita para isso. O jornal precisa desesperadamente do seu talento. Precisa de alguma coisa inteiramente nova. — A voz dela assumiu um tom que eu nunca ouvi de Ali antes; alguma coisa mais sincera. Ela está se tornando mais doce, me permitindo vislumbrar sua personalidade normal, e a amizade das duas.

Linh desvia o olhar, pensando profundamente. Ela disse que estava frequentando três aulas avançadas logo agora, sem mencionar o trabalho no restaurante depois da escola. Sou levado de volta para a semana passada, vendo-a sozinha na viela, parecendo sobrecarregada, perdida. Alguma coisa dentro de mim havia me atraído na direção dela naquele momento. Eu simplesmente sabia que precisava ver se ela estava bem.

Aquele sentimento se ergue outra vez, e as palavras saem antes que eu possa impedi-las.

— Eu topo.

As garotas olham para mim — Ali, triunfantemente e talvez até aprovando um pouco; Linh, apenas confusa.

Sei que há muita coisa contra mim. Muito provavelmente, isso vai me custar alguns fins de semana. Mas, desde que meus pais não descubram com *quem* estou trabalhando, este projeto pode dar certo.

— E, só para constar, Linh, sei que você seria incrível nisso também.

— Não sei se consigo fazer isso. Não é só a quantidade de trabalho. É o fato de que não fiz nada desse tipo, muito menos tive meu trabalho publicado em um jornal. E se eu só *penso* ser boa e no fim não sou? — A pergunta sai baixinho, carregada de incerteza.

— Não, isso não — Ali argumenta imediatamente. — Acho que ninguém pensaria nisso. Já vi o que você é capaz de fazer desde que temos doze anos.

— E os panfletos. Eles ficaram ótimos! — intervenho. — No mínimo, vai ser outra chance de mostrar quão boa você é.

— Linh — diz Ali. — Tem duas pessoas aqui dizendo que você consegue!

— Como... — ela pausa. Ela está dirigindo a pergunta meio dita a mim. Leio a mente dela como naquela noite. Somos partes de uma longa história; podemos não estar diretamente envolvidos como nossos pais, mas nada pode mudar o fato de que nossas famílias e nossos restaurantes são considerados rivais.

Então mantenho minha resposta simples:

— Nós podemos fazer dar certo. — Nós já *trabalhamos* juntos e o resultado foi ótimo. Porque não era a família de alguém contra outra. Éramos apenas Linh e eu naquele momento. Quero acreditar que aquilo pode acontecer novamente.

Depois de alguns instantes, Linh desvia o olhar.

— Deixa eu pensar mais um pouco.

— Isso não é um não, então viva! — Ali bate palmas e a abraça, depois se vira e faz o mesmo comigo antes de se dar conta. Linh ainda parece incerta, talvez um pouco exausta em seus pensamentos, mas ela ainda abre um sorriso.

Quando estamos sozinhos, Linh diz:

— Ali só pede ajuda quando é totalmente necessário. Então você ganhou alguns pontos com ela.

— Isso é bom, porque eu estava negativado faz um tempo.

Linh vai para sua aula de artes. Quando o último dos meus colegas chega, Ali fecha a porta, com uma expressão determinada. As luzes se apagam abruptamente, assustando alguns alunos, mas é só Rowan sendo conivente com a tortura que Allison preparou para hoje, seja o que for. No fim das contas, não me importo realmente com isso. Linh e eu talvez sejamos parceiros.

Abro a caixinha de leite achocolatado e tomo um gole. *Parceiros*.

12

Linh

É claro, quando eu estava caminhando com Bảo, não pretendia dar o leite achocolatado para ele. Não consegui terminá-lo no almoço, me senti culpada de jogá-lo fora — podia ouvir as vozes dos meus pais me repreendendo —, então o levei comigo para a próxima aula. Então vi Bảo em seu armário, e antes que eu me desse conta, minhas pernas estavam me carregando pelo corredor e, de repente: leite achocolatado. Se Ali tivesse visto aquilo, jamais me deixaria esquecer disso.

Mergulho meu pincel em uma jarra d'água, removendo o amarelo--cádmio. A voz de Yamamoto está no fundo enquanto ela conversa com a turma, alternando entre cada estudante para checar seus trabalhos.

Bảo tem se embrenhado no meu cérebro nos últimos dias. Viro uma bagunça toda vez que o vejo, o que acontece com mais frequência do que me lembrava. Há uma teoria sobre a qual falamos na minha aula de psicologia chamada de síndrome do carro vermelho, onde você ouve ou vê alguma coisa uma vez, como um carro vermelho, e de repente começa a ver carros vermelhos em todo lugar. Não me lembro de ver Bảo tantas vezes no corredor — ou talvez eu tenha me treinado para ignorá-lo —, mas já dobrei um corredor várias vezes antes de me virar na direção oposta. Outro dia mesmo, no trabalho, enquanto meu pai estava me passando os detalhes sobre onde encontrar Quyền Thành, que vai ser hoje, eu estava olhando disfarçadamente para a janela, esperando ver Bảo no restaurante dele. Minha mãe se perguntou em voz alta se eu deveria me arrumar para a entrevista.

— Linh.

Será que nós podemos mesmo trabalhar juntos?

Será que Ali planejou nos juntar no momento em que teve a ideia, ou foi depois que eu lhe contei sobre Bảo e o Dia do Phở? Faço uma nota para perguntá-la mais tarde.

— *Linhhhh.*

Mas a pergunta é: *Como nós vamos fazer isso?*

— Linh!

Yamamoto está bem na minha orelha. Dou um grito de susto e derrubo meu pincel, que tilinta no chão. Meus colegas, agora ocupados arrumando suas coisas, dão risinhos. Yamamoto está parada na minha frente, com as mãos no quadril, mas, enquanto outros professores ficariam bravos, ela parece apenas entretida, provavelmente já cheia de perguntas na mente.

— Sabe, já vi você se perder na sua cabeça antes, mas nunca desse jeito. Quer dizer, você está *bem* longe — diz ela, me provocando.

Corando, dobro minha lona e coloco minha tela sobre um tampo de mesa junto com outras telas de um dia. Só um monte de frutas em cestos e flores — aulas de pintura iniciante. Lavo meus pincéis com um tíner inodoro — odeio o tipo com aroma cítrico — antes de secá-los, depois coloco-os sob um pote de água com um pouco de sabão de linhaça. O próximo passo típico é fútil. Lavo minhas mãos até a maior parte da tinta desaparecer. Parei de me preocupar com o resto nos meus dedos; tudo desbota eventualmente. O sinal toca e eu abro caminho até o corredor.

Dentro do bolso dos jeans, meu celular vibra. Tenho meia-hora até minha reunião com Quyền Thành, com quem vou aprender sobre o mundo *fascinante* da engenharia.

— Oi, moça. — Minha melhor amiga diz casualmente no meu armário. Mas eu a conheço melhor e decifro o brilho nos olhos dela. Ela quer falar sobre Bảo. Acho que ela nunca ficou tão entusiasmada quanto depois de me ouvir falar sobre o Dia do Phở. "Uau, não sabia que ele tinha essa capacidade" debochou ela, surpresa. — Como foi a aula de artes?

Reviro os olhos para ela.

— É isso mesmo que você realmente quer perguntar?

— Não, mas eu sou uma jornalista. Preciso lançar umas perguntas para te aquecer. Mas, já que você mencionou: o que você acha? Você vai trabalhar com o Bảo?

— Ali.

— Ah, por favor... vai ser *divertido*!

— Eu não usaria essa palavra.

— Qual você usaria?

— Apavorante. Confuso. Perplexo...

— São sinônimos. — Ela me espera trocar de livros, habilidosamente pegando um que cai perto dela. Ela lê o título antes de guardá-lo: — Psicologia. Bom, isso diz muita coisa.

— Minha pergunta é: como diabos isso vai funcionar? Nossas famílias se odeiam. Não sabemos *nada* um sobre o outro. Eu sinto como se estivesse quebrando várias regras só por concordar com isso...

Ela ergue duas mãos, me pedindo para ir com calma.

— Já resolvi a primeira questão. Eu só vou encontrar restaurantes que ficam um pouco além do raio de onde os seus pais tendem a ir. Você não fica sempre me dizendo que seus pais ou as pessoas que eles conhecem nunca comem fora porque sua mãe...

— ... diz que ela pode fazer qualquer coisa em casa. — Evie e eu costumávamos implorar para nossos pais nos levarem ao McDonald's para comermos um McLanche Feliz.

— Exatamente. — Ela ergue dois dedos, fazendo um dois. — Segundo, estou bastante ciente desse conflito. Eu não o entendo, mas não tenho nada que entender. Mas são as famílias de vocês que se detestam. E vocês? Só por uma vez, vamos simplesmente remover toda a situação familiar: se fossem só você e Bảo parados na frente um do outro, você diria que gosta dele?

— Seria muito fácil gostar dele.

Ela dá um sorriso malicioso. Depois de alguns segundos de atraso, me dou conta do que acabei de dizer. Meu rosto esquenta.

— Parece que você já gosta dele. — Ela pausa dramaticamente. — Talvez até mais do que isso.

Fecho a boca, estendendo o braço para fechar a porta do armário, que balança entre nós. A agitação da tarde ao nosso redor parece mais fraca do que geralmente é; a multidão flui naturalmente ao nosso redor.

Gostar dele.

Meu celular vibra outra vez. Quinze minutos até a reunião.

Não tenho tempo para isso agora.

Ali assente, como se tivesse acabado de ler minha mente.

— Coisas desse tipo não esperam você se dar conta. É tipo o jeito como você acaba desenhando alguma coisa que nunca teve a intenção de desenhar. Pensa só: quando você *gosta* de uma obra de arte, quanto disso é racional e quanto disso é sentimento?

Há artistas e fãs interessados em arte em um nível intelectual; eles consideram a mensagem da obra, a intenção do artista, as conotações do tempo e local de sua criação. Yamamoto é uma desses artistas, o que faz de todas as lições dela interessantes. Mas sou diferente dela — na arte da qual eu gosto, nas obras que eu crio. Sempre começo com uma memória ou um sentimento. À essa altura, Ali já sabe disso.

— Você está usando metáforas sobre arte demais hoje.

— De que outro jeito eu vou fazer você entender? — Ali cutuca meu ombro com o cotovelo e caminhamos juntas para fora da escola, a caminho do carro dela. Ela havia me dito que me deixaria em um Starbucks próximo.

Um atleta passa por nós, me empurrando enquanto tenta alcançar seus colegas de equipe que estão indo treinar. Os ônibus cheios de estudantes partem um por um, deixando pequenos rastros de fumaça. Tudo está se movendo, mas, de alguma forma, meu interior está imóvel.

— Por que você não tenta? — ela me pergunta finalmente enquanto destrava o Nissan, e deslizamos para dentro. — Tem tanta coisa na sua vida que você não pode controlar, Linh, por mais que eu *super* queira que as coisas sejam diferentes para você. Então talvez você possa usar essa oportunidade para fazer alguma coisa por você. Esqueça todo mundo; sua família, o Bảo... Isso é sobre você. Nenhuma regra além das suas.

Prendo meu cinto. Um lembrete surge no meu celular: dez minutos até minha reunião com Quyên. Em silêncio, mostro-o para Ali, que desliza a notificação, dizendo que não há motivo para preocupação.

— Achava que você não gostava do Bảo — digo finalmente.

— Eu disse que não *sabia* se gostava ou não gostava dele. Mas ele tem um olho bom para palavras. Acho que ele é melhor do que percebe. — Ela faz uma curva muito aberta para a direita, e precisa manobrar antes de se ajeitar na via. — Sabe, sinto que consigo escrever uma reportagem de interesse humano inteira sobre você, Bảo e as famílias de vocês.

— Eu reprovo fortemente essa ideia.

— Imagina só a manchete — para meu horror, ela tira as mãos do volante, fazendo o que agora vou chamar de Gesto de Banner. — Dois alunos de famílias e restaurantes rivais? Tipo *Romeu e Julieta*...

Um carro buzina para nós e ela volta a pôr as mãos no volante.

— Só dirige.

Ao entrar no restaurante depois de uma meia hora exaustiva com Quyền Thành, tento reunir entusiasmo suficiente para convencer meus pais de que eles não desperdiçaram um favor comigo. Embora eles tenham.

Quyền Thành havia chegado antes de mim. Ela se sentou com a coluna ereta, em uma banqueta ainda por cima, com o crachá de sua empresa orgulhosamente preso ao peito. Estava com seu notebook, parecendo focada enquanto mandava e-mail atrás de e-mail. Ela vestia um conjunto social cinza — o que não vou mencionar para minha mãe, porque aí ela vai se desesperar: "Eu sabia! Você deveria ter usado um para causar uma boa impressão". Embora Quyền fosse mais baixa do que eu, com um corpo pequeno, a força de seu aperto de mão me pegou de surpresa. Seus olhos, emoldurados por óculos de armação preta e grossa, eram notavelmente límpidos, e senti que ela estava, de alguma forma, escaneando meu corpo em busca de respostas.

Eu tinha perguntas que havia pesquisado na noite anterior, retiradas de um site de faculdade qualquer sobre entrevistas informativas. Ela tinha respostas claras, precisas e diretas; tive que me perguntar se ela estava acostumada a fazer esse tipo de favor.

Quyền era uma engenheira mecânica, mas foi "informada de que eu gostava de arte", e tinha vários amigos que "têm interesse nessa coisa, mas não é realmente Minha Praia".

Nossa reunião foi entremeada de pausas inconvenientes, longos goles de café, e eu descobrindo ser difícil manter contato visual porque tinha medo de que ela conseguiria enxergar a verdade sobre como eu tinha pouco interesse em engenharia.

No final, porém, ela sorriu, simpática. Ela até me abraçou quando a agradeci por seu tempo.

— Eu sei que te deixei entediada.

— Não, eu...

— Você é meio fácil de decifrar.

Odeio meu rosto. Mas Quyền Thành apenas riu.

— Vai por mim: você não é a única que já teve que sofrer com uma palestra sobre o meu trabalho. Por mais que eu ame o que faço, sei que não é para todo mundo. — Ela estava sendo tão legal que desejei ter conseguido fingir que senti alguma coisa. Mas, como Ali mencionou, não é assim que funciono; ou eu preciso sentir alguma coisa...

Ou não sinto.

— Um conselho: acho que eu não gostaria dessa carreira tanto quanto gosto se ela não fosse *minha*. E com isso quero dizer que é uma coisa que posso chamar de minha. Se meus pais estivessem me forçando a ser uma física, eu não gostaria. Então, você tem alguma coisa que seja *sua*?

Não balanço a cabeça ou respondo, ainda hesitando provar ter desperdiçado o tempo dela. Mas talvez ela tenha visto alguma coisa em mim, porque ela simplesmente assentiu e disse:

— Ótimo. Então proteja isso.

Nós nos despedimos e ela prometeu não dizer nada para os pais dela.

De volta ao restaurante, meus pais não pulam em cima de mim logo de cara sobre a reunião. Em vez disso, Mẹ está removendo as fitas adesivas de uma caixa. Ba está sentado em uma mesa do canto para onde foi banido por minha mãe. Embora a coluna dele esteja melhor, ele ainda está usando um suporte para as costas e parece completamente miserável como um cachorro com um colar cirúrgico. Coloco minha mochila em um assento e me junto a Mẹ em uma mesa, me aproximando para olhar o que há dentro da caixa. É um vaso de flores, cerúleo com manchas da cor dos braceletes de jade que ela e basicamente todas as mulheres da família usam. Quando eu era mais nova, achava que era algo que toda mulher vietnamita tinha que usar, uma espécie de rito de passagem.

— Uau — é feito à mão, isso é certo. — Que legal. De onde é?

— Dì Vàng — Mẹ suspira. Minha tia sempre parece evocar esse tipo de suspiro da minha mãe. Ela me passa o vaso; eu sinto seu peso com as mãos, as saliências sutis que intercalam com curvas suaves. No primeiro ano, fiz uma aula de cerâmica, mas não conseguia controlar a velocidade dos meus giros, ou moldar a argila na forma que eu queria. Mas Dì Vàng vive disso, o que é impressionante quando paro para pensar, algo com o que só posso sonhar.

Ela gosta de mandar coisas para minha mãe, e sei que Mẹ gosta delas, por mais que não aprove a escolha de carreira da irmã, já que ela exibe suas peças por todo lugar: a manta debaixo da TV, a mesa de cabeceira no quarto dos meus pais. Tenho um cofrinho em formato de elefante que Dì Vàng fez para o meu aniversário de cinco anos e me entregou em mãos da última vez que veio para os Estados Unidos.

Desde a Guerra do Vietnã, e especialmente depois da queda de Saigon, que foi o que forçou nossa família a se espalhar, a maior parte dos meus parentes distantes se instalou em Washington, Louisiana, Flórida e Texas. Não foi exatamente barato voar até aqui, e o governo tem regras rígidas, então minha tia deve ter feito as amizades certas para poder nos visitar por um tempo. Eu imaginei como seria legal se ela morasse perto de nós permanentemente e como ela poderia me ensinar mais sobre a arte dela.

Eu havia perguntado para minha mãe por que Dì Vàng não queria simplesmente se mudar para cá.

Mẹ simplesmente balançou uma mão. É seu gesto de sempre, uma não resposta.

— Eu já tentei convencê-la, mas ela diz que é feliz lá.

Então minha mãe voltou sua atenção a alguma coisa aparentemente mais importante, ignorando minha pergunta.

Ela e Ba contam histórias de infância sobre o Vietnã o tempo todo, mas elas frequentemente se contradizem: os bons tempos, quando Mẹ fala sobre correr despreocupadamente pela praia com as amigas, com o sol nascendo atrás dela, ou quando Ba jogava futebol com soldados norte-americanos que serviam por perto. Então há os dias sombrios — funerais, dizer adeus para familiares, perder tudo no caminho para cá. É algo que eu jamais serei capaz de entender.

— Você não deveria estar trabalhando? — resmunga Ba em sua mesa. Mẹ e eu reviramos os olhos, depois embrulhamos o vaso outra vez, cuidadosamente.

— Ah, sua reunião no café! — Ela se lembra de repente. — Como foi? Quyền Thành não é gentil?

— Ela foi supergentil. Ajudou bastante.

Mexo na aba da caixa na qual veio o vaso. Eu me pergunto se Mẹ consegue notar a apatia na minha voz.

Ela balança a cabeça, satisfeita.

— Perfeito. Está dando tudo certo.

Assim como o Dia do Phở. Assim como qualquer coisa que não faz eles se preocuparem muito.

Enquanto prendo meu cabelo, me preparando para o turno, as palavras de Ali hoje mais cedo voltam para mim.

Tem tanta coisa na sua vida que você não pode controlar... então talvez você possa usar essa oportunidade para fazer alguma coisa por você.

Alguma coisa só para mim.

Pego meu celular e mando uma mensagem para Ali.

13

Bảo

Solto um grunhido assim que entro no trabalho. Minha mãe e seu círculo de amigas estão plantadas em uma das mesas nas laterais, gargalhando sobre alguma coisa. A General está contando a história, com o rosto rosado de tanto rir. Tenho certeza que isso é *depois* de ela se gabar do filho que estuda em Stanford e do *outro* filho que estuda no MIT, ambos dos quais raramente vão para casa.

— As carnes que eles usam nunca são frescas! Com certeza algum dia os clientes vão ter uma intoxicação alimentar.

— Você não devia dizer esse tipo de coisa — diz uma das mulheres enquanto ri, com a voz anasalada.

— Mas é verdade. Eu juro. Fico surpresa *daquele restaurante* ainda estar funcionando.

É claro que é por isso que elas estão rindo.

Reprimindo meu desgosto, caminho rapidamente para os fundos, mas não sem antes registrar o riso da minha mãe, baixo quando comparado ao da General. Fico me perguntando — considerando como ela fala mal do restaurante para mim e meu pai — será que ela realmente quer tanto assim que a família de Linh vá embora? Será que ela realmente quer tanto assim que o outro vá à falência?

Cumprimento um dos cozinheiros, Trần, com um aceno de cabeça, distraído. Ele começa a tossir sem parar enquanto desmancha caixas de papelão. Eddie está preparando as verduras, cortando-as a toda velocidade. Uma pilha de cebolas toma conta da mesa de preparativos e aventais recém-lavados repousam por perto, esperando serem pegos.

Antes, eu teria deixado esses pensamentos passarem batido; eram coisas normais de ouvir. Mas não agora. Penso em Linh, desesperada no beco, na satisfação na voz da mãe dela quando ouviu que os clientes elogiaram sua comida.

Talvez os Mai tenham uma boa razão para nos odiarem.

— Deus nos ajude — resmunga Việt ao entrar na cozinha, com a mochila pendurada em um ombro. — A voz da Bà Nhi me dá as piores dores de cabeça.

Abro um sorriso. Eu a chamo de General, mas Việt a chama pelo termo geralmente reservado para pessoas mais velhas. *Bà Nhi, bà quý.*

— Pelo menos ela vai embora logo.

— Como você sabe disso?

Việt desliza os dedos pelo celular.

— Minha mãe disse que o tio da prima de Tracy contou que Bà Nhi está planejando fazer uma plástica no nariz. Então ela tem uma consulta. — Levo um minuto para ligar os pontos. — O tio de Star Nails. — Ainda não ajuda, mas, se a mãe de Việt é a fonte, vou acreditar nela. Ela é criteriosa sobre as pessoas ao seu redor.

Trần, ainda ocupado com as caixas, tosse com tanta força que um pouco de cuspe voa de sua boca.

— Você está bem, cara?

— Ugh, eu ando muito doente. Mas não posso faltar no trabalho. Tenho contas para pagar.

Minha mãe entra na cozinha.

— *Mày bệnh hả?* — ela pergunta para Trần. Ela não espera uma resposta. Apesar do "*mày*", que geralmente soa ameaçador, ela se aproxima e coloca as costas da mão na testa dele. — Por que você está trabalhando? Você está queimando.

— Mas...

— Vá para casa. Durma.

— Eu sei, mas meio que preciso do dinheiro e...

— Vá para casa. Você vai receber o dinheiro. — Ela dá meia-volta e vai até o fogão, onde há caldo cozinhando em duas panelas. — Tome, leve um pouco disso para casa. Vai ser bom para a sua garganta. *Bệnh mà còn đi làm.* — Ela estala a língua. Depois, chama-o de idiota.

Outra vez ele tenta protestar, mas Mẹ avança para cima dele. Ela não vai aceitar um "não" como resposta. Desistindo, Trần agradece minha mãe enquanto sai da cozinha.

Alguns anos atrás, a esposa de Trần tinha dado à luz sua primeira filha, mas ela não podia tirar mais dias de folga do trabalho — a empresa onde ela trabalhava não dava licença maternidade. Então, em certos dias, Mẹ permitia que eles deixassem o bebê na sala com ar-condicionado. Os outros funcionários e eu nos revezávamos para checar se estava tudo bem com a criança. Ba usava a babá eletrônica no cinto como se fosse um acessório estiloso. Mas minha mãe passava a maior parte do tempo cuidando dela, usando um tom de voz que eu nunca havia escutado vindo dela.

Observo agora enquanto minha mãe dá a Việt a lista de tarefas do dia, com a voz firme, sem deixar espaço para argumentos. Essa é a mãe que eu vejo o tempo todo. Mas ela também é o tipo de pessoa que daria um container de caldo para um homem doente, que cuidaria de uma criança em um restaurante cheio.

Minha mãe ainda é uma pessoa gentil, embora seja amiga da General e ouça piadas sobre os Mai. Ela tem de ser.

São oito da noite em ponto, e estou terminando meu turno para ir para casa e fazer as tarefas da escola. Minha mãe fez questão de me deixar sair mais cedo apesar de o restaurante fechar às dez.

Vejo a porta de Linh se abrindo lentamente. *É mesmo. Ela também sai a essa hora.* Ela está ocupada demais enfiando alguma coisa em sua bolsa-carteiro para me notar. Uma semana atrás, eu contaria os segundos até ela ir embora. Hoje, no entanto...

Arriscar. Parando para pensar, eu nunca me arrisquei de verdade. Mas vou me arriscar hoje. Tomado por uma emoção que não consigo distinguir, saio do restaurante em uma fração de segundos.

— Oi, Linh! — grito.

Alarmada, ela ergue os olhos; depois, sua expressão se tranquiliza ao me reconhecer. Ela diz alguma coisa, mas um sedan detonado decide passar entre nós naquele exato momento, carregando consigo suas palavras. Sorrimos quando ele se vai. Percebo que meus pais também têm uma vista clara de nós dois, inimigos, fraternizando um com o outro.

Tendo a mesma ideia, Linh gesticula para um ponto fora da vista da janela. Ela prendeu o cabelo em dois pequenos coques, expondo seu rosto de forma que, quando ela sorri para mim, como agora, sua covinha esquerda fica à mostra. Meu estômago desmonta. Eu me recupero e devolvo o sorriso o melhor que consigo.

— Então, tem essa loja de *bubble tea* que eu amo — diz Linh, como se estivéssemos apenas continuando uma conversa. — 7 Leaves.

— Sei! — *Vai com calma, Bảo.* Pigarreio. — Quer dizer, vou sempre lá.

— Vamos nos encontrar lá? Nós precisamos descobrir algum tipo de plano se vamos trabalhar juntos.

— Nós vamos?

— Sim. Pensei "por que não me divertir um pouco?"

Meu coração acelera de entusiasmo.

— Sim, um plano. — Aparentemente, só consigo dizer palavras curtas. — Quer dizer, ótima ideia. Aprazível.

Estremeço. *Eu disse isso mesmo?*

Felizmente, Linh ri.

— Te encontro lá em uma hora? Só quero trocar de roupa. Estou cheirando a molho de peixe.

Isso me dá uma hora para ficar pronto. Provavelmente também estou cheirando a molho de peixe.

Cheiro minhas roupas.

Estou mesmo.

Assim que Linh desaparece na esquina, disparo na direção oposta a caminho de casa.

Vou "estudar com Việt". A tradução normal disso é que nós só vamos jogar videogame na casa dele. Mas agora isso mudou. Việt me manda uma mensagem dizendo que preciso pagá-lo toda vez que eu o usar como desculpa. Quando respondo com um GIF de Stephen Colbert mostrando um certo dedo, Việt meramente envia um emoji de beijo. Mas é sério: qualquer atividade relacionada a Việt é tranquila para os meus pais e eles mal me deram tchau quando saí voando de casa. Mẹ estava ocupada com um drama coreano, porque ela ama um drama; Ba acenou distraidamente, mais preocupado com sua tigela quente e açucarada de *chè xôi nước*.

Linh está do lado de fora do 7 Leaves, com o cabelo solto ao redor dos ombros, vestida com uma camiseta branca e jeans.

Nunca pensei que caminhar até o caixa me faria entrar em pânico internamente, mas fez. Peço chá com leite enquanto Linh pede um de morango. *É para eu pagar? Eu tenho que pagar, não tenho?* A pessoa atrás do balcão, um rapaz morto de tédio de vinte e poucos anos, alterna olhares entre Linh e eu, como se tivesse pena de nós. Adolescentes esquisitos, ele deve estar pensando. Então ele suspira. Definitivamente pensando sobre nós. Só para nos livrar do olhar dele, pego minha carteira e o caixa balança a cabeça, quase em sinal de aprovação, como se dissesse *"Boa, cara".*

— Não precisava.

— Considere como um pagamento pelo leite achocolatado do outro dia.

Pegamos nossas bebidas e nos sentamos à uma mesa entre outras duas: uma com um casal — chinês, eu diria —, supermelosos um com o outro, e outra com um senhorzinho adormecido em uma banqueta — impressionante —, usando um chapéu de pesca, um colete preto sobre uma camisa de manga comprida xadrez e shorts cargo bege. Um pescador que não pesca. O caixa diz alguma coisa, mas o senhorzinho não esboça nenhuma reação. Provavelmente é o dono ou o pai do dono.

O lado bom de nos encontrarmos aqui é que é fácil ver quem está aqui e quem não está. Especialmente se alguém é parte do grupo de Mẹ e da General.

O assento sob mim é gelado. Meu estômago fica agitado assim que nos sentamos juntos. O silêncio no espaço e o ruído da geladeira acentuam nossa proximidade. Nossos tornozelos se tocam, e todo o meu corpo — quero dizer, *todo* mesmo — desperta.

Linh está tirando um caderno e uma caneta; ela estava falando sério sobre pensarmos em um plano, e talvez essa seja a única razão pela qual ela sugeriu que nos encontrássemos aqui. Para riscar uma coisa de sua lista de tarefas. Tento dizer a mim mesmo que ficaria bem se nós só conversássemos sobre o novo projeto.

O único problema é que eu estaria mentindo.

— Estou nervosa.

Olho para ela, mas seus olhos estão fixos na mesa, os dedos brincando com a borda do caderno.

Talvez eu devesse ter feito jogo duro, pensando em como garotos *devem* ser descolados e charmosos — como os protagonistas de tantos filmes: Chris Pine, Will Smith, Henry Golding. Na realidade, sou mais como um personagem do Randall Park.

— Eu também. Fico pensando que algum conhecido vai aparecer e nos ver, e a história vai se espalhar.

— Como espiões de óculos escuros.

Instantaneamente, a imagem da minha mãe surgindo de trás do balcão, com óculos escuros e um chapéu engraçado, quase me faz engasgar.

— Acho que estamos seguros.

Linh segura sua bebida com as duas mãos.

— Uma parte de mim escolheu esse lugar por esse motivo. — Sorrimos um para o outro. — Mas, se você está repensando, não precisa fazer isso. A Ali é insistente às vezes, mas eu posso falar para ela que essa não é a sua praia.

— Essa pode ser a minha praia — brinco. — Talvez possa até ser minha coisa favorita de todas as coisas que eu gosto.

Linh compreende.

— Toma cuidado, a Ali pode te colocar para fazer outras coisas.

Finjo estremecer.

— Não conta para ela. — A tensão se dissipa e eu quero que as coisas continuem assim, então me apresso. — Olha, honestamente não estaria aqui se não quisesse. Mas tenho a impressão de que talvez você esteja reconsiderando tudo isso.

Dessa vez, ela ergue o queixo, como se estivesse aceitando um desafio.

— Não estou. Não mais. — Ela mexe no canudo. — Por que *você* está aqui?

— Porque andei pensando que é ridículo nós termos crescido um de frente para o outro e nunca termos nos conhecido de verdade. Porque a noite em que trabalhamos juntos provou que você não é como me contaram. Bom, pelo menos como as coisas que eu ouvi sobre a sua família.

— O que você ouviu sobre nós?

Hesito responder. Isso pode interromper esse encontro.

— Você realmente quer saber?

Linh assente.

— Que vocês são membros de uma gangue.

— *O quê?* Isso é o que os meus pais dizem sobre *vocês*!

Tento imaginar meus pais como membros de uma gangue — minha mãe na verdade talvez conseguisse se passar por líder — mas guardo isso para mim mesmo.

— Eles também disseram... que vocês expulsaram Bàc Xuân do lugar dele. — Linh fica boquiaberta ao ouvir isso. Ela parece verdadeiramente ofendida, e desejo poder engolir minhas palavras. — Quer dizer, isso é o que eu *ouvi*. Não estou dizendo que acredito nisso.

— Nós jamais faríamos isso! Ele era um amigo da família. Eu estava lá quando ele contou para os meus pais que queria se aposentar. Que queria passar mais tempo com os netos! A sua mãe disse isso para você? — Meu rosto deve ter me revelado. — Honestamente, sua mãe sabe ser brutal.

Sinto um arrepio. Nunca é bom ouvir uma pessoa que você ama ser criticada.

— Você acha que ela é brutal? Você não conhece Nhi Trưng? Ela é a verdadeira líder. *Ela* é a pior.

Isso é algo com que nós dois concordamos. Uma parte de mim fica aliviada que o foco tenha saído da minha mãe; não sei se quero ouvir mais do que pode ter sido dito contra nós.

— Ah, nós conhecemos ela — diz Linh. — Ela queria tanto o restaurante que queria nos expulsar para ficar com ele. Tenho certeza de que ainda está tentando.

Dou de ombros, sem saber o que fazer. Não tenho nada para usar como um contra-argumento, porque é verdade.

— Desculpa — consigo dizer, com medo de ter estragado tudo antes mesmo de podermos começar a trabalhar juntos.

Na minha cabeça, esse projeto do jornal é como uma ponte velha e bamba sobre uma cachoeira imponente. Um passo em falso e nós caímos.

— Não estou brava com você. É só que... — Ela tem um brilho distante nos olhos. — Fico me perguntando que outras coisas já disseram para nós que na verdade eram um rumor simples que cresceu e se transformou em outra coisa.

Eu me inclino para frente. Cuidadosamente.

— Podemos concordar que nossos pais se preocupam com os negócios e talvez seja por isso que eles são assim. Sei que meus pais investiram tudo no restaurante. Não saberia te dizer quantas vezes eles ficaram trabalhando noite adentro só para chegar ao fim do mês.

Linh faz uma careta.

— Eu sei. Noites em que eles provavelmente nos deixaram sozinhos com mais frequência do que deveriam.

— E quando éramos novos demais para ficarmos sozinhos em casa.

— É um dos segredos mais bem guardados dessa comunidade.

A ponte está estável novamente.

— Como foi para você crescer em um restaurante? — pergunto. — Parece que todas as minhas memórias de infância se passaram lá.

Os olhos de Linh se acendem.

— Deixa eu adivinhar: foi lá que você assistiu a todos os segmentos de *Paris by Night*? Brincou de lava pelos azulejos?

— Sim! Receber olhares de clientes assíduos sempre que eu pegava uma mesa inteira.

— Você tinha uma sala da soneca também?

— Você diz o lugar onde nós guardávamos nossos sacos de arroz?

Era realmente como vidas paralelas. A dispensa, com todo o arroz e alimentos não perecíveis, era onde eu tirava sonecas quando criança e, por mais estranho que fosse, ainda me dava uma sensação de conforto sempre que entrava lá para pegar alguma coisa. Eu me lembro agora — os verões quentes quando ainda não estava na escola, dormindo em um pequeno berço enquanto meus pais trabalhavam na cozinha. Um ventilador velho soprando ar fresco em mim. Um minúsculo dicionário que meus pais guardavam lá só para o caso de precisarem pesquisar palavras que ouviam dos clientes — eu costumava virar as páginas quando estava entediado de ficar no salão principal. Um pequeno banco onde Mẹ se sentava quando me dava o almoço, o que acontecia depois da hora da soneca.

— Acho que, para responder sua pergunta sobre crescer no restaurante: não foi completamente ruim. Quer dizer, às vezes preferia ficar desenhando a ter que trabalhar, mas... — Linh dá de ombros. — ... é uma parte tão grande da minha vida que não consigo me separar dela... por mais que eu tente.

Debaixo do caderno de Linh, vejo seu bloco de desenho — branco com um monte de rabiscos: sua arte. Ignorando seu olhar questionador, pego o bloco sob seu braço, examinando o desenho, que tem um estilo similar ao do panfleto do restaurante da família dela, só que dessa vez mostra um casal caminhando por um boulevard iluminado em uma cidade. É como se eu estivesse lá com o casal.

— Legal. Da hora. Parece Nova York. — Deslizo o bloco de volta para ela.

— Nunca fui para lá. Só me baseei em uma imagem do Google — ela balbucia a última parte, como se estivesse envergonhada.

— Você quer ir para Nova York?

— Não sei, na real. Sinto que é isso que artistas de verdade devem fazer, e consigo entender por quê. Provavelmente é legal ver todos os arranha-céus, andar na Times Square, só vendo todo tipo de pessoa e culturas diferentes. Mas não posso nem pensar nisso por enquanto. Primeiro preciso pensar em um jeito de contar para os meus pais que não quero fazer engenharia.

Faço uma careta. Engenharia. Parece chato demais para Linh. Para onde iriam as cores dela?

— Então seus pais são os típicos pais asiáticos.

Ela balança a cabeça, quase morosamente.

— Acho que você deveria ser uma artista.

Um riso curto escapa dela e um pouco da tensão deixa seu rosto.

— Tá bom, claro, isso resolve *tudo*.

— Você leva a arte a sério. Mesmo quando eu te conheci aquele dia. Você fez um estrago naquele papel com seus gizes.

— Você era o menino com cabelo tigela e uma obsessão estranha com o Homem-Aranha — lembra ela, com os cantos dos olhos dobrando. Ela está sorrindo.

Ergo as mãos em defesa.

— Não me diga que você não era obcecada com *alguma coisa* quando era mais nova. A minha simplesmente era o Homem-Aranha. Você aparentemente tinha alguma coisa contra materiais de desenho. Pobres gizes.

— Era um desenho pontilhista!

Quando as pessoas ficam entusiasmadas, alguma coisa muda em seus rostos — é um brilho, acho, nos olhos delas. Vejo isso quando o rosto de Việt se acende ao falar sobre o mais recente episódio de *svu*. Em Mẹ quando ela está cozinhando *bánh xèo*. Em Ba sempre que comida boa está envolvida. Lembro até mesmo da centelha focada no olhar de Allison quando estamos na redação. Aqui, com Linh, ela tem esse tipo de luz nos olhos. Sinto vontade de saber como é isso.

— Você pode me falar sobre a sua arte? Tipo, como é quando você está trabalhando em alguma coisa?

Linh se recosta ao banco, mastigando uma bola de tapioca.

— É como se eu saísse do meu corpo por um segundo. Não é exatamente como uma experiência extracorpórea. Tipo, não é como se eu flutuasse sobre meu corpo ou nada desse tipo. Mas acho que fico focada. E nada pode me distrair. Sempre que estou trabalhando em uma obra, minha mãe reclama que eu não ouço quando ela me chama para jantar.

Então o brilho meio que desaparece e seus olhos voltam a parecer distantes. Ela balança a cabeça, voltando a si, sem me contar para onde foi, embora eu ache que saiba. Os pais dela provavelmente surgiram em sua mente.

— E você? Do que você gosta? Seus pais estão te atormentando para fazer alguma coisa que você não quer?

— Eu sou basicamente um fracasso e eles ficariam felizes se eu simplesmente encontrasse *alguma coisa* para fazer. — *Vamos direto ao ponto.*

— Ah, vai, fala.

— Não, sério. Não sou nada comparado à Linh Mai da grande família Mai.

— Fala sério.

Eu me remexo no lugar. Ela acha que estou brincando, mas como eu lhe digo que não estou?

— Não sou bom em nada. Não sei se algum dia vou ser.

— Deve ter alguma coisa. Cozinhar?

— Tem um motivo para eu ser proibido de ficar muito tempo na cozinha.

— Cantar?

— Claro, posso cantar uma música agora, mas não quero te traumatizar.

— Esportes? — Diante da minha expressão, Linh segura uma risada. — Bom, quem liga se você é *bom* em alguma coisa? O que você *ama*? Que tipo de coisa você não vive sem?

Dou de ombros e dou um gole no meu *bubble tea*. Nada me vem à mente.

— A mediocridade não me incomoda.

— Você não pode estar falando sério.

— A mediocridade me permitiu viver sem muita pressão ou julgamento. Ser medíocre na escola é ótimo. Ninguém te incomoda! Ninguém nem olha para você.

— Mentira. Você se importa *sim* — diz Linh, séria. Sua mira é perfeita.

— Como você sabe disso?

— Sua voz subiu um tom. — Essa é uma observação típica de Việt.

— Minha voz...

Linh toma um gole elegante de chá, mas o humor faz seus olhos brilharem. Seus olhos muito *bonitos* — estou me distraindo.

— Pois é.

Eu me lembro da outra noite no jantar, quando meus pais acreditaram em mim, talvez um pouco demais. Não fiz nada até agora para lhes dar tanta confiança em mim. Nada que possa impressionar os clientes que parecem sempre estar se gabando de seus filhos bizarramente talentosos.

Então me entrego. Coçando as costas do pescoço, admito:

— Tá bom, tá bom. Vou tentar explicar. Eu olho para os meus pais. Eu sei o que eles fizeram para chegar até aqui. Nunca foi fácil. E ultimamente ando pensando que estou falhando com eles. Minhas notas não são completamente ótimas. E não estou quebrando recordes nos esportes como o meu amigo Việt.

— O atleta de cross-country?

Isso é chocante.

— É, ele mesmo. Você acompanha esportes?

Linh explica depois de fazer uma careta.

— Você não foi forçado a ouvir a Ali relendo artigos de jornal.

— Prefiro disputar um campeonato de cross-country — digo, sarcástico. — Enfim, estou me sentindo mais pressionado do que o normal. Estamos no último ano e acho que... — suspiro. *Como posso dizer isso?* — Eu sinto que ignorei todas as oportunidades ao meu redor, e agora não tenho muito o que fazer.

— Isso não é verdade! — exclama Linh, se inclinando para frente. — A Ali e eu estávamos conversando hoje mais cedo...

— Espera aí. Vocês estavam falando sobre mim?

Não vou mentir: minha autoestima dispara.

— Ela estava decidindo se odeia você ou não. — Ela ri. E minha autoestima despenca. — Só estou brincando. Ela falou que você tinha um olho bom para as palavras. O que faz sentido, porque, você sabe, são poucos os garotos que usam a palavra "aprazível".

Ela tenta imitar minha voz mais grave, e nós dois sabemos que ela falha, então caímos no riso, tão alto que acordamos o senhorzinho de sua soneca. Ele olha para nós, depois joga a cabeça para trás outra vez.

— Talvez você só precise encontrar alguma coisa sobre a qual valha a pena escrever. Alguma coisa que te interesse... talvez essa — Linh gesticula não para nós, mas para a ideia do que concordamos fazer — seja a sua chance de se destacar.

O futuro. Como ele pode ser assustador!

Linh decifra a expressão no meu rosto logo de cara, porque ri e desiste das perguntas sobre o futuro.

Terminamos nossas bebidas, e o senhorzinho na verdade ainda está acordado, agora nos encarando com olhos desconfiados. O lugar vai fechar daqui a pouco. *Certo, entendi.* Ergo meu copo com o que sobrou de chá e pergunto para Linh:

— Quando devo te pagar por essa palestra motivacional?

Linh me dá *aquele* sorriso.

— Chá de graça já é o bastante.

14

Linh

Uma vez lá fora, o silêncio é reconfortante e quentinho, como uma boa tigela de sopa de *wonton* em um dia chuvoso. Sinto o calor de Bảo ao meu lado; minha mão está a um sussurro da dele. Durante o verão, com o fluxo de turistas, essa parte do bairro fica cheia de senhorinhas vietnamitas vestidas com trajes de passeio. Não é tão movimentada quanto o tráfego na avenida Bolsa, especialmente quando a feira noturna começa, mas não deixa de ser uma região para turistas. É provável que você seja coagido a comprar jaca em bandejas de isopor, rambutão ou longan, ou — se a mulher for uma vendedora *muito boa* — durião. Às vezes, fico me perguntando se elas chegam a vender tudo e, quando isso não acontece, para onde as frutas vão.

A visão de Bảo passando sob a luz de um poste me faz parar. É como se ele tivesse acabado de entrar em uma pintura de Caravaggio. A luz forma sombras, escurecendo metade de seu corpo. As linhas de seu rosto parecem mais nítidas.

— Que foi? — Bảo passa a mão pelo cabelo. — Tem alguma coisa no meu rosto?

— Nada. É a luz. Estava perfeita por um segundo.

— Você repara nesse tipo de coisa?

Dou de ombros, envergonhada por ter sido pega encarando dessa vez.

Bảo salta em uma parede de blocos de concreto próxima, caminhando por sua extensão antes de pular para o chão, de volta ao meu lado.

— Lembra daquela tigela de phở? De como era ruim? Provavelmente era do...

— Phở Bác Hồ. Meus pais odiavam aquele lugar.

— Os meus também.

Pelo menos nossos pais parecem concordar em uma coisa: um desgosto universal por qualquer coisa que se refere a Hồ Chí Minh no nome. Faz eles lembrarem muito da guerra. Os donos inventaram uma desculpa esfarrapada quando abriram — dizendo que estavam se referindo a um parente mais velho. Mas você tem que ser muito ignorante para abrir alguma coisa com esse nome aqui. O lugar fechou pouco depois de Bảo e eu nos conhecermos.

— Mas nunca cheguei a ver você desenhar o Homem-Aranha, cheguei?

— Por causa dos nossos pais.

Alguma coisa passa nos olhos dele que me faz estremecer.

— Você já pensou em como teria sido se nossos restaurantes não fossem concorrentes?

É uma pergunta muito complexa para arrematar nosso tempo juntos, mas respondo tão honestamente quanto possível.

— Acho que pensei na ideia de você, se é que isso faz sentido. Mas isso é diferente. Eu finalmente tive uma chance de te conhecer. E você parece legal.

— Não esquenta, a fachada de cara legal desaparece quando nos encontrarmos pela quarta vez.

— Ótimo. Eu estava mesmo sentindo a *vibe* de babaca bem no fundo.

Parece que levamos uma hora para finalmente chegar à rua Ward, onde nossos caminhos se dividem. É disso que vou me lembrar: seu aceno acanhado e as sombras que o engolem a caminho de casa.

Quando entro em casa, apenas Ba está acordado. Problemas de coluna, provavelmente. Posso sentir o cheiro da pomada emanando dele outra vez. Ele está sentado na sala escura, com a TV ligada, mas o cabo desligado. A estática da tela ilumina seu rosto adormecido, em um padrão hipnotizante.

— Ah, *con về rồi?* — pergunta ele, meio grogue, afirmando o óbvio. — Como foram os estudos?

— *Dạ.* Foi tudo bem. — A mentira sai da minha boca um pouco fácil demais, embora eu sinta seu peso no meu estômago. Mas é preciso. Tiro meus sapatos, depois vou para o meu quarto. — A prova vai ser fácil. Agora, vá dormir.

— Hm. — Eu lhe dou mais duas horas até ele se arrastar para a cama e acordar cedo para recomeçar sua rotina.

Minha mãe me acorda na manhã seguinte, batendo à porta. Minha boca está ressecada e a luz quase machuca meus olhos. Lembro que não tomei água depois do *bubble tea*. É possível ter ressaca depois de beber muito chá?

Ouço Mẹ caminhar levemente pelo quarto. Seu xampu — Head & Shoulders, que ela divide com Ba — faz meu nariz coçar. O colchão se enruga um pouquinho quando ela se senta ao meu lado, dando tapinhas leves na lateral do meu corpo. Era assim que ela acordava Evie e eu antes de sair para um longo dia no restaurante.

— *Con, dậy đi. Chín giờ rồi* — sussurra ela, com a voz suave como o deslizar de um pincel sobre uma tela bem-preparada.

Viro minha cabeça para a direita e checo o horário correto: oito da manhã, em vez de uma hora mais tarde como ela acabou de dizer.

— Só mais cinco minutinhos.

— Mẹ acabou de fazer *bánh patê sô*. Fresquinho, acabou de sair do forno. Só é bom quando é comido quente.

Inspiro os aromas de sua promessa. Massa folhada amanteigada. Frango macio e saboroso no centro. E então meu favorito de todos os tempos: café vietnamita terroso, apenas esperando para ser combinado com leite condensado.

Certo, vou me levantar.

Mẹ sabe que me tem nas mãos. Ouço um sorriso em sua voz:

— Te vejo mais tarde.

Chegando à cozinha, vejo que ela não fez apenas *bánh patê sô* e café. Ela deve estar testando receitas. Há várias panelas cozinhando no fogão e, no pátio externo, há duas panelas maiores, o que me diz que, seja lá o que ela esteja cozinhando, talvez deixe a casa toda cheirando. Há várias ervas de molho em bacias de água. Pelo menos cinco garrafas e jarras de *gia vị* estão abertas sobre a mesa da cozinha. Sempre metódica na cozinha do restaurante, ela é o completo oposto na nossa cozinha.

Mesmo assim, amo manhãs como esta.

A massa folhada está esperando apenas por mim. Afundo meus dentes nela; flocos caem sobre meu colo. Mẹ me faz testar o nível de café e leite, depois despeja gelo sobre ele. Enquanto Mẹ se ocupa ao redor da cozinha, converso com Evie em uma chamada de vídeo, e ela reclama que todos os pais mandaram kits de cuidado para os filhos, exceto Mẹ e Ba.

— Kits de cuidado? O que é isso? — pergunta Mẹ (ou grita, enquanto o processador tritura alguns temperos). Evie explica rapidamente o conceito, ao que Mẹ responde que comida vietnamita, do tipo bom, jamais pode ser enviada pelo correio.

Enquanto isso, minhas mãos estão começando a doer de segurar o celular para que elas possam se ver.

— E *bánh tai heo*? Estou morrendo de vontade. — Minha irmã ama comer orelha de porco. Não orelhas de porco de verdade, mas biscoitos açucarados com esse formato.

— Tudo bem. Se você quer, vou fazer.

— Não precisa fazer se estiver muito ocupada — ela comenta que Mẹ não deveria estar cozinhando em seu dia de folga. — Os fins de semana são para se divertir. Para as pessoas fazerem um hobby ou coisa do tipo.

— É, como jardinagem — digo.

— Sem chance. Toda vez que Mẹ tenta cultivar alguma coisa, ela mata a planta.

— Nosso solo tem algum problema — Mẹ protesta de leve enquanto pega alguma coisa na gaveta.

Evie e eu trocamos olhares. Isso faz parecer que ela não está a horas de distância. No nosso pequeno quintal, há um cemitério de plantas que Mẹ tentou cultivar: tomates, pepinos, pimentas. As únicas coisas que sobreviveram foram as ervas, embora apenas uma pequena seleção.

— Claro, Mẹ. Claro.

Evie diz que ela vai correr e manda mensagem mais tarde. Quando termino a chamada, Mẹ pergunta, preocupada:

— Ela parece feliz? Você não achou ela mais magra? Talvez ela não tenha comida o suficiente.

Quando levamos Evie para o dormitório da faculdade, tínhamos mais comida para ela do que qualquer outra coisa. Felizmente, a colega de quarto dela é filipina, então ela e os pais meramente parabenizaram os meus pelo preparo. Então Ba lhes disse para passar no nosso restaurante se alguma vez fossem para nossa região. Foi então que Evie decidiu que era hora de dizer adeus.

— Mẹ, ela está bem. Ela parece muito feliz. Não se preocupe.

— *Mà Mẹ là Mẹ. Mẹ phải lo.*

Terminando o café da manhã, me levanto. Abraço minha mãe por trás.

— Sim, mas a Evie tem tudo sob controle. Ela sabe se cuidar. Você sabe como ela é. — Ao ouvir isso, Mẹ apenas suspira profundamente, e meu corpo imita o movimento.

— Você sente saudades dela? — pergunta ela.

— Às vezes — e essa é a verdade. Achei que seria muito mais estranho voltar para casa e encontrar um quarto meio vazio. Mas, ao longo das últimas semanas, me acostumei. Penso na minha tia e nos pacotes que envia para Mẹ. Olho para ela debruçada sobre a pia, contemplando o quintal melancolicamente. A luz mostra que Mẹ parece ter alguns fios brancos a mais do que eu lembrava. — Você sente saudades de Dì Vàng?

— Às vezes — ela responde baixinho. Ela não elabora, e me pergunto se está entrando em um de seus momentos melancólicos.

Deixo para lá e pergunto se posso ajudar com alguma coisa.

— Não, tem muita coisa para fazer. Eu mesma faço. Vá fazer sua lição de casa e, se tiver terminado, vá fazer seu *hobby* — diz Mẹ, tentando imitar o jeito como Evie falou, mas sua pronúncia acaba saindo anasalada.

Mordo a língua, com a sensação de que é assim que meus pais sempre vão ver a pintura.

É apenas uma sugestão, e ela provavelmente não pensa nada a respeito, mas o descaso fácil pelo meu hobby faz o sabor do *patê sô* ficar desconfortável na minha língua.

— Você realmente deveria fazer alguma outra coisa, Mẹ. Você trabalha demais.

— E trabalho é bom. Trabalho dá dinheiro. — Enquanto abre o processador para espiar seu conteúdo, ela diz: — Não tenho um hobby desde que eu era adolescente. Quando tinha sua idade.

— O que você gostava de fazer?

Um brilho melancólico passa pelos olhos dela.

— Viajar. Quando eu não estava na escola ou ajudando em casa, andava por Nha Trang até lugares que não conhecia. Eu viajava para Saigon e Đà Lạt. Ah, Đà Lạt era tão bonita! Tão romântica! — Ela ri. — E, quando nós fugimos, meu primeiro desejo era desembarcar em algum lugar na Europa.

— Você viajou depois disso?

— Não, não. Onde estava o dinheiro? *Đời sống đã rất là khó.* Tive que trabalhar em fábricas, como manicure, onde desse. Estudar não era uma prioridade já que nós precisávamos de dinheiro. Viajar era uma ideia tola. Uma ideia impossível. — Ela balança a cabeça. — É por isso que estou feliz por ver Evie encontrar o caminho dela. Ela vai viver uma vida que não é *khó.* Diferente de mim. Diferente da sua tia. — Seu tom se transforma em um de repreensão. — E logo você vai ter uma vida boa também.

Uma vida boa. Uma vida boa só vem se você tem segurança — é isso que minha mãe está dizendo, basicamente. Qualquer coisa além disso é apenas um sonho descabido.

15

Bảo

Meu celular vibra quando chega uma mensagem. Tiro a cabeça do travesseiro, com olhos sonolentos procurando pelo despertador, segundo o qual são oito e meia. Quem está me mandando mensagem *agora*? Apesar de Viêt ter a habilidade excepcional de acordar cedo — provavelmente desenvolvida por causa dos pais, que o levaram para entregas matinais a vida inteira —, ele nunca manda mensagem primeiro; ele apenas as responde, três dias atrasado. A única outra pessoa que me manda mensagem consistentemente é Mẹ, através de Ba, e se ela quisesse que eu realmente acordasse, não seria assim tão discreta.

Nada é mais eficiente para te acordar de um sono pesado — ao mesmo tempo em que te faz soltar um grito agudo, ridículo e involuntário — do que uma mãe vietnamita irrompendo porta adentro sem aviso.

Pego meu celular e estreito os olhos diante da tela.

> oi! é a linh. a ali me passou seu número.

Linh. Os eventos de ontem à noite gotejam pela minha mente, ainda nebulosa de sono. *Bubble tea*. Nossa caminhada. Parceiros.

Eu me levanto imediatamente.

> desculpa te incomodar tão cedo.

Devo dizer a ela que não me lembro de alguma vez ter dado meu número para Ali — e que parte de mim está perplexa por ela ter conseguido a informação? Quem sabe outra hora.

> tudo bem! eu já estava acordado mesmo.

As reticências aparecem. Um ponto de exclamação!

> você também costuma acordar cedo?

sim >

Começo a digitar, depois mudo de ideia. Por que eu ia querer mentir sobre isso?

só quando a minha mãe me ameaça >

> ela também não bate na porta?

Sorrio, encostando na cabeceira.

ela não é muito familiarizada com esse conceito... você costuma acordar cedo assim no fim de semana? >

> às vezes é a única oportunidade que eu tenho para desenhar.

uau, isso que é dedicação. >

> enfim, só queria te avisar que nossa amável chefe – rio ao ler isso – nos deu nosso primeiro restaurante. eles responderam logo de cara quando a ali mandou um e-mail para alguns lugares. o nome é kami, é um restaurante japonês em santa ana. posso ir no fim de semana que vem. não vou trabalhar. e você?

A cada palavra, fico mais acordado. Vamos fazer isso! Estamos fazendo planos, juntos!

fechado. >

Meu polegar paira sobre a tela enquanto penso na próxima frase.

mal posso esperar! >

As reticências aparecem. Aquelas malditas reticências.

Agora posso voltar a dormir.

São quase dez horas quando finalmente acordo outra vez. Estranhamente, minha mãe não invadiu meu quarto para gritar comigo.

Quando desço, ainda de calça moletom e camiseta, vejo meus pais sentados à mesa, como se tivessem sido convocados para uma reunião. Eles já estão vestidos.

— Vocês não vão trabalhar? — pergunto, lutando contra um grande bocejo.

— Vamos à tarde. Mas pensamos em comer fora hoje.

Nós nunca comemos fora. O que só pode significar: vamos em uma missão de espionagem.

Não lembro quando começou, mas essa não é a primeira vez que vamos a um restaurante concorrente para ver se é realmente uma ameaça para o nosso. Só meus pais fariam isso. Sério. Porque eles são esquisitos e obcecados, e eles gostam de me envolver nos hobbies estranhos deles. E, talvez, de um jeito estranho, isso seja a tentativa deles de me aplacar. Eu sempre queria comer fora: McDonald's. KFC. Red Robin. Eu implorava e implorava, mas a resposta da minha mãe era sempre a mesma: que era um desperdício de dinheiro e...

Eu posso fazer isso. E posso fazer melhor!

Até agora, meus pais conseguiram não discutir por causa do GPS e ainda não nos perdemos. Isso me diz que Ba provavelmente fez uma pesquisa prévia.

— Anh, anda mais devagar — diz minha mãe. Ela está no banco do passageiro, agarrando a alça do teto como se sua vida dependesse disso.

Olho para o painel do carro, 72 quilômetros por hora.

— Como vocês ficaram sabendo sobre esse lugar? — pergunto para os meus pais, resignado com meu destino.

— Um dos nossos clientes comentou assim por cima — diz Mẹ. — Mas não se preocupe: esse cliente é leal a nós.

Ah, eu estava tão preocupado.

Entramos no estacionamento de um shopping. O restaurante é rodeado de joalherias de luxo e salões de beleza de "elite", e isso confirma — pelo menos para mim — que o restaurante não vai ser bom. É tudo muito... novo. Muito resplandecente. Onde estão os carrinhos de compras errantes deslizando com a brisa? As cascas descartadas de mexerica ou lichia?

Isso é o que acontece quando entramos no "photastic". Escrito propositalmente em caixa baixa.

— *Trời Đất* — minha mãe resmunga primeiro. Normalmente, isso quer dizer "meu Deus", mas, neste caso, significa *"mas que porra é essa?"*.

Tudo no restaurante é branco: as paredes, os ladrilhos, as mesas e as cadeiras.

Até o *host* é branco. Ele usa uma camiseta estampada com um BÁNH MÌ mal desenhado.

Onde está o altar? Que tipo de restaurante vietnamita não tem um altar? Onde está o vermelho? E o amarelo? As flores falsas? O chão que já viu dias melhores?

— *Chao, Bac!* — diz o *host*, errando completamente os tons. Ele tem a audácia de se curvar. — Mesa para três?

Perplexos, meus pais assentem. Embora o garçom esteja me irritando, quase rio ao ver meus pais sem palavras, para variar.

Não por muito tempo, pelo menos.

— Um garçom branco? — Mẹ sussurra depois que recebemos nossos cardápios.

Nós nos sentamos no centro em uma mesa redonda que Ba move para ver se está torta. Não está, o que, para mim, faz desse lugar ainda mais inautêntico. — Ainda por cima falando um vietnamita péssimo.

— Nós podemos ir embora — digo.

— Não — diz Ba, firme e calmamente, empurrando um cardápio para mim e Mẹ. — Esse lugar é concorrência.

— Até parece! — protesta minha mãe.

Ele fala por cima dela.

— Vamos ver por que aquele cliente estava falando com você sobre esse lugar.

Ficamos em silêncio quando o garçom — John, é claro — retorna. Ele pergunta se já decidimos o que vamos pedir e Ba pega uma lista de itens do cardápio e os lê em voz alta.

Viu? Pesquisa.

Quando vejo a expressão confusa no rosto de John, sinto o estômago afundar.

— Sinto muito, senhor. Poderia repetir, por favor? — John olha para mim, como se esperasse que eu traduzisse para Ba.

Desvio o olhar, querendo prolongar seu sofrimento. Isso acontece bastante quando vamos para lugares não vietnamitas, e talvez seja por isso que não saímos muito. Obviamente, o sotaque do meu pai o denuncia. Ele não nasceu aqui como eu. Mas, embora o entenda perfeitamente, às vezes ele fica nervoso (mas não quer admitir) e fala rapidamente. Quando era criança (quando tinha cabelo tigela, digamos apenas), era constrangedor. Talvez fosse a forma como os outros olhavam para ele, ou o desconforto visível dos meus pais.

Agora só fico irritado com pessoas como John.

Ba pigarreia e ajeita a postura.

— Café. Para nós três — ele desacelera a fala enquanto diz o resto.

— Ah, sim. Perdão. — O vermelho nas orelhas do garçom (agora ele está envergonhado) desaparece enquanto ele anota o pedido.

O tempo em que esperamos nossa comida consiste dos meus pais dando voz às suas reclamações sobre o lugar. Parece que somos a única família vietnamita aqui. As luzes são fortes demais. Eles nos deram *cà phê sũa đá* "orgânico" que já foi servido em um copo com gelo. Em verdadeiros restaurantes vietnamitas, os clientes fazem o próprio trabalho. A única concessão são os garçons bonitos — um, conforme observa minha mãe, parece um *idol* de k-pop.

Então a comida chega. No fim das contas, até uma criança que não cresceu em um restaurante seria capaz de dizer que este não é um legítimo restaurante vietnamita. Atmosfera geral à parte, a cozinha só fez uma imitação ruim da comida vietnamita que conheço. O *cơm chiên* não usa linguiça chinesa — que tipo de prato com arroz frito é esse? Outros crimes incluem salgar demais o *phở* e não deixar o peixe crocante o suficiente.

— *Dở ẹc!* — diz minha mãe, com uma expressão de desgosto enquanto mexe no peixe molenga.

Ela já havia removido os ossos e eles saíram duvidosamente limpos. Se tivesse sido realmente bem-preparado, os ossos se recusariam a sair, e você não teria outra escolha senão usar uma mão e um par de *đũa* para removê-los.

— Sem dúvida, esse restaurante vai fechar em poucos meses — Ba finalmente diz, afastando seu prato não terminado. Repito: não terminado.

A mensagem de Linh sobre nossa primeira missão me vem à mente. Pergunto para os meus pais se poderia sair mais cedo do meu turno na próxima semana. Então o interrogatório acontece.

— Por quê?

— Tenho uma tarefa do jornal.

— Jornal? Quando?

— Só este ano. Vou escrever críticas culinárias.

— Você? — perguntam meus pais, simultaneamente impressionados e incrédulos.

— Sim — respondo, exasperado. — É uma coisa que comecei a fazer.

— Você vai escrever sobre comida? — Ba pede uma confirmação.

— Ele de fato come como Ba — murmura Mẹ, ainda me encarando. — Mas por quê?

Porque Linh também vai fazer isso. Não é a melhor resposta.

— Porque é uma coisa para fazer. Achei que vocês ficariam mais entusiasmados por eu estar, sabe, fazendo alguma coisa.

Usando meus *đũa*, enfio uma porção de arroz branco na boca, tentando agir casualmente. Muito *ngáo*. Sem consistência.

— Escrever... Você nunca disse que gostava disso — diz minha mãe.

— Só porque eu nunca falei sobre isso, não quer dizer que não gosto.

— Você de fato gostava de ler dicionários quando era criança — concede Ba. Virando-se para minha mãe, ele assume um tom brincalhão. — Talvez ele vá sair com a namorada.

Mẹ se junta a ele, esquecendo a preocupação:

— Há! Como se isso fosse acontecer.

— Muito engraçado, vocês dois. Muito engraçado. As garotas gostam de mim! — Decido entrar na brincadeira. — Tem pelo menos uma garota em cada aula que gosta de mim. Kelly Tran. Fiona Su. Cindy Jackson.

A ideia de essas garotas gostarem de mim faz meus pais rirem. Até eu estou rindo com eles. Eu e Kelly, a garota que me despreza por fugir de atividades da Associação de Estudantes Vietnamitas como o diabo foge da cruz?

Mais tarde, não vou saber explicar por que eu disse o que disse em seguida. Talvez tenha sido um deslize, ou talvez porque seja uma noção ainda mais ridícula do que a de Kelly, Fiona ou Cindy estarem a fim de mim. Logo depois de Cindy, o nome de Linh escapa dos meus lábios.

Uma expressão sombria atravessa o rosto da minha mãe, como nuvens engolindo o sol.

— Linh Mai?

Há um tom perigoso em sua pergunta, e imediatamente recuo.

— É brincadeira. Eu nunca falei com ela na minha vida.

— Acho bom.

— Quer dizer, ela é, tipo, muito estranha. Tipo, muito, *muito* estranha. Ninguém gosta dela na escola — digo. — E ela fede!

Atuar: não é minha carreira. Meus pais continuam me encarando friamente; a atmosfera brincalhona de antes desapareceu.

— É sério, não estou saindo com ninguém. É realmente uma tarefa do jornal.

Isso faz minha mãe se recostar, relaxando os ombros.

Uma garçonete diferente voltou — mestiça, vietnamita e branca, talvez. Seu sorriso desaparece quando ela nota a fúria da minha mãe.

— Gostaria de mais alguma coisa, *cô*?

Minha mãe suaviza sua expressão e abre um sorriso. Talvez ela se sinta reconfortada ao ver outra pessoa vietnamita no lugar.

— Sim, estamos prontos. — Ela abre o cardápio outra vez. — Vamos provar a sobremesa.

Todos os caras aqui têm cabelo perfeito.

Essa é a minha primeira observação quando entro no restaurante para o qual Ali nos mandou. O *host* me desarma com seu sorriso brilhante, me cumprimentando em japonês. De altura mediana, ele ainda parece atrás do grande balcão de madeira. A divisória é baixa o bastante para que eu possa ver os garçons caminhando pelo restaurante com seus cabelos brilhosos — muitos deles com o penteado de um cara do Vale do Silício em sua fase pós-startup. Muitos coques masculinos imaculados, que o *host* também usa. Eu ficaria ridículo se tentasse usar o cabelo desse jeito.

Linh ainda não chegou e, com vários gestos de mão, aviso ao *host* que vou esperar por alguns segundos. Olhando para cima: estalactites — finas estruturas de madeira pendem do teto, pintadas para imitar o topo dos pinheiros do norte do Japão. Em algum lugar na minha pesquisa sobre esse lugar, lembro de ter visto que o chef é de Kyushu, mais especificamente de Fukuoka. Talvez essa arte tenha sido inspirada em seu lar. Tiro meu bloco de anotações do bolso de trás do jeans — Ali me forçou a usá-lo, dizendo que faria eu parecer mais "profissional".

Eu me viro para os espelhos que funcionam como paredes. Alguns fios de cabelo ainda se soltam, não importa quanto gel eu use. Fico tão preocupado que não noto Linh chegando de fininho atrás de mim.

Ela arqueia uma sobrancelha.

— Tudo bem?

— Hã... Cabelo — consigo articular.

A boca dela se move como se estivesse contendo as palavras. Ou um sorriso.

— Está ótimo.

Informamos o *host* que somos da La Quinta e, como Ali prometeu, o restaurante estava nos esperando. Ken, o *host*, nos conduz para além das divisórias. Se por um lado a sala de espera te transporta para uma altura diferente, o salão principal te traz de volta para o chão, literalmente. O piso ganha as cores frias de uma cidade moderna; as paredes exibem as silhuetas de arranha-céus e são adornadas e identificadas com a elegância dos *kanji*. A música pop japonesa traz uma atmosfera íntima e pessoal que me acalma imediatamente. Ela me lembra como é se despedir dos últimos clientes do dia, a sensação que tenho logo antes de me jogar na cama.

Os outros clientes são em sua maioria asiáticos — um bom sinal — e jovens. Não reconhecemos ninguém, o que faz sentido, já que estamos em outra cidade. Nós nos sentamos e olho disfarçadamente para Linh sorrindo e balançando a cabeça para a garçonete que veio até nós. Linh pergunta sobre as obras de arte, lançando vida nos olhos da garçonete. Talvez ela também seja uma artista. Anoto partes da conversa: o tio dela é o chef e sim, ele queria que a decoração do restaurante fosse uma homenagem a sua ilha natal.

— Nós só estávamos fixos na ideia de que a arte pode dizer muita coisa sobre a história da nossa família.

— Entendo totalmente! Estou trabalhando em algo parecido.

Faço uma anotação mental para perguntar sobre isso. Quando a garçonete vai embora, porém, ficamos sozinhos, forçados a olhar um para o outro, e subitamente minha habilidade de falar foi viajar para outro lugar. Nosso encontro na loja de *bubble tea* deve ter sido um sonho. Resisto ao ímpeto de ajeitar a garrafa de molho de soja entre nós, só para fazer *alguma coisa*.

— Você já fez anotações? — Linh acena para o bloquinho ao meu lado. — Eu também trouxe o meu.

De sua pequena mochila, ela tira o bloco de desenhos que vi na loja de *bubble tea*. Observo suas mãos: seus dedos ainda têm manchas sutis de tinta. Uma marca registrada. Linh nota, olhando para baixo, e tenta escondê-las.

— Desculpa, estava tentando pintar um pouco antes de vir e provavelmente deveria ter limpado melhor a tinta.

— Não, tudo bem. É bem... a sua cara. Sabe, porque você é uma artista e tudo mais. — Vejo a mesma expressão de antes, como se ela não soubesse bem como me interpretar, então me apresso a acrescentar: — Enfim, pois é, só fiz algumas anotações até agora. Tive que procurar no Google como escrever uma crítica culinária. Esse é o nível de confiança que tenho agora.

Linh ri, encostando-se na cadeira.

— Aqui vai uma dica: lendo críticas de arte, aprendi que as melhores resenhas não são só sobre a arte ou se ela é boa ou não. Também é sobre como as outras pessoas vão reagir. Qual significado aquela obra de arte pode ter para os outros.

— Bom saber.

— Mas você não vai ter nenhum problema com a parte da comida. Quer dizer, nós crescemos nesse meio. Nós conhecemos comida boa, né?

As palavras dela invocam à memória nosso primeiro encontro — a primeira vez que avaliamos alguma coisa juntos, de certa forma. Abro um sorriso, relaxando um pouco mais. Levamos alguns minutos com o cardápio antes de pedirmos uma porção de tempurá, alguns de camarão e outros de vegetais, para dividir, e depois pedimos lámen — *tonkatsu* lámen para mim e lámen de missô apimentado para Linh.

— Então — diz Linh, unindo os dedos e inclinando-se para frente. — Que tipo de lugar é perfeito para um encontro? Talvez ajude a pensar sobre isso enquanto você avalia.

É claro, para contribuir com minha falta de qualificação, acrescente o fato de que eu também nunca estive em um encontro. A menos que você conte um almoço com uma garota no Burger King durante uma excursão do sexto ano.

É o que digo para Linh, e ela apenas ri. Ela provavelmente já foi a mais encontros do que eu. A maioria dos meus colegas provavelmente já foi também. Então fico chocado quando ela diz:

— Também nunca tive um encontro, então acho que estamos quites.

— Isso é reconfortante. — Pego meu lápis, tamborilando-o no caderno. — Encontros precisam ser em um lugar onde você realmente possa conhecer a pessoa. Como nós agora. — Queria poder desfazer o que disse. *Será que ela acha que eu acho que isso é um encontro?*

Mas Linh não parece notar, acrescentando:

— O nível de barulho tem que ser o ideal para que dê para conversar de verdade. Tipo, se alguém está falando baixinho, você ainda deveria ser capaz de ouvir.

— Iluminação suave com um nível de ruído que é perfeito para conversas e sussurros — digo em voz alta enquanto escrevo.

Sinto que ela está falando sério. Continuamos trocando requisitos para um "encontro perfeito": uma boa disposição de mesas ou bancos; uma atividade que as duas pessoas gostam e sobre a qual podem conversar depois. A garçonete aparece com nosso aperitivo, depois desaparece novamente.

— No fim das contas, acho que as duas pessoas no encontro precisam estar confortáveis, como se você pudesse literalmente compartilhar tudo e qualquer coisa. E é por isso que o lugar importa — diz Linh.

Nossa garçonete aparece novamente com uma tigela, e um colega garçom a segue com outra tigela. Faço uma anotação sobre o tempo de espera curto. Começo a salivar logo que sinto o aroma do meu lámen — intenso e defumado. Ele não decepciona. A primeira colher de caldo cobre minha língua com uma camada sedosa, e o macarrão é firme e, ao mesmo tempo, cede facilmente sob os meus dentes. O ovo é doce e salgado, embebido em *umami*.

— Me lembra de agradecer a Ali — diz Linh antes de levar uma colher à boca. — É diferente da maioria dos outros lámen, que exageram no sal.

— Bom lámen não faz você sentir que está se afogando em uma tigela de sal. — Finjo escrever. — Você quer trocar rapidinho?

Trocamos nossas tigelas, mantendo nossos utensílios. Linh pausa e sopra seu caldo.

— *Ăn đi, con* — digo, imitando incontáveis primos ou tias em reuniões de família que estão sempre correndo atrás de uma criança impossível para alimentar.

Linh está agora no meio da mordida, mas ri, depois cobre a boca.

— Para! Você acabou de me fazer cuspir!

— Em um encontro, é importante não se sentar de frente para alguém que cospe — acrescento à minha lista invisível.

Linh telepaticamente me diz para calar a boca. O lámen dela é agradavelmente apimentado; a textura do caldo é similar a do meu, do tipo que fica confortável na língua, que não te ataca.

O nervosismo que eu sentia mais cedo já sumiu completamente agora enquanto alternamos entre comer, descrever nossa comida e reclamar sobre a escola e ter que conciliar os estudos com o trabalho nos restaurantes. Ela fala sobre como os pais dela arrumaram uma reunião com uma estudante de engenharia que eles conhecem para que ela fizesse perguntas. O que é uma boa ideia — e espero que meus pais não pensem nisso. Estou satisfeito limitando as vezes que decepciono alguém.

Linh tira fotos de seu lámen e começa seu rascunho do restaurante, fazendo um esboço das partes mais proeminentes: as paredes, as mesas e as cadeiras.

— Para comparação de tamanho.

Seu pincel parece flutuar sobre a página em vez de tocá-la e ela fica em silêncio agora, presa em seu mundo. Um mundo que finalmente consigo ver.

Observar os pensamentos de Linh passarem por seu rosto é... interessante. Lembro como ela estava naquela noite, o desespero se espalhando pelo rosto dela, a indecisão enquanto os olhos dela alternavam entre mim e o restaurante.

Por anos, os problemas dos meus pais com a família dela eram uma coisa estranha e separada que eu havia aceitado como uma das muitas de suas manias — a quase adoração deles por números da loteria, o hábito de insistir que *quase* apostaram naquele número, ou a tendência de Mẹ a usar meu pai ou eu para conseguir testar duas vezes as amostras no supermercado.

— Como seus pais podem *não* querer que você seja uma artista?

Não tinha a intenção de atrapalhá-la, mas minha pergunta a arranca de seus pensamentos.

— Acho que não parece estável para eles. Meus pais não ligam muito para ganhar muito dinheiro. A questão é ganhar o suficiente para se sustentar. Eles não tinham isso quando vieram para cá, então querem isso para mim.

— Eles também fugiram?

— Eles fugiram — ela confirma. — De barco.

Mergulho a colher no que restou do meu caldo, observando ondas se formarem na superfície. A vida toda, eu achava normal minha mãe e meu pai terem fugido pelo mar. Eles haviam se conhecido na infância e deixaram o país no mesmo barco de um primo de segundo grau de um amigo em comum. A conexão que tinham com o dono da embarcação pode ter sido mínima, mas eles já não se importavam. Confiança durante aquele tempo era um ideal complicado, de qualquer forma. Eles só tinham que ir embora. Mas, depois de ouvir conversas das amigas da minha mãe e conversar com outros alunos vietnamitas da escola, descobri que muitas famílias haviam vindo de outro jeito: através de patrocínio, através de casamentos.

Mas sinto que isso diz alguma coisa sobre o tipo de pessoa que meus pais são — os pais de Linh também —, confiar no oceano desconhecido, nas pessoas que conduziam os barcos para o destino final. São sobreviventes.

— Então você não fala com seus pais sobre querer ser uma artista porque eles não veem isso como uma carreira viável.

Linh assente.

— É por isso que preciso guardar segredo. Alguns segredos são bons. Eles podem ajudar.

— Mesmo assim, é difícil guardar segredo.

— *Você* está guardando segredo. Você não contou para os seus pais que está trabalhando comigo nessa tarefa do jornal.

Não é a mesma coisa, mas não consigo pensar em um jeito de dizer isso.

— Eu e a minha arte... não estou realmente mentindo. Estou minimizando — continua Linh. Ela mexe com a ponta de um hashi, sem olhar para mim. De alguma forma, sinto como se tivesse cruzado uma linha invisível. — Tá, acho que é segredo. Mas é necessário! — Ela dirige a última frase a mim, subitamente insistente. — Primeiro, você é homem, então provavelmente se safa de muita coisa.

Abro a boca para argumentar, mas lembro de uma prima em uma reunião reclamando que o irmão podia chegar em casa mais tarde porque era homem.

— Tá, isso é verdade.

— Mas meus pais insistem para eu fazer *qualquer coisa* que não seja artista. Para fazer isso, preciso mentir. Não tem outro jeito, sério — diz Linh, defensiva. — Em geral, não sou mentirosa.

— Não estou te chamando de mentirosa... Só estou falando.

Foi culpa minha as coisas terem azedado um pouco. Linh agora está evitando mais conversas, focando no bloco de desenhos.

— Tudo bem.

Mais tarde, nossa despedida é menos promissora do que a última na noite em que tomamos *bubble tea*.

Isso não é um encontro, então por que parece que eu estraguei tudo?

16

Linh

Não é que eu não soubesse que era uma mentirosa. Mas ouvir outra pessoa concordar com isso? É doloroso. Especialmente vindo de Bảo, porque, por mais que eu odeie o rótulo, sei que ele tem razão. Mentir para manter a estabilidade. Mentir para garantir que meus pais não se preocupem comigo ou me importunem porque eles já têm de fazer isso como pais. De certa forma, isso não é poupar meus pais de preocupações? Ele também faz isso. Essa é a única razão pela qual podemos fazer esse lance todo de comida.

Mas nunca vai parar se você continuar desse jeito, diz uma voz inusitadamente igual à de Bảo.

Grito, frustrada, feliz por estar sozinha em casa por uma hora. Meus pais ainda estão no restaurante. O rascunho que fiz há pouco está ao meu lado, quase terminado. Só preciso acrescentar mais profundidade. Passo a mão pela textura áspera.

Bảo não sabe como é a pressão. Pelo que pude observar, os pais dele não o estão forçando a ser alguma coisa — eles só querem que ele encontre seu caminho, que ele disse não saber qual é, mas, a julgar pelo que vi hoje à noite, escrever parece ser um talento natural para ele.

Esmago o súbito pico de inveja; os pais dele são claramente diferentes dos meus.

Estava tudo normal no começo. Se outras pessoas olhassem, nós provavelmente parecíamos dois alunos de ensino médio em um encontro real. Quando estou com Ali, posso falar sobre muitas coisas, mas ela não é capaz de entender como é ser criada como Evie e eu. Nós crescemos de formas diferentes.

Sorrio ao lembrar de observá-lo tentando ajeitar o cabelo. Ele não sabia que eu estava lá. Não posso ter certeza, mas sinto que o cabelo dele é do tipo que cresce mais rápido do que deveria. Gosto dele comprido, mais do que o corte tigela — por motivos óbvios. Com esse comprimento, é fácil afagá-lo com as mãos.

Minha mão. Olho para baixo.

No meu devaneio, estava começando a esboçar o formato da cabeça dele. Esfrego a imagem, borrando as linhas.

Mas é claro que estraguei a conversa. Entrei em pânico quando ele me pressionou sobre mentir. Quando ele mencionou que eu estava mentindo, neguei, mas eu estava negando a verdade. Eu não deveria ter me fechado. Não ficaria surpresa se, no dia seguinte, Bảo dissesse para Ali que não vai mais poder fazer o projeto.

Seria outra mentira dizer que isso não me magoaria.

— Como foi o jantar com a Ali?

Virando meu bloco de desenho, embora não haja nada que me denuncie, ergo os olhos. É mesmo: minha desculpa. Mẹ havia voltado do trabalho em algum momento. Ouço Ba no quarto deles, abrindo e fechando gavetas, se preparando para dormir.

— Foi bom. Nós comemos lámen.

Mẹ faz uma careta. Ela não é grande fã de lámen; segundo ela, é muito salgado para o seu gosto. Quando ela se aproxima, enfio o bloco de desenho debaixo do travesseiro.

— Mẹ perdeu uma ligação de Dì Vàng. Vamos ver por que ela ligou.

Minha mãe se senta na minha cama e se arrasta para trás, encostando-se na parede como eu.

Depois de alguns toques no Viber, minha tia aparece na tela com toda a sua familiar sonolência de fim da manhã porque *"passei a noite toda esculpindo por diversão"*. Seus grandes óculos de armação preta estão na ponta do nariz. Ela ainda está de pijama, que tem elefantes verde-claros estampados nas mangas. Minha mãe tem um conjunto parecido; o material é perfeito para o calor daqui também. Dì Vàng está na cozinha de seu apartamento, com uma xícara de *cà phê đen* ao seu lado. Se me esforçar o bastante, talvez consiga escutar as motos do lado de fora da janela, algumas mulheres da vizinhança rindo, se demorando na calçada, ou um vendedor anunciando peixe ou verduras frescas.

Uma história de amor agridoce

— Você acabou de acordar? — pergunta minha mãe. São onze da manhã lá, tarde demais para Mẹ, que costuma acordar ao nascer do sol.

— Talvez. — *Sabia.* Minha tia boceja e se espreguiça. — O que vocês jantaram?

— Sobras. E você?

Reviro os olhos. Elas dizem *oi* e imediatamente perguntam sobre comida? Minha tia vira o celular para baixo, mostrando seu prato de *ốp la* — ovos fritos, com a gema escorrendo depois de furada — com *bánh mì*, provavelmente frescos da vizinhança.

— Onde está o *xì dầu*? — pergunta Mẹ, quase acusatória.

— Chị está tentando fazer dieta. Menos sal. Fica perfeitamente bom sem.

— Você soa Mỹ — diz Mẹ. Sorrio, pensando em como minha mãe age como a irmã mais velha embora não seja. Minha tia sabe como lidar com isso, lançando respostas brincalhonas. Ah, sim, consigo ver isso.

— Então, o que aconteceu? Você não costuma me ligar. É sempre o inverso.

— Você recebeu meu vaso?

— Recebi. Você não deveria ter mandado. É muito caro enviar coisas para cá.

— Eu queria te dar uma coisa boa! Mas, se você está assim tão preocupada com dinheiro, talvez eu deva simplesmente entregar o próximo pessoalmente — Dì Vàng se aproxima da câmera, sorrindo. Seus olhos estão vivos.

Ela está dizendo que...?

— Você vem para cá?

— Você vem? — pergunto, puxando o celular da mão de Mẹ. Ela o pega de volta.

— Você vem para cá mesmo? — ela pergunta outra vez.

— Sim, já faz muito tempo. Uns doze, treze anos?

— Quando você vem?

— Na época do Tết.

— Você vai viajar na época do Tết? Mas por quê? É o melhor feriado. O trânsito vai estar horrível.

Dì Vàng ri.

— É claro que você já está preocupada com a programação da viagem! Enfim, já vi tantos Tết; eu moro aqui. Além disso, já faz tanto tempo! Quero ver você. Quero abraçar Evie e Linh!

— Esse não pode ser o único motivo.

— Eu talvez também esteja querendo visitar uns amigos artistas na costa oeste.

— Você tem amigos aqui? — pergunto, embora não devesse estar surpresa.

Quando ela veio da última vez, conseguiu conversar com todos no andar do nosso antigo prédio, pessoas com quem meus pais e eu nunca havíamos interagido. Ela conheceu até Bác Xuân quando ele veio nos visitar, e em pouco tempo os dois já estavam trocando hipóteses sobre o que ele faria quando se aposentasse e fosse morar mais perto dos filhos adultos e suas famílias.

— Tenho amigos em todo lugar. Sou internacional.

— Não acredito que você vem! — exclamo, entusiasmada. Serão duas artistas sob o mesmo teto. Vamos visitar museus, vou mostrar meu trabalho para ela. Vou ter alguém que entende minha língua. E apoiá-la.

— Você tem dinheiro suficiente para viajar?

Dì Vàng estala a língua, irritada.

— É claro que tenho. Meu negócio vai bem aqui. Queria que você acreditasse em mim. — Ela se aproxima outra vez, vendo alguma coisa na expressão da minha mãe que devo ter perdido. — Não sou mais uma artista com dificuldades, como você parece achar que sempre vou ser.

— Você passou dificuldade por muito tempo, eu me lembro.

— Eu sei, eu lembro também. Mas estou bem. Você não deveria se preocupar tanto, *em*.

Mẹ reprime o que quer que estivesse pensando e elas passam a conversar sobre amizades antigas, uma mulher conhecida que havia fugido para se casar em Hội An e voltou sem o marido recentemente. Fico sentada lá, em silêncio, satisfeita em ouvir, monitorando com os olhos a quantidade de café na xícara da minha tia enquanto ela o bebe. Então Mẹ nota meus olhos se fechando lentamente. O lámen está finalmente fazendo efeito, embalando meu sono.

— Certo, *cho* Linh *đi ngủ*. — Elas se despedem; minha tia diz que liga outra hora com mais informações sobre sua visita no ano que vem.

Mẹ apenas suspira enquanto se arrasta para fora da cama.

— Fique feliz, Mẹ! — exclamo, me segurando ao braço da minha mãe antes que ela vá embora, já tentando fazer ela não se preocupar.

— Sua irmã vem te visitar! — Vejo um traço de um sorriso desabrochando no rosto dela, mas ela o contém, afastando minha mão com um tapinha.

— Eu realmente não sei o que ela está pensando. Ela é tão imprevisível. E ela não deveria gastar o dinheiro dela tão livremente.

— Era tão ruim assim? O negócio de esculturas de Dì Vàng?

— Ela tinha acabado de começar quando tinha dezessete anos, logo depois de largar a escola. Então os racionamentos começaram e o governo observava atentamente qualquer um que fosse contra *cộng sản*. Eles roubaram uma parte da nossa terra, deixando pouca coisa para nós. — Minha mãe mexe com a parte de trás da capinha do celular. — Várias vezes Dì Vàng voltava para casa sem ter vendido nada.

— Então o que aconteceu?

— Felizmente, nós tínhamos tias e tios mais velhos que vinham sempre para garantir que nós tivéssemos comida. Esse é o jeitinho vietnamita. Mesmo assim, Mẹ *biết nghề nghiệp của* Dì Vàng não nos ajudaria. Arte era só para diversão. E, durante aquele tempo, não havia tempo para brincar. Nos campos de refugiados, quando Mẹ finalmente conseguiu escapar — só *mười hai tuổi* — prometi que trabalharia duro. Para que nós sofrêssemos menos. Para que Mẹ pudesse ajudar sua tia que ficou lá.

Minha mãe tinha catorze anos quando eles saíram dos campos e foram aceitos nos Estados Unidos com os primos e dois outros refugiados de quem eles haviam se aproximado. Mas ela não podia depender apenas dos primos — eles também foram lançados em um lugar não familiar com inglês mínimo — e era difícil achar trabalho. Então, quando Mẹ não estava estudando para tirar o atraso na escola, estava fazendo bicos. Uma parte do dinheiro ia para as despesas diárias. O que sobrasse ela enviava para o Vietnã, para ajudar minha tia.

— Ah, Mẹ *nhức đầu* — diz ela, massageando as têmporas, com preocupações sobre minha tia atormentando sua mente. Então ela vai para o quarto ao lado, resmungando sobre quanta coisa vai precisar limpar para acomodar a irmã, apesar de nós termos bastante tempo para nos preparamos.

Ainda não entendo. Minha tia parece tão feliz, e ela conseguiu chegar assim tão longe. Não pode ser porque ela recebe um dinheirinho de vez em quando dos Estados Unidos. Ela não está passando dificuldade como antes, então por que minha mãe não consegue enxergar que tudo deu certo no final? É como se as memórias do sofrimento da minha tia a impeçam de ver o lado bom da arte.

Tiro meu bloco de desenhos de seu esconderijo e traço a imagem de Bảo. Mal lembro de ter feito este desenho; estava apenas perdida no ato de fazê-lo. É um tipo de esquecimento que eu amo, que não consigo fazendo qualquer outra coisa. Dentro da minha cabeça, posso apenas *ser*. Minha tia deve saber disso também.

Mando uma mensagem para Evie falando sobre a visita da nossa tia, e ela responde, brincando:

ótimo, vão ser duas de vocês.

17

Bảo

Quando você cresce em um restaurante, não é incomum comer em tempo recorde. Mẹ tinha de nos alimentar antes de o movimento começar; do contrário, não haveria outra oportunidade. E agora, trabalhando no restaurante, quando chega o meio-dia, quando os clientes aparecem aos montes, precisamos comer rapidamente.

— Então você acha que ela está brava com você? — pergunta Việt, raspando o resto de macarrão de seu prato de isopor. À sua esquerda, há uma maçã; à direita, um iogurte de morango que ele não vai tomar. Ele odeia açúcar artificial. Eu lhe contei sobre o restaurante, como as coisas haviam começado bem. Estava até divertido, até Linh se aborrecer comigo.

— Acho que sim. Talvez porque eu basicamente a chamei de mentirosa.

Việt balança a cabeça, como se dissesse *"coitado"*.

— Sei lá, cara. É meio hipócrita. Quer dizer, você está mentindo sobre para onde vai e com quem está. E por quê?

Entendo o que ele quer dizer agora.

— Para os meus pais não brigarem comigo. Principalmente a minha mãe.

— Exato — diz Việt.

— Mas não queria ofender. Eu só quis dizer que... queria que os pais dela pudessem ver o que ela faz. Porque ela é uma artista. Ela não pode ser outra coisa.

— E você sabe disso depois de só algumas semanas conversando com ela.

Certo, ele está olhando para mim como se eu estivesse obcecado por ela.

— Cala a boca.

Como resposta, Việt sorri, mordendo a maçã.

— Essa é a primeira vez que vejo você falando sobre uma garota, sem falar que é a filha dos piores inimigos da sua família.

— Nunca pensei que você algum dia ia me dar conselhos sobre falar com uma garota.

Meu melhor amigo apenas dá de ombros.

— Sempre que eu dou um tempo de assistir *Law & Order* ou *Criminal Minds*, às vezes mudo para *The Bachelor*, que me diz exatamente o que não fazer quando se está conversando com a garota de que você gosta.

Claro, muito confiável.

— Sei lá, cara. Talvez, na próxima vez que você a ver, tenta pedir desculpas. Deixa ela lidar com os pais dela no próprio ritmo.

Quando os amigos de corrida de Việt se juntam a nós na mesa, nossa conversa anormal termina. É um breve intervalo, já que tenho meus limites com suas conversas repetitivas sobre tempos de prova, tempos melhores de prova, e planos para outra festa de massas antes de uma competição. E nunca vi ninguém comer tantas bananas em uma só refeição como Steve, o capitão do time. Por causa de Việt, eles toleram minha completa aversão ao esporte, me cumprimentando com um leve aceno de cabeça e um "Fala, cara".

— Cara, quanto tempo faz que você lavou seu uniforme? — pergunta Steve para um dos rapazes.

O amigo, que tem uma marca de relógio no braço bronzeado, dá de ombros.

— Sei lá. Uma semana?

Os amigos de Việt são a definição de pitoresco.

Mas, por mais que Việt seja diferente de seus colegas de equipe, pelo menos do meu ponto de vista, faz sentido vê-lo com eles. Việt sempre foi preciso e gosta de seguir os planos à risca, então acho que é por isso que ele e os colegas de equipe passam o tempo juntos fora dos treinos.

Olho ao redor e vejo Ali e sua trança viking. Ela está rindo com algumas de suas amigas — achava que ela não era capaz disso —, mas, passando os olhos pela mesa, não vejo Linh em lugar nenhum.

Onde está Linh agora?

Da próxima vez que eu a ver, vou pedir desculpas. Eu me levanto, juntando minhas coisas. Việt me pergunta para onde vou.

— Preciso terminar uma tarefa. — O iogurte de morango que ele deixou de lado conjura a memória de Linh pedindo seu *bubble tea* sabor morango. E do leite achocolatado que ela me deu. — Posso pegar isso?

Um cone de atenção bloqueia a entrada do banheiro masculino, onde poças de água cintilam no chão. Pôsteres e panfletos velhos e rasgados caíram da parede. A turma de Economia Doméstica vai fazer uma feira de confeitaria. A Associação de Estudantes Vietnamitas vai fazer uma campanha de arrecadação de fundos lavando carros na próxima semana.

Preciso garantir que *não* vou estar disponível.

Vozes atravessam as paredes do lado de fora do refeitório, mas o corredor em si está silencioso, sem roupas esvoaçantes e as batidas de portas de armário. Para onde Linh vai durante o almoço?

Então, é claro, eu me dou conta. A sala de artes. Onde mais um artista encontraria refúgio? Chego lá em poucos minutos, e paro logo abaixo do batente, onde nós quase colidimos algumas semanas atrás. Ela está atravessando a sala para se sentar em uma banqueta perto da janela, vestida com um macacão manchado de tinta que, imagino, ela acabou de colocar.

Pigarreio. Linh se vira.

— Ah, oi. O que aconteceu? Você não vai almoçar?

— Já almocei. E você?

— Também, eu como bem rápido. Acho que é hábito.

— É claro. Nós crescemos em restaurantes.

Interpretando isso como um sinal para entrar, escondo o iogurte atrás das costas e atravesso a sala.

— O que você está pintando?

Estou perto o bastante para ver a tela agora, com apenas algumas pinceladas de cor, uma forma ainda a ser determinada.

— Não sei direito. Às vezes venho, pego alguns tubos e começo a misturar cores sem motivo.

Estendo o braço para tocar a tela, mas a mão dela segura meu punho.

— Sem tocar. — Sua voz é ameaçadora, mas ela está reprimindo um sorriso.

Ergo uma mão como se me rendesse. Há uma energia diferente em Linh agora. É uma Linh mais protetora.

Gosto disso.

— Você sempre vem aqui durante o almoço? Eu nunca te vejo.

É claro, estou admitindo que sou um *stalker*; um péssimo, já que nunca *consigo* encontrá-la. Ótimo.

Mas Linh se vira de costas, mergulhando o pincel em uma jarra de água, antes de responder:

— Gosto daqui.

Incapaz de encontrar outras coisas para dizer, entrego-lhe o iogurte. Linh franze as sobrancelhas, confusa, antes de olhar para cima. Ela aceita a bebida; seus dedos se demoram sobre a minha palma. *Respira.*

Linh diz "Hmmm" antes de colocar o iogurte sobre a mesa.

— Para que isso?

— Para pedir desculpas. — Aproveito o momento. — Ou tentar. Olha, quando estávamos no restaurante, talvez eu tenha te feito umas perguntas que você claramente não queria responder. Não era minha intenção te pressionar ou te acusar. Acho que percebi só depois que eu também estava sendo hipócrita.

— E você acha que um iogurte é suficiente para se desculpar? — Ela encara a tela outra vez, com um tom monótono.

Merda, será que devo sair correndo?

— N-não — gaguejo. — É que... Bom...

Sua risada atravessa o ar. Ela me encara outra vez, suavizando o olhar.

— Legal você dizer isso. Uma parte de mim sabe que você está certo, e também não gosto disso. Não sou uma mentirosa. Mas... — Ela dá de ombros. — Não sei de que outro jeito fazer isso sem mentir.

— Vamos ser parceiros *e* mentirosos.

— Somos patéticos — resmunga Linh, rindo e cobrindo o rosto com as mãos.

— Você acabou de perceber isso? — pergunto. — Mas eu estava sendo sincero. — Eu pauso porque, quando Linh olha para mim abruptamente daquele jeito, as palavras me fogem. Então encaro o chão. — Eu realmente queria que seus pais gostassem da ideia de você ser uma artista. O seu trabalho... ele tem uma forma de atrair as pessoas. Eu sou a pessoa menos artística na Terra, e só queria que você se sentisse mais livre para fazer isso.

— Obrigada.

— Bem, acho que vou te deixar em paz agora. — Começo a me afastar, embora minhas pernas não queiram se mover.

— Não, pode ficar. Eu não ligo. Mas só se você ficar quieto. — Ela me lança um olhar firme, mas brincalhão.

Aceito o convite.

— Vou ficar lá — estremeço quando a banqueta que puxo range sobre o chão. Minha mochila bate na mesa. — De qualquer forma, preciso começar meu artigo. — Lembro como enfiei meu bloco de notas no fundo da mochila. Vou precisar puxá-lo.

— Você ainda não começou? — pergunta ela, incrédula.

— Err... não.

— Usa isso como inspiração.

Ela está bem ao meu lado agora, abrindo uma pasta transparente e deslizando uma página para mim. Uma ilustração, já pintada. Sei o que é.

— Como você fez isso tão rápido?

— Só fiz.

Ela dá de ombros. Estou fadado a me rodear de pessoas casualmente geniais? Việt é tolerável, ele não fica esfregando na minha cara o fato de que vai bem na escola sem esforço. E aqui está Linh basicamente dizendo, mas não se gabando, que *só é naturalmente talentosa*.

— Ah, fala sério!

Olho para sua ilustração do restaurante. Ela captura a iluminação sutil do salão, as estruturas que pendem do teto, as colunas das paisagens urbanas japonesas. Parece pronto para impressão.

— Melhor começar a sua parte do acordo — provoca ela, logo ao meu ouvido. — Ou então você vai ter que se explicar para a Ali.

— Me ensina como — digo. A ousadia vem do nada. Fico tão imóvel quanto possível.

— Como o quê? — pergunta ela, parecendo levemente entretida. Para minha decepção, ela dá um passo para trás.

— A ficar focado. Como você fica quando pinta.

— Então fecha os olhos.

— Nós vamos meditar?

— Só fecha.

Alguns segundos se passam e logo eu a sinto abrindo meus dedos, colocando alguma coisa de madeira na minha palma. Posso sentir: é um objeto longo e possui uma borracha na ponta; é um...

Abro os olhos.

Linh está tentando segurar o riso, olhando para o lápis na minha mão.

— Eu não posso te ensinar uma coisa dessas. Você tem que fazer isso sozinho, porque escrever é uma coisa pessoal sua. Então — ela gesticula com os dedos, assumindo um tom de voz austero —, se vire e apenas escreva.

— *Agora* eu entendo por que você e Ali são amigas.

— Obrigada — responde ela, orgulhosa. Então se vira e caminha até seu cavalete.

E é assim que passo o restante do meu almoço, escondido, apenas nós dois.

O metal gelado sob mim, o ruído do ar-condicionado. Ouço Linh lavando o pincel periodicamente com água, o pincel tilintando contra o vidro, emitindo um som de sino, o raspar das cerdas do pincel. E o balanço de seu rabo-de-cavalo quando ela inclina a cabeça para examinar o trabalho.

Foco em sua ilustração. As cores capturam a decoração perfeitamente. Posso até sentir o cheiro de sal no lámen. Fecho meus olhos com força. O caldo quente cobre minha língua com sabor. A textura do macarrão. O riso de Linh quando ela experimentou o meu.

Começo a escrever.

18

Linh

No dia seguinte, Bảo aparece na sala de artes sem qualquer anúncio, como se ele sempre tivesse passado o almoço aqui e estivesse só um pouco atrasado. Seu cabelo está bagunçado e estiloso ao mesmo tempo, como se uma brisa tivesse propositalmente moldado suas mechas. Mas é seu olhar que mais me chama a atenção. No ano passado, em uma aula de teoria da arte, aprendemos sobre o olhar — ou "o Olhar", conforme minha professora de artes escreveu no quadro e sublinhou três vezes. Há muitas definições de um olhar — pode ser do espectador ou do patrono, ou de uma pessoa na obra de arte que olha outra pessoa no mesmo quadro ou, mais desconcertante, a arte olhando de volta para o espectador. É o que fascinou os críticos na *Mona Lisa* por séculos — a forma como seu olhar parece igualmente superior e submisso, desafiador e diminutivo. Aquele olhar, aquela expressão, é capaz de carregar a obra inteira.

Agora, só consigo descrever o olhar de Bảo como brilhante. Vibrante. Ainda mais intenso já que ele está olhando diretamente para mim. Ele estava me procurando.

Repouso meu pincel e minha paleta quando ele me oferece um pedaço de papel.

— É o meu artigo — diz ele, agitado. Fico me perguntando quanto café ele bebeu. — Escrevi ontem à noite. Você pode dar uma olhada?

— Eu?

— Sim.

Hesitante, pego o artigo, que ele realmente escreveu. Sua letra é sólida e reta, diferente dos garranchos que já vi de outros colegas.

— Você *realmente* escreveu isso à mão.

— Primeiro eu só estava enfiando coisas aleatórias e, então, sei lá, elas se transformaram em frases. Eu nem percebi quanta coisa estava escrevendo. — Ele sorri. — Acho que entendi o que você quis dizer quando estávamos conversando no 7 Leaves. Eu estava fora do meu corpo.

— A Ali nunca me deixa ler as coisas dela — começo a dizer, embora esteja feliz por ele se lembrar do que eu disse. Nunca tive problema com o que Ali escreve. Eu só sei que ela é boa. Secretamente, talvez ela sempre tenha desejado que alguém a desafiasse, encontrasse os erros que ela mesma não consegue ver.

Bảo parece tão ansioso que, de um jeito ou de outro, não gostaria de rejeitar seu pedido.

— Essa é a Ali. Eu não sou assim. E quero que você, especificamente, leia isso.

— Por quê? — digo, com um riso preso na garganta.

— Porque eu nunca escrevi algo assim. Então quero que você seja a primeira pessoa a ler meu primeiro artigo.

— Como eu não sou escritora, provavelmente só vou dizer que é bom. E, mesmo que seja ruim, provavelmente vou mentir.

— Acho que vou saber se você não gostar.

— Como? Eu *sei* mentir — finjo pensar. — Nós já não falamos sobre isso antes?

— Tá certo. Vamos testar.

De repente, em seu lugar, ele passa o pé ao redor da perna da minha banqueta e me puxa mais para perto de modo que nossos joelhos se tocam. Seus olhos estão fixos em mim, e eu quero olhar para baixo, mas mantenho a cabeça firme, com os olhos fixos à minha frente. Não vou deixá-lo vencer. Suas mãos seguram meus punhos de leve.

— Você gosta de phở?

Quase caio na gargalhada. Ele está sendo tão ridículo.

— Essa não é uma resposta óbvia?

— Você acha que eu sou irritante?

— De novo, óbvio.

Ele olha para baixo. Mechas de seu cabelo caem sobre seus olhos. Bảo fica parado, pensando profundamente. Seu joelho se choca contra o meu.

— Você acha que sou bonito?

Isso saiu do nada. Arregalo os olhos.

— Ah, saquei — ele diz dramaticamente, com um sorriso radiante.
— Seu rosto já me disse tudo.

Meu coração está *acelerado*.

— Isso não prova nada. Eu não estava esperando essa pergunta. E você só está fazendo interpretações amplas de qualquer forma. Minha reação não significa que eu acho...

— Então eu sou bonito, entendi — ele diz, zombeteiro. Ele passa as mãos pelo cabelo, um ataque direto nos meus nervos agora.

Eu *preciso* desviar os olhos. Não consigo lidar.

— Você quer que eu leia o seu artigo ou não? — pergunto.

Båo ergue as duas mãos, rendendo-se.

Balanço a cabeça, tentando não rir, antes de voltar minha atenção para sua resenha.

Como uma pessoa visual, gosto da abertura, em que ele usa um estilo descritivo para pintar o ambiente. Lembro das estalactites de madeira que pendiam do teto, da sensação intimidadora de olhar para elas e então ser transportada até as florestas que elas estavam emulando. Sorrio quando ele descreve o cabelo dos funcionários como "perfeitamente arrumado".

Mas é na parte da comida que entendo por que Ali o escolheu para esse projeto. Ele sabe exatamente as palavras certas para descrever o lámen e seu caldo (*encorpado, temperado com sal o suficiente só para a ponta da língua*), a ardência do meu lámen (*lágrimas de alegria, não de fogo*) e, por volta do final, esqueço que já almocei. Estou morrendo de vontade de comer comida japonesa outra vez.

Båo está me encarando atentamente quando volto a olhar para ele.

— E aí? — pergunta ele.

— É horrível — digo.

Mas ele vê meu rosto. Decifra-o, como ele disse. E um sorriso lindo ganha vida.

Ali fica ofendida quando digo que deixo Båo entrar enquanto trabalho em uma pintura. Isso é algo que nunca deixo Ali fazer. Por um bom motivo.

Estou na sala do jornal, domínio dela, esperando o sinal de alerta que me avisa a hora de partir. Ela está com o cabelo cacheado preso em um coque alto e bagunçado no topo da cabeça, com uma caneta enterrada em algum lugar lá dentro. Seus pés estão sobre a mesa do professor, e Rowan, entrando na sala para em seguida se enfurnar em seu escritório, aponta para eles, depois para o chão. Ali faz exatamente o que ele pede... até a porta dele fechar, e seus pés voltam para cima da mesa.

— Você mal me tolera quando eu estou na sala — diz ela, fazendo um beicinho falso.

— Sim, porque você me distrai! — retruco. — Você é incapaz de ficar parada e não para de tagarelar. Eu preciso me concentrar.

— Ah, e o Bảo não te distrai.

— Na verdade, não — digo rapidamente. Depois lembro de quando ele estava "me decifrando". — Ele é bem... compreensivo.

Eu achava que não seria capaz de trabalhar com Bảo na sala, consciente de cada um dos meus movimentos, do desleixo que desenvolvi ao longo dos anos, do meu rabo-de-cavalo bagunçado, de como devo ficar feia com meu macacão. Senti seu olhar sobre mim algumas vezes, mas, quando criei coragem de olhar ao redor, ele estava virado, preocupado com seus artigos.

Então esqueci dele. Abandonei os pensamentos sobre que imagem quero criar. Yamamoto gosta de nos dizer que nem sempre é sobre o que queremos colocar na tela, como se nós devêssemos deixar nossos pincéis, lápis ou qualquer que seja o utensílio que usamos nos conduzir por caminhos inesperados. Brinco com as cores porque a maioria das minhas memórias vem das cores. O iogurte que Bảo me deu me leva de volta ao momento em que experimentei algodão-doce de morango pela primeira vez em Huntington Beach.

— Você gosta quando ele te distrai — provoca Ali.

Ela leva os pés ao chão, chegando mais perto, mas evito o comentário, pegando a gravura que fiz para ela. Na verdade, estava prolongando meu tempo aqui. Queria ver a reação dela quando Bảo entregasse sua resenha. Queria que ela dissesse que ficou tão bom quanto eu achei que ficou.

— *Eeeee* aqui está seu desenho...

— Vai, Linh! Conta mais...

— Ah, perfeito, você está aqui também.

Bảo está na porta, com uma alça da mochila pendurada sobre o ombro. Seu cabelo está bagunçado novamente; ele deve ter vindo correndo. Eu *preciso* parar de prestar tanta atenção no cabelo dele. Ele entrega um *pen drive* para Ali.

— Toma, meu artigo. *E está dentro do prazo.* — Trocamos olhares, quase rindo. Acho que ele levou o que eu disse a sério.

— Você já ouviu falar de e-mail? — resmunga Ali.

Enquanto Ali se vira para seu monitor, Bảo se aproxima de mim.

— Eu imaginei muitas possibilidades de como ela reagiria se eu entregasse para ela o que entreguei para você. Um: ela vai rasgar minhas páginas em pedacinhos. — Ele pausa. — Na verdade, essa é a única possibilidade — admite ele. Ele fica fofo quando está preocupado.

— Você vai ficar bem.

Ali não diz nada imediatamente enquanto revisa. Isso continua por mais dois minutos. O gotejar da pia dos tempos da sala de arte começa a me irritar. Bảo não para de mexer os pés, irradiando ansiedade.

— Certo. — Ali gira na cadeira, cruzando as pernas lentamente. Visualizo-a como uma renomada editora pronta para estraçalhar o artigo de um pobre jornalista. — A Linh desenhou isso?

— Sim.

— E você escreveu esse artigo.

— É.

Ela une as mãos e mexe os polegares. Lentamente, um sorriso toma conta do rosto dela, um que eu nunca vi dirigido a Bảo.

— Ficou bom. Não, ficou *ótimo*. Vocês dois arrasaram.

Bảo coça a nuca. Suas bochechas começam a corar.

— Sério?

— Só tem uma linha sobre não cuspir na pessoa que está na sua frente em um encontro, mas não entendi, então vamos cortar essa parte.

Lanço um olhar para Bảo. Eu não havia lido essa frase, então ele deve ter acrescentado depois. Ele pisca. Pisca!

— Mas vamos publicar nessa edição — termina Ali.

Corta para uma semana depois.

Bảo e eu não quebramos paradigmas com nossa resenha ilustrada. Ela também não está na primeira página. Não vai mudar nada, e ninguém está nos tratando diferente ou sequer nos reconhecendo como escritor e artista. Mas noto que há menos pilhas de jornal ao redor da escola.

Estou no pátio repleto de alunos. A temperatura está mais agradável hoje; as pessoas estão jogando frisbee, casais estão relaxando na grama juntos e alguns dançarinos estão experimentando novos movimentos, permanecendo dentro de seu círculo exclusivo.

— Olha isso! Por que o Alex não me leva em lugares como esse? — diz uma garota cujo nome é Lilly. Ela está no time de natação com o irmão Ben.

— Porque ele acha que sair para tomar *bubble tea* é um encontro apropriado — comenta sua amiga.

Yamamoto ficou feliz ao descobrir que eu fui a artista. Acontece que ela estava planejando usar cópias descartadas do jornal para suas aulas de papel machê — o que definitivamente nunca vou contar para Ali — quando, inesperadamente, viu meu nome nos créditos.

— Não sabia que você também fazia parte do jornal.

— É um favor para uma amiga — disse, um pouco envergonhada.

— Gostei! E o autor. Uau, é uma ótima dupla. Você é cheia de surpresas, Linh.

— Parece que as pessoas estão *realmente* lendo o jornal — diz Bảo, agora aparecendo atrás de mim. — Para variar.

— Cuidado, a Ali pode estar por aí.

Essa sensação que tenho sempre que estou perto dele — de energia correndo pelas veias, o calor nas bochechas, um desejo interminável de observá-lo sem ser notada — parece não estar indo embora. No restaurante, estou olhando pela janela com mais frequência — não para espioná-lo, como Ba, mas só para dar mais uma olhada para ele.

Escondidos na sala de arte, não ficamos tão agitados. É o nosso santuário. Criamos uma rotina silenciosa; eu pinto enquanto Bảo trabalha em alguma tarefa para o jornal ou algum dever de casa.

Ali está certa. Isso está se transformando em algo a mais, mas, como muitas coisas na minha vida, não pode acontecer de uma vez. Esses sentimentos, esse *crush*, chame do que quiser, são algo que devo guardar para mim mesma. Algo que devo conter antes que saia do meu controle.

Encontramos Ali com seu próprio almoço, um sanduíche de salada de ovos perfeitamente cortado. Há uma pilha de jornais ao seu lado. É típico dela distribuir jornais durante o intervalo.

— Olha! — ela grita.

— É, é ótimo. Era exatamente o que você esperava, né?

— Eu *sabia* que o artigo da primeira página ia bombar. — Pelo que me lembro, a primeira página é sobre a falta de segurança digital da escola, de autoria da minha indomável melhor amiga.

Bảo me lança um olhar antes de soltar sua mochila no chão. Não vamos estragar a alegria dela. Ele se estica, deitando-se de costas por um momento. O sol brilha forte sobre ele, destacando as linhas de seu rosto novamente. Qual *é* a do rosto dele com a luz? É simplesmente perfeito demais. Eu me sento sobre as minhas mãos para me impedir de desenhá-lo... outra vez.

Outra parte de mim anseia para se juntar a ele, deitar ao seu lado e absorver o sol. Eu me sento, resignada, esticando as pernas de modo que meus sapatos fiquem perto da orelha dele. A apenas um toque de distância.

O melhor amigo de Bảo, Việt, nos encontra algum tempo depois e se apresenta para Ali e eu. Ali já está tentando recrutá-lo como crítico para o jornal depois de ouvir que ele é obcecado por séries de TV sombrias e pesadas.

— Pensa nisso — diz ela. — Se você começar agora, pode ser o próximo Roger Ebert.

— Não sou um escritor. Não sei escrever como o Bảo — responde Việt, modesto.

Bảo, agora sentado, parece genuinamente chocado ao ouvir o comentário, mas Việt não parece notar.

— Valeu, cara.

— Eu sabia que aquelas palavras que você coleciona iam servir para alguma coisa algum dia.

Posso ver na expressão de Ali que ela ainda não desistiu de recrutar Việt. A intenção é boa; ela só quer deixar uma marca quando se formar, mas algumas pessoas não enxergam isso tão facilmente e podem querer ficar longe dela. Uma onda de simpatia toma conta de mim até eu lembrar o que Bảo disse sobre Việt. Ele é tranquilo e reservado e parece querer fazer suas coisas em paz. Talvez ele seja o primeiro a realmente desafiar a assertividade de Ali.

Nós quatro somos um pouco estranhos juntos, mas, de alguma forma... eu não poderia querer um grupo melhor com quem almoçar hoje.

— Ah, ótimo! — Ali está encarando o celular. — Já temos nosso próximo restaurante. Vocês dois estão prontos?

Instantaneamente, olho para Bảo e sei qual é a sua resposta, porque é a minha também.

— Estamos.

Dias depois, chego em casa e vejo outro par de sapatos na porta. Uma visita? É um horário inusitado; geralmente, quando as pessoas vêm nos visitar, elas aparecem à noite. Cheiro o ar, identificando um aroma familiar: óleo. Então alguém está fritando comida, e, seguindo o aroma, cai a ficha: Mẹ está fazendo rolinhos de ovos. Ao me aproximar, reconheço a voz da visita.

— Mẹ, eu não *preciso* de outro conjunto de utensílios. Onde vou guardar eles? Eu nem tenho uma cozinha.

— Vocês têm uma cozinha comunitária, não têm? — pergunta minha mãe em vietnamita.

— Sim, mas as outras pessoas no alojamento são babacas e provavelmente vão roubar minhas coisas.

Mẹ e Evie, que usa um moletom da uc Davis, estão sentadas ao redor da mesa redonda, colocando carne em rolinhos de ovos descongelados enquanto meu pai cuidadosamente tira o plástico de cada um deles. Ao me ver, ele me chama, provavelmente querendo que eu fique no lugar dele, mas o ignoro por enquanto...

— Evie! — grito, correndo para abraçá-la.

Minha irmã mais velha ri quando quase caímos para trás. Ela me abraça sem encostar em mim com as mãos.

— Por favor, me salva. Mẹ está me forçando a levar *tudo* isso.

Ela aponta para o balcão da cozinha, repleto de produtos em tamanho família, panelas e frigideiras. Provavelmente do porão, onde ela guarda muitas coisas em liquidação, dizendo que um dia vamos precisar delas. Os pacotes de papel-toalha eu entendo, mas quatro tipos de tábuas de corte de madeira?

— Não sabia que você vinha para casa.

— Meu celular não aguentava mais mensagens de Mẹ. *Con ăn chưa? Con có muốn về tuần tới không?* — ela suaviza a voz para imitar nossa mãe.

— *Mẹ nhớ con* — diz nossa mãe, defensiva.

— Sim, sei que você sente saudades, mas não dá para sentir menos saudade? — diz minha irmã, revirando os olhos de brincadeira.

— Você deveria ter me contado, assim eu não teria passado tanto tempo na escola — digo, me sentando.

— Linh sempre fica até tarde na escola — comenta Ba. — Muitas vezes, acho, para as aulas de arte. Você precisa pensar na escola, não em arte. Boas notas vão te fazer entrar na faculdade, não arte.

Volto a me encostar na cadeira, sentindo o estômago afundar. De novo não. Do outro lado da mesa, Evie me lança um olhar compreensivo. Então me dou conta do quanto sinto falta dela. Geralmente é ela quem diz "Arte não é sempre pintar e desenhar. Tem muito a ver com pensamento criativo e poucas pessoas sabem pensar dessa forma, pensar como Linh". Ela sempre teve um jeito para explicar as coisas de modo que elas soem tão mais fáceis, como se pudessem dar certo em um mundo ideal.

Como agora:

— Bom, é legal a Linh fazer isso. E ela é boa. E tem *um monte* de gente que faz arte na faculdade.

— Sim, mas você já conheceu uma que tem um emprego? — pergunta Mẹ.

— Não, mas isso é porque eu não saio com...

— Viu só! — Ba a interrompe. — Viu, artistas não têm emprego.

— *Dá* para ter um emprego — digo, finalmente, em voz alta. — Pode levar um tempo, mas não é impossível.

Meus pais olham para mim ao mesmo tempo. Alguma coisa nos olhos do meu pai me faz morder a língua.

— Fazer arte é divertido — diz ele. — Mas é só isso: só pode ser divertido. Nunca vai te sustentar. Con, Mẹ e Ba trabalharam tão duro para que vocês possam ter uma vida melhor. — Minha irmã e eu trocamos olhares de sofrimento, sabendo aonde nossos pais querem chegar. Ba repara e apenas estala a língua, embora isso seja porque o plástico que ele está tentando tirar não está colaborando. — Evelyn está no caminho certo, então não precisamos nos preocupar tanto com ela.

— As mensagens da Mẹ sobre meus hábitos alimentares dizem o contrário — murmura Evie.

— Agora é a sua vez — termina Ba.

Ele gesticula para eu começar a rechear os rolinhos. A chave é colocar uma colherada modesta de carne lá dentro, em seguida enrolá-los firmemente e depois selar com gema para que eles não desenrolem quando forem jogados no óleo, o que acontece vezes demais com os meus.

— A primeira porção está pronta! — Mẹ emerge, mostrando-nos uma porção de rolinhos de ovo dourados e crocantes em uma peneira coberta de papel-toalha para pegar o excesso de óleo. — Experimenta um.

Minha irmã morde um deles, depois abre um sorriso radiante para Mẹ.

— Tudo que eu precisava!

Estabelecemos um ritmo familiar enquanto trabalhamos juntos. Evie nos brinda com histórias da faculdade até agora. Tento não rir sempre que seus relatos são interrompidos por Mẹ e Ba quando eles perguntam sobre os amigos dela, a nacionalidade deles, se são *mập hay ốm*, onde eles moram, como são os pais deles. Mas minha irmã responde cada pergunta pacientemente, já antecipando as questões. Faço uma anotação mental de perguntar sobre a origem dos meus colegas quando entrar na faculdade.

Fico em silêncio, ainda incomodada pelo tom dos meus pais quando disseram que eu jamais seria capaz de me sustentar com a minha arte. Eles não entendem.

Sabe aquela sensação de ter sentido falta da minha irmã? Ela desaparece em menos de duas horas, especialmente porque Evie vai voltar a dividir o quarto comigo durante o fim de semana. Ela já está decepcionada com a bagunça que fiz.

— Se eu sentir falta de alguma coisa, vou te matar — ela diz casualmente enquanto vasculha a gaveta à procura de algo.

Eu chego a pensar que ela está realmente fazendo um inventário até pegar uma caixinha de cotonetes. Ela acabou de sair do banho e seu longo cabelo está preso em uma toalha.

Evie se inclina para examinar um rascunho meu.

— Esse ficou ótimo. Você acabou de desenhar?

— Aham.

— Não entendo como você consegue fazer coisas assim. Ver alguma coisa, depois colocar no papel. Eu mal consigo fazer bonecos-palito. — Ela só está me provocando, se lembrando da conversa à mesa da cozinha.

— Diz isso para Mẹ e Ba.

Ela se senta na beirada da minha cama.

— Eles me contaram sobre a sua entrevista com aquela engenheira. Eu quase não acreditei. Como foi?

— Horrível.

— Eu imaginei. Engenharia não é para você — ela diz isso como se fosse um fato inquestionável, mas queria que fossem meus pais dizendo isso. — Tenho vários amigos que fazem engenharia. Eles são lógicos, *organizados.* — Jogo meu travesseiro nela, que Evie habilmente pega com um sorriso. — Ei, eu não terminei! Eu ia acrescentar um "mas". Eles não conseguem olhar para uma pintura e ver o que você vê. E eles não conseguem criar coisas como você. Não instintivamente como você cria.

Agora, queria não ter jogado meu travesseiro nela. Ela está sendo legal. Ela é sempre legal.

— Eu penso em contar para eles. Mas algo me diz que não vai dar certo.

Em uma realidade melhor, Evie questionaria esse fato, me diria para tentar. Mas Evie é Evie. Ela cresceu comigo. Ela conhece nossos pais. Ela sabe o que eles já disseram sobre ter arte como uma carreira. Então a resposta esperada é um silêncio pensativo.

— Eu menti sobre a entrevista ter sido boa — admito.

— Imaginei. Você sabe como sua expressão sempre entrega tudo.

— Você é, tipo, a quarta pessoa a dizer isso sobre mim!

Ela ergue o queixo, parecendo altiva.

— Eu sou sua irmã, então eu sei. Sempre sabia quando você roubava uma das minhas blusas.

Reviro os olhos.

— Foram só duas vezes.

Ela aponta para mim:

— Mentira.

Dou de ombros. Posso ter roubado dela algumas outras vezes, mas pelo menos ela é mais velha e não vai se vingar de...

— Ai! — O travesseiro bate no meu rosto. — Evie! — protesto em voz alta.

Do quarto deles, onde Ba provavelmente estava tentando dormir, ele grita para nós falarmos mais baixo.

Rimos baixinho e voltamos a nos deitar. Evie se aconchega perto de mim, enquanto finjo chutá-la para longe, dizendo-lhe para voltar para a cama dela. Mas nós só temos um ou dois dias juntas, e então ela vai voltar para uc Davis, a quilômetros de distância, vivendo uma vida completamente diferente da minha. Não quero realmente que ela se afaste. Quero que ela fique perto.

Em um movimento perfeito, Evie joga o travesseiro no interruptor e caímos na escuridão. Ficamos deitadas em silêncio. Estou contando cada volta completa do ventilador de teto, sinalizada por um rangido quase indescritível.

— A uc Davis é boa?

— É melhor do que eu jamais poderia ter imaginado, Linh. O campus é lindo. E o laboratório de ciências... — ela suspira. Parece que ela se apaixonou pelo laboratório em vez de, sabe, uma pessoa.

Eu a invejo. Ela está onde queria estar. Onde sempre sonhou estudar. Além disso, embora ela e meus pais tenham discordado em algumas coisas — sobre a hora de voltar para casa e dormir na casa de uma amiga —, eles nunca discutiram sobre o futuro de Evie. Eles nunca tiveram um problema com ela.

— Queria poder gostar do que você gosta — sussurro na escuridão.

O pé de Evie toca o meu; está frio e eu a chuto. Posso sentir o sorriso dela na escuridão.

— Se você gostasse do que eu gosto, você não seria a Linh.

— Mas a vida seria muito mais fácil se eu gostasse do que você gosta.

— Mais fácil? — Eu a imagino se levantando para se sentar. — Como isso teria deixado a vida mais fácil?

— É uma coisa segura. Uma coisa que nossos pais aprovam.

— Segura. Hm.

Sinto o humor de Evie se transformando, então repenso o que acabei de dizer.

— Não quis dizer isso de um jeito ruim, Evie. É só que você está fazendo uma coisa que Mẹ e Ba aprovam. Enquanto isso, quero ser uma artista. Definitivamente o que eles não querem que eu faça.

Ela não responde logo de cara, o que está me deixando inquieta. Penso em me levantar e acender as luzes só para poder ver sua expressão.

Então ela suspira.

— Não é fácil, Linh. Nunca foi fácil.

Ela não está falando para mim, mas comigo.

— Se eu tivesse feito uma aula de arte no ensino médio, teria ouvido um monte. Sempre que pedia para eles para sair com uma amiga depois da escola, eles diziam não, porque tinha muita coisa que eu precisava fazer. Eu tive que amansar eles. Mas para você é diferente. Eles te tratam diferente. Eles te deixam fazer mais coisas. E tem momentos em que penso sobre como decidi fazer biologia. Estou fazendo isso porque Ba e Mẹ me direcionaram? Ou sempre gostei de biologia? Onde termina a linha entre o que quero e o que os nossos pais querem? — Penso nisso também. Não tenho tanta certeza. — Viu, eu não sei. Mas é diferente para você. Dois anos fazem uma grande diferença.

— Desculpa — digo na escuridão. — Eu não... Bom, acho que nunca reparei.

Mas sou só dois anos mais nova, e morava na mesma casa, então como posso ter deixado isso passar?

Evie volta a se deitar. Ela joga uma perna sobre a minha.

— É geralmente aceito que, em famílias como a nossa, os filhos mais velhos sofrem mais. Nós somos os porquinhos-da-índia em um laboratório do mundo real. — Seu tom se transforma em algo mais brincalhão. — O que o Hashan Minhaj disse uma vez? Que os irmãos mais velhos "vão para a guerra" pelos irmãos mais novos? Porque era assim que era. Foi isso que eu fiz. Então isso quer dizer que você deve tudo a mim.

Eu a cutuco de leve no ombro.

— Se serve de consolo, acho que você nasceu para estudar biologia. Não lembro de você gostar de qualquer outra coisa.

— Talvez — Evie suspira, depois boceja.

19

Bảo

Lentamente, estou me acostumando a escrever no jornal, a fazer parte de uma equipe. Depois do sucesso da minha primeira resenha, Ali não pega mais tanto no meu pé. Aos olhos dela, eu subi um nível; ela ainda me delega revisões, mas tem me dado múltiplos artigos — mais do que para qualquer outra pessoa na equipe de edição.

Meus colegas passam para falar sobre as alterações em seus textos, depois de revisá-los, e me pedem para dar uma olhada. Uma parte de mim se pergunta se eles pedem para mim porque Ali às vezes é um pouco intensa — Linh usou a palavra "passional" —, mas gosto de pensar que eles realmente querem minha ajuda. Mesmo que meus colegas estejam me usando para evitar Ali, é bom ser tratado desse jeito. Saber que eles confiam em mim para avaliar seu trabalho.

Cada escritor olha para a língua de uma forma diferente. Ali foca na mensagem quando escreve — está sendo transmitida adequadamente? Em que pontos o autor pode deixar sua intenção mais clara? Quanto a mim, gosto do estilo de cada escritor. Uma pessoa pode dizer algo que já foi dito antes, mas de um jeito completamente diferente; suas experiências pessoais e personalidades únicas impregnam suas palavras, suas frases.

Estou trabalhando com Ernie em seu artigo que resume a apresentação de novos membros da National Honor Society. Ernie se encolhe quando recebe atenção pessoalmente, então, conscientemente ou não, ele usa muito a voz passiva em sua escrita. Coisas são feitas ao sujeito; o sujeito não está realizando uma ação. "O corte no orçamento para as artes foi feito *pelo* comitê orçamentário" — em vez de "o comitê orçamentário cortou o orçamento para o programa de artes". Quando comparado ao texto de Ali, que vai direto ao ponto, o de Ernie não demonstra confiança.

— Não consegui entrar na aula de astronomia; é só por isso que estou aqui — diz ele, abatido, ao ler minhas alterações.

— Eu também não queria fazer essa aula — digo, tentando animá-lo.

— É, mas você é bom nisso. E a Ali não te enche o saco.

Como se ela estivesse logo atrás de nós, Ernie dá uma olhada pelo ombro.

Ali está no meio de dois designers reunidos ao redor dela. Eles estão vendo as provas para a próxima edição. Posso não entender o processo, mas não preciso. É dela, é deles, uma coisa que só eles entendem.

Ernie franze as sobrancelhas como se estivesse lendo uma língua diferente. Sei como ele se sente.

— Jornalismo pode não ser para todos, mas você não é ruim. Talvez você só precise descobrir um assunto sobre o qual goste de escrever — digo, por fim, incorporando Linh. — Por que tipo de coisa você se interessa?

— Sei lá. Gosto de skate. Ler quadrinhos.

— Alguma outra coisa?

— Acho que assisto bastante Netflix. Coisas que passam na TV.

Lembro de Ali tentando recrutar Việt como escritor. Isso pode ser perfeito.

— Você gostaria de escrever sobre uma série? Você pode perguntar para a Ali se pode fazer isso. Ela está procurando um crítico.

— Sério? — pergunta ele, hesitante. — Você acha que ela vai deixar?

Parece que não sou a única pessoa que se sente intimidada por ela. Rio.

— Vou falar com ela.

Mais tarde, quando o sinal da saída toca e os alunos saem voando da sala, passo na mesa de Ali enquanto ela usa o celular, respondendo mensagens.

— Ah, oi, Bảo. Você deu uma olhada no artigo do Ernie? Eu achei que precisava de uns ajustes, mas, fora isso, está pronto para publicação.

— Vi, sim, está tudo certo. Ouvi dizer que o Ernie gosta de séries. Ele assiste bastante Netflix. Talvez ele deva tentar a seção de entretenimento.

— Sério? Ele nunca me disse isso.

— Ele não sabia que nós tínhamos uma vaga.

Ali balança a cabeça, calculando alguma coisa mentalmente.
— Certo. Por que não? — O despertador de seu celular toca. — Merda, vou me atrasar.
— Aonde você vai?
— Emprego de meio período em um jornal local.
— Você trabalha no jornal da escola *e* em um jornal real também?
— É claro, o que mais eu faria no meu tempo livre? — ela diz simplesmente.

Finjo não parecer tão chocado, mas, para começo de conversa, ela não vai para casa em seu período de estudo livre para liderar o jornal daqui. E agora descobri que ela também trabalha em meio período. Ali deve amar muito o jornal.

Imagine minha surpresa quando um dos amigos de Việt se senta na minha frente no almoço. Está chovendo lá fora, então a maioria das pessoas está no refeitório. Việt ainda nem se sentou, mas Steve, o capitão comedor de bananas, ocupa o assento à minha frente. Ele deixou o cabelo castanho crescer e o prendeu em um pequeno rabo-de-cavalo — para ser irônico? Em todo o tempo que nos conhecemos, nunca chegamos a ter uma conversa de verdade.
— Ei, você tá ocupado?
— Hã, não.
— Queria ver se você pode fazer uma coisa para mim.
— Você está pedindo para *mim*?
— É, o Việt disse que você faz parte do jornal ou coisa do tipo. Disse que você edita umas paradas.
— Ah, é, eu edito umas paradas.

Ele enfia o braço em sua mochila que quase parece do Exército. Retira sua sacola de almoço. Lenços usados. Uma brochura com páginas dobradas de *Como fazer amigos e influenciar pessoas*, de Carnegie.

Ergo as sobrancelhas.

Steve pigarreia.
— Minha mãe queria que eu lesse — murmura ele.

Fascinante.
— Sei. Ah, você queria minha ajuda com o que exatamente?

Finalmente, ele tira um pedaço de papel amassado e riscado cheio de seus garranchos. Ele o alisa na borda da mesa, como você faria com cédulas de dinheiro em uma máquina de vendas.

— Estou escrevendo minha carta de admissão para me inscrever em umas faculdades, e tenho um texto, mas não consigo acertar o primeiro parágrafo. Minhas irmãs leram e gostaram do texto em geral, mas disseram que a introdução faz eu parecer um aluno do quinto ano.

— Vixe.

— Pois é. — Ele faz uma careta. — Mas acho que elas têm razão. Eu sei que nós sempre temos que abrir um texto com uma afirmação forte, mas não consigo pensar em nada. Você pode ajudar?

Se Ali estivesse no meu lugar, teria mais algumas palavras para dizer a Steve, provavelmente coisas piores do que as irmãs dele disseram. Mas tento ser mais simpático.

Procuro minha caneta vermelha na mochila e suspiro.

— Certo, o que exatamente você está tentando dizer aqui?

O texto de Steve é sobre seu amor pela corrida. Como não é apenas uma coisa física, mas também uma coisa mental para ele. Quando está estressado ou chateado com algo, ele calça os tênis e apenas corre, sem destino em mente. Enquanto alterno entre ouvi-lo falar e ler suas palavras, começo a entender o que as irmãs dele disseram sobre a introdução. Nem sequer soa como ele. Soa mecânica, forçada.

— Comece com um sentimento — digo para Steve, finalmente, circulando seu parágrafo. — Gostei do que você disse sobre deixar sua mente te levar em uma viagem e como você gosta de se surpreender com o destino para onde a corrida te leva — é um pouco como Linh fala sobre a pintura. — Então por que não começar com isso?

— É, mas eu não deveria também apresentar uma tese?

— De certa forma, sim. Mas chamar de apresentação de uma tese faz parecer que é um trabalho acadêmico. Você está escrevendo uma carta de admissão, um texto pessoal, sobre uma coisa que é pessoal para você: correr.

Steve balança a cabeça, olhando para suas páginas. Eu acrescento:

— Então seja honesto e comece com isso. Faça os leitores sentirem o que você sente quando corre.

Steve não diz nada imediatamente. Tampo minha caneta só para ter uma coisa para fazer. Talvez eu nem esteja ajudando. Talvez eu tenha deixado ele mais confuso.

Việt finalmente chega, dizendo alguma coisa sobre ter esperado para pegar mais sanduíches Sloppy Joes. Àquela altura, Steve está balançando a cabeça para si mesmo, lendo minhas anotações. Quando ele ergue os olhos, estão um pouco mais energizados.

— Valeu, cara. — Ele me cumprimenta com um soquinho antes de ir para a biblioteca para digitar sua nova introdução.

— Então você ajudou ele? — pergunta Việt, com a boca cheia de carne moída.

— Acho que sim. Por que você disse para ele que eu era bom em edição? Ele dá de ombros.

— Porque você é.

— Como você sabe?

— A Ali falou.

— Você anda conversando com a Ali?

— Sim, ela é legal. Ela continua tentando me recrutar para a seção de entretenimento, e eu continuo dizendo não.

Việt: meu melhor amigo com nervos de aço.

— Bom, acho que encontrei uma pessoa para essa seção e acabei de falar com ela. Talvez ela te deixe em paz.

— De boa. Ela não me incomoda, na real.

Uma sensação perturbadora se instala dentro de mim. Eles estão conversando um com o outro, o que significa que eles devem *gostar* de ficar perto um do outro, o que significa...

— Sobre o que mais vocês conversam?

A expressão "aguardando o inevitável" nunca foi tão pertinente quanto agora. Eu me inclino para frente, esperando Việt confessar o que sente pela melhor amiga de Linh.

— Nós conversamos sobre quando você e a Linh vão começar a namorar.

A confissão que eu esperava não vem.

— *Quê?*

Việt sorri.

— É isso mesmo. Ali diz que vai ser depois da quarta crítica. Eu acho que vai ser bem antes disso.

— *Por que* vocês estão apostando?

— Para passar o tempo.

— Quem você acha que vai ganhar?

— Eu. E é por isso que estou te dizendo agora que isso tudo precisa acontecer depois da segunda crítica. Então se apressa.

Việt está mais interessado do que achei que estaria e... Ali.

Meu Deus. Será que ela disse alguma coisa para Linh?

Antes que eu possa fazer essas importantes perguntas, uma profusão de cores vibrantes bloqueia meu campo de visão. Ergo os olhos e vejo franjas lisas como alfinetes sobre uma testa proeminente.

Kelly Tran, presidente da AEV, o clube do qual eu fugi vezes demais.

— Bảo. Há quanto tempo.

— É, pois é.

Essa recepção fria é natural, considerando que faltei em um compromisso em um sábado porque *era sábado*.

Việt rapidamente pede licença e se retira.

Ele também faltou no compromisso.

— Sabe, estava querendo falar com você. Tenho a impressão de que você não está levando o clube a sério. Se você continuar a faltar nas reuniões, receio que não vá poder continuar no clube. — Há um tom de ameaça em sua voz, mas ela é inteiramente inefetiva porque eu nem sabia que ainda era um membro.

Um movimento atrás da cabeça de Kelly leva meu foco a Linh, e meu coração dá um pulo. Uma desculpa! Uma fuga.

— Ah, oi, Linh! Ótimo, você finalmente chegou. Eu sei que nós temos que ir naquela coisa.

— Que coisa? — pergunta Linh, arqueando uma sobrancelha. Então, com um sorriso familiar, ela diz: — Oi, Kelly.

Digo:

— Aquela coisa.

— Ah. — Uma pausa. Um olhar de soslaio para Kelly. — *Ah.* Sei, sei. Vamos.

Kelly nos olha alternadamente, provavelmente se perguntando como nós sequer nos conhecemos.

— Espera, já que vocês dois estão aqui: por que vocês não se juntam à nossa mesa no Thuận Phát semana que vem? Vamos arrecadar dinheiro para o clube.

Droga.

— Hã... — diz Linh, hesitando só um pouco. — Claro, acho que posso.

— Maravilha! — Kelly sai à francesa, me poupando de suas cores. — Obrigada, Linh. Obrigada, Bảo!

— Acho que vou estar lá também — digo, relutante.

— Desculpa, não achei que *você* seria persuadido — diz Linh, compreensiva.

— Pois é. Bom, você é boazinha demais. Poderia ter dito não para a Kelly.

— Eu gosto dela. Nós fizemos umas aulas juntas e ela sempre foi legal comigo. E esse clube é o bebê dela, então é claro que quero ajudar. — Ela me cutuca com o ombro. Nós havíamos começado a andar juntos sem pensar. — Ah, vai, eu vou estar lá. Vai ser divertido.

— Você está se esquecendo de uma coisa. Vai ser público. Bem público. Minha mãe, as amigas dela... todo mundo que tem um negócio perto de nós compra lá. Nós não estávamos tentando evitar sermos vistos juntos?

— Agora você só está tentando se livrar do trabalho voluntário.

Sim e não.

Bom, na maior parte sim.

— Use um disfarce — diz ela, meio brincalhona. — Vamos pensar em alguma coisa.

Boné de basebol e óculos de sol. Esse vai ser meu disfarce do dia.

— Quem é você? Você está tentando ser um gângster? — Mẹ pergunta imediatamente quando eu desço do meu quarto de manhã.

— Não, estou me protegendo do sol.

— Bom, você não parece você mesmo.

Perfeito.

Minha mãe havia ficado feliz quando mencionei o trabalho voluntário. Talvez fosse uma coisa para compartilhar com seu círculo de fofocas. *O Bảo é uma pessoa tão boa. Ele pensa nas outras pessoas.* Haha.

Enquanto guarda a louça no café da manhã, ela se oferece para me levar. Bom, fazer Ba me levar enquanto ela vai conosco. Isso resolveria dois de seus objetivos para o fim de semana: (1) forçar o filho a fazer alguma coisa e (2) fazer supermercado. Mẹ não vai para Thuận Phát com muita frequência, talvez uma vez por mês. Acho que já faz algumas semanas que ela não vai lá.

Imediatamente me oponho, imaginando como vai ser quando ela vir Linh na mesa do lado de fora do Thuận Phát. Ela *viraria* a mesa, provavelmente.

— Vou pegar um ônibus. Não quero te incomodar...

— Não, tudo bem...

— Sério. De qualquer forma, não tem nada em promoção hoje. Eu pesquisei — procuro uma desculpa. — Mas o mercado de Saigon City está com umas promoções — menciono o lugar que é um pouco mais perto, e devo ter dito as palavras mágicas, que aterrissam em Ba enquanto ele repousa o *Người Việt* sobre a mesa. Qual é o sentido de ir quando não tem nada em promoção?

— *Thôi, để nó đi* — diz ele. — *Mình sẽ đi* Saigon City.

Minha mãe cede.

— Mẹ queria mesmo ir para Saigon City ver quais ervas estão em promoção... talvez eu vá hoje.

— Ótimo.

— Não volte muito tarde. Nem almoce. Estou fazendo uma coisa.

— Entendi.

Subo no ônibus 66 e ele me deixa em McFadden. Caminho alguns minutos até o supermercado. O estacionamento já está lotado como uma lata de sardinhas, cheio de Camrys e Highlanders vagando para encontrar a primeira vaga livre. Mães marcham como se estivessem em uma missão; seus filhos arrastam os pés. Clientes mais velhos caminham com a ajuda da filha ou do filho adulto e outros dependem de suas bengalas e andadores.

Vejo a placa primeiro: AJUDE A AEV, feita com glitter suficiente para parar o trânsito. Provavelmente é coisa de Kelly. Linh está sentada à mesa, olhando ao redor. Ela está usando uma camiseta branca simples e jeans, com óculos de sol na cabeça. Me acomodo na cadeira vazia ao lado dela.

— Tcharam!

— Bảo? — Ela ri e bate na aba do meu boné de basebol. — Bom disfarce.

— Obrigado. Acho que foi sua sugestão.

Linh me analisa.

— Acho que vai funcionar. Eu quase não te reconheci.

— Ficou bom assim?

— Geralmente é o seu cabelo que te entrega. Então, sim.

— Como está indo até agora? Kelly te botou para trabalhar?

Juntos, observamos Kelly, que parou um homem desarrumado que deve ter sido forçado a dar uma passadinha de última hora no mercado pela esposa. Ele tenta escapar, sem sucesso.

— Ela mesma está trabalhando. Acho que é por isso que poucas pessoas querem fazer isso.

— Posso te contar um segredo? — Eu me inclino mais para perto, chamando-a, e ela se aproxima com um sorriso nos lábios. — Estou feliz por você estar aqui. Porque eu não ia querer ficar sozinho com ela. Ela me odeia.

A risada dela chama a atenção dos outros voluntários.

— Por que você está rindo? É verdade.

— Primeiro é a Ali que te odeia. Depois é a Kelly. O que você fez para ela?

— Faltei no serviço voluntário.

— Tá...?

— Três vezes.

— Bảo! Não me admira ela te odiar.

— Desculpa, isso foi quando eu não me sentia tão motivado.

— O que te motiva agora?

Um casal de clientes se aproxima, perguntando sobre nossa mesa, e Linh os cumprimenta automaticamente, abrindo um sorriso como se fizesse isso sempre. Sua energia é palpável e contagiante.

— Ninguém em particular — respondo sua pergunta, mais para mim mesmo do que para ela.

Enquanto isso, Kelly passa outra pilha de panfletos para reabastecer a nossa. Ela bebe um *bubble tea* do Boba Corner 2.

— Qual é a do boné?

— Corte ruim.

O tempo passa lentamente, mas não é tão ruim com Linh ao meu lado. Comentamos sobre o esforço determinado de Kelly para pedir dinheiro enquanto entregamos nossos panfletos sobre os próximos eventos da AEV. Vejo manchas de tinta apagadas nas costas das mãos de Linh, que não estavam lá ontem. Ela deve ter conseguido pintar um pouco hoje de manhã.

— Você estava pintando?

— Ah, sim — diz ela, acanhada novamente. — Ou pelo menos tentando. Preciso submeter alguma coisa para o concurso Gold Key. Percebi que o prazo está apertando.

— O que você vai fazer?

— Estou trabalhando em umas coisas sobre memórias. Memórias boas. Do tipo que duram um bom tempo e surgem inesperadamente.

— Tipo?

— Uma cena de restaurante. Apenas eu e os meus pais quando encerramos o primeiro ano. Foi difícil, aquele primeiro ano. As pessoas eram duras com eles. — Linh olha para mim e sei o que ela está pensando. Na minha mãe. Na General e nas outras, os comentários ácidos que faziam no restaurante e também livremente em público.

— Sinto muito.

Linh balança a cabeça.

— Enfim, minha irmã e eu nunca víamos nossos pais porque eles estavam sempre trabalhando. Mas, naquela noite, nós havíamos terminado e o dia tinha sido bom, e me lembro de ver meus pais parados perto das janelas da frente, apenas conversando, se despedindo de uns clientes. Uma cena totalmente normal.

Estou lá com ela. Posso sentir o vidro da janela contra a minha mão e seu calor depois de tomar sol o dia inteiro. O tom de Linh se transforma em algo como reverência e ela levanta a mão, gesticulando como se estivesse passando tinta por toda uma tela.

— Mas o céu atrás deles tinha faixas de vermelho rosado e roxo e amarelo. Fiquei sem ar. Estava muito bonito. Então estou trabalhando em uma tela pequena para isso.

— Parece bom.

— Sim, foi mesmo. — Ela olha para mim. — E você? Ainda contente com a mediocridade? — provoca, se inclinando para frente. Uma porção de seu cabelo se prendeu no colarinho de sua camiseta e sinto que quero tirá-lo dali.

— Ei, eu avancei um pouco. — Copio Linh, me aproximando embora não haja motivo para fazer isso. — Uma pessoa pediu minha ajuda outro dia. Um dos amigos do Việt precisava de ajuda. Então eu ajudei.

— Deu tudo certo?

— Deu. Não é comum alguém me pedir ajuda. Principalmente com escrita. Então eu fiquei meio surpreso.

— Eu não. — Ela parece pensar profundamente. — Há pessoas por aí que não têm energia para ajudar os outros a melhorarem. Elas só aceitam os defeitos da outra, e claro, assim há menos conflitos, mas é quase como viver uma mentira. Mas também há pessoas que não têm medo de dizer que alguma coisa está errada. Mesmo uma coisa tão pequena como um erro de ortografia. No fim, você está deixando *alguma coisa* melhor, e isso é mais do que outras pessoas estão dispostas a fazer.

Pigarreio, tentando reprimir minhas emoções, que lutam umas contra as outras.

— Acho que essa é a coisa mais legal que alguém já disse para mim. Isso não é triste?

— Triste e real para todo mundo com pais asiáticos exigentes.

Um calor se espalha por mim. Outros clientes curiosos se aproximaram da mesa, mas, não pela primeira vez, vejo apenas Linh diante de mim. Radiante. Preciso piscar algumas vezes para lembrar onde estou.

20

Linh

— Meu dedo do meio não é assim tão grande.

— Não é grande. É do tamanho normal.

— Na página, é grande — protesta Bảo. — É ofensivamente grande.

Rio, virando o lápis de ponta-cabeça e apagando as linhas de seu "dedo ofensivo" até ele *parecer* mais fino — mas não fiel ao tamanho real. Eu estava usando o verso de um panfleto extra para desenhar a mão de Bảo.

— Assim está melhor?

— Está.

— Não sabia que você era tão sensível sobre os seus dedos.

Quando você está se divertindo, é fácil se esquecer de questões que pareciam importantes apenas uma hora atrás. Ou pelo menos fingir que elas não existem. A tela do restaurante — mais um retrato dos meus pais — secando em casa, uma das muitas que preciso terminar se quiser sequer ter uma chance na competição.

O prazo está se aproximando e, quando imagino que estou distante da data, ela se aproxima de mim. Há tão pouco tempo.

Ótimo. Prometi a mim mesma que deixaria uma parte das minhas preocupações em casa, e agora estou apenas enterrada em pensamentos.

Olho para Bảo. Pelo menos estamos nos divertindo juntos. Não ficamos olhando para trás. Mas esse pensamento não dura muito.

Sou eu quem a vejo primeiro.

E, por "ela", quero dizer *elas*.

Nossas mães, atravessando faixas separadas do estacionamento. A minha está procurando alguma coisa na bolsa. Hoje de manhã, antes de ir para o restaurante, ela mencionou que talvez precisasse passar no mercado, mas não achei que seria esse mercado. Ela não gosta do Thuận Phát por causa do tamanho. Além disso, eles nunca têm a quantidade suficiente do peixe que ela gosta de usar.

A mãe de Bảo caminha para frente, mas estreita os olhos por causa do sol. Cutuco Bảo, interrompendo-o no meio da conversa com outro colega, e, em um segundo, a constatação — e o pânico — se manifesta nas partes visíveis do rosto dele.

— Merda.

— Vamos — digo, puxando-o para dentro do mercado comigo, sentindo o coração acelerar loucamente. Bảo abaixa a aba do boné, cobrindo os olhos.

Quando atravessamos as portas automáticas, os aromas do mercado me atingem: carne de porco frita, ervas e o incenso do altar do dono. Sou transportada de volta para a minha infância, quando fins de semana frequentemente significavam vagar pelos corredores, andar nos carrinhos de compra abandonados, escalar pilhas de sacos de arroz e implorar para meus pais comprarem Hello Panda de morango e chiclete Marukawa.

Nós dois disparamos por um dos corredores — o com frutas secas, sementes e amendoim. Uma mulher mais velha nos vê e estreita os olhos, antes de puxar o carrinho e virar à direita no final.

— Dentre todos os dias — resmunga Bảo. Seu celular vibra em sua mão. É a mãe dele. — Devo atender?

— Atende. Você não quer que ela fique desconfiada.

— Oi, Mẹ — responde ele, forçando uma animação na voz. — Sim, era eu. Eu só estava fazendo um intervalo. — Pausa. — Aonde eu fui? Eu estou no... corredor de salgadinhos. Você está indo... onde? Para o corredor de amendoim?

Um alarme dispara dentro de mim. Em uma fração de segundo, decido entrar no corredor à esquerda, onde ficam o sriracha e outros molhos asiáticos. A senhora de antes bufa, irritada, quando eu quase a atropelo. Ela resmunga baixinho sobre adolescentes hoje em dia serem *mất dạy*; ainda assim, ela continua fazendo compras.

Então ouço a mãe de Bảo. Sua voz é alta quando ela fala com Bảo, me assustando. Acho que não a ouço desde aquele dia no templo. Agacho, vendo-a de relance pelas prateleiras com estoque baixo.

— Bảo?

— Isso — ele responde, rouco, antes de pigarrear. — Sou eu.

— Mẹ quase esqueceu que con usou aquele chapéu hoje. Parece *kỳ*. Mẹ achava que con queria salgadinhos.

— Bom, pensei em te encontrar aqui. — Ele me olha rapidamente, depois usa as costas para me bloquear (e minha linha de visão). — Você não achou nada em Saigon City?

— Não, não tinha muita coisa em promoção. Mas tem bastante coisa em promoção aqui.

— Ah, desculpa, acho que li um panfleto antigo.

— Con quer um salgadinho?

Sua resposta é rápida.

— Ah, não, acho que...

— *Con?* — Eu me viro abruptamente. Mẹ. — O que você está fazendo?

— Ah, eu... Só estou com fome. — Enquanto isso, tento ouvir a conversa no outro lado, para ver se eles estão se movendo. Bảo e a mãe estão caminhando para os fundos. Perto demais. Nossas mães não podem se ver. Sabe lá o que vai acontecer! Então conduzo minha mãe para o lado oposto, até o corredor de nozes, nos movendo como uma porta giratória.

— Mas esquece, decidi esperar até o almoço para comer.

— Mẹ pode comprar alguma coisa para você, se você precisar.

— Não, não, acho que vou ficar bem por enquanto. Vamos só...

Insondavelmente, a mãe de Bảo está passando pelo nosso corredor, com ele logo atrás, provavelmente pensando que já havíamos nos movido. Ele congela, depois corre para frente, pegando um salgadinho aleatório. Ouço-o perguntar se ele pode comprar aquele.

Grata pela distração, passo o braço pelo da minha mãe.

— Pensando bem, posso pegar um pastel de nata?

Aquilo, em qualquer outra ocasião, teria sido um pedido normal. Sempre foi um prêmio para mim e Evie por nos comportarmos enquanto nossa mãe fazia as compras.

Mẹ sorri de leve, o que faz os cantos de seus olhos enrugarem.

— Algumas coisas nunca mudam.

Embora estejamos a uma boa distância de Bảo e sua mãe, fico de olho neles enquanto Mẹ aponta para os doces — o rapaz no balcão só fala malásio. Minha mãe acaba comprando o suficiente para os voluntários e, quando termina de passar suas compras no caixa — observando os preços aumentarem de perto —, ela se despede e me deixa sem entender mais nada.

Dou de cara com Bảo perto da saída. Ele me impede de avançar, segurando meu punho, e ouço sua mãe reclamando com ele sobre o valor final antes de se despedir.

— Não coma muito — diz ela, embora esteja enfiando outro pacote de salgadinhos na mão dele. Os outros voluntários vão nos amar.

Então a mãe de Bảo se vai.

E nós dois estamos vivos.

Voltando à entrada, Bảo e eu desabamos nas cadeiras dos voluntários, exaustos. Kelly pergunta por que nós desaparecemos, mas erguemos a caixa de doces como desculpa. Os voluntários se servem, ávidos, e Bảo alegremente pega um pastel de nata.

— Viu só? — ele diz entre mordidas. — É por isso que não faço trabalho voluntário. — Um sorriso triunfante começa a se formar até ele olhar para nossas mãos entrelaçadas.

Eu não o solto.

Ele não me solta.

Estou encarando nossas mãos juntas, tentando fingir que não são nossas, assim como fiz com a mão de Bảo antes. Eu estava estudando seus dedos objetivamente, esboçando-os como nada além de um modelo.

Mas não posso fazer isso agora. Porque *são* nossas mãos, e nenhum de nós as solta. Meu coração palpita. Adrenalina de antes ou de agora? Não sei ao certo. Seu polegar afaga meus dedos em um movimento que parece natural, como se ele sempre tivesse segurado minha mão desse jeito. Inspiro profundamente. Em circunstâncias diferentes, isso poderia acontecer. Isso é possível em uma realidade alternativa.

Minha outra mão, percebo, está repousando sobre a mesa, exatamente em cima do esboço da mão dele.

Não dizemos nada, e não nos movemos até alguém na mesa me pede para passar panfletos extras, então tenho que soltá-lo, e o faço como se tivesse sido queimada. *Não olhe para ele.*

O resto do dia para nós se passa em silêncio, e não sei como lidar com essa coisa impossível, indizível que se instalou entre nós.

21

Bảo

Tenho pensado bastante na mão de Linh, sua mão manchada de tinta sobre a minha. Lembro dela como se fosse um coração vivo, pulsante. Repassei aquele momento em que notamos o que estava acontecendo e decidimos não nos importar, o momento em que me dei conta de que havíamos entrado em um novo território sem planejar. Queria que houvesse uma palavra mais forte do que "palpável", mas acho que essa é suficiente por enquanto.

Quando ela me soltou, eu quis *tanto* pegar sua mão de volta. Quando ela murmurou um "tchau" rápido para mim, quis lhe dizer para não ir. Não podíamos simplesmente ignorar o que havia acontecido.

Ela não afastou a mão. Ela poderia ter afastado, mas não afastou. Será que isso significa que ela sente o mesmo que eu?

Việt e Ali enxergaram isso antes de nós, aparentemente.

A semana seguinte, para minha decepção, se desenrola como os dias antes de nossos mundos colidirem no Dia do Phở. Nossas agendas estão repletas de desencontros. No almoço, quando passo na sala de artes, não a encontro lá. Tenho certeza de que Linh está me evitando, porque ela não vai visitar o próximo restaurante, mencionando isso para Ali, que me disse que a amiga estava sobrecarregada pelo trabalho e pela pintura. Sei que há alguma verdade nisso, mas não completamente.

Ela está com medo, e queria poder lhe dizer que também estou. Que não sei como as coisas vão funcionar. Mas, se nós pudermos ficar de mãos dadas por mais um tempinho, talvez possamos descobrir.

Tive que ir sozinho a um restaurante malásio, enquanto a maioria dos clientes saboreava refeições em grandes famílias. Eles devem ter sentido pena de mim, um garoto do ensino médio, jantando sozinho. O chef me deu um pacotinho de algum tipo de cookies que Ba devorou à noite mais tarde.

Sentados à mesa às dez da noite, sentindo a ausência de Mẹ, ainda na casa de uma amiga fazendo as unhas, tenho uma ideia ridícula de pedir conselhos. *Ba é um homem. Ba já passou por coisas como essa... certo?* Então desisto imediatamente. Devo estar ficando desesperado se acho que é uma boa ideia pedir conselhos para o meu pai, frio como uma pedra, sobre garotas quando não gostamos muito de conversa fiada em geral.

Hoje deve ser um dia diferente, porque é Ba quem começa a conversa fiada. Esses cookies devem ser bons.

— Vamos precisar da sua ajuda no restaurante nas próximas semanas.

— Ah, tudo bem. O que vai acontecer?

— Sua mãe e eu estamos planejando um Dia do *Bánh Xèo* para incluir diferentes tipos de *bánh xèo* no cardápio. Então vai ser puxado.

Assim como Việt havia sugerido.

— O Việt disse alguma coisa para você?

— Não, por quê?

— Nada.

Penso no especial. A família de Linh — Linh — vai ver isso como uma resposta direta ao Dia do Phở deles. Ótimo: mais uma razão para nossos pais se odiarem.

— Por que agora? — pergunto, receoso.

— Para garantir que nossos clientes não fiquem cansados do nosso cardápio.

— Será que vai funcionar? Nós não costumamos fazer tipos diferentes de *bánh xèo*.

— Nós nunca sabemos mesmo quando as coisas vão funcionar. Nós não sabíamos se o restaurante ia dar certo, mas aqui estamos nós. Não há motivo para não arriscar quando se trata do nosso restaurante. — Ba se levanta e coloca a chaleira no fogo, depois vai até o armário onde guardamos várias latas de folhas de chá. — *Muốn trà không?*

Balanço a cabeça, pensando que chá só vai me fazer ficar acordado por mais tempo do que eu deveria.

Não arriscar.

Se meu pai está disposto a fazer uma coisa que pode não lhe trazer um resultado certo, talvez eu possa fazer o mesmo.

Mais tarde, passei mais tempo encarando uma mensagem que escrevi para Linh do que gostaria de admitir. Uma mensagem pedindo para encontrá-la novamente, face a face. Não fui assim tão ousado; tive um bom motivo para mandar uma mensagem para ela, já que Ali me mandou outro restaurante para visitar. Então mencionei isso a ela.

Então as reticências começam a aparecer, então saio do aplicativo de mensagens até uma notificação me dizer para lê-lo.

> desculpa ter sumido. seu artigo sobre aquele restaurante malásio ficou ótimo.

> valeu! você acha que consegue ir no próximo?

> acho que sim.

22

Linh

Tenho pensado bastante na mão de Bảo, em seu polegar inconscientemente afagando o meu. Um momento cheio de potencial, mas nenhum de nós foi capaz de dizer uma palavra sobre ele. Porque nós sabemos. Nós dois sabemos dos riscos que estávamos correndo, sentados ao lado um do outro. Mal havíamos escapado de nossas mães naquele momento.

— O que você acha, con?

Acabamos de jantar; as louças foram lavadas e uma chaleira de chá de jasmim recém-passado repousa sobre a mesa entre nós. Ba e Mẹ empurram um largo catálogo de tecidos para mim. Eles estão pensando em encomendar novos jogos americanos e toalhas de mesa para o restaurante, animados para surfar na onda do Dia do Phở. Eles não costumam me incluir nas decisões de negócios sobre o restaurante, mas, nas palavras de Ba, eu "sempre tive jeito com cores". Uma das poucas situações em que ele reconhece minhas habilidades artísticas como um recurso valioso, como quando fiz o panfleto para o restaurante.

Toco a amostra com o tom de verde mais claro disponível, que pode suavizar as luzes fortes do restaurante. Podemos encontrar um jogo americano bege claro para combinar. Acrescente um pequeno vaso de flores, e posso visualizar a composição.

— Acho que esse vai ficar bom.

Meus pais erguem a amostra, analisando-a. Há um brilho nos olhos da minha mãe que só vi direcionado a comida. Ela está tendo uma visão para o restaurante, assim como meu pai. As coisas estão indo tão bem. Eles estão felizes. Eu também estou feliz, embora tenha uma lista de coisas para fazer. Essa… coisa que tenho com Bảo precisa ser mantida em segurança, confinada ao que fazemos na sala de arte, guardando momentos longe dos olhos de todos.

Não posso fazer nada que perturbe esse equilíbrio.

— Ótimo, con — aprova Ba. — Ótimo.

Recebo uma mensagem de Bảo perguntando se posso ir ao próximo restaurante. Há algo de vazio em sua mensagem, uma pergunta simples e direta, e me pergunto se Bảo também está determinado a fingir que nosso enlace de mãos não aconteceu.

Contei tudo para Ali: nosso voluntariado, nossa quase fuga, nossas mãos dadas. Ela disse que é como se Bảo e eu estivéssemos em uma comédia romântica ou algo do tipo, mas também expressa livremente como acha que nós dois estamos sendo ridículos. Na verdade, ela não para de falar sobre isso, mesmo enquanto tentamos terminar nossa lição de casa no restaurante. Ba saiu para resolver algumas coisas, especificamente procurar uma panela para substituir uma das nossas que está com um cabo quebrado. Olho para as mesas que costumavam ser cobertas com toalhas brancas desgastadas, agora substituídas por novas com o tom verde pastel que eu gostei. Os jogos americanos beges logo vão chegar.

— Linh, foi por isso que você não foi no restaurante malásio outro dia? — pergunta Ali, a ficha caiu. Ela perguntou isso depois que Bảo entregou sua crítica e ela notou que eu não havia desenhado nada. Contei sobre como eu estava ocupada, mencionando o concurso Gold Keys, e ela entendeu; agora, era minha amiga, e não a editora-chefe, que me fazia a pergunta.

— Foi — digo finalmente. — Mas teria sido tão esquisito.

— Então o que você vai responder pro Bảo? Não? Aí, sim, ele vai pensar que tem alguma coisa errada. Não fica evitando isso, Linh. — Ela pega minha mão. — Eu te conheço. Eu sei que você quer mergulhar nas suas pinturas. — Tento me soltar. — Eu sei que você quer manter tudo aí dentro. O Bảo parece querer explorar mais com você, mas se você não quer fazer isso, precisa falar para ele.

Olho ao redor para me certificar de que minha mãe não está por perto. Ela está na cozinha.

— Esse é o problema, Ali. Eu quero ele.

A expressão dela não muda.

— Então converse com ele, pelo menos.

— Mas as nossas famílias...

— De novo: não vou fingir que sei tudo sobre as famílias de vocês. Mas ficar aqui sentada evitando ele não vai ajudar em nada.

Ela pega meu celular e o coloca entre nós.

— Liga para ele. Ou manda uma mensagem. Mas o silêncio não é a resposta. Vai piorar tudo.

— O que vai piorar tudo? — Mẹ aparece com dois copos de café gelado para nós. Ela olha alternadamente para mim e Ali, mas nenhuma de nós responde. Nenhuma de nós quer responder.

Como sempre, Ali tem razão. Evitar Bảo não é o jeito certo de lidar com isso. E sinto falta de tê-lo comigo na sala de artes.

— Nós não tomarmos nosso café gelado, do qual nós seriamente precisamos se quisermos ficar acordadas. Temos tanta lição de casa — diz Ali, subitamente atrevida. Ela toma um gole sonoro da bebida. — Está ótimo, sra. Phạm.

23

Bảo

Chơi Ơi é o oposto de um restaurante vietnamita tradicional. O nome em si é um trocadilho com *"trời ơi"*, uma expressão que minha mãe gosta de usar quando está irritada comigo ou com meu pai. Mas o nome transforma a exclamação em algo mais divertido — literalmente "Brinque!".

Em seu interior, o restaurante, localizado bem na fronteira de Fountain Valley, possui um pé direito alto com vigas e paredes em um tom de vermelho escuro iluminado por lanternas. As colunas são decoradas com belíssimas imagens do que parecem ser cidades vietnamitas à noite, produzidas a partir de fotos.

Linh havia chegado alguns minutos antes de mim e estava analisando uma das fotos. É claro.

— Alguma coisa interessante?

Linh salta de susto, depois ajeita o cabelo, acanhada. O movimento leva minha atenção à mão dela, aquela que eu segurei.

— Achei que você não ia conseguir vir — digo, observando-a atentamente.

Quase tivemos que remarcar novamente, porque as coisas no trabalho estavam ficando puxadas para mim e Linh. Lisa, a garota que parecia ansiosa demais para trabalhar em um restaurante, havia ficado doente, então Linh teve que cobrir o turno. Também sei que o prazo para o Gold Keys está cada vez mais perto. Nas minhas mensagens para ela, não sabia direito o que dizer ou fazer para ajudar — *lethologica*: palavra que expressa a incapacidade de encontrar as palavras certas —, mas estar aqui parece recuperar um pouco do brilho nos olhos dela.

Ela sabe como eu me sinto agora. A bola está com ela.

— Imaginei que você ia precisar de mim — ela responde simplesmente. — A menos que você tenha outra amiga artista na fila.

Enquanto o *host* nos conduz até nossa mesa, fico torcendo para que sua ênfase em "amiga" não seja proposital.

Em vez disso, foco no restaurante. De acordo com as entrevistas que li online, o dono e chef de cozinha Brian Lê treinou em Paris, depois na Itália, mas, por mais que amasse a culinária europeia, sempre considerou a vietnamita seu primeiro amor — graças ao pai, que é um chef aposentado. Então ele voltou para os Estados Unidos e abriu seu restaurante, que já foi mencionado no *New York Times* e no *Los Angeles Times*, que elogiam sua especialidade: o *bún bò Huế*. Não pela primeira vez, fico me perguntando como Ali conseguiu ser tão persuasiva a ponto de alguém com tamanha notoriedade e treinamento refinado concordar em convidar dois estudantes de ensino médio para provar sua comida.

Mas, no momento em que o chef Lê sai da cozinha e entra no salão, tudo faz sentido. Provavelmente perto dos 40 anos, ele usa um velho boné de beisebol virado para trás e seu dólmã aberto revela uma camiseta que diz PERMITA-ME EXPLICAR POR MEIO DE DANÇA INTERPRETATIVA. E seu sorriso largo — meio como o de uma criança que ouviu que poderia comer todo o doce que quisesse — nos faz sorrir também.

— E aí, garotos? — Ele reúne cada um de nós em um abraço de urso. — Que bom que vocês estão aqui. Brian Lê. Ou chef Lê. — *Agora* ele aperta nossas mãos.

— O sobrenome de solteira da minha mãe é Lê — digo.

— Talvez nós sejamos parentes distantes, vai saber. — Ele pisca.

Gosto dele.

— Valeu por nos deixar vir. Só nos diga onde devemos nos sentar. Não vamos atrapalhar ninguém.

— Sentar?

— Ah, é, viemos aqui para avaliar o cardápio — diz Linh.

— Vocês não querem fazer um tour também?

Não tivemos a chance de conhecer as instalações de nenhum outro restaurante. Críticos costumam ter esse tipo de acesso?

— Vamos, vou levar vocês lá para os fundos, onde toda a mágica acontece. — Sem esperar por nós, ele se vira e ficamos parados por alguns instantes até o seguirmos rumo à sua cozinha labiríntica. É como a cozinha de Mẹ, só que mais limpa e provavelmente mais organizada. E provavelmente com mais funcionários que têm menos chance de fazer uma bagunça.

Então, não é como a nossa cozinha.

Os cozinheiros nos dão uma olhada rápida antes de voltar a focar em seus pratos. Um cozinheiro espalha cebolinha picada sobre uma travessa de *cá chiên* recém-preparado; o peixe ainda chia depois de ser rapidamente frito em uma panela sauté. Um outro cara usa uma concha do tamanho da minha mão para transferir um caldo borbulhante a tigelas da cor de grafite. Mesmo o arroz cozido, que alguém está servindo em tigelas, parece melhor do que o usual, reluzindo sob as luzes caras do restaurante. Fico feliz por meus pais não estarem aqui para ver isso.

Outro chef grita "Para trás!" antes de passar por nós com uma grande panela que cheira a abacaxi — provavelmente *canh chua*. Enquanto isso, o chef Lê aponta para diferentes cozinheiros e suas especialidades. Pega ingredientes que ele insiste serem de "altíssima qualidade". Quase colide com seus funcionários enquanto eles se movem apressados pela cozinha, embora tudo seja feito com uma estranha sincronia, como se eles estivessem acostumados a essa energia caótica.

Chef Lê para diante de uma grande panela em particular. Com um floreio, ele levanta a tampa e pede para nos aproximarmos.

— Cheira essa parada e me diz que ninguém vai querer comer ela — vendo seu olhar cheio de expectativa, fazemos o que ele pede.

— Esse cheiro...

— ... é delicioso.

Linh e eu travamos olhares antes de soltar imediatamente.

Bún bò. Um caldo terroso e gorduroso, um ponche poderoso de capim-limão. É familiar. É como estar em casa com uma colherada. O chef Lê nos lança um sorriso, gosta de nos ver confirmar o quão delicioso cheira e *parece* sem usar palavras. Talvez ele seja um pouco convencido.

— Isso é apenas uma amostra, é claro. Esperem só até vocês provarem tudo.

De alguma forma, fico me perguntando se ele nos confundiu com outras pessoas. Linh pensa o mesmo, dando voz à dúvida.

— Não, eu sei quem vocês são: estudantes fodas do ensino médio. — Ele aponta para nós com os dois indicadores. Linh e eu trocamos olhares outra vez, quase explodindo em gargalhadas. Que cara estranho. — Eu já tive a idade de vocês. Quando estava em Paris e em Roma, fiz coisas que custavam mais do que podia pagar. Eu odiava aquilo. E às vezes a comida nem era boa. Se eu puder fazer qualquer jovem vietnamita da idade de vocês feliz e querer vir para esse restaurante, então acho que fiz o meu trabalho. — Ele nos direciona de volta para o salão. — Agora que vocês fizeram o tour, vamos até a mesa para vocês provarem toda a mágica que acontece aqui. Você e a sua namorada vão amar isso.

— Ela não é... quer dizer... — Sei que estou gaguejando.

— E se ele for *meu* namorado e fui *eu* quem trouxe ele aqui? — questiona Linh.

Chef Lê sorri outra vez.

— Opa, *touché*. Essa é apimentada!

— Somos parceiros — esclareço rapidamente, dizendo qualquer coisa para que chef Lê não entenda errado e continue fazendo essas piadas, deixando tudo ainda mais desconfortável entre Linh e eu.

De volta à mesa no centro do salão, ele diz:

— Acabamos de reformar! Para que vocês possam vivenciar tudo.

Linh e eu nos sentamos de frente um para o outro, absorvendo a afobação ao nosso redor.

— Acomodem-se. A comida vem já, já.

Eu me volto para Linh.

— Nós chegamos a pedir alguma coisa?

— Não, mas não acho que vamos ter uma refeição ruim aqui — diz Linh.

Uma fila de garçons traz os aperitivos e, imediatamente, nossa mesa vai de vazia para lotada. Uma coisa boa, já que tira meu foco de como estou sentado, me contendo. A distância das minhas mãos até as dela e como seria estranho se eu as segurasse novamente.

Acontece que Linh e eu não temos nada para dizer um ao outro. Por um bom motivo.

O motivo é que estamos mais preocupados com a comida que pode ou não ser melhor que a de nossas mães.

— Se meus pais estivessem aqui... — Linh começa a dizer diante de sua tigela de *bún bò Huế*.

— Roubariam essa receita. Os meus também.

— Foi mal, mas essa receita é um segredo real — diz o chef Lê, que havia voltado cinco minutos atrás para ver como estávamos, mas se sentou à mesa como se fosse parte do grupo. Acho que isso não é incomum para ele, porque os funcionários trouxeram um prato para ele imediatamente. — Meu pai ia me expulsar da Califórnia se vazasse.

Sorrio ao anotar a citação. Já escrevi cinco páginas de anotações — a maioria delas recheada de detalhes sobre a cozinha e a atmosfera em vez da comida de fato. Linh começou alguns esboços dos aperitivos e entradas.

— Seu pai é o cozinheiro da família?

— Sim, Papa Lê tinha um restaurante pequeno em Santa Monica mais ou menos da metade do tamanho desse aqui. Eu basicamente cresci lá.

— Nossas famílias têm restaurantes também — comenta Linh.

— Não me surpreende. Vocês dois têm um bom apetite — provoca chef Lê.

— De onde veio a ideia de abrir um restaurante? — pergunto.

— Provavelmente do meu pai. Eu amava o que ele fazia com o restaurante dele. Ele só queria deixar os clientes felizes. — Chef Lê ri, agora com um brilho distante nos olhos. — Eu sempre passava o tempo lá e ele gritava comigo porque não tinha espaço nenhum, sérião. Já minha mãe discordava completamente de eu seguir uma carreira gastronômica. Até fazer um curso de gastronomia! Não era exatamente... estável, sabe?

Linh se remexe no assento, entendendo a mensagem. Parece um tema recorrente nas mães vietnamitas.

— Então quando contei para ela que queria abrir um restaurante, ela falou um monte. Eu sei que ela estava preocupada naquela época, mas nós dissemos umas coisas um para o outro. Foi uma briga feia.

— O que aconteceu depois? — Linh pergunta baixinho.

— Minha mãe não falou comigo por dois anos. Mas não é como se nós não fizéssemos parte da vida um do outro. Eles viviam a poucos minutos de mim. Eu falava com meu pai, que sempre me contava como minha mãe estava e o que ela estava fazendo. *Sempre*. Tipo, eu sabia o que ela tinha comprado no mercado porque ele me contava! Era a mesma coisa comigo. Aposto que minha mãe sabia o que eu estava fazendo toda semana.

Chef Lê aponta para a entrada como se alguém fosse aparecer.

— Aí, um dia depois de eu aparecer no *Los Angeles Times*, minha mãe apareceu na porta. Meu pai tinha deixado ela lá! Ele estava cansado da briga toda e nos chamou das duas pessoas mais teimosas que ele conhecia. — Ele solta uma risada alta. — E nós nos reconciliamos, assim, desse jeito. Depois disso, ela sempre aparecia aqui, fazendo a *host*, mas também corrigindo os erros dos meus cozinheiros, corrigindo as *minhas* receitas.

— Dois anos — sussurra Linh, consternada.

Chef Lê balança a cabeça.

— Perdemos um tempo. Penso nisso o tempo todo agora que ela se foi. — Ele pausa. — Faz seis meses e meio.

Aquele último comentário me choca — não li nada sobre isso em nenhum dos artigos — e abaixo meu lápis.

— Sinto muito — digo, ouvindo Linh oferecer as mesmas condolências. A frase soa tão artificial; é algo que não estou acostumado a dizer. Não conheço ninguém que realmente tenha perdido um dos pais. Já ouvi falar, mas o conceito parece tão distante. Tão impossível.

— Você pensa muito nela? — pergunto.

— Outro dia mesmo. Estava criando uma receita, uma coisa que comi quando era pequeno e só minha mãe sabia fazer. Só queria poder ter perguntado quando ela estava viva. E também acabei de ter um filho, então fico pensando em como falar com ele sobre a minha mãe. Ainda tem tanta história que eu não sei. Meu pai falou casualmente outro dia que tinha perdido uma irmã quando tinha seis anos e ela dois. De sete irmãos eu sabia, mas não dessa irmã... — Chef Lê se cala, voltando a olhar para a cozinha. — História, cara. Tem muita coisa escondida. — Então ele se levanta, lembrando-se de onde está. — Enfim, ainda fico feliz de termos voltado para a vida um do outro. Passamos bons tempos juntos.

Um garçom aparece com uma mensagem da cozinha para o chef Lê. Ele precisa voltar, então o faz, deixando Linh e eu sozinhos novamente. Um ajudante de garçom passa na nossa mesa com sua bandeja para levar os pratos e nós os entregamos, acostumados demais a fazer isso nós mesmos.

— Ele é legal — digo para Linh enquanto ela arruma suas coisas.

— Um tipo único. — Ela vira seu bloco de desenhos de cabeça para baixo, mostrando-me seu esboço rápido dele, com seu boné e camiseta capturados perfeitamente. Assim como as minhas anotações, seu foco é o chef Lê e sua personalidade dinâmica. — Tem muita coisa para explorar aí.

— Pois é, a mãe dele.

— E ficar dois anos sem se falarem porque ela não gostava do que ele estava fazendo. Isso é difícil até de imaginar. — Ela suspira alto, enfiando seus lápis de cor na bolsa-carteiro. — Esse é outro motivo pelo qual não me vejo contando a verdade para minha mãe.

Agora que não temos nenhuma comida para nos distrair, ou o chef Lê para dominar a conversa, ou mais nada entre nós, o elefante na sala retorna, a razão pela qual estamos agindo de forma tão hesitante um com o outro.

— Ei — digo, tão gentilmente quanto possível. — Podemos conversar?

— Já estamos conversando. — Todas as emoções dela se fecharam.

— Linh, estou falando daquele outro dia.

— Acho que não posso demorar mais — diz ela, desculpando-se. Ela contorce o rosto, como se estar aqui a estivesse machucando fisicamente. — Será que a gente pode conversar outra hora?

— Eu sei o que você está pensando.

— Vai por mim, você não sabe da missa a metade, Bảo — ela diz firmemente.

— Bom, então você pode me contar. Porque estou aqui. Sou todo ouvidos. Mesmo que você não queira... — *Nós*. Meus pensamentos pausam. E se entendi tudo errado até agora? E se achei que ela gostava de mim porque gosto demais dela e Linh estava sendo gentil demais para falar alguma coisa? Como quando ela foi legal com Kelly mesmo que não tivesse tempo para fazer trabalho voluntário? Como agora, como ela está evitando o assunto para não ter que me rejeitar abertamente?

Ela mal está olhando para mim. Talvez eu esteja mais perto da verdade do que pensava.

— Posso estar aqui como amigo — digo finalmente. — Sério, sem ressentimentos.

— Obrigada — ela diz com tanto alívio que dói. — Desculpa.

Há uma pausa dolorosa enquanto Linh finge checar a mesa para se certificar de que não esqueceu nada. Aperto o encosto da minha cadeira, lutando contra o desejo de simplesmente dizer alguma coisa — qualquer coisa para fazê-la olhar para mim. Antes que eu consiga pensar em alguma coisa, Linh se despede baixinho e vai embora.

Expiro. *Então é isso. Ela não sente o mesmo que eu.*

Caminho até a frente do restaurante, agradecendo uma mulher negra com o nome Saffron em um crachá — tive que olhar duas vezes; é um nome perfeito demais para alguém nesse ramo. A forma como ela se porta, altiva, lembra minha mãe quando está empolgada ou Linh quando está entusiasmada sobre a luz ou alguma pintura obscura sobre a qual eu não saberia a menos que ela me contasse. Sinto que devo ajeitar meu cabelo e tudo o mais no meu corpo que esteja fora de lugar.

— O Bryan fez a melhor comida para vocês hoje. Geralmente não é tão bom assim — brinca ela, com um evidente sotaque francês.

— Ei, você quer continuar no emprego ou não? — diz o chef Lê, emergindo de trás de uma divisória, esfregando as mãos em uma toalha de mão.

— Não é você quem decide — retruca ela —, já que metade desse lugar é meu.

Isso não o perturba e agora ele meramente exibe um sorriso.

— Sr. Nguyễn, conheça minha parceira e esposa.

— Parceira, mas chefe dele — ela o provoca graciosamente. — Ah, e também esposa dele.

— Pois é. Enfim, Saff, esse garoto aqui, ele vai ser grande algum dia. Posso sentir. Ele é como Anthony Bourdain, que Deus o tenha.

Ao ouvir o elogio inesperado, pisco, incrédulo. Então é isso que significa quando alguém se gaba, acho.

— Obrigado.

— Você me fez pensar, sabe? Pouca gente sabe fazer isso — diz o chef Lê, com uma expressão séria.

Coço a nuca.

— Só fiz umas perguntas.

— Esse é o melhor tipo de entrevista. Você me deu espaço para falar. — Ele me dá um tapa no ombro, tão forte que me faz perder o equilíbrio. — Volte quando quiser. Você e a Linh. Vi um pouco do que ela estava desenhando. Ela também parece ótima.

— Ela é.

— Mas é sério que ela não é sua namorada? — Ele faz um gesto de olhar por sobre o ombro. — Ou, desculpa, é sério que você não é namorado dela?

— Não, ela não é.

— Yooo — ele diz, abrindo lentamente um sorrisinho. — Você gosta dela, não gosta?

Saffron lhe dá uma cotovelada.

— Bry! Para de provocar o menino!

— É complicado.

Chef Lê apenas ri.
— Boa sorte, cara.

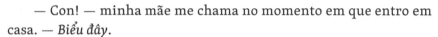

— Con! — minha mãe me chama no momento em que entro em casa. — *Biểu đây*.

Cheguei em casa na hora, então não é por isso que ela está me chamando. *Merda, será que eu deixei o assento da privada levantado outra vez?* Subo os degraus lentamente, tentando descobrir o que devo ter feito de errado. Correndo por mim, porém, algo que não consigo ignorar, é um desejo de me sentar e apenas *escrever*. Porque o chef Lê é mais interessante do que pensei que ele seria. Porque prefiro me perder nas palavras a pensar na tentativa falha de conversar com Linh sobre nós... sobre sua rejeição.

Mẹ, que acabou de sair do banho, está parada na frente da pia do banheiro. Ela se aproxima do espelho — sua versão do espelho olha para mim. Uma balada vietnamita flutua do quarto dela. Ba ainda deve estar no restaurante.

— Toma — diz ela, me entregando uma pinça. — Preciso que você puxe um fio branco.

Minha mãe gosta de reclamar que ela tem muitos fios por minha causa. Acho que provavelmente é melhor não contar que é porque ela é velha.

Suspirando, pego a pinça, concordando com a tarefa à qual sou submetido desde que tinha idade suficiente para segurar essa coisa e também desde que minha mãe encontrou o primeiro fio quando eu estava no sexto ano. Mas não sou o único. Việt também já teve que fazer isso.

— Onde?

— *Nè*. — Ela ergue o fio e eu estreito os olhos. Achei. — Você terminou seu trabalho?

— Aham.

— Ótimo. — Sinto seu olhar pelo espelho. — Você anda saindo muito ultimamente. — Acidentalmente, puxo um fio preto. — Ah, *mày làm gì vậy?*

— Desculpa. — Puxo um fio mais gentilmente. — Fico ocupado com o jornal.

— Con ainda escrevendo críticas.

— Estou, sim. — Não sei bem por que, mas o chef Lê aparece outra vez na minha mente, suas dificuldades iniciais com a mãe. Dois anos. Me pergunto se eu e minha mãe seríamos capazes de ficar tanto tempo sem nos falar. E o que instigaria isso? — Conheci um cara fazendo um trabalho para o jornal. Brian Lê.

— Vietnamita. O que ele faz? — ela pergunta quase imediatamente.

— Ele é chefe de cozinha e dono do restaurante. Ele é bem jovem.

— É difícil — ela responde sabiamente —, mas impressionante para a idade dele.

— Ele ficou falando sobre os pais dele e as coisas que queria perguntar para eles.

— Ah, é?

— A mãe dele morreu faz alguns meses.

Mẹ estala a língua.

— *Tội quá* — pobrezinho.

— Pois é. Ele falou sobre não saber de tudo que poderia ter aprendido sobre ela enquanto estava viva. — Entrelaço meus dedos pelo cabelo dela, verificando meu trabalho. — Por que você não fala mais sobre o Vietnã?

— Mas eu falo! Falo toda hora. — Ela olha para mim diretamente pelo espelho.

— É, eu sei, mas coisas mais específicas. Eu sei onde você morava, o que meus avós faziam. Que você fugiu à noite. Mas isso é mais tipo um resumo. Por que você não me fala sobre as coisas menores?

— Porque você não pergunta. Mas as coisas que te conto, você sempre diz "Ah, eu não quero saber, eu não tenho tempo, Mẹ, já ouvi essa história" — ela imita o que acha ser a forma como eu falo.

— Minha voz não é tão aguda assim — resmungo. Mas eu de fato já disse essas coisas.

— Eu sou sua mãe, então não tenho que te dizer nada na maior parte do tempo. Algumas coisas são muito adultas para você. — Mẹ começa a usar seu familiar tom de *não adianta reclamar*.

— Tudo bem.

— Mas, se você realmente quiser saber mais, Mẹ vai tentar te responder. Mas minha memória já não é tão boa e as coisas já aconteceram há muito tempo. Mẹ fica pensando se o passado não deveria ficar no passado.

— Talvez sim, mas talvez não. — O silêncio se acomoda enquanto me concentro no cabelo dela.

— Toda essa coisa de escrever está te deixando diferente. — Nossos olhos se encontram no espelho outra vez. Ela inclina a cabeça, me analisando como faria com uma receita em que falta um ingrediente crucial.

— Diferente de um jeito bom?

— Talvez. Você parece menos fraco.

Preciso me conter para não revirar os olhos.

— Obrigado.

— O que está fazendo con escrever?

Não espero esse tipo de pergunta de Mẹ, então me pergunto se não é um erro de tradução.

— Tipo, por que eu estou escrevendo?

— Isso.

— Não sei. Vou tirar uma nota boa, acho. — Mesmo a minha resposta, dita em voz alta, não soa bem na minha cabeça. Eu não poderia me importar menos com a aula de jornalismo em si e com notas boas e tudo isso. Mas, devo admitir, me sinto cada vez mais sólido quando tenho uma caneta em mãos. Quando há um artigo que precisa de ajustes e cabe a mim fazer tudo soar bem. Fiz isso para Steve e para Ernie. Fiz isso para mim mesmo.

Linh havia dito que eu encontraria alguma paixão. E se ela estiver certa?

— Quem está certa?

Oops, disse aquela última frase em voz alta. Minha mãe me olha, curiosa.

— Mẹ — começo. — Você não disse no começo desse ano que queria que eu encontrasse alguma coisa? Para ser mais motivado?

— Con quer ser escritor?

Na minha mente, em um futuro distante, me imagino em uma redação, uma grande. Em alguma cidade grande. Vejo noites trabalhando sob luminárias. Tinta manchando a bainha das mangas, olhos apertados e turvos de cansaço. Vejo palavras fluindo das pontas dos meus dedos.

— Estou pensando no assunto.

— Escrever é difícil. Con pode não achar um emprego — Mẹ, sempre franca.

— Eu sei.

— Talvez você precise viver no nosso porão.

— Quê? Não vou.

— Você pode, se precisar.

— Mas aquilo é só cimento.

— Vamos reformar. Só para você.

— Quanta confiança — murmuro.

Mẹ afaga minha mão, segurando a pinça.

— Mẹ está dizendo que o porão é seu se você precisar. Você pode ficar o tempo que quiser.

Eu me imagino aos 35 anos, jornalista, escritor, o que for, vivendo na masmorra que é o nosso porão. Talvez algumas pessoas não se importem de continuar com a família, mas não acho que isso seja para mim. Ao olhar de volta para minha mãe, vejo seu sorriso contente, e os cantos dos meus lábios se erguem. Toda a cobrança que ela fez ao longo dos anos finalmente valeu a pena, ela provavelmente está pensando. E agora pode se preocupar menos, ter menos fios brancos.

Estremeço diante da ideia de sua satisfação rapidamente se transformar em raiva quando ela perceber quem tem sido parte dessa mudança dentro de mim. O rosto constrangido de Linh aparece de repente. *Desculpa.*

Não digo mais nada e continuo a procurar pelo resto dos fios rebeldes de Mẹ.

24

Linh

Dois anos. Chef Lê passou dois anos sem falar com a mãe, apenas por ter a coragem que eu não tenho para seguir o caminho que ele desejava. Ele fez de sua paixão uma carreira; ainda assim, levou um tempo para sua mãe voltar, e isso só aconteceu porque seu pai tomou uma atitude.

Estou na minha escrivaninha, finalizando meu desenho do chef Lê, que agora está sorrindo para mim. Vou precisar redesenhá-lo para que possa ser publicado. Outros papéis estão espalhados pela mesa: algumas folhas de lição de casa e diferentes rascunhos da minha inscrição no Scholastic Art Award. A redação ainda precisa ser preenchida, mas tudo se transforma em hieróglifos e meus olhos devem estar vermelhos de tanto esfregá-los. Tenho tido dificuldade para colocar palavras no papel, e agora acho que subestimei bastante o que Ali e Bảo fazem com aparente facilidade.

Meus pensamentos se tornam feios, com tantas cores misturadas juntas. *Será que faria alguma diferença se eu acabasse ganhando esse prêmio? Será que daria em alguma coisa? Será que mudaria muito as coisas?* Acho que é isso que significa se descabelar.

Eu não saberia como aguentar — não falar com a minha mãe, por qualquer razão. Só fiz isso com Evie; ao longo dos anos, tivemos algumas brigas que parecem todas infantis agora, mas naquela época nós passávamos dias sem nos falar. Em vez de trocar xingamentos, nós brigávamos ligando e desligando a luz do quarto em momentos inapropriados, assumindo o controle da lavadora e secadora mesmo quando uma leva de roupas não havia terminado e ignorando completamente a agenda de divisão do carro. O silêncio mais longo entre nós havia durado uma semana, quebrado apenas quando Ba fez uma coisa ridícula no restaurante, e Evie e eu acidentalmente cruzamos olhares, segurando o riso.

Mas um riso não resolveria o quanto eu já havia mentido para os meus pais.

E então surge Bảo e aquele momento do lado de fora do supermercado. Suas perguntas enquanto estávamos no Chơi Ơi.

Se eu fosse qualquer outra pessoa além de Linh Mai, alguém que *não* fosse de uma família que odeia a dele, estaria entusiasmada. Não haveria hesitação.

Mas não posso. É por isso que praticamente fugi quando Bảo tocou no assunto logo quando estávamos saindo.

O que é que estou fazendo?

Meu celular vibra no meu bolso.

— Bảo?

— Oi, Linh.

Ele nunca me liga assim tão tarde. Só trocamos mensagens até agora. O tom grave de sua voz pelo telefone soa mais íntimo.

— Está tudo bem?

Prendo a respiração. Não é a pergunta que quero fazer, porque, obviamente, alguma coisa aconteceu entre nós. Alguma coisa que espero que ele não mencione outra vez, porque não posso lidar com isso agora.

— Queria que você soubesse: vou ser um escritor.

— O quê?

— É, eu descobri. É o que quero fazer. E queria que você soubesse porque você foi a responsável por isso.

Recosto na cadeira. No espelho para o qual olho quando estou passando maquiagem de manhã, estou sorrindo.

— Bảo, eu não fiz nada. Foi tudo você.

— Mentira. — Ele pausa. — Também contei para minha mãe. Não posso dizer que ela ficou superentusiasmada, mas também não está reclamando, pelo menos.

— Então a sua mãe aceitou?

— Ela me ofereceu o porão para o caso de eu não conseguir um emprego depois da faculdade, então acho que sim.

— Sortudo. — Tento, mas não consigo evitar o amargor no meu tom. Imediatamente, me sinto horrível. — Desculpa. Imagina eu dizendo isso, mas sem o veneno. — Ele apenas ri, claramente de bom humor. — Não, sério. Isso é ótimo. Não estou surpresa. Então, o que quer que eu tenha feito para te influenciar, acho que vou aceitar.

— Desde que nós nos conhecemos, você não disse que eu não consigo. Você simplesmente aceitou que eu estava começando a escrever, e acho que você é a primeira pessoa na minha vida que fez isso.

Giro na cadeira, sorrindo contra o celular.

— O que você está fazendo agora?

Ouço Bảo digitando sem parar no outro lado, e tenho certeza de que ele vai ouvir o som da minha borracha sobre o papel enquanto escrevo outra frase gramaticalmente incorreta.

— Fazem *eras* que estou tentando escrever minha carta de motivação para o Gold Key. *Como* você escreve?

Ele debocha.

— Isso é como eu te perguntar como você pinta.

— Sério, se tem um segredo, me conta. Minha carta para o Gold Key ainda precisa ser escrita.

— Seja honesta.

Isso é um comentário, feito de um jeito não tão sutil, a respeito das coisas sobre as quais eu não tenho sido honesta? Uma irritação toma conta de mim.

— Bảo...

— O que quero dizer é que você passa tanto tempo preocupada com os seus pais, com como contar para eles sobre quem você realmente é, que essa é a sua chance de ter uma conversa apenas com a pessoa que vai ler sua carta. Você não precisa se preocupar com os seus pais. Ou com ninguém mais. — "*Como você?*" pergunto silenciosamente. — Pense no que você quer. O que você quer fazer e acrescentar ao mundo. — Ele para de repente. — Uau, eu estou falando igual a Ali, não estou? Todo esse papo motivacional.

Sorrio ao ouvir a surpresa genuína em sua voz. Ali foi minha fã número um antes de eu saber que precisava de uma.

— Ela ficaria honrada ao ouvir você dizer isso. Sabe, ela gosta de você agora. — Não lhe digo que, se Ali tivesse algum problema com ele, não seria tão sutil.

— Claro. Lá no fundo.

— Exatamente.

— Bem, bem, *bem* lá no fundo.

Reviro os olhos.

— Não revira os olhos! — Posso ouvir o sorriso dele.

— Não estou revirando!

— Está, sim. Não é muito difícil te imaginar agora.

— Ah, é? E o que você está imaginando?

Bảo suspira no celular. Espero. Meu lápis pende frouxamente dos meus dedos enquanto repouso os cotovelos sobre a escrivaninha. Lá fora está completamente escuro, exceto pelos postes que diminuíram a luz para economizar energia; eles voltarão com força total em alguns minutos. Em algum lugar um cachorro grunhe e late e, no lado oposto, um cachorro menor late de volta. Eles conversam um com o outro com uma cerca — talvez várias — entre eles.

— Você está na sua escrivaninha. Seu cabelo está preso em um rabo de cavalo. Você está inclinada para frente na sua cadeira porque está concentrada no trabalho. Você sempre fica assim, principalmente quando está pintando. — Solto um suspiro trêmulo. *Esse garoto.* — Sempre que você está pensando, passa o polegar naquele calo no seu dedo do meio, onde você geralmente apoia seu lápis. A lâmpada de mesa te dá um brilho quente, é o tipo de luz de que você gosta: nem tão forte, nem tão fraca. — Então ele solta um meio riso. — Acertei?

Ouço o ranger de sua cadeira quando ele recosta nela. Provavelmente está com uma expressão convencida no rosto.

— Errou.

— Errei?

— Meu cabelo está solto, não preso.

— Peço desculpas pela suposição grosseira. — Ele suspira fundo. — Desculpa, estou tomando seu tempo. Você quer que eu desligue?

Continuo desenhando.

— Não, tudo bem. Pode continuar. — É reconfortante simplesmente tê-lo na linha, ainda melhor por saber que ele não está me pressionando.

Quando minha mãe entra no quarto sem bater, Bảo já desligou, mas não antes de eu lhe enviar meu desenho do chef Lê. Eu o cubro com umas anotações soltas de química. O cabelo molhado de Mẹ está envolto em uma toalha e ela já aplicou sua loção corporal Crabtree &

Evelyn, o que me diz que ela está prestes a se deitar. Seus olhos varrem o quarto — a luz fraca, várias folhas de lição de casa meio terminadas espalhadas na minha cama, e o arco-íris de papéis sobre minha escrivaninha. Eu me mexo para a esquerda para esconder meus rascunhos de redação para o Gold Key.

— Vamos fazer outro Dia do Phở.

— Quando vocês decidiram isso?

— Uma semana atrás.

— Mas por quê?

Mẹ retira a toalha e esfrega o cabelo.

— *Aquele* restaurante vai fazer um Dia de *Bánh Xèo*, então seu pai decidiu que deveríamos fazer o nosso. Então vamos precisar de você daqui a algumas semanas.

Eu já diminuí meu tempo para arte pela metade e não estou nem perto de terminar minhas obras para o Gold Keys. E agora isso.

— Mẹ, não posso. Tenho muita coisa para fazer.

Minha mãe olha para os papéis na minha escrivaninha.

— Você tem muita lição de casa?

— Sim, mas é mais lição do que de costume.

— Mas você sempre conseguiu fazer as suas lições a tempo. Você não precisa se preocupar...

— Só porque consegui antes não quer dizer que não posso estar estressada — eu a interrompi sem perceber, com um tom severo ecoando nos meus ouvidos. Mordo meu lábio inferior.

Talvez ela esteja muito cansada ou apenas decepcionada; ela não me pressiona.

— Podemos conversar mais amanhã, mas *con phải ngủ đi*. — Mẹ passa a mão pelo meu cabelo, dizendo para eu dormir. Ela passa uma mão pelo meu ombro antes de sair do quarto.

O trajeto até o restaurante é silencioso. Minha mãe deve ter dito alguma coisa para o meu pai sobre minha reação na noite passada, porque ele também não está falando muito. Uma música vietnamita toca baixinho ao fundo, uma murmurada que minha mãe gosta de tocar em casa à noite, algo como uma canção de ninar. O sol está começando a despontar sobre os telhados arqueados de restaurantes e lojas, como se temeroso das pessoas debaixo de si.

Ba boceja. Eu bocejo de volta. Ele dá sinal e dobramos a rua. Passamos pelo restaurante de Bảo e está escuro lá dentro, mas a qualquer minuto os pais dele vão virar a plaquinha de ABERTO e Bảo também estará lá. Acho que ele mencionou ter que trabalhar no domingo.

— *Sao mà thấy con mặt bực mình vậy?* — pergunta Ba, com a voz ainda rouca de sono.

— Não estou brava — resmungo, o que, é claro, me entrega. — Só estou estressada.

— Coisas da escola? — pergunta Ba.

Assinto.

— Por que está estressante agora? Ano passado foi mais estressante.

— O que é verdade, de certa forma. Eu estava ocupada me preocupando com o SAT e também não tinha muito tempo para minhas pinturas, mas, agora... tudo está acontecendo de uma só vez.

Desvio o assunto.

— Por que nós nunca temos pessoas suficientes no trabalho?

— A Lisa saiu. Foi inesperado.

— Então contratem pessoas que não vão sair.

Encontro os olhos furiosos de Ba no retrovisor.

— *Con này* — ele começa a dizer. Mẹ o manda ficar quieto, provavelmente sabendo que a raiva dele não vai ajudar nessa situação. Mas a firmeza de sua postura mostra que essa discussão não terminou.

Mẹ entra pelos fundos enquanto eu ajudo Ba a erguer as grades de segurança na frente. Entramos assim que destravamos a porta de entrada. Os ventiladores começam a girar, trabalhando contra o calor. Mas, em vez de me pedir para pegar um avental como de costume, ou de delegar tarefas, como repor os guardanapos ou pegar gelo no freezer ou desempacotar as latas de ervas que vamos precisar no dia, minha mãe acena para que eu me junte a ela na cozinha. Ba segue sozinho para checar as vendas da noite passada e as folhas de ponto.

Nós duas estamos na cozinha. Nossos passos ecoam pelas paredes. Pego um banquinho.

Ela calça as luvas de cozinha, pega sua tábua de corte de madeira e começa a cortar cebolas. Ao lado dela há um banho de vinagre feito pelos cozinheiros, então Mẹ só precisa completar o processo de decapagem. Ela mergulha um dedo no banho de vinagre, depois acrescenta uma colherada de açúcar antes de despejar as cebolas. Observo-a mexer a mistura, depois prová-la, antes de empurrar a tigela para mim. Minha vez de experimentar.

— *Vừa không?*

Ignoro sua pergunta, encarando o topo da mesa resolutamente. Suspirando, minha mãe se inclina para frente, repousando os cotovelos na mesa de preparo. Seu coque já afrouxou. Vejo suas olheiras. A culpa, que já se tornou familiar demais, se acende. Mas ainda odeio a ideia de que meus pais esperam que eu seja a substituta quando uma outra pessoa não está disponível. E o Dia do Phở teria sido um fracasso se não fosse pela ajuda de Bảo — o que não vai acontecer de novo.

Então desvio os olhos. Ouço os lábios da minha mãe se abrirem, depois fecharem. Talvez eu também a tenha enfurecido. Tirando três ou quatro explosões — incluindo a vez em que ela deu de cara comigo e Evie desenhando com giz nas paredes do nosso antigo apartamento —, ela é decididamente mais calma do que Ba.

Em vez disso, sua voz assume a suavidade de costume, com um tom indiscernível.

— Con, eu sei que não é assim que você quer passar o seu tempo. E Mẹ e Ba odeiam ter que te pedir para trabalhar. Mas você não sabe como foi difícil começar esse restaurante. Não era uma questão de herdar clientes, encontrar clientes novos. Era herdar uma vizinhança inteira de pessoas que não nos queriam — a voz de Mẹ falha. Angústia, essa é a nota que eu havia ouvido. — Você não sabe como é isso.

— Vocês nunca me contaram — retruco, embora minha intenção de soar irritada seja fraca. Nunca havia ouvido Mẹ falar dessa forma, de uma forma que aperta a mesma parte do meu coração que guarda todos os abraços e beijos e risos que ela me deu em meio a tantos sacrifícios.

— Porque você não deveria ter que saber dessas coisas. Nós queríamos te proteger. — Uma onda de raiva me atravessa. Eu odiaria dizer que foi uma resposta aos pais de Bảo, porque isso significaria que eu estava brava com ele também. Ainda assim, é claro que a recepção fria havia magoado meus pais, feito eles se sentirem menos do que bem-vindos.

Mẹ balança a cabeça como se estivesse negando as memórias que vieram à tona.

— A fofoca era horrível, não só daquele restaurante. Em todo lugar. Mas, se eu a comentasse, as pessoas iam acrescentar mais alguma coisa à mistura e aquilo não teria fim. Então eu ignorei. Dei tudo de mim na comida aqui, para que ela falasse por si só. Então seu pai fez amigos e nós conseguimos clientes fiéis. — Ela gesticula para o restaurante. — O Dia do Phở me deixou muito feliz porque deu certo. E agora estamos indo bem. Mas aqui é sempre um jogo. É sempre um jogo para vencer, para manter a ideia de que esse é o nosso lugar.

Fico me perguntando se Mẹ quer dizer não apenas esta comunidade, mas os Estados Unidos em geral.

Mantenho a cabeça abaixada.

— Será que algum dia a fofoca vai acabar? Será que nós sempre teremos que enfrentar o restaurante da família d... — Me seguro antes de dizer "do Bảo". — Dos Nguyễn?

Felizmente, Mẹ não parece notar.

— Fofocas e rumores nunca acabam. Eles sempre voltam de formas diferentes. — A certeza em sua voz e a sensação palpável de que há alguma coisa a mais que ela está escondendo me fazem olhar para ela.

— Tipo quando?

Mẹ leva alguns segundos para tomar a decisão. Quando ela se senta à minha frente, eu me inclino para frente no meu banquinho.

— Quando eu tinha onze anos. Lá no Vietnã — começa minha mãe —, Dì Vàng estava pronta para se casar com um vizinho que cresceu com ela. Eles estavam sempre juntos e, quando nossas famílias perceberam o que ia acontecer, começamos a organizar encontros para conversar sobre expectativas e o futuro dos dois. O homem era inteligente, gentil e sempre colocava a família em primeiro lugar.

— Ele também era artista?

Tento imaginar minha tia com um namorado ou marido, mas só consigo vê-la como a vejo agora: seu rosto desfocado aumentado no computador quando conversamos; sua voz alta e confiante quando ela fala sobre arte. Esse é o verdadeiro amor dela; não consigo imaginar alguma outra pessoa na vida dela.

— É claro que não — Mẹ responde rapidamente. — Um dos motivos pelos quais seus avós gostavam do rapaz, antes de falecerem, era o fato de ele ser uma pessoa lógica. Ele ia herdar o negócio da família também. Eles sabiam que ele seria capaz de sustentá-la quando ela sozinha não conseguisse fazer isso com a arte. — Contenho um protesto. Ela disse aquilo como se fosse um fato. Como se minha tia não estivesse indo bem sozinha agora. — Mas, um dia, ele foi embora, pedindo desculpas para todos em uma carta. Mas, ah, a fofoca! A família dele e toda a vizinhança culpavam Dì Vàng, como se ela tivesse feito alguma coisa, quando na verdade foi ele quem fugiu dos compromissos. Das responsabilidades.

— E aí, o que aconteceu? — pergunto. — Com o rapaz e a sua irmã?

— Fiquei sabendo que ele morreu. — Isso podia significar muitas coisas: em uma batalha, em um dos bombardeios ou durante a fuga, a mesma rota que minha família havia milagrosamente sobrevivido. — É horrível, sim. A história toda. No fim das contas, ele era bom, e teria sido um bom par para minha irmã.

Volto a me sentar, segurando meu chá para me aquecer, sentindo como se uma parte de mim tivesse virado do avesso. A arte dela. É por isso que a arte dela sempre parece tão triste. Em cada obra que produz, ela deixa aquela marca melancólica.

— Por que eu nunca soube disso?

Mẹ suspira enquanto arruma o coque.

— Nunca tivemos motivo para tocar no assunto. E é uma coisa do passado. De que adianta falar disso? Sua tia certamente não menciona essa história. Estamos no presente agora. Olhamos para o futuro. — Ela pega um avental de um cabideiro e me oferece outro. — Ignoramos fofocas e fazemos o nosso melhor. Con, sei que você está ocupada. Mas você fez um trabalho tão bom da última vez. Você consegue fazer de novo. E você vai sobreviver às tarefas da escola. Porque você é minha filha.

Pego o avental de Mẹ. Ela sorri e é um sorriso tão cheio de gratidão e compreensão que me esforço para abrir um sorriso, sentindo um peso cada vez maior nos ombros.

25

Bảo

Na redação, assim que o sinal do fim das aulas toca, o telefone toca também. Passando por nossos colegas, que saem apressados da sala, Ali atende com um tom apressado. Posso vê-la no futuro agora, parada ao telefone, com um bloco de anotações e uma caneta em mãos. Ela espera por alguns minutos até se virar, fixando os olhos em mim. Quando estou passando por ela, ela me para.

— Bảo, é para você.

Isso é novidade. Pego o telefone tão cautelosamente quanto se tivessem acabado de me mandar cuidar de uma criatura perigosa.

— Alô?

— E aí, *em*! — Chef Lê. Reconheço sua voz imediatamente. — É o chef Lê do Chơi Ơi! Beleza?

— Ah, oi. Estou na escola agora. — Será que ele está ligando para falar sobre o artigo? Não parece que ele está ligando para gritar sobre como ficou ruim. Eu o imagino na mesma mesa, com as mangas do dólmã arregaçadas. Talvez com os pés apoiados na cadeira à sua frente até sua esposa, Saffron, aparecer para tirá-los de lá.

— Pois é, desculpa. Eu estava procurando um jeito de entrar em contato com você e imaginei que esse seria o melhor jeito. Vi o artigo online. É real a melhor crítica que eu já recebi. Muito obrigado.

— Ah, valeu.

— O quê? Você achou que eu ia odiar?

— Passou pela minha cabeça.

— Imagina, a crítica ficou ótima e eu gostei muito, cara. Mas na verdade estou ligando porque vi a arte da sua namorada...

— Ela não é minha namorada...
— ... que ilustrou a crítica — ele fala junto comigo de propósito. — Eu curti, e fiquei pensando se ela faz coisas desse tipo por fora. Desenhar ou pintar em larga escala.
— Na verdade, ela é pintora. É a mídia principal dela.
— Fantástico. O negócio é o seguinte: boa parte da decoração do meu restaurante é bem moderna, mas tem uma coluna nos fundos do restaurante que precisa de um trato. Estava pensando em um mural bem grande. Você tem o número dela?
— Ah, claro. Só um momento. — Pego meu celular e leio o número de Linh. — Então, você vai pagar ela?
— O que, você é um agente agora? — Ele ri. — Vou, cara, é claro que vou pagar ela. Não existe trabalho de graça.
Ali me observa, ansiosa, de braços cruzados. Desligo alguns segundos depois e encaro Ali, que pergunta quase imediatamente:
— Estamos encrencados?
Atordoado com o acontecimento inesperado — com o elogio do chef Lê, que eu queria poder ter gravado para a posteridade, e sua oferta para Linh —, faço que não com a cabeça.
— Acho que a Linh acabou de arranjar seu primeiro grande trabalho.

Em um domingo, dirigimos até o outro lado de Westminster para celebrar um dos primeiros aniversários de um dos meus primos de segundo (ou terceiro?) grau. Entrando na casa, vemos uma camada de sapatos inundando a porta da frente: Nikes, Crocs, mocassins de vários parentes que apareceram para a comemoração. Primos e sobrinhas e sobrinhos, ou primos de segundo grau se você quiser ser técnico, disparam pelos corredores parando apenas quando minha tia — uma das muitas primas do meu pai — emerge da cozinha com um par de *đũa* nas mãos que prediz o destino das crianças se elas não se comportarem. Uma mãe corre atrás do filho pequeno, que corre pela casa com a velocidade de um Usain Bolt, como se soubesse que a mãe vai desistir se ficar cansada demais. Dou talvez quinze minutos para ela começar a barganhar comida em troca de amor: *Ăn đi con. Ăn đi con để cho Mẹ thương.*
Minha mãe fez *chè Thái* de sobremesa, uma poncheira inteira que lhe deu uma dor de cabeça ontem à noite. Mas a mesa da cozinha, nós

descobrimos, já está cheia de ponta a ponta de comida que todos trouxeram apesar de não terem sido requisitados. De alguma forma, em reuniões como essa, ninguém traz itens repetidos. Vejo que alguém já forneceu os rolinhos de ovos: crocantes e quentes de seu banho de óleo.

Travessas cobertas com papel alumínio cheias de *bánh bèo*, discos de bolo de arroz que cabem na palma da mão, ficam junto de jarras de molho de peixe que vão de leve a ardente de queimar a língua, que é o que a maioria dos homens aqui gosta.

Cậu Trí, que felizmente só preciso ver ocasionalmente, faz questão de me servir o molho de peixe mais leve. Babaca. Depois de uma rodada de cumprimentos obrigatórios e de fingir reconhecer todos os convidados, me sento à mesa dos homens — um monte de camisas polo presas dentro das calças, cintos e uns poucos fones Bluetooth grudados às orelhas. Seus rostos estão vermelhos depois de umas poucas garrafas de Heineken e Corona, e eles nem sabem que estou aqui.

Então acabo vagando em direção à cozinha para pegar uma bebida. Việt já está lá, e você acharia que eu ficaria chocado por encontrá-lo rodeado de mulheres quarenta anos mais velhas que ele, fofocando e cozinhando juntas. Ainda assim, é como se sempre tivesse estado ali. Ele mistura vinagre e açúcar em uma tigela. A conversa soa acalorada, e pego algumas palavras ríspidas em um rápido vietnamita.

— Então como você se meteu nessa? — pergunto.

Ele experimenta o molho.

— Minha mãe conhece uma das outras mães ou coisa do tipo. É uma das clientes dela. — Que é a resposta esperada nesse tipo de reunião.

Việt rapidamente me coloca por dentro da fofoca que está circulando. Aparentemente, um cara que todas elas conhecem não conseguiu encontrar uma esposa aqui, então voltou para o Vietnã e milagrosamente se casou. Eles devem voltar em cinco semanas, mas *onde eles vão ficar? O que eles vão fazer?* A esposa não fala inglês básico, pelo que estão dizendo. A julgar pelos comentários ácidos e estalos de língua, acho que as coisas aqui não vão ser fáceis para o novo casal.

— Vamos pegar uma coisa para comer — diz Việt, sacudindo os punhos. Quanto tempo ele ficou misturando o molho?

Saímos da cozinha. Acho que ouço a mãe de Việt o chamando, mas ele não reage, então talvez seja minha imaginação.

Việt e eu somos relegados a nos sentar à mesa das crianças. Tenho certeza absoluta de que vou ficar nessa mesa até me casar, seja lá quando isso vá acontecer. Việt está à minha frente, enquanto gêmeos de doze anos — talvez meus parentes diretos? — se acotovelam violentamente, depois golpeiam um ao outro com os đũa, até a mãe deles chegar e mandar se comportarem. Outra prima, de cinco anos, me encara com a boca cheia de arroz, com catarro escorrendo do nariz. Ela usa a língua para limpar uma parte, mesmo enquanto a própria mãe tenta enfiar outra colherada na boca dela. Não é o melhor tempero.

Outras crianças continuam a fazer bagunça, aproveitando uma fuga da supervisão.

— Ele soltou pum! — grita uma garotinha enquanto corre pela sala de estar, recebendo olhares confusos dos adultos.

Segundos depois:

— Eu não địt! Eu não địt! — um garoto, talvez seu irmão, grita, correndo na mesma direção.

— Crianças são fascinantes — diz Việt, sério.

Outra prima do meu pai se aproxima, pede para nos levantarmos e diz que não nos vê há anos. Fico na ponta dos pés para parecer mais alto que Việt, mas ele me supera ao ajeitar a postura, para variar. Então o assunto, como sempre, se volta para onde pretendemos fazer faculdade.

— Sua mãe me disse que você vai para as grandes — ela diz para Việt, impressionada.

Ele responde obedientemente:

— Vou tentar. Quero estudar biologia e depois virar médico. — Mas por que ele soa tão aborrecido com a ideia?

— Sua mãe me disse que você tem notas para isso! — Então os olhos dela se dirigem para mim. — E... con? — à essa altura, essa tia sabe que minhas chances de entrar nas mesmas faculdades que Việt são próximas de zero.

— Ainda estou pensando.

Seu sorriso desaparece. Ela se salva abrindo um falso. Como se minha autoestima já não fosse baixa o bastante.

Aqui está Việt, que provavelmente consegue entrar em qualquer faculdade. E eu. Por outro lado, acho que Việt nunca disse se gostava de alguma faculdade em particular, muito menos da ideia de fazer medicina.

— Você falou sério sobre estudar biologia? — pergunto assim que a tia desaparece.

Việt dá de ombros e mexe em sua salada de mamão.

— É uma resposta que faz eles pararem de perguntar.

Eu usaria essa resposta se não soubesse que as pessoas iriam imediatamente me chamar de mentiroso.

— Mas sério, *o que* você quer fazer?

— Ciência forense.

— Ah, não me diga — brinco. Ele encara a comida, sem dizer nada por um momento. Ele não costuma ficar tão quieto assim, não comigo. — Você está bem?

— Mencionei a ideia para os meus pais outro dia. Eles gritaram comigo por horas. Continuei com o ouvido doendo depois.

Talvez seja por isso que ele evitou a mãe antes. Quando ele fala dos pais dele, não penso exatamente na palavra "empáticos". É o discernimento da mãe dele que a minha admira. A honestidade do pai de Việt conquistou a confiança do meu pai paranoico. Mas, emocionalmente, eles não são pessoas com quem se pode contar. E são rígidos quando se trata dos estudos de Việt.

— Exatamente — diz ele ao ver minha expressão. — Essa é só mais uma razão para os meus pais brigarem. Eles têm feito isso há tempo demais.

— Mas ciência forense ainda é um tipo de ciência. Tem muito a ver com biologia, não tem? Eles não deveriam estar felizes? Quer dizer... talvez eles acabem aceitando? — digo, nada convincente.

Sempre supus que a situação de Việt fosse melhor que a minha. Mas, pensando bem, ultimamente, tenho feito muitas suposições. Especialmente quando se trata de Linh.

Việt sorri. É o tipo de sorriso quieto. O tipo triste. Porque ele sabe que minhas palavras não podem ajudar muito agora, não podem mudar as coisas.

— Eles nunca estão felizes ultimamente.

Ficamos sentados em silêncio, raspando nossos pratos de papel. Quero preencher o silêncio com alguma coisa, então lhe conto:

— Eu meio que disse para minha mãe que queria ser um escritor.

— Escritor.

Việt me encara sem expressão, e engulo em seco, percebendo que ele havia acabado de me contar sobre o fato de que os pais dele estavam pondo um fim ao seu sonho. Sou um babaca. Era disso que Việt estava falando antes sobre eu, ele e Linh termos variações diferentes de pais. Diferentes circunstâncias em que ou nos permitem seguir nossos sonhos... ou não.

Respiro com mais facilidade quando um sorriso genuíno desabrocha em seu rosto. Ele dá um soquinho no meu ombro. *Ai.*
— Cara, não brinca! O que ela disse?

Afago meu ombro.

— Ela não brigou comigo. Disse que posso usar o porão se não arranjar um emprego. — O que não é tão legal quando você diz em voz alta, mas Việt conhece minha mãe e seu senso de humor estranho.

— O fato de ela não ter ficado brava é ótimo!

— Não é sério nem nada.

— Ah, vai, você sabe que essa é a melhor coisa que pode ouvir deles. — Việt balança a cabeça diante de um pensamento que ele não diz em voz alta. — Às vezes não consigo acreditar em como as coisas mudam rápido. É tipo assim. Nós estávamos nos nossos próprios mundos. Eu no cross-country. Você no... hã. Na verdade, não sei de que mundo você realmente fazia parte.

— Isso faz eu me sentir muito bem.

— Obviamente, você encontrou a sua praia. Estamos crescendo. Você está virando um escritor, se apaixonando.

Meu coração chia diante de sua escolha de palavras. Não lhe contei sobre Linh essencialmente ter me rejeitado.

Nem sequer tive a chance de conversar com Linh cara a cara, ou mencionar chef Lê, que está tentando falar com ela. Até onde eu sei, ela ainda não respondeu as ligações dele.

— Quando você vai fazer o Grande Gesto?

— Grande Gesto?

— Cara, tipo no *The Bachelor*. É a coisa que você faz para mostrar que está falando sério sobre o que sente por alguém.

— Claro. E o que o *The Bachelor* faz exatamente para demonstrar isso?

— Passeios de helicóptero. Viagens para uma bela vinícola. Visitas a uma fazenda. O que, na verdade, não faz muito sentido para mim.

Alguém, por favor, me ajude.

Houve muitas tentativas fracassadas de cantar no karaokê. Além disso, os pequenos precisavam ir dormir logo, incluindo o aniversariante. Então a noite termina com uma tradição. Doze itens são dispostos diante dele, todos eles de alguma forma representando uma possível carreira. O que quer que ele escolha, será sua profissão no futuro. Tenho certeza de que é só por diversão, mas acho que os pais estão secretamente apostando tudo na escolha final da criança.

Meu primo, com o babador recém-removido, observa a multidão ao redor dele com olhos arregalados, fascinado pelas luzes das câmeras brilhando sobre ele. Então ele olha para os itens: uma calculadora, um garfo, um estetoscópio de brinquedo e outras coisas aleatórias arranjadas ao redor da casa. Depois de alguns minutos de brincadeiras e risos da plateia, o bebê se debruça sobre o estetoscópio, fazendo todos vibrarem. Ele começa a chupar o diafragma.

Mẹ está sentada, rodeada por suas primas e amigas, com o rosto também vermelho, embora tenha certeza de que ela só bebeu um copo. Há traços de riso em seu rosto.

— Mẹ, o que eu escolhi?

— Hã, con?

— Quando eu fiz um ano, que objeto eu escolhi?

Ela precisa pensar a respeito por alguns segundos, e minhas tias palpitam com respostas que estão todas erradas. Uma emoção surge no rosto da minha mãe e sua resposta finalmente vem, fazendo minha mente girar — as possibilidades parecem um centímetro mais perto da realidade.

— Um lápis.

Há um sussurro de uma palavra dentro do meu cérebro quando Mẹ revela este fato, esta memória esquecida. Serendipidade. Era só um jogo naquela época e eu era uma criança que pegou o objeto mais interessante para mim. Ou alguma coisa que podia morder.

Agora, é real. A palavra é "serendipidade".

As coisas estão se encaixando. A possibilidade de que eu possa ser um escritor. A aceitação da minha mãe, ou algo próximo disso.

A única outra peça é Linh.

É uma ideia imprudente, eu querer ficar com Linh. Minha mãe não gostaria disso tanto quanto gosta da ideia de eu escrever. Não há chance alguma de isso algum dia se realizar.

Então talvez tudo bem eu me sentir assim. Desde que nada aconteça. Desde que eu ainda possa ser amigo dela.

26

Linh

Gold Key. Dia do Phở Parte II. Gold Key. Bảo. Gold Key. Bảo. Há tantas coisas competindo por atenção na minha mente. Quero acabar com esses pensamentos conflitantes, mas meu método normal de lidar com problemas — pintar ou desenhar — não está acontecendo tão facilmente. Estou inquieta, minha atenção oscila. Cometi o erro de me olhar no espelho de manhã e poderia jurar que um fantasma estava me encarando de volta.

Estou na sala de arte durante o almoço, como sempre, sentindo a falta de Bảo. As cortinas estão fechadas para bloquear a luz da tarde, mas não o suficiente para bloquear os raios completamente. A sala está inundada em um tom pálido de azul e isso me acalma muito. Estou no centro da sala, usando tampões de ouvido para tentar focar, embora acabe absorta nas partículas de poeira aparentemente suspensas no ar.

Meu celular vibra uma vez. Checo e vejo aquele número desconhecido outra vez. Já é a terceira vez que me liga. É provavelmente spam, então o ignoro.

— Oi, Linh.

Pauso, querendo ver se terei que me virar para cumprimentá-lo. Ele verá o fantasma que vi hoje de manhã. Quando finalmente me viro, sua expressão não muda.

— Você está ocupada? Preciso falar com você...

Coloco o cabelo para trás, nervosa.

— Bảo...

Ele ergue uma mão. Há um sorriso acanhado em seu rosto.

— Não é sobre *aquilo*. Na verdade, é sobre uma coisa que o chef Lê me disse. Ele te ligou?

— O chef Lê? — Agora estou confusa.

— É... — seus olhos percebem alguma coisa à sua direita. Ele ri.

— O quê?

Ele aponta para o cabelo, depois para o meu. Imito o gesto e entrelaço os dedos no meu, sentindo alguma coisa molhada — é *tinta*.

— Ah, droga.

Eu me viro, tentando achar o rolo de papel toalha que mantenho sempre por perto, mas não consigo encontrá-lo. Meu rosto cora de vergonha. *Ótimo*.

Quando me viro de volta, Bảo está lá, gentilmente pegando a mecha molhada de cabelo e passando o papel-toalha sobre ela. Prendo a respiração, apreciando a sensação de tê-lo perto de mim, a sensação de seus olhos sobre mim. Seu toque. Gentil.

— Pronto — sussurra ele. — Bem melhor.

Ele se afasta e sinto meus ombros caírem. Meu coração palpita em um ritmo indecente.

Bảo percebe o que fez e solta o papel-toalha na banqueta mais próxima.

— Hã, enfim. O chef Lê está tentando falar com você.

— Ah! — Olho para meu celular. O número desconhecido. — O que ele quer?

Seu sorriso parece tenso.

— Liga para ele. Ele vai explicar. Mas acho que é uma notícia boa. Talvez seja divertido, sabe? É perfeito para você.

Ele se levanta, com os ombros levemente arqueados, inseguro. Antes, ele teria se sentado à vontade em sua própria mesa. Talvez até tivesse chegado perto para dar uma espiada no meu trabalho.

Odeio ter causado isso. A conversa artificial, as pausas. Era fácil antes. Agora tudo mudou por causa desses sentimentos — por causa de tudo que está contra nós.

— Acho... acho que te vejo por aí, Linh — diz finalmente Bảo.

A sala está tomada por ainda mais sombras do que eu havia percebido.

Se eu parecia cansada mais cedo, só posso imaginar como estou agora, ainda mais com o mistério da mensagem do chef Lê, que pesa sobre a minha mente. Meus pais não são tão delicados sobre minha aparência quando chego no trabalho. Ba está alisando as toalhas de mesa que acabaram de chegar. Elas deixaram a luz aqui dentro menos incômodas para os olhos. É quase como se a primavera tivesse chegado ao restaurante. As margaridas falsas que compramos completam a cena.

Meu pai me encara um pouco mais do que o normal.

— *Con bệnh hả?* — Ele usa as costas da mão para sentir minha testa, checando se estou doente.

— *Mẹ sẽ* fazer chá de gengibre — diz Mẹ, levantando-se de sua mesa, onde estava jantando.

— *Ngồi xuống đi* — sugere Ba para mim.

— Ba, Mẹ, estou bem. — Afasto a mão dele. — Eu só... só não passei maquiagem de manhã.

E também estou cheia de preocupações. Mas a proximidade me permite enxergar as olheiras no rosto dele. Ele deve estar preocupado com o Dia do Phở outra vez. Todos estamos preocupados, eles mais do que eu. Meus problemas não são nada diante dos deles.

— Você parece pior do que isso. — Ba se vira para Mẹ. — Talvez ela deva ir para casa e dormir.

— Não, estou bem — resmungo, por mais que a ideia de uma cama seja sedutora. Uma oportunidade de ficar sozinha e recarregar as baterias.

— É mesmo, ela deveria dormir.

Com o consentimento de Mẹ, Ba diz firmemente:

— Vá dormir. Queremos que você esteja descansada para o Dia do Phở.

Mas não vou para casa, pelo menos não imediatamente. Em vez disso, estou sentada no meu carro do lado de fora do Chơi Ơi. Depois de sair do restaurante dos meus pais, dirigi sem pensar pela cidade, fazendo o caminho mais longo para casa, uma desculpa para limpar a mente. Mas aí me lembrei das ligações perdidas do número do chef Lê. Guardei meu celular no fundo da bolsa na esperança de não ter que pensar no assunto. Ou em Bảo. Antes que me desse conta, porém, peguei o celular e comecei a dirigir.

O estacionamento está relativamente vazio, mas deve lotar por volta da hora do jantar, daqui uma hora.

Por que ele quer me ver?

Encontro Saffron, sua esposa, na frente.

— Meu marido não parava de falar do seu desenho!

— Ah, obrigada. Fico feliz por ele ter gostado — Minha voz sai monótona. *Foi assim que eu soei o dia todo?*

Seu sorriso diminui uma fração.

— Você está bem?

Contorno a questão.

— Hã, o chef Lê está por aí?

— Ah! Ele vai ficar feliz de te ver. A coluna tem nos dado uma dor de cabeça, e ele não sabia o que fazer até ver seu trabalho. Ele sabia que você seria a pessoa certa para embelezá-la.

Coluna? Então me dou conta de que não havia sequer pensado em ouvir os recados. Mas agora tudo faz sentido.

Ao ouvir as palavras dela, a primeira faísca de calor retorna ao meu corpo. O chef Lê realmente quer me contratar? Uma estudante de ensino médio?

— Vá em frente, ele está nos fundos.

Estou a caminho daquela direção quando vejo a fita demarcando uma seção do restaurante, uma cortina que envolve aquela parte em mistério, mantendo-a fora da visão de clientes perambulantes. Vencida pela curiosidade, atravesso a sala e abro as cortinas, dando de cara com a coluna branca. Tem um bom tamanho, com bastante espaço para pintar. Se bem-feito, ficaria muito legal.

— Senhorita Mai! — diz o chef Lê, derrubando uma toalha que ele estava usando para secar as mãos. — Que bom que você recebeu meu recado.

— Isso é...

Ele balança a cabeça, dando um tapinha na coluna.

— Isso mesmo, uma tela em branco.

Uma visão do que a coluna poderia ser aparece na minha mente. Essa coluna é o centro do salão, então atrai o olhar naturalmente. Ela precisa de cores fortes, que não destoem do resto das paredes, mas as complementem. Em sua maior parte, a decoração já exibe paisagens. O que precisamos agora são pessoas. Rostos tão vívidos quanto os das pessoas criteriosas que virão jantar aqui.

Emergindo dos meus pensamentos, quase perco a quantia que ele oferece como pagamento. Peço-lhe para repetir.

— Se você tentar dizer que é muita coisa, não vou ouvir — diz ele, bem-humorado. Ele me faz lembrar dos meus pais, da forma como eles não deixam ninguém recusar pagamento.

— Por que eu? — consigo perguntar.

O chef Lê lança a cabeça para trás e seu riso ricocheteia nas paredes.

— Como eu falei para o Bảo, conheço talento. Você é talentosa, Linh. Talento.

Uma onda de tristeza me pega de surpresa. Ela percorre meu corpo, dividindo-se em garras. Há pessoas que têm fé em mim quando não deveriam. Não sou a pessoa de que elas precisam. Estou sempre duvidando de mim mesma, fugindo assustada.

Toco a coluna com as pontas dos dedos; está úmida, recém-pintada com uma camada de base. Vejo a lona e gotas de branco, e vejo um par de tênis Converse, vermelhos.

Bảo. Saffron aparece logo atrás dele, carregando algumas toalhas.

— Chef Lê, onde você quer... Linh?

Eu me aproximo. As pontas de suas mangas parecem ter sido mergulhadas em tinta branca também. Há algumas manchas em seus jeans.

Bảo fez isso? Bảo estava pintando de verdade?

— Ali está bom. Você chegou bem na hora. Estou tentando fazer um acordo com a Linh.

— Ah. — Bảo continua parado, alternando o olhar entre mim e a coluna.

— É para pintar a coluna, não você mesmo — digo, tentando conter um sorriso.

Ele oferece um incerto de volta. Outra pausa, uma que Saffron parece notar, porque ela coloca as toalhas sobre uma mesa, depois tosse delicadamente.

— Bry, preciso falar com você rapidinho. Vamos lá? — Ela já está caminhando na direção das cortinas.

— O quê, agora?

— Agora. — Ela desaparece lá fora.

Chef Lê a segue, meio dentro, meio fora.

— Mas, Saff... — ouço sussurros cada vez mais insistentes. — Como assim, deixar eles sozinhos? Nós só...

Uma mão pega seu colarinho, puxando-o pelas cortinas, fora de vista. Olho para Bảo, que está observando, atônito e entretido. Ele me pega olhando e normalmente riríamos juntos, mas ele fica sério imediatamente.

Bảo examina as mangas.

— Você não deveria estar trabalhando?

— Meus pais me mandaram ir para casa. Eles acham que posso estar ficando doente.

Ele franze o cenho, preocupado, e se aproxima, com menos hesitação do que antes. Meu coração palpita quando ele toca minha testa. Isso não ajuda em nada.

— Sabia que tinha alguma coisa errada antes. Você não deveria estar na cama?

— Não estou doente. Só cansada.

— Tem muita coisa acontecendo na sua vida — murmura. Sua mão se curva ao redor do meu maxilar, seu polegar se demora sobre minha bochecha. Ele fica assim por mais tempo do que percebe, acho.

E, quando ele se dá conta, dá um passo largo para trás.

— Desculpa.

— Não, tudo... — Outra vez, o ar entre nós fica pesado. — Por que você está aqui, Bảo?

— Tirei um dia de folga. Então decidi passar aqui e dar uma cópia do meu artigo para o chef Lê. Aí começamos a conversar e ele queria deixar a coluna pronta. — Ele se apressa a acrescentar: — Mas eu disse para ele que você não tinha aceitado ainda. Ele só ficou entusiasmado e arranjou esse monte de coisa e, antes que me desse conta... — Ele gesticula para a sujeira em suas roupas. — Quando o chef Lê quer alguma coisa, ele simplesmente faz, aparentemente.

Dou uma volta ao redor da coluna, passando os dedos pelas partes relativamente secas. Bảo segue logo atrás, como se houvesse um fio nos conectando ligeiramente.

— Uma pequena parte de mim, acho, ainda estava esperando que você fosse aparecer.

— Mas você não tinha como saber que eu viria aqui.

Mesmo assim, ele veio.

— Eu sei.

A sinceridade de sua declaração faz o chão abaixo de mim se mover.

A coluna. Grande e vasta. Há tantos desenhos que ela pode abrigar. Tantas possibilidades de toda forma. Posso pintar outra paisagem urbana. Posso pintar as pessoas mais próximas do chef Lê: sua esposa, seu pai, sua saudosa mãe. Posso fazer das cores tão vibrantes quanto elas podem ser — posso usar cores normais, posso misturar as minhas próprias. Posso fazer algo lindo com essa coluna.

Dentro de mim, as garras da ansiedade se acalmam. Respiro fundo.

Bảo está oferecendo essas opções para mim. Assim como na noite em que ele cruzou as fronteiras do território inimigo para me ajudar. Ele sempre quer me ajudar. Eu sou sempre a que o rejeita, sempre com um motivo para manter distância. Essa constatação me toca de uma forma que não consigo expressar em palavras. Deus, queria poder pintar meus sentimentos bem aqui para ele.

Ainda assim, palavras — minhas palavras inadequadas — são tudo o que tenho nesse momento. Então escolho.

— Hipoteticamente, se eu aceitar a oferta do chef Lê, daria bastante trabalho fazer esse mural.

Um sorriso charmoso agracia seu rosto.

— Você consegue. Já vi seu trabalho.

— Seria difícil também. Eu provavelmente não vou saber o que fazer com ele na metade do tempo.

— Não tem problema. A inspiração não vem assim tão fácil.

— É uma coisa só para mim.

Bảo balança a cabeça outra vez.

— Depois de todas as coisas que você está fazendo, você merece um descanso de vez em quando.

— Embora eu ainda não saiba o que fazer em relação às nossas famílias.

— Tudo be... — Ele fixa o olhar em mim. — Linh?

— Obrigada — digo rapidamente antes de lhe dar um abraço lateral que lhe arranca um riso breve. Depois de hesitar por um milissegundo, seus braços envolvem meu corpo e nos aproximamos um do outro.

Quando eu pinto, sempre há um momento em que *simplesmente sei* que enfim terminei a obra. As cores e texturas se unem para transmitir uma sensação de que tudo está no lugar certo.

Nós, aqui, estamos no lugar certo.

Inspiro seu cheiro. Aninho minha cabeça na curva de seu pescoço, me encaixando nele como a peça de um quebra-cabeça.

Sim, eu quero Bảo. Eu quero *nós*.

Quando ele afrouxa o braço e sua respiração se altera, vejo que finalmente entende. Ainda assim, ele recua para confirmar a resposta. A mão que envolvia minha cintura sobe pelo meu braço. A outra, gentilmente, tão gentilmente, permanece no meu quadril. Um arrepio percorre meu corpo e prendo a respiração, mas meu coração soluça. Ele segura minha bochecha com uma mão e aproxima o rosto.

— Posso? — pergunta ele.

Eu o encontro lá.

Cores vibrantes nos rodeiam, as cores mais alegres; amarelo, laranja e rosa rodopiam. Desabrocham. Como se estivéssemos nas *Nenúfares de Monet*.

Não. Isso é tudo meu. Essa é a *minha pintura*. Quero memorizar esse sentimento e fazer minha própria obra-prima.

Pressiono meus lábios contra os dele com mais força. Ele faz um pequeno ruído de surpresa, mas sinto seu sorriso. É surreal, nós nos beijarmos aqui. Tentei reprimir todos esses sentimentos pela razão errada, mas agora posso mostrá-los. Isso, *isso* parece tão certo: o choque silencioso de lábios se abrindo antes de se juntarem, a expiração de narizes e sua mão leve sobre meu pescoço, me mantendo no lugar — não que eu queira me afastar, nunca. A única coisa que me importa agora são seus braços ao meu redor, seus lábios nos meus, e a liberdade absoluta que sinto para deslizar minhas mãos sobre seu cabelo. Finalmente.

27

Bảo

Eu havia aparecido aqui sem qualquer expectativa e só comecei a pintar. Tudo já estava lá, o chef Lê já havia comprado tudo de que Linh precisaria, tão certo de que ela responderia suas ligações e aceitaria sua oferta. Não tive coragem de lhe dizer que Linh já estava ocupada, e aquilo era a última coisa de que ela precisava para acrescentar à sua pilha de tarefas.

Então ela apareceu. O branco da coluna brilhou sob a luz e ela ficou extasiada. Eu estava extasiado por ela, mas tentei esconder. Agir como se fôssemos apenas amigos porque é isso que somos. Apenas amigos.

É possível ser tão feliz assim?

Nosso beijo rouba o ar dos meus pulmões, e essa é a única razão pela qual eventualmente me afasto de Linh. Repouso minha testa sobre a dela, desorientado. Nunca pensei que sentiria os joelhos bambos — isso era coisa de donzelas em perigo ou idosos com pressão baixa —, mas acho que é a mesma coisa com primeiros beijos.

Os olhos de Linh estão turvos quando olho para eles; então os vejo ficarem límpidos quando a realidade retorna com força, carregada de vingança. Vejo tudo isso facilmente porque conheço suas preocupações. Algumas delas são exatamente iguais às minhas. Ela abre a boca.

— Só pausa — digo, desesperado para manter o momento entre nós dois. Ela fecha a boca. — Podemos adiar isso por mais alguns minutos.

— Você está agindo igual a mim — diz ela, meio que me provocando.

— Mas, assim que pisarmos lá fora, nada vai ter mudado. Ainda seremos Bảo Nguyễn e Linh Mai, cujas famílias se odeiam.

— Mas aqui — rebato, passando os braços ao redor da cintura dela —, mesmo que só por um tempinho, somos Bảo Nguyễn e Linh Mai, crítico gastronômico e artista. E fizemos isso funcionar pelos últimos meses — me forço a dizer.

Linh sorri tristemente porque ela sabe que estou enrolando. Sua mão volta para meu cabelo e, se eu pudesse escolher um momento para congelar, seria agora, com aquele olhar gentil nos olhos dela. Cansado, mas esperançoso. Indulgente. Na verdade, apenas um adjetivo não seria suficiente para explicá-lo.

— Ei. — Toco seu queixo, maravilhado pelo fato de que posso fazer isso. De como é fácil para mim. — Vamos dar um jeito. Um passo de cada vez.

— Tá — ela diz antes de me beijar. — Qual é o próximo passo?

Tento pensar em coisas mais leves que não têm a ver com nossas famílias, uma brecha que teremos que descobrir como navegar.

— Sou seu namorado.

— Acho que isso é óbvio.

— Acho que a Ali e o Việt perceberam que isso ia acontecer antes de nós. Vamos precisar avisá-los.

— Como assim? A Ali sabia o que eu sentia, mas o Việt também?

— Aparentemente eles falam um com o outro. Sobre nós.

— Meu Deus. — Linh repousa a testa sobre meu peito. Ela murmura algo que não consigo ouvir.

— O quê?

— Romeu e Julieta. Ali não vai calar a boca sobre nós sermos Romeu e Julieta agora.

— Nós meio que somos — digo. — Nossos pais se odeiam. Nossos encontros secretos. Essa coluna até se encaixaria na época da história.

— Você está dizendo que vai se envenenar? Vou precisar encontrar uma adaga em algum lugar?

— E uma tumba. Precisamos nos preparar.

Ela ri, mas não diz nada. Só me deixa segurá-la. Ou ela está me segurando. É tudo igual a essa altura.

Por trás da cortina, ouço chef Lê e Saffron discutindo aos sussurros.

— Então eu devo bater?

— Bry, amor, é uma cortina. Não dá para bater.

Depois de o chef Lê nos dar um abraço de urso — enquanto Saffron balança a cabeça — e nos dizer que "sabia", conversamos sobre a coluna e sua ideia inicial. Ele quer que ela complemente as paredes vermelhas, mas funcione como um ponto de destaque — algo que atraia as pessoas quando elas entrarem no salão. Ele entrega algumas fotos de família para Linh — muitas delas de sua mãe ao longo da vida. Elas me lembram das fotos em preto e branco na nossa parede e nos nossos altares de família. Quando meus parentes estavam posando para aqueles retratos, me pergunto se sabiam para que eles seriam usados, se seus olhares sóbrios foram feitos de propósito.

No fim das contas, diz o chef Lê, ele vai deixar os outros elementos a critério de Linh, mas gostaria que sua família fosse incorporada de alguma forma.

— Tenho algumas ideias — diz Linh, segurando a foto enquanto dá outra volta ao redor da coluna, analisando quanto espaço tem para trabalhar. Ela é com certeza uma artista em ação, não uma estudante de ensino médio brincando por aí.

E ela é minha namorada. *Namorada.* Olho para ela, radiante, mesmo que não esteja me dando nenhuma atenção. Penso no beijo. Penso nas preocupações dela. E, é claro, penso nos meus pais; esse pensamento ameaça manchar esses novos sentimentos, mas me apego à memória do nosso beijo.

Chef Lê espalha as fotos, movendo-as como peças de um quebra-cabeça. Ele explica o que sabe sobre elas para que Linh possa decidir com quais vai trabalhar.

Quando o conhecemos pela primeira vez, conversamos sobre as perguntas que ele tinha que nunca serão respondidas. Ele falou sobre descobrir partes de seu passado de formas inócuas e inesperadas.

Se eu me debruçar sobre o passado da minha família, será que conseguiria encontrar uma resposta que explicaria hoje?

Linh está decidindo quando começar o mural e inesperadamente me lança uma pergunta.

— Você está livre nas próximas quintas? O chef Lê disse que está ótimo para ele.

— Você quer que eu fique aqui também?

— É claro que quero você aqui.

— Para... pintar? — Gesticulo para minhas roupas. Linh torce o rosto. Ah. A resposta é óbvia.

Saffron entra na conversa delicadamente.

— Você é bem-vindo para passar o tempo. Fazer a lição de casa e coisas do tipo. O Bry vai tentar não te incomodar muito.

— Ela sempre tenta me insultar, vocês estão vendo.

— Sério? — pergunto, ignorando o chef Lê. Linh aperta meu braço, entusiasmada. — Claro, posso fazer isso.

Em um gesto irreverente que só o chef Lê poderia fazer, ele faz arminhas com os dedos. Acho que temos um acordo.

28

Linh

Na manhã seguinte, meu despertador não me acorda. Não, é uma pessoa que me acorda, me arrancando de sonhos agradáveis. Eu estava presa em uma das minhas pinturas, mas estava feliz. Podia pintar com minhas mãos, sem precisar de pincel, e tudo que eu tocava ganhava cor. Entrei em uma pequena cabana ao final de uma longa estrada em arco-íris e abri a porta, e acho que devia ser Bảo parado de costas para mim. Estendi o braço para tocar seu ombro, mas um par de mãos me pegou por trás...

Saio da cama e ligo as luzes.

Evie.

— O que você está fazendo aqui tão cedo? — exclamo, me jogando em cima dela enquanto ela me pega, rindo. Ela cheira a carro novo em folha.

Ba sairia em uma hora para trazê-la aqui.

— Aluguei um carro para vir sozinha. Achei que Ba não precisava acordar tão cedo — diz ela. Isso explica o cheiro. — Mas aqui está você, dormindo até tarde. Que preguiçosa.

Olho para o despertador. Sete da manhã.

— Até tarde? — Puxo meu cabelo para trás, ainda bagunçado, e foco nela. Evie está usando seu moletom da UC Davis de novo, com o capuz cobrindo o cabeço. Seus olhos estão vivos, provavelmente acesos pelo café que ela deve ter bebido durante a longa viagem. — Estou feliz que você veio.

— Eu não podia deixar vocês três sozinhos.

Eu a abraço novamente, com uma força que surpreende a mim e a ela. Mas ela não diz mais nada.

Eu havia passado as últimas semanas tão furiosa, ocupada com as inscrições para o Gold Key, meus sentimentos por Bảo — simplesmente cheia de pensamentos me deixando para baixo. Sei que foi egoísta. Sei que poderia ter lidado melhor com tudo. Se Evie estivesse no meu lugar, ela com certeza teria feito tudo diferente.

Mas agora que fui honesta com Bảo, tirei uma coisa do meu peito. Quanto às outras coisas?

— Ai, Linh. Você está me abraçando forte demais!

É raro eu acordar antes dos meus pais, mas vale a pena observar Evie entrar de fininho no quarto deles, se abaixando pertinho da cama e soprando a orelha esquerda de Ba. Ele solta um ronco e se vira. Seu braço se levanta até ele perceber quem está bem ao seu lado.

— Con!

— Gì? — diz Mẹ, sonolenta. Então ela acorda instantaneamente.

Brincando, Mẹ dá um tapinha no braço da minha irmã, repreendendo Evie por ter dirigido a noite toda sem avisar nenhum de nós. O que poderia ter acontecido na estrada? E ela estava sozinha! Mas seu sorriso largo abranda sua bronca, ela está feliz por ver Evie aqui. Lembro de domingos passados quando minha irmã e eu entrávamos de fininho na cama deles, engatinhando como bebês até cercarmos Mẹ, como um sanduíche, e quase derrubávamos Ba de seu lado. Estamos mais velhas agora, completamente crescidas.

Mas ainda poderíamos derrubar Ba, se realmente quiséssemos.

Depois de tomar um banho, desço para a cozinha. Mẹ faz um banquete de café da manhã como se estivesse preparando soldados para batalha: cozinhando ovos *ốp la, cà phê sữa đá* e um pouco de *bánh ướt* que sobrou do restaurante. Eles estão conversando sobre o restaurante da família de Bảo, especialmente seus planos para hoje à noite.

— Dia de *Bánh Xèo* — comenta Ba. — Por que nós nunca pensamos nisso?

— *Bánh xèo* nunca foi minha especialidade — diz Mẹ.

— Talvez você deva praticar — responde Ba.

— Talvez *você* devesse — retruca ela, antes de voltar sua atenção para a panela *sauté*, onde outra porção de ovos fritos com gema mole está pronta para ser virada. Evie e eu sorrimos uma para a outra.

Olho para baixo, percebendo que minha mãe havia colocado na minha frente uma tigela de *cháo gà*, um mingau quente de arroz com carne de frango, salsa recém-picada e um pouco de pimenta-do-reino. Minha mãe deve ter feito ontem, tarde da noite, em algum momento. Uma onda de calor percorre meu corpo e ainda nem dei uma mordida.

Ela se acomoda em seu lugar à minha esquerda. Ba está à minha direita, e Evie está na minha frente. A mesma disposição de incontáveis refeições juntos.

— Que hoje tudo dê tão certo quanto da última vez — diz Mẹ.

Entrelaço meus dedos aos dela. Também espero, mas ao mesmo tempo odiaria que isso significasse que a família de Bảo de alguma forma fracassasse, e talvez isso faça de mim uma traidora. Afasto o pensamento, focando na minha mãe e no resto da minha família.

— Vai dar tudo certo.

29

Bảo

O tempo está triste e cinzento, mas, segundo minha mãe, é um bom sinal para hoje à noite. Significa que há chuva a caminho — a desculpa perfeita para *bánh xèo*.

Em casa, na nossa cozinha, minha mãe acordou cedo para preparar as coisas. Entro no cômodo ainda de pijama, tentando computar o que meus olhos estão vendo. Em todas as superfícies disponíveis — a mesa, as bancadas, o topo da nossa panela de arroz — há baldes de metal para comida, cada um contendo os ingredientes que vão em cada rodada de *bánh xèo*: camarão, barriga de porco, brotos de feijão e outros. Vejo outra mistura que não é tão amarela; devem ser as sobremesas que ela está testando, algo que parece um crepe, pronto para recheios como morango, Nutella e banana.

Mẹ vem do lado de fora, com uma capa de chuva e pijamas por baixo dela. Ela sacode o cabelo molhado. Se é do banho matinal ou do lado de fora, não sei ao certo. Atrás dela, no fogão que fica no lado de fora, o que quer que esteja dentro da frigideira chia e estala.

— Precisa de ajuda?

— Não toque em nada — responde Mẹ secamente.

Ela tenta limpar as coisas, mas a única coisa que ela está realmente fazendo é andar de um balde para o outro. Não a vejo agitada desse jeito desde que ela descobriu sobre o primeiro Dia do Phở dos Mai. E tudo faz sentido.

— Mẹ, você está nervosa?

— Nervosa? Mẹ não está nervosa.

— Qual é a palavra vietnamita para "nervosa"?

— *Lo lắng*, mas Mẹ não está *lo lắng* — rebate minha mãe. — *Chết cha.* — Ela checa o fogão do lado de fora, xingando quando vê uma coisa que não enxergo. Observo de dentro enquanto ela pega a mistura da frigideira e a despeja em um prato, junto de outras tentativas fracassadas, imagino.

— Mẹ — digo firmemente quando ela volta para dentro. — O que eu posso fazer?

Mẹ suspira e olha para sua tigela meio cheia de mistura.

— Fiz algumas misturas, mas tem alguma coisa errada. Estou prestes a colocar outra camada agora. Aqui, vamos usar outra frigideira. Todo o resto está quase pronto.

Ela deixa a frigideira no fogo por alguns segundos antes de me instruir a untá-la com dois jatos de óleo. Ela adiciona camarão e barriga de porco. Depois de esperar mais alguns segundos, usando os *đũa* para misturar a massa, ela habilmente despeja uma fina camada, que desliza sobre a frigideira com um chiado satisfatório.

— É difícil acertar a camada — diz Mẹ, acrescentando brotos de feijão. — Se colocar massa demais, não fica crocante. *Không giòn.*

— Como você sabe quando está crocante?

— As bordas ficam como se quisessem descascar. — Segundos se passam e ela está com a espátula pronta. Ela dobra a panqueca no meio; o outro lado tem um tom de marrom dourado. Sorrio. Se ela estivesse na cozinha do chef Lê, ele provavelmente estaria a elogiando. *Isso que é comida*, ele diria.

O *bánh xèo* desliza facilmente sobre o prato que estou segurando. A chuva parou, mas a água da canaleta goteja aos meus pés. Estou prestes a voltar para dentro para pegar uma capa de chuva quando ouço Mẹ falar.

— Eu amava *bánh xèo* quando era criança. Durante a temporada de monções. Seu tio e eu devorávamos isso sempre que nossos pais faziam — diz ela. — Nós deixávamos a porta aberta e observávamos a chuva na cozinha.

— Cậu Cam? — O tio com o qual eu pareço. O que não conseguiu escapar.

— Quando cozinho essas coisas, lembro dele. Tenho certeza de que ele ficaria surpreso pela ótima cozinheira que me tornei. Ele sempre foi muito crítico das minhas habilidades — ela diz ternamente.

Depois de um momento, percebendo que isso é tudo que ela vai dizer, menciono:

— Todo mundo diz que o seu *bánh xèo* é o melhor, sabia?

Me estala a língua, fingindo duvidar daquilo.

— Queria que as pessoas dissessem isso na minha cara. — Mas ela sorri para mim, com o capuz cobrindo a maior parte de seu rosto. Porém eu a conheço, sei que gosta de ouvir elogios como esse. Ela olha para o céu, observando alguma coisa que não consigo ver. — Espero que a chuva não faça todo mundo ficar em casa. Se sim, os dois restaurantes vão sair perdendo, não tem jeito. Mas, até lá, achamos que essa promoção vai atrair vários clientes. Ainda mais do que *aquele* restaurante.

Mais tarde, no restaurante, recebo uma mensagem de Linh.

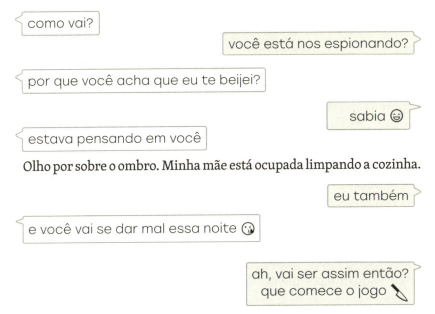

Depois de algumas horas de preparação, o restaurante está prestes a abrir. A fila não se compara à do restaurante dos pais de Linh, não a essa hora, mas, mesmo assim, há pessoas esperando do lado de fora com seus guarda-chuvas abertos. Até agora, ninguém parece chateado por estar na chuva. Ba caminha pela fila, entregando cardápios para consulta e até mesmo algumas amostras de *bánh xèo*. Um rapaz dá uma mordida e diz:

— Cara. Essa é a melhor coisa que eu já comi. Nem minha mãe faz um *bánh xèo* tão bom assim.

Só vi a parte de trás da cabeça do meu pai, então preciso imaginar sua reação ao ser chamado de "cara".

— O jogo começou, cara — diz Việt, parado bem ao meu lado enquanto amarra as cordas do avental atrás das costas. Ele estava aqui mais cedo conosco, junto com os pais quando eles trouxeram uma leva fresca de camarão para hoje à noite.

Em meio de toda a agitação, lembro que Việt ainda não sabe sobre Linh e eu.

— Como vai a aposta com a Ali?

— Não mudou nada desde a última vez.

— Acho que não é mais necessário.

Depois de me certificar de que não há ninguém por perto, conto tudo a Việt sobre minha visita para Linh na sala de arte, meu bilhete para ela, e depois nosso encontro no restaurante do chef Lê e nossa decisão de estar num relacionamento.

Claramente, eu o pego de surpresa; ele pisca, mas não diz nada por alguns instantes. De repente, ele está me dando tapinhas nas costas, incorporando a força do chef Lê, me parabenizando.

— E não tem jeito melhor de testar um relacionamento do que uma competição.

— Valeu pelo lembrete, Việt.

— Pessoalmente, acho que ninguém pode realmente vencer. Os dois restaurantes estão fazendo promoções diferentes, então vão atrair pessoas diferentes. Mas não conta para sua mãe que eu disse isso. Ela não ia gostar.

— Quem não ia gostar do quê? — pergunta Mẹ, aparecendo atrás de nós enquanto põe um par de luvas de cozinha. — Por que vocês estão conversando em vez de trabalhar?

— Nada, só estávamos pensando se alguém algum dia vai fazer *bánh xèo* igual à senhora. E se o outro restaurante tentar nos copiar? — responde Việt, tão docemente que Mẹ pode desconfiar.

Mẹ nem sequer pisca ao dizer:

— Eles não são bons em fazer *bánh xèo*.

— Você já experimentou o deles antes ou algo do tipo? — pergunto, surpreso por ela saber qual é o gosto. Ou pelo menos soa como se soubesse.

Ela costumava dizer que os outros pratos deles eram sem graça, especialmente o phở, e eu sempre pensei que fosse uma suposição da parte dela. Uma forma de debochar deles.

Mẹ acena com a mão.

— Eu só sei.
— Ah.
Mas sua resposta rápida me incomoda. É mais uma sensação do que qualquer outra coisa. Mas não há tempo para pensar mais nisso, porque Ba está gritando para assumirmos nossas posições na entrada e levar todos que ele está prestes a deixar entrar a suas mesas.

A promoção começou como um combinado — phở mais uma mini panqueca de graça. Tudo estava indo bem até surgir o primeiro pedido completo de *bánh xèo*, depois outro, e mais outro. Em pouco tempo, temos mesas pedindo *apenas* panquecas e não phở.

A maioria dos clientes é vietnamita, com alguns desgarrados que provavelmente viram um panfleto em um mercado vietnamita.

Uma mulher — incrivelmente loira — com um quê de algum sotaque europeu me pede para descrever *bánh xèo*. Ela está encarregada de fazer o pedido para as cinco pessoas da família, que são as que mais destoam do resto dos clientes — e acho que de Bolsa em geral.

— Você já comeu crepe?
— Sim.
— Bom, é parecido com um crepe, exceto pelo fato de que é em grande parte salgado. Pense na coisa mais crocante que você já comeu. Entendeu? — A cliente balança a cabeça, com uma expressão de que está confiando em cada uma das minhas palavras. De repente, me sinto poderoso, e aproveito esse sentimento. — Você está sentada debaixo do toldo de uma loja. Está chovendo, mas não muito forte, e você consegue sentir o cheiro de terra, de gasolina de uma moto que passa. Alguém coloca essa panqueca amarelo-vivo na sua frente. Dentro dela tem cúrcuma, barriga de porco suculenta, camarão e brotos de feijão crocantes, e você despeja molho de peixe salgado e apimentado por cima dela. Uma mordida... e você se perde.

A cliente pisca duas vezes e se recosta.
— Você me convenceu. Vamos querer uma para cada.
— A senhora não vai se arrepender.
De volta à cozinha, entrego a folhinha com o pedido para Mẹ, que a olha duas vezes.

— Cinco?

— Cinco — repito com um largo sorriso.

— Você disse para eles que nós colocamos ouro dentro ou coisa do tipo? — murmura ela.

Vejo um traço de um sorriso quando ela se vira de volta para a linha da cozinha para gritar um pedido.

Ao longo dos anos, meus pais já tiveram que lidar com vários níveis de clientes mal-educados. Repugnantes. Inconcebíveis. Às vezes, as críticas vêm de outras pessoas vietnamitas. O caldo está sem graça demais ou os rolinhos de ovos não foram cozidos o bastante ou o *nước mắm* não tem limão o suficiente. Mẹ é rápida para falar com eles; sua voz fica firme quando ela está falando em sua língua. No fim das contas, eles sempre concordam em discordar sobre as receitas.

— Cada pessoa vietnamita é diferente. Nossa família pode ser diferente de acordo com a região.

Mas alguns clientes estão em outro nível. Como hoje.

Por volta das quatro da tarde, Việt vem até mim na janela da cozinha parecendo, pela primeira vez, preocupado.

— O que foi?

— Mano, é ridículo. Um cara está dizendo que nós não demos rolinhos de ovo o suficiente para ele.

— Quantos ele pediu?

— Uma porção.

— E nós servimos dois? — Quando Việt confirma com a cabeça, pergunto: — Então qual é o problema?

— Ele não acredita, acha que estamos passando a perna nele. Quer falar com o gerente — então hesito.

Essa seria a minha mãe. Minha mãe não se importa em brigar com clientes vietnamitas; de alguma forma, ela consegue conquistá-los fazendo uma piada ou duas, depois lhes dá uma porção extra ou algo do tipo. Mas, em inglês, é diferente. Posso ver em seu rosto quando ela tem dificuldade para encontrar a palavra certa, a resposta certa. É uma de suas principais inseguranças. Então ela perde a compostura, ficando brava principalmente consigo mesma.

Vasculho o salão e encontro o problema imediatamente. Seu rosto está queimado de sol e ele está com óculos escuros no topo da cabeça. Seu cabeço está todo espetado. Enquanto ele espera, se recosta à cadeira, de braços cruzados, tamborilando os dedos, impaciente. Parece que está com a esposa ou namorada e os filhos. A mulher se inclina, sussurrando alguma coisa, mas ele apenas olha diretamente para frente, com o maxilar cerrado. Eu me pergunto como as crianças devem estar se sentindo.

Mẹ caminha da recepção até a mesa — e dá um passo para trás quando o homem se levanta lentamente. Ele se impõe sobre ela de uma forma que me lembra que minha mãe na verdade tem menos de 1,52 m. São sempre sua voz e postura que fazem ela parecer mais alta do que realmente é.

— Merda. Tenho um mal pressentimento sobre isso — Việt e eu nos aproximamos da mesa.

— ... se o senhor não ficou satisfeito com o gosto, faremos outro pedido para você com prazer.

— Jared — sussurra a mulher ao lado dele. — Vamos só comer nossa refeição. Está tudo bem.

— *Não* está tudo bem, Beth! — Ele olha para minha mãe. — Quero saber por que vocês estão nos enganando.

— Enganando? — pergunta Mẹ.

— O que, não entende a palavra? Você sequer sabe inglês?

— Mas que filho da puta, cara — Việt sussurra para mim.

— Senhor — Mẹ recomeça, regulando sua voz. Ela fala lenta, mas claramente: —, nós sempre servimos dois rolinhos de ovo por pedido. Olhe para as outras mesas.

Ela gesticula para as outras mesas, onde clientes pararam de comer ou estão tentando fingir não estarem interessados no drama. O homem não pode deixar de olhar ao redor também, e deixa os braços caírem. Do meu lugar, exalo. Pronto. Foi só um mal-entendido. Ele vai pedir desculpas logo, e então tudo vai ficar bem.

Mas isso não acontece.

— Esse lugar é uma merda. Comida de merda. Donos de merda que nem sequer falam a porra do inglês — sua voz está explodindo e, se os clientes não estavam ouvindo antes, estão ouvindo agora. — Não vou pagar por isso — declara Jared.

— O q-quê... — minha mãe está gaguejando agora, chocada por sua declaração. Assim como eu.

Antes que outra palavra possa ser dita, o homem empurra sua cadeira com força e grita para seus filhos se levantarem também, o que eles fazem, com os olhos no chão. Envergonhados, talvez. Eu estaria. A garotinha parece até estar prestes a chorar.

— Ei — interrompo. — Isso não é legal, cara. Você já comeu, tipo, tudo. — O que é verdade. Com exceção da porção de rolinhos de ovo, o phở e o *bánh xèo* foram devorados. Mas meu protesto não é ouvido. Beth pega a bolça pendurada na cadeira e quase hesita a seguir Jared. Abrindo a boca, depois fechando-a, ela finalmente vai até a porta.

Sou o primeiro a se mover.

— Mas que porra!

Tento passar pela minha mãe, planejando chamar a polícia, ou fazer *alguma coisa* para que eles paguem, mas Mẹ rapidamente me segura pelo punho.

— Con, não vale a pena.

Estou tremendo de raiva.

— Mas...

— Precisamos voltar ao trabalho. — Ela me lança um olhar duro. — Temos outros clientes para atender. Essa família não vai fazer diferença. — Para os clientes que restaram, ela se vira e sorri diplomaticamente. — Por favor, retornem às suas refeições. Pedimos desculpas pelo inconveniente. — Depois, repete isso em vietnamita.

Minha mãe guarda suas reclamações sobre Jared e a família para a cozinha. Tenho certeza de que isso já aconteceu antes, mas foi a primeira vez que eu vejo pessoalmente. Cresci aqui, vivendo em meio a pessoas que se pareciam comigo. Fazíamos parte do mesmo templo, nossos pais se conheciam. Não esperava ver alguém de fora parecer tão certo de si enquanto cuspia ódio.

Eu me inclino para frente, com os cotovelos na mesa de preparação, e digo:

— Você acha que aquele cara vai voltar?

— Não, eu não vou deixar.

— Você não deveria denunciar ele?

— Há muitos homens iguais a ele. Nós vamos denunciar todos eles?

— Eu sei, mas... — as palavras morrem na minha boca; não tenho uma solução real. Acho que só não gosto da sensação de um cara qualquer tratar meus pais (e outros donos de lojas na região) desse jeito. Foi mais doloroso do que ouvir o garçom no photastic pedir para meu pai se repetir. Esse cara basicamente os atacou. — Eu não sei, só parece errado.

— Não é a primeira vez que acontece isso conosco — diz Ba brevemente. — Nós já moramos em outros lugares antes de Little Saigon. Há pessoas muito piores.

— Ele não vai voltar, con. Đồ quỷ. — De alguma forma, ela faz palavrões soarem como uma parte natural da nossa língua.

— Ele é um babaca — concordo. Agora ela me repreende por usar uma palavra feia, mas eu insisto.

— Vamos voltar ao trabalho.

30

Linh

Meu celular vibra. Uma mensagem de Bảo. Meus pais estão finalmente se sentando com amigos que vieram para cá no finalzinho do expediente. Os homens trouxeram Heineken, sinalizando que vai demorar um pouquinho até podermos sair do restaurante. Evie está ocupada fazendo limpeza, mas, pelo que vejo, ela está colocando o papo em dia com os cozinheiros que tomavam conta de nós quando éramos pequenas, e os funcionários mais novos estão limpando as mesas. Saio de fininho, prometendo a mim mesma dez minutos sozinha.

No lado de fora, o ar está frio o bastante para usar minha jaqueta. Uso a luz dos postes para me guiar para longe do restaurante, ao pequeno parque geralmente habitado por skatistas e pessoas se exercitando. Bảo está lá, sentado em um banco grafitado. Ele coloca um pote de isopor sobre o banco e se levanta quando me vê. Seu sorriso é cansado, um reflexo perfeito do meu. Ele me beija.

— Uma oferta de paz — diz ele, me entregando um pote. Rio e lhe entrego o meu, que havia escondido atrás das costas.

Dentro da caixa de Bảo, ele havia embalado um pequeno pedaço de *bánh xèo*, enquanto eu lhe dei rolinhos de ovos roubados da cozinha. Ficamos sentados lá, comendo os pratos feitos pelo inimigo da família. Queria poder dizer que entendi por que a comida deles é considerada uma ameaça, uma razão para a competitividade do meu pai quando se trata deles, mas realmente não consigo notar a diferença, embora o *bánh xèo* seja bom.

— Você acha possível que nossos pais realmente se conheçam? — pergunta Bảo. — Tipo, será que eles já interagiram de verdade uns com os outros? Talvez bem antes de nós. No Vietnã, ou em algum momento depois de fugirem?

— Mas eles não teriam dito alguma coisa?

— Ah, não seria incomum eles esconderem algumas coisas de nós.

Penso sobre os comentários que meus pais já fizeram sobre a família dele. *Será que eu perdi os sinais?*

— Por que você está dizendo isso? — pergunto.

— Minha mãe disse alguma coisa sobre a comida da sua mãe. Sobre o *bánh xèo* dela não ser bom, mas parecia que ela *sabia*. Como se já tivesse provado.

— E...?

— Quanto nós realmente sabemos? Como o chef Lê disse, tem coisas que eles não nos contam porque não é relevante para nós.

— Então o que, você quer perguntar sobre nós para os seus pais?

— Nada muito direto. Nada que levante suspeitas. Você está bem? — De mãos dadas, ele passa o polegar pela minha mão. Fico pensando se ele sabe o que está fazendo. — É muita coisa, eu sei.

Não quero fugir outra vez.

— Por enquanto — digo.

— Minha mãe acabou de me mandar mensagem. Ela quer saber para onde eu fui; eles já vão voltar para casa.

— Eu sei.

Suspiro. Odeio pensar que os momentos que passamos juntos são apenas temporários. Que, quando voltarmos para nossos respectivos restaurantes, precisaremos fingir que nossas vidas não têm qualquer efeito uma sobre a outra. Quando é o oposto.

Ele pega minha mão e começamos a caminhar de volta. Imagino um tempo em que não precisaremos andar de mãos dadas no escuro, em que poderemos visitar um ao outro nos intervalos para o almoço sem ter de encontrar um parque afastado.

— Vamos achar outro momento — diz Bảo, lendo minha expressão. — Ainda não tivemos um primeiro encontro.

— Se você parar para pensar, já não tivemos vários encontros? Os restaurantes aonde já fomos e nossos intervalos na sala de arte? — digo, embora a palavra "encontro" faça meu estômago revirar.

Paramos na intersecção entre Larkin e Sylvester, sabendo que vamos precisar nos separar. Durante o dia, a praça fica cheia de carros, mas o estacionamento está vazio agora. Uma placa de neon que diz FECHADO brilha forte no escuro, lançando uma luz metálica sobre o rosto de Bảo. A noite está silenciosa, à exceção dos gafanhotos escondidos em arbustos próximos.

— Mas vai ser diferente. Vamos para algum lugar onde eu possa segurar sua mão desse jeito. — Ele aperta minha mão. — Colocar seu cabelo para o lado quando ele cair na frente dos seus olhos. — Como agora. — Te beijar. — Ele se inclina, capturando meus lábios. — Nosso primeiro encontro vai ser só nosso — declara ele.

Em um sábado, meus pais e eu vamos a um casamento com duas partes: a cerimônia tradicional vietnamita e a festa americana — tudo em um só dia. A noiva, Fay, é a neta mais velha de Bác Xuân. Já conversei com Fay algumas vezes, já que nossos círculos de amigos e familiares se misturam por conta dos negócios, e gostava dela. Em vez de se envolver no ramo alimentício, ela estudou odontologia e depois abriu seu próprio consultório no sul da Califórnia. Seu parceiro é seu futuro marido.

Ir a um casamento significa que vou precisar usar meu *áo dài*, que fica cada vez mais apertado a cada ano. Significa encontrar estranhos que sabem tudo sobre mim através de informações compartilhadas por vários telefonemas, visitas a lojas e reuniões familiares. Também significa que existe uma grande possibilidade de eu me sentar nas mesas das crianças na festa — com idades que vão de dois anos a universitários. Já que Evie voltou para a faculdade, vou ser a única adolescente na mesa, mas, pela primeira vez na vida, isso não vai importar.

Esse casamento é uma oportunidade.

Minha mente se apegou à sugestão de Bảo enquanto eu adormecia na noite passada. Será possível que há mais coisas por trás da disputa entre nossas famílias além dos nossos restaurantes concorrentes? Será que há alguma coisa que pode tê-las dividido e feito delas o que são hoje?

Não posso perguntar diretamente para os meus pais. Nem sei se há um jeito de perguntar-lhes sutilmente.

Mas, como todos os vietnamitas sabem, as informações se espalham. Pelo menos uma pessoa tem de saber a verdade. Na rede de contatos dos meus pais, há apenas uma pessoa viável que pode saber mais sobre a minha família — e a de Bảo. A melhor conexão que temos até agora é Bác Xuân, o avô de Fay, que deu à minha mãe uma chance com o restaurante. E que ajudou a maior parte dos comerciantes da região, incluindo o restaurante da família de Bảo.

Mẹ e eu estamos nos arrumando no quarto dela. Ela acabou de vestir seu *áo dài*, um amarelo e branco com uma estampa floral que o adorna do topo aos pés. Ela precisa que eu prenda as laterais para que a pele não fique à mostra.

Aparentemente, o casamento de Fay não vai durar, segreda minha mãe. Eles escolheram as datas erradas, não consultaram o calendário certo, ou algo do tipo. Não acho que essas coisas realmente importam no sucesso do casamento, mas minha mãe e suas amigas certamente acham.

A cerimônia na casa de Fay transcorre tranquilamente. Primeiro os homens e as mulheres de cada lado da família trocam presentes em cestos de metal vermelhos cobertos por veludo vermelho. É uma forma de o marido pedir permissão à família da noiva para vê-la. Ambas as famílias fazem uma fila diante do altar, também decorado de vermelho. Fay, radiante em seu tradicional *áo dài* vermelho, emerge no topo da escada, com o braço entrelaçado ao de sua já chorosa mãe. Quando ela se junta ao futuro marido, Dũng, que está usando o tradicional *áo dài* azul para homens, a imagem dos dois é impressionante. Eles são as pessoas mais coloridas no salão, e a felicidade do casal só faz eles brilharem ainda mais.

Imagino os murmúrios da multidão cessarem quando Fay e Dũng se viram um para o outro para trocar votos. Dũng, bastante nervoso, gagueja durante seu discurso, com palavras sérias e sinceras, e Fay pega sua mão quando ele pausa, tentando conter as lágrimas. Estamos todos sorrindo ao final da cerimônia.

Depois, o casamento se transforma em uma festa americana moderna. Os *áo dài* desaparecem — embora a mãe de Fay decida não se trocar — e vamos a uma igreja católica para a cerimônia americana, em cujo pátio a festa se realizará em seguida. Troco de roupa, agora com um vestido azul-pastel na altura dos joelhos.

Dou o meu melhor para evitar as mulheres da família de Fay. Elas gostam de provocar. Elas pensam *"Bem, tem uma mulher vietnamita fora do mercado! Vamos ver quem mais tem potencial"*, então elas reúnem as jovens e fazem brincadeiras sobre seus namorados. Só posso imaginar a fúria nos rostos dos meus pais se eu respondesse à pergunta honestamente. Que Bảo e eu estamos finalmente juntos.

Tento conter o sorriso quando ouço a pergunta pela quarta vez na noite. Acho que é menos chata quando você na verdade tem uma resposta perfeita.

Fay e o marido, Dũng, não poderiam estar mais felizes. Provavelmente do alívio de finalmente ver o casamento acontecer sem problemas e do próprio fato de que estão começando uma nova vida juntos.

À essa altura, comida e muito álcool já saciaram os convidados. Os mais velhos se sentam em grupos, tagarelando sem parar sobre problemas do passado e do presente. Meus pais estão sentados com os pais de Fay, conversando. Os mais jovens estão arrasando na pista de dança, dançando ao som da música americana que irrompe das caixas de som. Eles são indiferentes às expressões de choque, e um pouco de divertimento, dos pais e familiares que os observam. Mas há também alguns corajosos convidados vietnamitas mais velhos que se juntaram aos jovens, e acho que posso passar a noite toda só assistindo a isso. As luzes estroboscópicas são ofuscantes, desconcertantes. Quase me esqueço de Bác Xuân, até vê-lo a algumas mesas de distância, sentado em uma cadeira de rodas à beira da pista de dança. Sinto um aperto no coração ao vê-lo; faz tantos anos que não o vejo pessoalmente.

Desvio do cotovelo agitado de uma garotinha de sete anos à minha direita e caminho até ele.

— *Thưa*, Bác Xuân.

Bác Xuân ergue os olhos lentamente e revela um sorriso quase desdentado.

— Ah, *cháu*.

— O senhor lembra de mim? — pergunto cautelosamente em vietnamita.

— Mas é claro. Filha de Liên Phạm — responde ele. — Você está igualzinha a ela agora. Que bela moça você se tornou.

Rio, sentando-me na frente dele. Manchas de idade cobrem sua bochecha. Suas mãos envolvem as minhas, tremendo de leve. Há um brilho em seus olhos que vejo principalmente nos clientes idosos da minha família. Eles já não possuem preocupações, uma vez que já realizaram tudo que desejavam. Acho que é um olhar de satisfação, ou espero que seja.

— Como vai você? O que está fazendo na escola? E onde está sua irmã? Você tem uma irmã, não tem? Lembro que ela era muito inteligente. Você ainda desenha? — Ele parece feliz por finalmente conversar com alguém. Sorrio de alívio, apenas contente por ele se lembrar de mim.

— Evie está estudando fora, na UC Davis. Ela faz biologia.

— Ah!

— E eu ainda desenho. Sou pintora, na verdade.

— Dá para ver. — Ele gesticula para minhas mãos. Eu realmente pensei que havia as lavado bem, mas não vi uma mancha no meu mindinho. — *Giống y hệt dì của cháu* — murmura ele, impressionado.

— Minha tia? — pergunto em inglês, chocada com a comparação. Então eu me lembro que ela o visitou quando esteve aqui. — Dì Vàng, o senhor quer dizer.

— É claro. Desde que ela era pequena, gostava de fazer bagunça. Com lama. Depois argila. Escultura era sua verdadeira paixão.

A desorientação retorna e agora não tem nada a ver com as luzes.

— O senhor conhecia minha mãe e minha tia lá no Vietnã?

— Eu morava apenas algumas casas depois da delas. Em Nha Trang.

Recosto na minha cadeira. Então é por isso que minha tia havia sido tão familiar com ele em sua última visita. Eles não estavam apenas se encontrando; eles estavam se *reencontrando*. Olho além de Bác Xuân, sentindo como se o chão sob meus pés tivesse mudado.

Lá em Nha Trang. *Antes de eu nascer.*

Bảo tinha razão. Há mais nessa história do que nos contaram.

— Ah, sua mãe e sua tia! Elas eram inseparáveis, especialmente depois que seus avós faleceram. Era sempre interessante ver sua mãe agir como a irmã mais velha. — Bác Xuân se mexe na cadeira de rodas e sua almofada vira de lado. Eu me levanto e a arrumo rapidamente, ganhando um tapinha no ombro. — Obrigado. A comunidade, assim como aqui, era importante na nossa vizinhança. Individualmente, não tínhamos muito, mas, juntos, tínhamos tudo de que precisávamos, mesmo quando o *Cộng sản* estava começando a tomar tudo que nós tínhamos. Nós cuidávamos uns dos outros. Mẹ, sua mãe e sua tia, os Lê, especialmente depois da queda de Saigon. — Ele pausa. — Ah, perdão. Ela não é mais uma Lê, ela agora é uma Nguyễn.

Nguyễn.

— Foi um milagre nós todos termos nos encontrado novamente quando chegamos aqui. Levou mais tempo do que imaginávamos. *Nguyễn como em Bảo Nguyễn?*

— Bác Xuân — digo, interrompendo-o no meio da frase —, quando o senhor mencionou o nome Nguyễn e "ela", o senhor estava falando da dona do restaurante na frente do nosso?

— Mas é claro, quem mais seria? Ela administra o restaurante dela como uma verdadeira empreendedora. Assim como a mãe. Achei que ao encorajar ela e sua mãe a se verem novamente, com os restaurantes um de frente para o outro, elas seriam capazes de superar o passado. — Ele balança a cabeça. — Ah, foi terrível o que aconteceu.

— O que aconteceu? — pergunto imediatamente, mas desejo não ter feito isso, porque a expressão de Bác muda. Ele agora parece desconfortável.

— Você não sabe?

Faço que não com a cabeça.

— Ah, bem. Não é minha história para contar. Se minha esposa estivesse aqui — a esposa de Bác Xuân havia falecido antes de eu conhecê-lo, pelo que me lembro —, ela te contaria tudo, mas acho que não posso. Acho que não tenho esse direito.

— Não vou contar para os meus pais, juro. Tenho pensado sobre a outra família, por que eles nunca se falaram. Por que eles parecem se odiar. — Coloco uma mão sobre seu braço, mas ele apenas dá tapinhas nela novamente, dessa vez com simpatia.

Ele morde os lábios, em profundo conflito.

— Nós passamos por muita coisa para chegar aqui, *cháu*. Coisas sobre as quais não falamos porque podem ser muito dolorosas. Mostre um pouco de respeito. Tudo vai se revelar no tempo certo. — Ele acena para outra pessoa atrás de mim, depois desliza para longe, ignorando os pensamentos tumultuosos dentro de mim.

Vasculho a sala, perdida em pensamentos; o casamento desaparece ao fundo. Minha mãe e Ba agora incluíram Bác em sua conversa com os pais de Fay. Mẹ está sorrindo e Ba joga a cabeça para trás, rindo. Os dois estão vermelhos do vinho sobre a mesa. Olhando para o grupo, eu não teria sido capaz de enxergar a história compartilhada com Bác, sempre pensei que eles haviam se conhecido na Califórnia. Mas há uma história entre eles — e entre minha mãe e a de Bảo.

Os noivos caminham entre as mesas pelo salão, seguidos por um fotógrafo pálido de olhos vermelhos que parece não saber o que "dormir" significa. Quando eles chegam à minha mesa, onde estou sentada agora, todas as crianças erguem seus copos com a quarta rodada de refrigerante, que seus pais, sob as luzes baixas e em meio ao barulho da comemoração, não sabem que elas estão bebendo.

Fay me vê e me dá um rápido abraço. Empurro a revelação de Bác Xuân para o fundo da mente. Ela me apresenta a Dũng. De perto, com o elegante vestido branco e o terno preto e branco ajustado, eles realmente parecem modelos.

— Como vocês se conheceram?

Ao ouvirem minha pergunta, Fay e Dũng trocam um olhar e um pequeno sorriso, cheio de significado, cheio de segredos que apenas os dois podem saber.

— Bom, nós estávamos na faculdade, estudando na biblioteca como de costume.

— Na verdade, foi a primeira vez que pisei na biblioteca — brinca Dũng.

— Nós pegamos livros emprestados ao mesmo tempo. O meu era de química.

Dũng olha para baixo, fingindo estar envergonhado.

— O meu era um mangá.

— Eu nunca vou parar de te provocar por causa disso. — E Dũng a puxa para si, plantando um beijo rápido em sua testa.

— Como nós éramos pobres universitários, nosso primeiro encontro na verdade foi no campus.

Primeiro encontro. Bảo disse que nós teríamos um em breve, mas será que tudo aquilo vai mudar quando eu contar para ele o que descobri? Que a história entre nossas famílias é mais antiga do que pensávamos, de um tempo em que nenhum de nós existia?

Acontece que foi Dũng quem a chamou para sair primeiro.

— Nós fizemos um piquenique no pátio, depois caminhamos pelo campus, e acabamos na biblioteca, onde fiz o jantar em uma daquelas salas de estudo.

Fay olha para Dũng com um sorriso suave, tão afetuoso que sinto estar me intrometendo.

— E os pais de vocês aprovaram o namoro?

Então, o DJ decide aumentar o volume da música, cobrindo a maior parte, se não tudo, da minha pergunta. Em vietnamita, ele pergunta se todos estão se divertindo.

Fay se inclina, pedindo para eu repetir. O fotógrafo tira uma foto de nós. Balanço a cabeça.

— O casamento está muito divertido. Parabéns!

31

Bảo

Eu morro. De novo e de novo e de novo.

— Droga — digo, jogando o controle de Việt no chão.

Já joguei *Apex* antes, mas não assim tão mal. Acho que é isso que acontece quando minha mente está em outro lugar. Mais especificamente, em uma certa pintora, e naquele encontro que sugeri com tanta confiança.

Estamos na casa de Việt no nosso dia de folga. Việt está acomodado em seu pufe, com a aparência de quem estava navegando na internet em vez de sistematicamente destruindo a mim e meu time.

— Você está pior do que de costume — diz ele. Oh, que observador.

— Valeu. Foi mal, vamos tentar de novo.

— Tá, como quiser.

Ainda não tive uma oportunidade de ver Linh, apenas de lhe mandar mensagens. Ela disse que correu tudo bem no casamento e que precisava me contar uma coisa. Acho que pode ser importante, já que ela não disse o que era, apenas que me veria em breve. Uma pequena parte de mim se pergunta se ela se arrependeu de tudo o que aconteceu — se estou depositando mais esperanças em um relacionamento que não pode dar certo. Mas aquele beijo que Linh me deu, as mensagens desde então — e a promessa de que nos veríamos — fizeram soar que ela estava nessa para valer. Sobre o que ela precisa falar comigo?

Quando penso em romance e namoro, minha mente reproduz os dramas coreanos que Mẹ adora: sabe, do tipo com um cara impossivelmente bonito e uma garota impossivelmente linda que está disfarçada de pessoa sem jeito. Corta para as cenas com contato físico intermitente em câmera lenta e música romântica e suave. Então eles de alguma forma acabam presos em um elevador e adormecem apoiados um no outro. Essas coisas não acontecem na vida real.

Nunca pensei que ficaria acordado até tarde lendo artigos da *Seventeen* e da *Marie Claire* sobre ideias para um primeiro encontro. Nunca pensei que leria essas revistas, na verdade. Até agora, as opções são chatas e genéricas, mas continuo tentando porque minha outra opção é perguntar para a pessoa que melhor conhece Linh, que seria Ali, e não quero fazer isso.

Uma coisa que é consistente nos artigos é que encontros devem ser atividades que duas pessoas gostariam de fazer juntos. Já fomos a restaurantes. Ir ao cinema poderia dar certo, mas, parando para pensar, já tivemos seis anos de silêncio, então tiro a opção da lista. Pensei em Phước Lộc Thọ, mas aquele shopping local lotado de gente que conhece pelo menos um dos nossos pais poderia nos deixar paranoicos o tempo todo.

Estou tão desesperado por uma ideia que consulto Việt entre jogos. Tudo que recebo é um olhar vazio.

— Mas você assiste *The Bachelor*!

— Assisto. Mas os encontros dele são uma droga!

Bela ajuda.

No dia seguinte, resolvo procurar outra fonte: o restaurante do chef Lê, que está começando a encerrar o expediente do fim de tarde e se preparar para o da noite. Funciona bem, já que é o mesmo dia em que Linh resolveu inscrever suas pinturas no Gold Key; ela só precisa escolher entre as obras finais.

Linh desaparece nos fundos do restaurante para buscar um misturador de tintas novo, e é então que menciono a questão do encontro.

— Primeiro encontro? — Chef Lê grita para Saffron, que está do outro lado do salão. — Amor, eles vão sair no primeiro encontro!

— Eu te ouvi, não precisa gritar — ela cantarola para ele, juntando-se a nós no centro, segurando um copo de água com gás e limão.

— Então, Bảo, você precisa de umas dicas?

— É, meio que sim.

Saffron diz:

— Qualquer ideia que você tiver vai ser boa. Desde que você não faça o que o Bry fez.

Ele gira a cabeça na direção dela.

— O que você quer dizer com isso? A minha ideia foi o ápice dos encontros românticos.

— Você me levou para a Torre Eiffel.

Ahhhh. Mas o chef Lê demora para entender, aparentemente.

— Sim, é um lugar lindo.

— Amor, eu sou francesa. Ver a Torre é como um americano visitando Washington, DC.

Chef Lê se inclina para frente agora, colocando os cotovelos sobre a mesa.

— Então o que te fez querer sair comigo de novo?

Entretida, Saffron toma um gole de sua água com gás.

— Acho que foi o dia que saímos para fazer compras. Que nós não chegamos a chamar de encontro, mas foi.

— Para comprar uma lâmpada de piso para o seu apartamento? *Fazer compras* foi o que te convenceu?

— Achei que foi fofo você ter decidido ir a um lugar no qual tinha zero interesse só porque eu disse que queria ir. Não ligo para gestos grandiosos. Então quando você se ofereceu para ir comigo, te amei ainda mais.

— Então se eu tivesse te levado para aquela ponte com os cadeados, nós não teríamos ficado juntos?

— Eu teria te largado na hora.

— Engraçadinha, você — resmunga o chef Lê antes de desaparecer na cozinha.

Saffron pisca para mim e, ainda com riso em sua voz, diz:

— Na verdade, foram três encontros até eu decidir que gostava dele. Mas não conta para ele.

Sorrio, pensando no que Saffron acabou de dizer. Não foi o destino do encontro que realmente importou para ela, foi o gesto. Ela pareceu apreciar algo menos extravagante, desde que parecesse real.

Naquele exato momento, Linh retorna, com o misturador em mãos.

— Não contar o que para ele?

— Nada — Saffron e eu disfarçamos.

Uma hora depois, tenho uma ideia. Estou sentado, encostado nos aquecedores que emitem ar que não é nem quente, nem frio. Vendo que eu não tinha nada para fazer, o chef Lê perguntou se eu podia dar uma olhada em seu breve discurso. Por mais que tenha me acostumado a escrever, ainda é um choque quando alguém confia em mim para avaliar seu texto desse jeito.

Porra, ainda não consigo acreditar que *Ali* deposita alguma confiança em mim.

Depois da aula de jornalismo de hoje, Ali me atualizou sobre Ernie, que entregou sua primeira crítica de TV sobre um episódio de *Black Mirror*. Foi como se outra pessoa o tivesse escrito. O texto era forte, energético, e foi mais fundo na narrativa do que eu jamais seria capaz de fazer.

Agora, Linh está a apenas alguns passos de distância, com seus equipamentos de pintura de sempre, aninhada confortavelmente no topo de uma escada enquanto traça partes do mural com giz.

Ela tem um rascunho preso à sua pequena tela e, de tempos em tempos, estreita os olhos para ele, depois encara firmemente o mural. Como se estivesse imprimindo a imagem com sua mente. Não pela primeira vez, não estou mais em sua órbita.

Se eu for embora, será que ela vai notar?

Largo meu notebook e me levanto, contendo um sorriso.

— Você vai ficar cega se ficar forçando tanto a vista.

— Você parece minha mãe.

— Estou imitando a minha. — Sorrio assim que chego perto do mural.

— *Cala a boca* — responde Linh, recusando-se a olhar para mim.

Queria poder subir até lá, roubar um beijo. Já se passaram alguns minutos desde o último.

— Bảo — diz ela, ainda focada no desenho —, posso sentir você. Você está por perto.

— Só estou... checando se a escada está firme.

Linh revira os olhos, depois balança a cabeça para que seu rabo de cavalo saia do ombro, voltando a pender livremente.

— Que foto é essa?

— O nome disso é foto de referência. O chef Lê me deu.

— Ah.

Eu sei que devo deixá-la se concentrar. E que ela precisa terminar esse mural. Mas também não posso esperar para fazer minha pergunta.

Pigarreio.

— Então...

— Ainda não descobri um jeito...

Encaramos um ao outro, rindo de nervoso ao percebermos que falamos ao mesmo tempo.

— Não, fala você. Você ainda não descobriu um jeito de...?

— No casamento, encontrei Bác Xuân, que nos deu o restaurante. E na verdade ele conhecia minha mãe antes de eles virem para cá. Ele a conhecia no Vietnã.

Pisco, incrédulo, ao ouvir a declaração abrupta.

Linh bufa.

— E ela não é a única pessoa que ele conhece. — Ela olha para mim. — Ele também conhece sua mãe do Vietnã.

— Uau — digo.

Eu me sento aos pés da escada. Eventualmente, Linh desce, gesticulando para eu me aproximar enquanto se senta bem ao meu lado. Acho que a circulação de ar de alguma forma foi cortada, porque de repente estou tonto e mal consigo sentir a superfície abaixo de mim.

Linh continua, talvez perdida demais nos próprios pensamentos para notar minha reação.

— Então estou começando a achar que esse conflito é bem antigo, de antes de nós nascermos. Aconteceu *lá*, e deve ter sido feio se nossas mães não se falam até hoje.

— Isso é...

— Exatamente.

— E você não sabe qual foi a causa?

Linh balança a cabeça e dá de ombros ao mesmo tempo.

— Bác Xuân não quis falar mais nada. Ele disse que não tem o direito de contar.

Linh me conta o que Bác disse sobre a vizinhança ser unida, sobre como todos eles se ajudavam quando precisavam. Era quase como se eles tivessem se tornado uma família. Então o que quer que tenha acontecido entre elas deve ter sido algo capaz de separar uma família. Considerando as fofocas das amigas da minha mãe, isso pode ser qualquer coisa. Elas já mencionaram uma família cujo filho mais novo havia se envolvido com drogas, o que fez ele ser proibido de voltar a entrar na casa onde cresceu. Um homem de sessenta anos voltou para o Vietnã para arranjar uma esposa com metade de sua idade, deixando sua ex-esposa e dois filhos basicamente desamparados. Os erros cometidos contra a família pareciam não ter limites.

— Certo, estamos chegando em algum lugar — digo, entorpecido. Estamos, mas e se acabarmos descobrindo algo maior do que jamais imaginamos? E se na verdade for algo que jamais poderemos consertar? O que isso causaria a nossas famílias? A mim e Linh?

Linh pega minha mão.

— Ainda estou aqui, sabe. Nada vai mudar o que eu sinto por você. Não importa o que descobrirmos, vamos descobrir juntos.

32

Linh

Bảo beija minha mão, me fazendo corar. Obviamente, o fato de que nossas mães se conheciam no Vietnã o assustou, assim como me assustou, e mesmo assim ele ainda está aqui. Segurando minha mão. Nosso intervalo é interrompido pelo chef Lê. Ele tem sido tão grato por eu ter aceitado fazer o mural que, além de me pagar, também tem nos alimentado sempre que aparecemos. Ele também está me chamando de "Senhorita Mai" — e Bảo gosta tanto disso que me provoca sempre que estamos sozinhos.

— Ei, vocês dois parecem um casal de velhinhos. — A voz do chef Lê atravessa o salão. Ele está trazendo dois pratos de *bánh cam* para nós, com uma toalha sobre um ombro. Mesmo que eu não o tivesse visto caminhando até aqui, teria sentido o cheiro: densas bolas de arroz glutinoso fritas até ficarem crocantes, com feijão mungo açucarado dentro: uma surpresa macia depois que você morde a parte externa.

O chef Lê abre um sorriso largo e convencido.

— Hora do intervalo.

Tento recusar já que é a coisa educada a se fazer, conforme meus pais me ensinaram.

— Obrigada, mas preciso terminar esse esboço para o mural.

— O mural pode esperar alguns minutos. Não quero ninguém desmaiando no trabalho. Venham.

Bảo me lança um sorriso e se levanta do chão, indo pegar um bolinho de gengibre.

Seu celular, porém, toca no momento errado. Ele faz uma careta.

— É minha mãe.

Uma história de amor agridoce

— Melhor atender essa, antes que a sua mãe ligue outra vez — diz o chef Lê, sério, talvez se lembrando de sua própria experiência com os pais na nossa idade.

Bảo pressiona "aceitar".

— Oi, Mẹ... Ah, sim, estou com Việt, só fazendo compras. — O que é parcialmente verdade. Việt está fazendo compras, só que com seus amigos de corrida, pelo que me disseram. Bảo olha para mim antes de se virar, ainda falando com a mãe. Aparentemente, ele precisa correr até a loja para pegar alguma coisa.

— Não era para vocês dois estarem aqui? — pergunta o chef Lê.

— Mais ou menos. Não é para eu estar aqui *com ele*.

— O que ele fez?

— Nada. É só... complicado. Nossas famílias se odeiam. Rivalidade de restaurantes. — Até certo ponto, essa foi a verdade. Mas, agora...

— Caralho. Difícil. Então imagino que vocês não têm muitas oportunidades de ficar juntos.

— Estamos dando um jeito. Às vezes na escola e depois da escola. E aqui. E vamos ter um encontro em breve, acho.

Ou eu sei, já que Ali me mandou uma mensagem mais cedo dizendo que teve uma "conversa" com Việt, que aparentemente contou para Ali que Bảo estava pesquisando algumas coisas.

— Primeiro encontro, isso é importante. Mas ele ainda não te chamou?

— Acho que ele estava prestes a me chamar.

— Posso lembrar ele. — O chef Lê me cutuca de leve. Se eu tivesse um irmão, acho que seria como ele.

— Do que vocês estavam falando? — pergunta Bảo, guardando o celular no bolso.

— Ah, você sabe. Coisas profundas sobre sentimentos — o chef Lê responde casualmente.

Um cozinheiro atormentado emerge da cozinha, gritando o nome do chef Lê com um tom igualmente irritado e severo. Seu cabelo já atingiu capacidade máxima de frizz. É óbvio que isso não é novidade — chef Lê vagando pelo restaurante durante o serviço quando na verdade deveria estar comandando a cozinha. Ele não duraria um dia na cozinha da minha mãe.

— Oops, acho que preciso voltar lá para dentro. — Ele se levanta e joga a toalha de volta sobre o ombro. — Agora comam antes que os bolinhos de gergelim esfriem.

— Aqui está, senhorita Mai — diz Bảo, me entregando uma. Ainda está quente.

— Obrigada, senhor Nguyễn.

Sorrio, amando sua timidez repentina. Para um mestre das palavras, ele claramente não tem os termos certos preparados agora. Então respondo por ele, livrando-o do sofrimento.

— Vamos a um encontro.

— Ótimo, porque tenho uma ideia.

Em uma aula de arte moderna no primeiro ou segundo ano, analisamos uma pintura de Van Gogh do período em que ele viveu em Arles. Ele sempre foi uma figura trágica, alguém que enfrentou muitas dificuldades, mas só ganhou fama anos depois de sua morte.

Van Gogh capturou uma versão simples de seu quarto: sua cama, duas cadeiras vazias, retratos de pessoas sem nome que pareciam encarar diretamente a cama onde ele costumava dormir. Como se seu mundo tivesse se virado para dentro. Como se não houvesse nada para ele no lado de fora.

O quarto de Van Gogh é a cozinha da minha mãe.

Depois do meu turno, logo antes de começarmos a fechar, encontro minha mãe sozinha na cozinha, mexendo uma concha em uma panela grande. Ela não está concentrada; apenas gira o utensílio, devagar, devagar. Alguma coisa deve a estar incomodando, assim como a declaração de Bác Xuân tem me incomodado.

Não sei como puxar o assunto. Como é que se começa uma conversa e se faz uma transição sutil para o passado — um passado sobre o qual minha mãe parece cada vez menos disposta a falar? Que direito eu tenho de mencionar um assunto que pode ser doloroso para ela?

Esqueça isso. Tudo vai se revelar no tempo certo, disse Bác Xuân.

Será que então será tarde demais?

Mẹ volta à vida; ela volta a se concentrar na panela, depois experimenta o caldo. Depois de adicionar uma pitada de açúcar, ela se vira, pulando de susto ao me ver.

— Você me assustou, con.

— Desculpa — disse finalmente. — No que você estava pensando?

— Dì Vàng. Ela vem logo, logo. Fico pensando se vou ter arrumado tudo até lá.

— Você está animada?

— É claro. Ela é minha irmã. Faz tempo que não a vejo.

Isso é uma abertura. Devo perguntar, não devo? Mas talvez seja o humor da minha mãe, talvez seja a sensação de que estou invadindo seu espaço, mas guardo a pergunta para mim mesma. Vou perguntar da próxima vez. Vou, sim.

No dia seguinte, vou para a sala de arte depois da aula. Não tenho que trabalhar hoje, então estou aproveitando o tempo extra para simplesmente pintar. Pintar sem precisar me preocupar com o que inscrever, já que fiz isso logo depois de passar no restaurante do chef Lê. Sei que escolhi as pinturas certas no fim das contas, as que significavam mais para mim e melhor representavam o tema que eu estava retratando: memórias. Memórias sobre os meus pais e sobre crescer. Sobre minha jornada como artista. Sobre Bảo e as descobertas que estou fazendo enquanto temos mais tempo para nós dois.

Só paro de pintar quando Yamamoto entra, anunciando sua presença com um perplexo "Hã". Sentada na minha banqueta, eu me viro, encarando Yamamoto, que está atrás de mim, e espero por uma explicação.

Mas ela não vem. Não imediatamente.

— No que você está pensando?

— Não sei bem. Suas cores são as mesmas, mas tem alguma coisa aqui que é... mais leve. — Yamamoto analisa minha tela, inclinando a cabeça.

Mais leve? Tento olhar para a tela da mesma forma que ela. Mas ela não parece diferente do que costumo pintar.

— Tipo... o que rolou?

Mordo meus lábios.

— *Posso* estar saindo com uma pessoa.

— Não brinca! — Ela sorri e puxa uma banqueta para o meu lado. — Espera, deixa eu adivinhar. Um carinha alto, magrelo? Meio bonitão? Que convenientemente vem para a sala de artes no almoço, mas que eu nunca vi na aula de artes antes?

Sorrio ao pensar em Bảo ouvindo como ele foi descrito... até processar as palavras dela. Quase derrubo meu pincel, mas Yamamoto apenas ri.

— Vi ele outro dia. Tudo bem, é claro. Lembro de ter sua idade. E, pelo que vejo — ela gesticula para a tela, ainda vendo algo que não enxergo —, passar tempo com ele está te fazendo feliz. E sua arte nunca esteve melhor. Ao mesmo tempo, ainda devo ser sua professora. Então se isso acontecer de novo, vou ter que te mandar para a diretoria. — A ameaça é diminuída por sua piscadela subsequente.

Yamamoto se vira para partir, me lançando outro sorriso que faz ela parecer anos mais nova.

— Esse é o tipo de coisa que eles gostam de ver.

— Eles, quem?

— Scholastic. Gold Key.

— Obrigada — digo, corando.

— Sei que vai demorar bastante até você saber do resultado. Então, como recompensa, vou te dar um presente de fim de ano adiantado.

Agora estou intrigada.

— Você nunca me deu um presente antes.

— Agora vou — diz ela, radiante. — Adivinha quem eu quero colocar como destaque na Feira de Artes do fim do ano?

Tão presa em prazos mais urgentes — e crises —, eu havia esquecido sobre a Feira de Artes. Apenas uma pessoa recebe destaque em sua própria exposição. E todos os artistas anteriores que tiveram sorte o bastante para serem escolhidos também venceram vários prêmios da Scholastic. Yamamoto já disse várias e várias vezes que isso era apenas uma coincidência e que o que acontecia na escola não tinha qualquer peso sobre os resultados da Scholastic. Mas o mito existe, e no passado eu até teria acreditado nele.

Só nunca acreditei que poderia acontecer comigo.

Como se o mundo estivesse conspirando para nos ajudar a compensar o tempo perdido, Bảo e eu ganhamos um dia só para nós em um domingo. Mẹ saiu mais cedo para visitar uma amiga para cortar ervas e trazer algumas frutas para casa, o que quer dizer um dia inteiro de fofocas e notícias de família. Mẹ vai mencionar Evie algumas vezes, tenho certeza. Isso também significa que Ba vai querer fazer suas próprias visitas aos restaurantes e cafeterias de amigos.

Sempre imaginei que ir a um primeiro encontro seria a coisa mais angustiante, um evento que faria meu estômago se encher de borboletas. Um tempo para duas pessoas que se gostam ficarem sozinhas. Mas, para Bảo e eu, tudo o que conhecemos é ficar sozinhos. Por isso, enquanto caminho em direção ao nosso ponto de encontro, não me sinto nada diferente de quando estou com ele na sala de artes.

Até que o vejo: parado no meio do parque, de banho recém-tomado, já que seu cabelo ainda está molhado. Ele está usando uma camisa xadrez vermelho e preto e jeans largos, e abre um sorriso bobo assim que me vê. As borboletas levantam voo.

Ele aponta para minha câmera.

— Não sabia que você queria documentar isso. Devo assinar um formulário de consentimento? — provoca ele.

— Eu capturo memórias, lembra? — Tiro uma foto dele e ele cobre os olhos. — E já faz anos que não uso essa câmera.

Ele posa, erguendo o queixo.

— Acho que vou me voluntariar para ser seu modelo. Sou um ótimo modelo.

— Quem disse?

— Ninguém. — Bảo sorri. — Absolutamente ninguém.

— Foi o que pensei.

Noto risos e movimento atrás dele.

Perfeito.

— Fica parado — sussurro.

— O quê?

Rio ao vê-lo arregalando os olhos.

Uma família comemorando um aniversário tomou uma mesa, enchendo-a de comida de dar água na boca e presentes. Alguns trouxeram balões de todas as cores, mantendo-as firmes no chão com pedras. Cerúleo, amarelo-canário e vermelho-cereja balançam e batem um no outro. Mas, de onde Bảo está, é quase como se os balões estivessem brotando de sua cabeça. Sorrindo, olho pela minha câmera. *Click.*

Então Bảo está livre para se mover. Ele gira.

— Se for uma abelha, vou correr.

— Não, olha.

Eu me aproximo dele e ele abaixa a cabeça para ver a tela da minha câmera. Seu cheiro é fresco e limpo como algodão.

— Legal.

Nossos olhares se cruzam, uma corrente indescritível passa entre nós, tão forte que sinto necessidade de desviar os olhos.

— Então, para onde vamos? — pergunto.

Passamos por um grupo de senhorinhas asiáticas, de visual combinado, com viseiras, óculos de sol enormes e rostos embranquecidos pelo protetor solar fator 80. Elas estão girando os braços e olham para nós como se estivéssemos no caminho — e, por um breve momento, me pergunto se uma delas já foi a um dos nossos restaurantes ou conhece nossos pais — e imagino como essa notícia se espalharia rápido.

E como seria possível tudo desmoronar em um instante.

— A julgar pela sua cara — diz Bảo, interrompendo minha espiral de pensamentos —, você está pensando que nós provavelmente não deveríamos ter nosso primeiro encontro tão perto de casa.

— Espiões.

— Exatamente o que Việt disse. Então, tenho um lugar em mente que acho que você vai gostar. Você confia em mim?

Entrelaço meus dedos aos dele.

— Vamos lá.

33

Bảo

Enquanto dirijo, a dúvida se insinua. Será que realmente escolhi o lugar certo para um encontro? Um anúncio do Ellen's Studio apareceu durante uma pesquisa — como se o universo estivesse se compadecendo de mim enquanto pensava em diferentes ideias de encontros. Era longe o bastante para ninguém nos conhecer. E era algo criativo, perfeito para Linh.

A confiança no meu plano começou a se esvair quando cometi o erro de contar minha ideia a Việt. Ele respondeu na lata:

— A ideia não é impressionar a pessoa? Não passar vergonha?

Estávamos na cozinha na hora, então os cozinheiros e outros funcionários, incluindo Eddie e Trần, ofereceram seus próprios conselhos amorosos que pareciam quase ilegais e talvez fossem divertidos, não sei, lá nos anos 90.

Olho de soslaio para Linh. Ela está usando uma saia jeans e uma blusa branca soltinha, com uma parte enfiada dentro da saia. Uma imagem do conforto. Ela me pega olhando e me forço a continuar parado e não desviar o olhar como teria feito meses atrás. Um sorriso brilhante agracia seu rosto como se não nos víssemos há dias. A adrenalina percorre meu corpo.

Assim que paramos na praça, Linh estica a cabeça para fora da janela e faz um ruído de surpresa ao ver a fachada.

— Uma olaria?

Ela tira o cinto de segurança e sai do carro. Eu a sigo, observando com certa hesitação. Seus olhos se suavizam e ela passa os braços ao redor do meu tronco, quase imitando seu abraço inesperado no dia em que decidimos começar tudo isso.

— Onde você descobriu esse lugar?

— Ah, ouvi falar que era bom. Eu amo... er, cerâmica.

— Mentiroso — sussurra ela, antes de encaixar a mão na minha, me conduzindo ao interior da oficina.

Fico satisfeito ao segui-la. Lá dentro, minhas veias são como rodovias e todas as células estão acelerando por mim como carros em alta velocidade.

— Modelagem em torno — é esse o nome da técnica, diz a instrutora. Sua voz, melodiosa e grave, exige nossa atenção e, por alguns minutos, Linh e eu observamos enquanto ela demonstra como manusear a argila e gentilmente moldá-la. O torno deve estar a uma velocidade mediana, e ela nos faz praticar. Mas eu devo estar fazendo errado, porque a argila se distribui de forma desigual. Ouço risos ao meu lado.

Linh estava me observando, mas agora ela está propositalmente focada na professora. Ela torce os lábios.

— Ah, cala a boca — digo.

— Eu não disse nada.

— Seu rosto diz tudo.

Paro de fingir que estou bravo quando chega a vez de Linh no torno. Suas mãos meramente guiam a argila até a forma que ela deve adquirir — sem movimentos frenéticos para forçá-la em uma direção ou outra.

— É claro que você é boa nisso.

— Não sou não. Sou apenas decente. Já minha tia, ela vive disso.

— Aquela que mora no Vietnã.

— Isso. Não vejo ela há anos. Mas ela vai vir porque alguns amigos internacionais dela vão expor suas obras pelo país. — É preciso ser bem inteligente para navegar um país estrangeiro desse jeito. — Minha mãe já está preocupada com ela. Está agindo como a irmã mais velha e tudo mais.

A menção da mãe de Linh me induz a perguntar:

— Você acha que a sua tia sabe o que aconteceu entre as nossas famílias?

— Oh, isso é ótimo! — exclama a instrutora. Para Linh ou alguma outra pessoa; não estamos prestando atenção.

— Acho impossível ela não saber. Quer dizer, se minha mãe e a sua eram mesmo amigas, certamente elas se conheciam. Passavam tempo juntas.

— Você acha que vai ter uma chance de falar com ela sobre isso? Quando ela estiver aqui?

— Ainda estou pensando em como abordar o assunto. Mas, sim.

Linh se cansa do cabelo caindo no rosto e apressadamente o tira com as costas da mão. Na pressa, a argila em seu punho se espalha por sua bochecha. Espero alguns segundos. Ela ainda não nota. É claro.

Nossa instrutora para diante de nós, examinando a obra de Linh: uma pequena xícara de chá. A minha é apenas um cilindro, como o rolo de papelão que sobra quando acaba o papel higiênico.

— Uau, você já fez isso antes, não fez?

Linh sorri educadamente.

— Algumas vezes.

A instrutora balança a cabeça, aprovando, e seus olhos se voltam para o meu trabalho.

— E o seu... — Ela o examina rapidamente e suspira. — Bom, fico feliz por você ter vindo hoje.

Ela vai embora, deixando Linh em um ataque de risos e eu tentando manter minha dignidade intacta.

— Eu tentei.

— Ah, tentou mesmo. — Ela sacode a cabeça. — Isso é divertido para mim, mas você deve estar superentediado. Nós podíamos ter feito outra coisa, sabe?

— Mas escolhi esse lugar porque achei que você fosse gostar. Além disso, nunca usaria a palavra "entediado" para descrever como é estar com você.

— Ah, é? E que palavras você usaria em vez disso, sr. Mestre das Palavras?

— Honestamente, meu vocabulário não é grande o bastante para responder sua pergunta.

Nunca vou me cansar dessa expressão nos olhos dela. Um entusiasmo suave, um momento em que as preocupações desaparecem de sua mente. A mão dela repousa sobre a minha.

— Obrigada. Estou me divertindo. Mas é porque estou com você. Da próxima vez, vamos aonde você quiser.

Da próxima vez.

Eu me recuso a soltar a mão dela até a instrutora nos diz para colocarmos nossas cerâmicas em uma prateleira.

— Vamos trocar — diz Linh subitamente. — A minha pela sua.

— Sério?

— Sério.

— Mas aí você vai ter que se contentar com a minha.

— Eu não ligo. Ela é única. É algo que você fez. — Ela inclina a cabeça, me lançando um sorriso deslumbrante. — Então eu gosto.

— Tá, então só mais uma coisa. Precisamos marcar ela com alguma coisa.

No fundo de cada cerâmica — a xícara de chá e seja-lá-o-que-for-isso — gravo nossas iniciais: BN + LM.

Ganho um beijo por isso.

34

Linh

Um dos lugares que eu escolheria para representar a Califórnia, a verdadeira Califórnia, onde pessoas passaram suas vidas inteiras, plantaram suas raízes e deixaram coisas para suas famílias herdarem, seria Huntington Beach. As pessoas daqui conhecem as cores, com suas pranchas de skate, parapentes e óculos de sol que gritam suas personalidades. Batidas de hip-hop vindas de caixas de som e músicos que tocam ao vivo, em sua maioria guitarristas, colidem no ar. Tudo é vivo aqui.

Quando éramos crianças, Evie e eu poderíamos passar o dia todo aqui se não fosse pelos meus pais, que não queriam que passássemos tanto tempo no sol. Não importava o fato de que eles sempre nos lambuzavam com um exagero de protetor solar. Não importava o fato de que ficávamos a maior parte do tempo sentadas debaixo do guarda-sol. Nós implorávamos para eles nos comprarem algodão-doce, mas ganhávamos um sermão sobre cáries e dentes ruins. Fico feliz por ter a chance de aproveitar as coisas agora.

Bảo me oferece sua mão, e eu a pego.

— Gosto do seu rosto hoje.

Rio.

— Acredito que você chamaria isso de *non sequitur*.

— Você está falando a minha língua. — Bảo me puxa pela cintura. Ele não explica imediatamente, apenas me segura perto de si. — Quis dizer que gosto de como você parece calma agora. Você não está preocupada. A coisa no meio das suas sobrancelhas — ele me cutuca nesse ponto — não está aqui.

— A ruga não está sempre aí.

— Nem sempre, mas noto quando ela aparece.

Ele balança nossos braços.

— Bom, tenho uma coisa a menos com o que me preocupar: já fiz minha inscrição. Então acho que *está* melhor do que antes. Mas isso agora foi substituído por outra preocupação, certo?

— É, nossas mães. E sua tia, seja lá como ela se encaixa na história.

Balanço a cabeça.

— Sei que precisamos perguntar. Eu sei. Mas uma parte de mim não quer. A gente pode descobrir uma coisa que pode mudar tudo.

— É assustador. Acho que precisamos fazer a pergunta eventualmente. Se nós realmente quisermos que isso — ele levanta nossas mãos unidas — dê certo. Odeio esconder as coisas. Odeio não poder te beijar antes de irmos para o trabalho, bem na frente um do outro. Odeio não poder caminhar no parque perto das nossas casas, só porque posso ser visto com você.

— Odeio essas coisas também — digo. A sensação de mentir se tornou familiar demais. Agora não é o nervosismo de esconder alguma coisa; é a vergonha que me coloca para baixo, cada vez mais. — Mas você sabe como nossos pais são com o passado. E se, por fazer perguntas, nós piorarmos as coisas? Com nossos pais? Com nós dois?

— Mas se nós não começarmos a fazer essas perguntas... — Ele sacode a cabeça. — Lembra o que o chef Lê falou? Sobre ter perguntas que ele queria fazer para a mãe, mas não consegue, porque ela já se foi?

— Sobre ser tarde demais?

— Podemos ser nós um dia. Um dia, eles não vão estar assim tão perto. É o que vai acontecer ano que vem. Nós vamos para a faculdade e eles vão seguir a vida deles. E, em pouco tempo, vai acontecer. Vamos perder a chance de perguntar.

No nosso caminho de volta, o crepúsculo é nosso disfarce. Bảo e eu damos as mãos — a dele limpa, a minha ainda manchada de tinta, não importa o quanto eu tenha tentado limpá-las. Menciono isso para Bảo, mas ele apenas dá de ombros.

— Parece uma mão. Parece a minha. — Ele ergue nossas mãos unidas, beijando a minha, depois sorrindo, sabendo que eu estava olhando, provavelmente corando. — Além do mais, você não seria você sem ela.

Juntos, caminhamos até o oceano e sentimos as águas que se estendem à nossa frente.

— Que foi? — pergunto, erguendo os olhos para ele.
— Nada. É só que...

As palavras morrem em sua boca; ele se inclina para frente e nossos lábios se tocam novamente. Passo os dedos em seu cabelo. Meu coração palpita, e a forma como ele está olhando para mim lança uma onda de calor pelo meu corpo.

Eu o encontro lá quando ele abaixa a cabeça para me beijar. Bảo emite um som estranho quando eu me levanto para encostar nele. Posso sentir todo o seu corpo, ele e eu. Uma pequena onda quebra contra nós e cambaleio até ele me segurar bem na hora certa. Rimos juntos, e nossos sons se misturam às notas de felicidade ali perto: os gritos agudos das crianças ao brincar na água, o trinado das gaivotas que voam e mergulham no oceano, a melodia preguiçosa de um violão roçando nossos ouvidos. O dia mais perfeito.

Um telefonema me acorda. Ouço murmúrios vindos do corredor, até ouvir uma exclamação. Estava me espreguiçando, mas paro, esperando para ouvir mais, mas os sussurros retornam e, depois, nada. *Será que estou sonhando?* Acontece às vezes, sempre que desativo o despertador do iPhone, sentindo uma confiança falsa de que vou me levantar, caio em um sonho em que faço exatamente isso: acordo, tomo café e vou para a escola, como se tudo estivesse normal.

Fico divagando, sonolenta, até que o barulho da porta de um armário fechando com força me acorda completamente. Ainda estou na cama.

Dessa vez, caminho até a cozinha, esfregando os olhos. Mẹ está lavando a louça, com os ombros tensos.

— Acordou cedo.

Olho para o meu pai em busca de uma explicação para o humor dela, mas Ba está determinadamente concentrado em sua edição do *Người Việt*. Tudo parece... estranho. Errado. Enfurecido. O que ela acabou de descobrir dessa vez?

— O que foi? — pergunto, hesitante.

Mẹ fecha a torneira.

— Recebi uma ligação. Alguém está espalhando boatos ruins sobre nós.

— Boatos? — Eu me sento, com os nervos à flor da pele. — Que tipo de boatos?

— *Con chuột* — responde Ba brevemente. Depois, me fazendo pular de susto, diz: — *Ratos!*

— O quê? — exclamo, surpresa. — Não temos ratos no nosso restaurante.

— Aquele restaurante horrível. Aquela *mulher* — resmunga Ba, direcionando sua queixa a Mẹ. Ba me ignora; seu jornal é deixado de lado enquanto ele esmurra uns números no celular. Ele desaparece da sala; consigo sentir sua fúria, mas não consigo ouvi-la.

Ele mencionou uma mulher. Apenas uma pessoa é capaz de deixar Ba assim tão irritado. Mas ratos — será que a mãe de Bảo é realmente capaz de espalhar um boato tão prejudicial? Os boatos de antes haviam sido triviais — facilmente ignoráveis — com exceção daquele sobre Bác Xuân. Mas ratos...

— Aparentemente *alguém* notou que nós mudamos nossas toalhas de mesa e lugares americanos e *de alguma forma* isso levou à ideia de que há ratos no nosso restaurante. Uma cliente me ligou e me disse. Contou que ela estava tentando nos alertar. Ela disse que foram os Nguyễn que espalharam esse boato.

— Mas isso não é verdade — digo. — Não pode ser.

— Você sabe como são os boatos. Já falamos sobre isso.

— Não, estou falando dos ratos. Será que as pessoas vão acreditar? Mẹ se vira, com uma expressão séria.

— Vai ser difícil convencer as pessoas de que é tudo mentira.

— Então o que vocês vão fazer?

Minha mãe apenas sacode a cabeça.

— Vá para a escola. Isso não é problema seu.

— Vai ficar tudo bem? — pergunto.

— Ba está falando com o Departamento de Saúde. Eles já nos ligaram, querem marcar uma inspeção, mas estamos tentando esclarecer as coisas...

— Vai ficar tudo bem? — repito. Ela não responde, apenas se apoia na bancada, esperando Ba sair do celular, seja lá com quem ele esteja falando.

35

Bảo

De manhã, meia hora antes das aulas começarem, vou até a sala de artes, onde Linh pediu para encontrá-la em uma mensagem. As luzes estão baixas, e os raios de sol se espremem pelas persianas. Sombras compridas se formam no chão. Partículas de poeira flutuam preguiçosamente pela sala. A princípio, não consigo encontrar Linh, mas ela está lá, em uma banqueta no centro, encarando uma tela branca. Ela está sentada de mãos vazias.

— Por que está tão escuro aqui? — pergunto, me aproximando dela. Abaixo a cabeça, buscando um beijo, mas seus lábios estão imóveis contra os meus. Inclino a cabeça, intrigado. — Tudo bem?

Uma sensação ruim toma conta de mim.

— Seus pais espalharam um boato sobre o nosso restaurante.

— Que boato?

Ela mordisca o lábio inferior.

— Ratos.

— Quê?

— Eles disseram que há ratos no nosso restaurante.

— E você acha que foram os meus pais. — O fato de ela não responder de imediato me diz tudo. Uma faísca de irritação se acende em mim. — Mas eles *nunca* fariam isso. Sem chance. Linh, eles podem ser duros às vezes, mas espalhar um boato desses... isso é...

Eles são meus pais. Esse boato... minha mãe não faria isso. Ela não é cruel. Eles não prejudicariam o restaurante da família de Linh só por causa da rixa — ou o que quer que tenha acontecido no passado —, prejudicariam?

— Uma cliente contou para os meus pais que eles ouviram isso dos seus pais.

Um pouco do ar quente deixa Linh e ela se encosta em mim.

— Só estou te contando o que os meus pais me disseram. E eles estão furiosos, Bảo. Não sei no que acreditar. Isso é sério.

— Ela não faria isso — respondo, seco.

— Desculpa. — O pedido soa vazio para mim. Como ela se sentiria se eu aparecesse atacando a mãe dela? — Só estou dizendo o que a minha mãe disse. E não posso deixar de me perguntar... sobre a época em que assumimos o restaurante, se...

— *Vou falar com eles* — digo, interrompendo-a. Furioso com a acusação. Furioso com o fato de que pode ser possível, considerando as reservas que minha mãe tem contra os Mai. — Vou perguntar para eles.

Ela se aninha em mim, pedindo desculpas novamente.

— Desculpa, eu realmente não quero acreditar nisso. Eu só estou tão, tão confusa. E com raiva. E... — Instantaneamente, passo os braços ao redor da cintura dela, tentando acalmar nós dois. — Só estou *tão* cansada disso, Bảo — ela murmura no meu peito. — Como isso vai dar certo?

Gosto de pensar que meus pais são boas pessoas. Eles nos trouxeram até aqui. Eles têm amigos, uma rede de pessoas. Eles não podem ir tão longe a ponto de criar esse boato para destruir a concorrência. Eles não fariam isso... fariam?

— Vou falar com eles — repito, querendo fazer soar que isso vai resolver tudo.

As aulas passam como um borrão; meus pensamentos estão ocupados por Linh, pelos ratos, pelo potencial envolvimento dos meus pais no boato. Mesmo Ali, talvez depois de trocar mensagens ou conversar com Linh, me deixa relativamente em paz na aula de jornalismo. E depois recebo uma mensagem de Linh dizendo que eles precisam fechar o restaurante por um dia. O fiscal do Departamento de Saúde ainda vai passar lá, apesar dos esforços dos pais dela para desmentir os boatos.

Um dia perdido, um dia de lucro em potencial perdido.

Quando chego ao restaurante, as amigas de Mẹ estão lá, na mesa de costume. Ba está em outro lugar, ele deve ter saído para visitar os amigos

— os maridos das esposas com quem sua própria esposa fez amizade. Amigas. Seguidoras. Seja lá como elas se chamam. Por mais irritantes que suas risadas fossem antes, elas estão ainda mais insuportáveis hoje, já que eu sei do que devem estar rindo. Elas estão comemorando. Hienas rindo.

— Mẹ, posso falar com a senhora um segundo?

— Ah, oi, con. Você está com fome? Acabei de fazer uma panela de phở e posso aprontar para você.

— Não estou com fome. — Não enquanto a acusação de Linh (ou da mãe dela) se prende a mim como uma colônia enjoativa. Sinto os olhos da General sobre mim, assim como os das outras mulheres. — Podemos ir lá para trás?

Na cozinha, sozinha comigo, minha mãe anda pelo cômodo como se não houvesse nada de errado. Ela liga uma boca do fogão, reaquecendo uma panela de caldo, aparentemente ignorando o que eu havia dito antes sobre não estar com fome.

— Ouvi falar que tem ratos por aí. Não aqui, mas no restaurante da frente. Você ouviu alguma coisa desse tipo?

Alguma coisa passa pelo rosto da minha mãe, rápido demais para eu decifrar. Mas seu tom ao responder é estável e firme como uma pedra.

— Sim, acho que ouvi isso também.

— Mas eles não têm ratos.

— Como você sabe?

Eu me encosto no balcão atrás de mim. Ouço o desafio na voz dela e isso confirma tudo. Queria que Linh estivesse errada. Queria muito. Mas isso é uma deflexão. Minha mãe está propositalmente ignorando minha pergunta, o que só pode significar...

Os boatos. Minha mãe *realmente* os espalhou.

A dor de cabeça de hoje mais cedo retorna com força total. Talvez seja por isso que minha pergunta seguinte saiu mais alto do que eu esperava, mais alto do que eu jamais havia falado — ousado falar — com a minha mãe.

— Por que são sempre *eles*, Mẹ? Por que você está sempre tentando arruinar *eles*? O que é, eles não são pessoas também? Eles são como você, Mẹ. Eles têm esse trabalho, é o que eles fazem para pôr comida na mesa, para pagar a faculdade da filha mais velha. A Linh também vai se formar logo. Esse boato pode realmente prejudicar eles.

238

Mẹ abre a boca. Depois a fecha. Abre outra vez. Chocada.

— Como você sabe de tudo isso?

— Sei *o quê*?

— Sobre a Linh. Parece que você conhece ela.

É isso. Talvez se ela tivesse me acusado disso há alguns meses, antes de eu descobrir como realmente me sentia a respeito de Linh, eu vacilaria e negaria ser próximo de Linh. Lembro de Linh nos meus braços, tremendo de raiva e preocupação.

— Conheço a Linh porque sou amigo dela. Sou amigo dela já faz alguns meses. — *E agora somos mais do que isso.*

— Gì? — Mẹ pede para eu repetir.

Uma onda de risos de suas amigas alcança as fronteiras do nosso espaço, mas se desfaz, engolida pela tensão entre mim e minha mãe.

— Nos colocaram como dupla para uma tarefa — continuo, observando a expressão dela. — Do jornal. E tenho passado tempo com ela. Os artigos que venho escrevendo, aquele sobre o chef vietnamita, e sobre outros restaurantes... Eu vou com ela, e ela faz as ilustrações. Somos parceiros.

— Como isso é possível? — ela pergunta, quase maravilhada, antes de mudar de tom, me repreendendo. — Eu te disse para nunca falar com eles. Nunca interagir com eles.

— O que nunca fez sentido para mim. É impossível evitar eles.

— Sim, é possível se você quiser. Se você escutar o que eu te digo.

— Bom, sinto muito, não escutei a senhora — digo, minha voz ganhando força. Já vim até aqui, não tem mais volta. — Mas eu gosto da Linh, Mẹ. Vejo que ela é exatamente igual a mim. Com uma família exatamente igual à nossa. Ela é uma das pessoas mais gentis que eu já conheci. E não sei o que você tem contra a família dela...

— O que ela disse? Sobre a nossa família?

A pergunta dela me surpreende. Cruzo os braços, desconfiado. Em vez de me dar uma bronca por admitir que sou amigo de Linh, ela faz *essa* pergunta?

— Por que ela tem que dizer alguma coisa sobre nós?

Mẹ fecha a boca.

— Esquece.

Ela se vira rapidamente. Um cozinheiro entra na cozinha, com AirPods. Ela grita com ele, tirando-o de seu devaneio musical, para limpar um pouco mais a mesa de preparação. Eu poderia sentir sua raiva mesmo que estivesse a quilômetros de distância. Na maior parte do tempo, eu a mantenho afastada, observando-a de longe. Às vezes meu pai e eu rimos dela. Simplesmente a evitamos. Mas, agora, a raiva é como asfalto. Sou parte dela. Sou a razão dela. Sinto o que ela sente.

— O que eles sabem sobre nós? O que você não está me contando?

— Não é nada para você se preocupar.

Ela vira de costas, ocupando-se de mudar panelas e frigideiras de lugar. O cozinheiro, sentindo a atmosfera do cômodo, rapidamente sai, me deixando livre para perguntar:

— Mẹ, isso é sobre o que aconteceu no Vietnã? O que Bác Xuân sabe?

Ela bate uma panela vazia no topo do fogão antes de se virar. Antes que me dê conta, ela está dando a volta na mesa, me puxando na direção da entrada dos fundos que dá para nossa viela, até estarmos os dois do lado de fora, parados entre um monte de sacos de lixo pretos e caixas de papelão desmontadas.

— Como você... *Por que* você está perguntando essas coisas?

— Porque estou tentando entender toda essa merda! — grito livremente. — Todos os segredos. A forma como a senhora está agindo. Porque eu não posso sequer mencionar Linh e o nome da família dela sem receber esse tipo de reação da senhora! Ou talvez seja porque não quero pensar que a senhora, Mẹ, seria capaz de fazer isso com outra família. Essa não pode ser você, Mẹ. Nunca pensei que a senhora podia ser assim tão cruel.

— Cruel?

Minha mãe engole um soluço. Um movimento chama minha atenção, me deixando sem palavras.

Lágrimas.

Caindo como flocos de gelo.

Olho para o lado, odiando vê-las. Meu corpo grita comigo, meu coração pulsa com força diante da ideia de traí-la — *você a fez chorar; você fez isso!* Mas outra voz dentro de mim protesta: *ela está chorando porque é culpada.*

— Não fui eu quem disse aquilo — ela finalmente sussurra. — Foi Dì Nhi. Foi dito dentro desse restaurante e não achei que alguém levaria a sério. Não era para sair daqui. Vou falar com ela.

A confissão não ajuda. Nem um pouco.

— Isso não ajuda. Estamos falando de Dì Nhi. Tudo que ela diz ganha vida própria. E a senhora deveria tê-la impedido. E agora o restaurante deles está em perigo.

— Con está sendo dramático. Vai passar. Como todos os boatos. Então Mẹ não sabe por que con está sendo tão...

— A Linh me disse que um fiscal vai passar lá. Fazer eles ficarem o dia todo fechados. Imagina se a senhora tivesse que fazer isso, Mẹ. — Viro de costas para ela. — Linh é igual a mim. E ela está com medo do que vai acontecer com os pais *dela*, com o restaurante *deles*. É o único sustento deles.

Não consigo ficar perto dela, não agora. Quase me viro para voltar para o restaurante, quando a voz dela subitamente me faz parar.

— Seu tio morreu por causa da família daquela garota. Meu irmão morreu... por causa *deles*. Eles são assassinos. — A voz dela falha no finalzinho da frase.

Eu me viro, buscando as palavras que me conduzam de volta para minha mãe, que passa por mim, escapando para as profundezas da cozinha. Na minha imaginação, as palavras dela continuam ecoando de volta para mim.

Mas o quê?

O que diabos está acontecendo?

36

Linh

É devastador ver meus pais assustados. Porque, quando eles estão apavorados, não são mais as pessoas que me criaram para ser forte, mas estranhos que parecem mais velhos do que realmente são.

O fiscal passou aqui. Ele também é vietnamita. Ele cumprimenta meus pais com um vigoroso aperto de mãos, munido de uma prancheta debaixo dos braços, mas, antes de entrar no salão, deu uma boa olhada no espaço, fazendo cálculos com os olhos. Fiquei me perguntando se ele estava nos julgando, a forma como vivemos. Queria gritar que tudo isso era uma piada cruel. Foi constrangedor vê-lo vasculhando os armários da cozinha, se agachando e verificando debaixo das mesas, passando as mãos pelas paredes em busca de rachaduras e danos.

Apesar de o Departamento de Saúde ter nos liberado, vejo como o boato causou danos depois — pequenos, mas, ainda assim, danos. Clientes que nos visitavam diariamente pararam de vir até que Ba, acionando seu carisma, apelou para eles, explicou a situação e ofereceu-lhes descontos em refeições futuras. Os favores que meus pais tinham tanta relutância em pedir são usados agora para recuperar a perda incalculável que o boato nos custou. Felizmente, parece que o fluxo de novos clientes não foi afetado.

É impossível saber se a conversa de Bảo com a mãe ajudou nesse ponto, mas, quando o vi em seguida, ele disse que a mãe dele prometeu ter uma conversa com Nhi Trưng, a verdadeira culpada. Mas ele não disse muito mais. Às vezes o pego distante, com as sobrancelhas franzidas. Eu tenho uma tendência a devaneios, mas Bảo não, então deve haver alguma coisa o incomodando.

Eu odiaria se o relacionamento dele com a mãe tivesse sido prejudicado por isso. Mesmo que ela possa ter colaborado com a dispersão dos boatos — possa ter — não quero demonizá-la. Assim como não gostaria que Bảo demonizasse meus pais pelo preconceito deles.

Ele parece, talvez, mais inalcançável, mesmo quando passamos a maior parte do nosso tempo livre no restaurante do chef Lê, terminando o mural. Gosto de pintar nessa altura; fico intocável, inalcançável também... e tudo lá embaixo é menor. Os problemas, mais distantes.

A mesma distância parece tomar conta dos meus pais. Eu raramente os vejo de manhã e, quando trabalho depois da escola, eles estão ocupados no restaurante. Além disso, Dì Vàng chega em alguns dias. Seria impossível mencionar o que ouvi de Bác Xuân.

Ultimamente, Bảo não parece tão determinado em descobrir mais sobre o passado compartilhado das nossas famílias.

Sinto que, de alguma forma, o tempo está se esgotando para mim e Bảo. Que nós dois estamos sendo empurrados na direção de um precipício, mas não saberemos se vamos pular até o momento em que acontecer.

37

Bảo

Nas duas semanas seguintes, minha mãe se faz distante. Ela fala comigo, mas finge não ter lançado uma bomba sobre mim a respeito de os familiares de Linh serem possíveis assassinos. Nós nem conversamos sobre minha amizade com Linh, e não sei se ela realmente acha que vou atender seu pedido de não ver Linh. À essa altura, não posso. Não vou.

Também não conto para Linh, certo de que Mẹ não iria querer contar para ninguém. Mesmo para seu grupo de fofocas. Elas ainda vêm e, quando me veem, ainda me tratam com o mesmo nível de desinteresse. Seus risos são os mesmos enquanto me dirijo para os fundos.

Quando não estou no trabalho ou em casa, consciente desta estranha mudança no meu relacionamento com minha mãe, encontro refúgio no restaurante do chef Lê. Observo enquanto o mural de Linh desabrocha. A pedido dela, não deixamos mais o chef Lê atravessar as cortinas porque ela quer surpreendê-lo com uma revelação. Saffron, porém, pôde dar uma olhadinha nele.

Ela carregava Philippe, o filho de dez meses, apoiado no quadril. Ele estava puxando o lenço amarrado ao redor do pescoço dela, mas ela nem se importou, absorvendo a obra de arte de Linh. Sua expressão era radiante.

— Ele vai amar. Ele vai amar, com certeza.

Em troca, chef Lê disse que quer convidar alguns amigos para a revelação e fechar o restaurante para a noite. Vai ser um pequeno evento, ele disse, e será uma chance de "debutar a senhorita Mai" e "compartilhar o talento dela com o mundo". Bem, pelo menos com Fountain Valley. Linh tentou protestar, mas ela estava contra quatro pessoas — chef Lê conta como duas. Ela realmente não tinha escolha.

38

Linh

Logo chega o dia do chef Lê revelar seu mural aos amigos e à família. Seu comunicado para mim e Bảo, além de Việt e Ali, é para usarmos roupas "elegantes". Não sei bem o que isso significa vindo de um homem que usa camisetas debaixo do dólmã de chef.

Não preciso trabalhar hoje à noite e Mẹ e Ba já estão no restaurante. *Vamos fechar tarde. Tem comida na geladeira,* é o que diz o bilhete escrito com a letra cursiva perfeita da minha mãe.

Estou prestes a sair rumo ao Chơi Ơi, finalmente decidindo usar um vestido preto sem alças, combinado com um velho xale cor de vinho que encontrei no closet da minha mãe.

Enquanto estou no closet, curiosa, vejo velhas caixas de fotos. Meus pais sempre me dizem que vão colocar essas fotos em álbuns bem bonitos. Primeiro, isso foi planejado para o fim de semana; depois, para a época de festas, quando as coisas se acalmassem; agora, eles postergaram para a aposentadoria. Mas meu pai, em sua defesa, chegou a começar o projeto.

Não em sua defesa, ele ficou cansado quando as fotos começaram a mostrar Evie aos quatro anos e eu aos três.

Meus pais guardam as fotos em caixas de sapato estufadas de Payless, Ann Taylor e Adidas. Mas as fotos em sépia do Vietnã ficam guardadas em livros de bolso, debaixo de plástico despedaçado. Há muitas fotos de praia — nada surpreendente, já que Nha Trang é conhecida por suas praias.

Em uma foto, minha mãe está deitada na praia de maiô, com óculos escuros no cabelo. Atrás dela está minha tia, que deve a ter empurrado por trás — seus sorrisos são idênticos, mesmo com cinco anos entre elas. Parece impossível pensar que, fora do enquadramento dessa foto, o país que elas conheciam estava se transformando rapidamente. Ainda assim, lá estavam elas: felizes. A foto seguinte parece ser do mesmo dia, e agora elas estão de pé. A mesma pose nas fotos seguintes. Nunca vi minha mãe sorrir tanto.

Então eu paro.

Bảo está nessa foto, ainda na praia, parado bem ao lado da minha tia. Mas não pode ser. Eu estava pensando em Bảo bem nesse segundo, é por isso que minha mente trouxe o rosto dele à tona. Deve ser por isso, ao encontrar esta foto, que seu rosto aparece nela.

É ele.

Ao mesmo tempo, não é. É claro que não. Isso foi antes de ele nascer. O cabelo do homem é bem mais comprido do que o de Bảo já foi.

Encontro a resposta no outro lado de não Bảo. Já a vi apenas de relance — olhares coincidentes enquanto ela sai do restaurante por algum motivo ou outro — incluindo aquela vez no supermercado vietnamita.

A mãe de Bảo está nessa foto, confirmando indisputavelmente o que Bác Xuân compartilhou comigo.

Duas mulheres, que supostamente se odiavam, e faziam de tudo para evitar uma à outra, estão abraçadas como se fossem irmãs. Então esse deve ser o tio de Bảo, o que morreu no mar.

Antes do segundo Dia do Phở acontecer, Mẹ mencionou que minha tia tinha um noivo, não mencionou? Alguém que morreu.

É claro.

É *ele*.

Minha tia e o tio dele foram um casal. Até... o que foi mesmo? Ele partir, fazendo a família dele se revoltar e culpar a minha família. O que eles disseram em sua defesa?

E como diabos tudo isso nos trouxe até aqui?

Pego um ônibus em vez de dirigir, sem confiar em mim mesma para navegar nesse estado confuso, de certa forma atordoante. Levo a foto comigo, dentro de um dos bolsos do meu vestido. Ela se dobra quando caminho de um certo jeito, me lembrando de sua existência.

Nossos pais se conheciam naquela época — ou pelo menos nossas mães. E, embora parecesse impossível antes dessa foto — elas eram boas amigas. Minha tia fazia parte do grupo também. Será que ela também sabe sobre o restaurante dos Nguyễn? Será que ela sabe que elas agora se odeiam?

Bảo e eu estávamos errados, completamente errados. Era algo muito maior do que apenas os restaurantes. E bem maior do que temíamos.

Paro. Bảo. *O que eu vou dizer para Bảo? Com tudo acontecendo!*

O salão está fechado para o público hoje, e um dos garçons parados na porta sorri quando lhe digo meu nome, gesticulando para que eu entre com um ar brincalhão. Lá dentro, o salão está mergulhado em luzes sutis. Música jazz toca ao fundo. Ali está vestida toda de preto, com sapatos de salto vermelhos e brilhantes, mas refinados, que chamam a atenção. Ela acena para mim, entusiasmada. Việt está ao lado dela; seu nível de entusiasmo é menos óbvio, é claro, mas ele ainda me cumprimenta com um pequeno aceno, com uma mão no bolso. E Bảo...

Agora sei o que os livros e filmes antigos querem dizer com garboso/formoso/galante. Como Ali, ele está vestido de preto. Ele parece bem mais velho e, por um momento, uma visão de um Bảo crescido — alguém como seu tio na foto — aparece diante de mim. Pisco uma vez e volto a ver o Bảo que conheço. Assim que estou perto o bastante, ele me abraça, me tirando do chão. Rio enquanto seu beijo encontra o topo da minha cabeça.

— Você está bem mais entusiasmado do que deveria — murmuro enquanto aperto meu rabo de cavalo.

— Como posso *não* estar? Você fez um mural. Essa é a *sua* revelação.

— Estou nervosa.

Ele roça minha bochecha.

— Não fique.

Colocando de lado as últimas semanas, quero lhe contar sobre a foto, mas a forma como ele está olhando ao redor do salão, apontando para o tamanho dele — a forma como ele simplesmente parece tão *orgulhoso* de mim faz eu sentir um nó na garganta. Ignoro a foto por um momento.

— Gênia local exibe obra premiada — diz Ali, com seu Gesto de Banner, que eu só aprovo dessa vez. — Linh, isso é... sei lá, estou sem palavras.

— Pela primeira vez — comenta Việt. Mas ele está sorrindo e acrescenta seus próprios parabéns. — Você acha que eles conseguem perceber que nós todos somos, tipo, duas décadas mais novos?

Focada em encontrar meus amigos, me esqueci de realmente olhar ao meu redor. Os outros convidados devem ser amigos do chef Lê — pessoas do circuito gastronômico. Um casal está vestido em cores vibrantes — artistas? Estilistas? A ideia de o chef Lê ter todo tipo de amizade de diferentes públicos faz sentido.

— Senhorita Mai! — grita o chef Lê, disparando pela multidão como um filhotinho gigante. Ele me dá seu típico abraço de urso, e sinto uma onda de afeto me cobrir. — Pronta?

— Você tinha que convidar tanta gente assim?

— *Tanta gente assim*. Essa é a menor reunião que já fiz. Não queria te deixar nervosa. — Ele me empurra de leve no ombro, me fazendo colidir com Bảo, que me pega e sorri. — Ah, vai, o mural é incrível. Todos em Orange County precisam vê-lo. — Com isso, ele me puxa pelo cotovelo para o centro da multidão. Meus amigos riem, andando logo atrás de mim. — Amigos, vocês sabem que esse lugar é o meu bebê e amo exibir ele. Quero lembrar a todos por que estão aqui. Para mim, é um lembrete de por que eu estou aqui, de como eu sou o chef agora. É um lembrete de tudo que meus pais fizeram. Especialmente minha mãe. — Ele pigarreia, e uma expressão melancólica aparece em seu rosto. O pai dele, ou quem eu presumo ser o pai dele, lhe dá um tapinha no ombro, demonstrando seu apoio. — Queria que Mẹ pudesse estar aqui para ver o que o restaurante se tornou, e espero por Deus que ela saiba que não precisa se preocupar mais com o menino dela.

Um silêncio respeitoso se instala no salão. Algumas pessoas batem palmas encorajadoras.

— Bom, não o *menino* dela, porque, sabe? — ele continua, e a atmosfera se transforma outra vez: risos. — Enfim, tudo que entra nesse restaurante é intencional. É 100% vietnamita, e gosto de pensar que as decorações refletem isso. Mas essa coluna — ele aponta — não sabia o que fazer com ela. Eu precisava de alguma coisa. — Ele pausa dramaticamente. — É por isso que fiquei tão entusiasmado quando conheci uma artista especial que veio aqui com um rapaz. Antes de eles me conhecerem, acreditem ou não, eles eram *apenas amigos*, mas vocês sabem como gosto de me intrometer...

Bảo pigarreia.

— Hã, chef Lê...

— Certo, certo. Resumindo: sou a única razão para eles terem começado a namorar e eles deveriam me agradecer — ele acrescenta, apressado, apesar da sugestão de Bảo. A multidão ri e olho para Bảo, fingindo estar sofrendo, mas, em vez de constrangimento, a expressão em seus olhos é suave como o brilho quente da luz acima de nós. — Só quero dizer que eu avisei vocês. Enfim, eles escreveram um artigo irado para o jornal da escola, mas ficou melhor do que qualquer coisa que eu já li. E me levou a descobrir o talento extraordinário que é Linh.

Ele gesticula para mim, pedindo que eu fique ao lado dele, e sou encorajada pelos aplausos.

— Todos prontos?

A cortina cai com um *whoosh*. Um *flash* me cega por uma fração de segundo.

Ainda não vi o mural de longe nesse tipo de iluminação. Só havia estado perto dele, usando os menores pincéis imagináveis, procurando todo tipo de imperfeição, então raramente me afastava para ver o que estava construindo, camada por camada, cor por cor. A multidão se aproxima, murmurando entre si. Bảo entrelaça a mão à minha, apertando-a, e, a alguns metros de distância, o chef Lê está apontando detalhes do mural para os amigos mais próximos.

É uma colagem dele e da mãe, baseada nas fotos que ele me deu: ela o abraçando em seu primeiro dia de aula, ele em um banquinho para ajudar os pais a enrolar a massa de *bánh bao*, tudo levando a uma cena do ano passado, dos dois juntos na cozinha. É uma celebração dela e de tudo o que ela lhe deu — e mais.

Um grupo de convidados se aproxima para me parabenizar.

— Uma estudante de ensino médio fez isso?

— Ela está disponível para outros trabalhos?

Abaixo a cabeça ao ouvir alguns dos elogios, mas não posso negar como eles fazem eu me sentir bem.

— Lindo — diz Bảo, beijando minha têmpora e me abraçando por trás. Eu me apoio nele, com a mente divagando na imaginação. Em algum lugar, em um futuro distante, talvez as pessoas venham para minha exposição e sintam o mesmo deslumbramento que senti ao contemplar outros artistas ao longo dos anos.

Quero ficar assim para sempre.

Uma história de amor agridoce

— Se essa história de escrever não der certo, vou ser seu agente.

— Desculpa, a Ali vai ser minha agente.

— Seu RP, então. Vou escrever as melhores notas — diz Bảo enquanto estaciona a algumas casas de distância da minha.

Rio.

— Você não sabe nada de arte.

— Mas sei algumas coisas sobre você — retruca ele, atrevidamente. Bảo se inclina tão suavemente quanto possível com o cinto de segurança o prendendo e me beija duas vezes. Ele não se afasta, passando os olhos pelo meu rosto. Procurando por algo. — Vou te deixar ir. Você provavelmente está cansada de todo o tratamento de grande estrela que recebeu.

Um riso satisfeito escapa da minha garganta, e quero protestar, mas ele tem razão. Não podemos abusar da sorte. Saio do banco do passageiro, tomando cuidado para não fazer muito barulho ao fechar a porta. O movimento me faz lembrar da foto no meu bolso, que cai dele, chamando a atenção de Bảo. Eu a pego, querendo mantê-la fora de vista, fora do pensamento, apenas por hoje.

— O que é isso? — pergunta ele, repousando uma mão no volante.

— Olha melhor.

Ele estreita os olhos e se inclina para frente, analisando a cabeça do homem cheia de cabelo, seu corpo esguio, seu sorriso — e a descrença surge em seu rosto.

— Esse é o meu tio.

— É.

— Como...? Essas não são...?

— Minha mãe e minha tia — exalo. — Bảo, a história é mais complicada. Primeiro era minha mãe e sua mãe. Depois surgiu a pergunta sobre a minha tia, mas aqui está ela. Prova. Minha tia e seu tio namoraram em algum momento.

Bảo solta o volante, passando as duas mãos pelo cabelo.

— O que você sabe sobre ele?

— Ele morreu — diz ele, olhando diretamente para frente. — Ele tentou fugir de barco primeiro, mas morreu. E minha mãe não fala muito sobre ele. É doloroso demais, eu acho.

— É claro. Era o irmão dela. — Tento pensar, tento ligar os pontos entre minha mãe, minha tia, a mãe dele e o tio dele, e sei que *existe* alguma coisa, mas tudo parece fora de foco. Fora de alcance. — Acho que foi com ele que minha tia quase se casou. Mas ele partiu. Por algum motivo, ele partiu.

Bảo está de lábios cerrados. Sinto sua mente se agitando.

— Falei de você para minha mãe.

— O quê?

— Contei para ela como viramos amigos, como trabalhamos juntos. Não falei *o que* nós somos, mas acho que ela sabe. Mas ela não explodiu por causa disso. Foi o que ela disse depois, e não te contei de imediato porque não queria estragar as coisas. Não queria que houvesse outro motivo para nós não ficarmos juntos.

— Bảo? — Coloco minha mão de volta na dele. — Tudo bem. Pode me contar.

Não me importo com o fato de que ele não me contou de imediato já que tentei esconder a foto dele. Nós dois não queríamos estragar as coisas. Agora, mesmo que não tenhamos todas as peças, estamos chegando mais perto da verdade.

— Minha mãe disse que é culpa da sua família o meu tio ter morrido.

— Ele vira a cabeça, encontrando meus olhos. — Ela chamou sua família de assassinos.

Respiro fundo. Mariposas dançam ao redor de uma das luzes da varanda do vizinho. Por trás das janelas acortinadas, pulsam as luzes multicoloridas da televisão. Meu olhar recai sobre minha casa, escura com exceção da luz dos fundos da cozinha, brilhando com metade de sua luminosidade de costume.

— Assassinos — sussurro.

Que palavra horrível. Uma realidade impossível.

O que tudo isso quer dizer? Como minha mãe, minha tia — ou as duas — podem ter colaborado com a morte do tio dele? Será que foram com ele? Será que ele se afogou? E onde estava a mãe de Bảo nisso tudo?

— Elas não podem ter... — Matado. Assassinado. Feito o que quer que os rumores dizem.

— Linh, eu não tenho ideia do que isso significa. Só estou dizendo o que ela disse, mas... merda, isso é tão zoado. — O desespero em sua voz me puxa de volta para o carro, e pego sua mão. — Eu realmente não sei o que pensar.

— Eu também não sei, Bảo. Não sei mesmo.

— Precisamos falar com eles. Pelo menos temos uma coisa tangível na nossa frente. Eles não podem negar agora.

Só consigo concordar em silêncio, balançando a cabeça.

Amanhã. A verdade vai se revelar amanhã.

Bảo me dá um beijo de despedida. Nós nos demoramos; nossos narizes se tocam, inspirando e expirando outra vez. Então, ele me dá um último beijo. Ele se ajeita no assento e sai com o carro, me deixando a imaginar como vou conseguir dormir hoje.

Então as luzes da sala de casa se acendem, as cortinas se abrem abruptamente, e duas silhuetas aparecem, me encarando.

Meus pais estão em casa.

A exaltação da exibição de hoje, a paz que senti ao estar com Bảo — tudo desapareceu gradualmente à medida que os detalhes da foto se revelaram e Bảo me contou o que a mãe dele disse. Qualquer sensação boa que restara desaparece assim que piso dentro de casa.

Os sapatos dos meus pais estão perto da porta da frente, encostados ordeiramente na parede como sempre. A sala parece mais fria do que o normal, mas talvez seja eu, tremendo ao pensar nos meus pais, que haviam voltado mais cedo para casa e encontraram uma casa vazia, quando disse que estaria em casa.

Ouço-os trocando sussurros ríspidos, e eles param quando chego à porta da cozinha. Minha mãe está na pia da cozinha, lavando louças. Ba está sentado à mesa, com cascas de mexerica à sua frente. Nenhum dos dois olha para mim.

— Desculpa. Percebi que precisava terminar um projeto. E meio que perdi a noção do tempo — forço uma mentira, instantaneamente me odiando. — Desculpa mesmo.

Minha mãe ainda não se vira. Ba está focado em alguma coisa em seu celular.

— Desculpa mesmo — repito, odiando quão secas as palavras soam.

— Não ligamos que você tenha chegado tarde. Não agora — diz minha mãe. Sua voz soa frágil, como se ela estivesse chorando poucos minutos antes.

Ba empurra sua cadeira abruptamente, como se pronto para sair da cozinha, furioso. Mas ele não sai; apenas anda de um lado para o outro, com passos pesados.

— Você vai nos contar onde realmente estava na última hora? Ou vai mentir outra vez?

Ah, não.

Ba vira o celular e o desliza na minha direção. Seu aplicativo de mensagens está aberto, exibindo uma foto que foi recebida meia hora atrás.

A foto é de mim e Bảo. Na revelação do mural, no momento em que as cortinas caíram. Lembro que houve um *flash*, e acho que quem quer que tirou a foto a enviou para meu pai.

— A pessoa que coloca nossos anúncios no jornal. Ela estava lá e nos contou como deveríamos estar orgulhosos. Ter nossa talentosa filha exibir seu primeiro mural! — Ba sacode a cabeça. — Eu deveria ter respondido "Que filha?". Afinal, que tipo de filha esconde isso de nós?

Sinto todo o meu corpo esfriar. Engulo em seco, tentando conjurar as palavras certas para explicar tudo. Sei que tenho muitas coisas para defender; nem sei por onde começar. Como posso explicar conhecer Bảo? Querer fazer arte, não engenharia? Estar na revelação, em vez de em casa? As palavras saem antes que eu saiba o que dizer.

— Mẹ, eu sei que não devo falar com os Nguyễn...

— Bảo. Você conhece ele — diz Ba.

— Nós somos amigos. Bons amigos. Eu não esperava que...

— Isso não é só sobre o garoto ou a família dele. *Con này nói láo từ hồi nào tới giờ* — intervém minha mãe, direcionando sua fúria a Ba. Ela desliga a torneira, arranca as luvas das mãos. Elas caem sobre a pia. Sua voz ríspida me espanta, salta no espaço entre nós como uma chama alta demais no fogão. — São as mentiras. Todas elas. Há quanto tempo você está saindo com esse garoto? Há quanto tempo está fazendo essa pintura para aquele restaurante? Há quanto tempo você está mentindo para nós sobre tudo? *Tại sao mày dám làm như vậy tới cha mẹ.*

Como você ousa.

Como você ousa fazer isso conosco, seus pais.

— Eu não sabia como contar para vocês — digo fracamente. Sobre tudo. — Ba, Mẹ, eu sempre quis ser uma artista. Mas não podia contar isso para vocês porque vocês sempre estavam falando coisas sobre Dì Vàng, sobre como esse tipo de vida é difícil. Vocês jamais aprovariam. E com Bảo... eu não sabia o que pensar no começo, mas fui o conhecendo e ele não é nada como eu sempre pensei que seria. Ele é um amigo, e, por mais que a família dele tenha se empenhado em nos prejudicar, ele não é igual a eles. Quanto mais eu avançava no trabalho, quanto mais tempo... passava com Bảo, mais eu não conseguia explicar.

— Então você achou que ia continuar desse jeito. Sem nunca nos contar sobre *nada* disso — completa Ba.

— Não! — respondo rapidamente. Sacudo a cabeça. Não é isso. Mas o que quero dizer? O que posso dizer? — Eu não queria fazer isso para sempre. Eu estava *começando* a achar um jeito...

Mẹ me interrompe.

— Então você não confiou em nós. Nos seus pais.

Estou tão cansada.

— Não é isso. Não é isso.

— Você mentiu sobre o garoto.

— Sim.

— Você mentiu sobre seu trabalho de pintura.

— Sim.

— Você estava em outro lugar hoje.

Tantas mentiras. Fecho os olhos com força.

— Sim.

— Eu queria que você tivesse uma vida boa. Uma vida segura. Uma vida feliz, te criando do jeito certo.

É confuso — as palavras dela, como elas vêm subitamente, como minha mãe soa triste.

— Mas nós mal te conhecemos agora — diz Mẹ. — E você nunca pensou em nós enquanto fazia essas mentiras.

— Isso não é verdade, Mẹ.

— Amanhã — acrescenta Ba, me ignorando. — Você vai para casa logo depois da escola. Nada de ficar até mais tarde na escola pintando. Nada de sair com *thằng đó*.

— Eu não posso...

— *Cha mẹ nói sao, con phải làm* — diz Ba, firme.

— Eu não entendo! — grito, finalmente, odiando que estou começando a chorar. Pareço um bebê. Pareço uma criança. — Eu não sou a única que está mentindo, sou? Vocês também estão mentindo, não estão? — Com as mãos trêmulas, pego a foto que encontrei nas caixas de sapato.

— O que é isso então? Por que vocês não me contaram que conheciam os Nguyễn? Que eram próximos deles, também? — Jogo a foto no centro da mesa. — E por que eles dizem que vocês são assassinos?

Minha mãe mal olha para ela.

— Não tenho que te contar nada. — Mẹ finalmente explode. — Há coisas que só os adultos sabem. Essa é uma delas. Você é uma criança, con. *Nhiều thứ con không cần biết*. A dor que vai acontecer com você. Tudo que eu fiz nos Estados Unidos, fiz por você. Para te dar uma vida boa. Para te criar bem para que um dia você não precise mais de nós. — Mẹ furiosamente limpa uma lágrima solitária que escorre por sua bochecha. — *Ba mẹ nói thì con phải nghe*. A arte não vai te levar a lugar nenhum, con, porque eu já vi como foi com a minha irmã, sua tia. *Nó sẽ làm của con rất là nghèo khổ*. E não posso deixar isso acontecer com você. Não depois de tudo que Mẹ, que *minha família*, passou.

Ver suas lágrimas me faz sentir como se meu coração estivesse sendo corroído por dentro. Quero dizer a ela para me ouvir, ouvir o que estou dizendo. Mas ela está tremendo de raiva. Seu cabelo se soltou da presilha. E seus olhos... olho para baixo. Acho que essa é a primeira vez que ela duvidou que eu a amo.

Minha mãe sai furiosa da cozinha e, alguns segundos depois, ouço o ruído surdo da porta de seu quarto.

Eu me preparo, espero meu pai gritar também. O olhar dele está sobre mim. Ainda assim, ele está calmo. Acho que quero que grite agora, porque isso vai mostrar que ele está sentindo *alguma coisa* em relação a mim. Mas o silêncio entre nós é frio e incisivo. Como se eu estivesse além da reprovação, como se eu não valesse nada.

Ele pega a foto que mostrei para Mẹ. Ele vira de costas para mim.

— Se você não honra seus pais e nos ouve, depois de tudo que fizemos por você, então nós falhamos. Nós falhamos como seus pais.

— Eu não queria mentir tanto — digo fracamente.

Ba não diz mais nada. Ele se afasta de mim.

Na manhã seguinte, acordo em uma casa vazia. Minhas bochechas estão secas e apertadas de choro. Na cozinha, jogo água gelada no rosto. Meus pais já saíram para o restaurante. Não há nenhum bilhete nem nada, nada de café da manhã embrulhado em plástico-filme na geladeira. Me pergunto o que doeu mais: a disputa de gritos que tivemos ontem à noite ou o silêncio que resultou dela. Inquietante. Implacável.

Minha caminhada até a escola é lenta e dolorosa, como se meu corpo também estivesse doendo. Mantenho a cabeça baixa também, porque, se eu passar por alguém que conheço, a coisa educada a se fazer é sorrir, mas não é algo que consigo agora. Ficar sentada na aula também não me interessa.

Bảo está no meu armário, segurando sua mochila por uma alça. Vejo a preocupação em seu rosto, depois seus olhos percorrem o meu, e ele rapidamente franze as sobrancelhas. É claro que sei por quê, vi meu rosto no espelho. Está manchado, meus olhos estão inchados e as olheiras criam a ilusão de que eu passei tinta cinza debaixo deles.

— O que aconteceu?

Sua expressão de preocupação dói em vez de ajudar.

— Não consigo. Não agora — digo. Coloco minha combinação do armário.

Não compreendo de imediato por que meu toque é escorregadio, por que minha vista começa a desfocar. Então os braços de Bảo estão ao meu redor, e ele está murmurando "O que você está sentindo?" de novo e estou dizendo coisas em seu peito e ele não consegue me ouvir.

Logo estou meio caminhando, meio me apoiando em Bảo enquanto ele nos leva até uma sala vazia. Vazia por quanto tempo, não sabemos ao certo. Odeio como sou um clichê, chorando no meio do corredor. As pessoas provavelmente estão pensando que terminamos. Elas vão para a aula fofocar e revirar os olhos, mas depois esquecer o assunto no período seguinte.

Conto tudo para Bảo enquanto me aninho nele. As palavras horríveis entre mim e minha mãe fluem em uma corrente furiosa e turva. Se pudesse refazer a noite passada, eu o faria. Se pudesse voltar para o começo desse ano — antes de *tudo* —, eu o faria.

Mesmo que isso signifique nunca conhecer Bảo?

39

Bảo

Não sei o que mais fazer além de segurar Linh. Deixar um beijo em sua testa de vez em quando. E apenas segurá-la mais um pouco. Ela está tremendo, a voz dela falha, e não tenho nada para lhe oferecer além de conforto físico. Ainda assim, parece vazio, temporário, e Linh precisa de mais do que isso.

— Quer dizer, nunca vi eles olharem para mim daquele jeito. Especialmente minha mãe. Parecia que eu tinha partido o coração dela. — Linh funga. — E talvez eu tenha sido honesta demais no fim. Jogar aquela foto na cara deles só complicou mais as coisas.

— Não pense assim. Você colocou para fora. Todas as coisas que estava segurando há meses. Você colocou para fora.

Eu não diria que falar sobre Linh com a minha mãe melhorou as coisas, mas também não piorou. Só deixou uma atmosfera desconfortável. Fico mais perturbado pelo fato de que ela finge que nós nunca tivemos aquela conversa, como se ela esperasse que eu vá me esquecer dela.

— Mas agora tudo é uma bagunça! — Linh gesticula para o chão, como se a discussão com os pais fossem coisas físicas apenas espalhadas sob nossos pés. — Está aí, mas embaralhado, bagunçado, e...

— *Está aí* — tento dizer. — Você não precisa mais mentir.

Essa não é a coisa certa a dizer. Sei porque vejo seu rosto caindo, sua voz se tornando vazia.

— Acho que esse era o verdadeiro problema para eles. Mentir. Eu, mentir. Você viu desde o começo.

— Ei, não pensa assim — rebato tão gentilmente quanto possível. — Se você é uma mentirosa, eu também sou. E pais explodem. Eles dizem

Uma história de amor agridoce

coisas no calor do momento. Já discuti com meus pais antes. Você também já discutiu, provavelmente.

— Não desse jeito, Bảo. Nunca desse jeito.

Ela desliza para fora da mesa, fungando e limpando lágrimas soltas, parecendo derrotada.

— Dói, Linh. Eu sei que dói. Mas sempre tem uma saída.

— Como? — pergunta Linh. — Me diz como. Porque acho que não consigo continuar fazendo isso, Bảo. Tentar defender o que eu tenho feito. E o que nós estávamos prestes a fazer, revirando o passado.

Leio nas entrelinhas. Ela quer desistir?

— Você não quer saber? — pergunto, pegando as mãos dela. — Você não quer *nós*?

Ela não se move.

— Ah.

Nunca pensei que uma ausência de resposta poderia me magoar tanto. Não uma palavra, mas aquela expressão em seu rosto. Vazia.

— Acho que não consigo continuar fazendo isso, Bảo.

— Você está com medo, Linh. Sei que está.

— Desde que nós começamos *isso*... não, desde que nós nos conhecemos, minha vida tem sido apagar um incêndio atrás do outro.

— Então o quê? Você acha que seria melhor se nós nunca tivéssemos nos conhecido? Se nunca mais falássemos um com o outro?

O toque do sinal para anunciar o primeiro período atravessa nosso silêncio.

— Talvez, Bảo. Talvez.

40

Linh

Todos já estão acomodados em aula e a qualquer minuto uma inspetora vai começar sua ronda, tentando pegar alunos matando aula. O barulho em cada sala — conversas, risos, a exibição de um documentário — me alcança. Não sei bem aonde estou indo até parar automaticamente.

Ali, para a surpresa de ninguém, está sentada na frente em sua aula de história avançada. Ela para no meio do aceno. Então levanta a mão.

— Senhora DuBois? — diz ela, o som abafado.

— Sim, Allison.

— Posso ir ao banheiro?

— Por que você não foi antes? Estamos prestes a...

— Obrigada! — Ali se levanta em um pulo, pegando o passe para ir ao banheiro da moldura do quadro branco.

No corredor, ela me puxa de lado e repousa as mãos nos meus ombros.

— Linh?

E eu apenas choro.

41

Bảo

Não sei bem quanto tempo fico sentado na sala, mas o sinal do fim do período me faz levantar. Ao sair da sala, não me sinto normal; a professora me observa, curiosa.

Linh não nos quer.

De alguma forma, consigo chegar à outra sala, e é só quando Việt chega que percebo que hoje tenho aula de ciência forense. Ele me oferece chiclete Orbit. Quando eu não pego um, isso de alguma forma o preocupa. Ele balança a mão e sou forçado a olhar para ele, realmente olhar para ele.

— O que você tem?

Devo ter falado em fragmentos de frases. Ou resmungado sem parar. Ou gritado. Não sei muito bem, mas Việt escuta tudo. Hoje, o atraso rotineiro do nosso professor é vantajoso para nós, e nossos colegas estão amontoados em um lado, assistindo a um vídeo no YouTube ou alguma coisa que os faz dar risadinhas de tempos em tempos.

— Você acha que ela estava falando sério? — pergunto.

Việt mastiga seu chiclete lentamente. Ele brinca com o canto de sua folha de exercícios, que estava preenchida — me lembrando que deixei a minha em casa. Ótimo.

Não é como se eu não tivesse sido rejeitado antes. Não é como se eu não tivesse decepcionado meus pais de algumas formas — e vou continuar a fazê-lo — por toda a vida. Mas acho que é uma merda quando ouço isso de Linh.

Pensei que ela havia visto alguma coisa em mim. E queria acreditar nessa coisa, seja lá o que fosse. Pensei que descobriríamos a verdade de nós juntos.

O sr. Lynch entra na sala, de ressaca, a julgar por seu cabelo bagunça-do e camisa polo amassada. Ele boceja um "Bom dia" enquanto os outros alunos dão risadinhas. Não ligo para isso.

Abaixo a cabeça, me sentindo exausto.

Não ligo para nada.

42

Linh

Fazendo o que me foi dito, falto no trabalho e vou para casa. Deito-me na cama, com o rosto virado para baixo e o travesseiro sobre a cabeça. Tento abafar meus pensamentos, minhas preocupações, as cenas da noite passada e de hoje latejando na minha mente. Eu teria tentado tirar um cochilo, mas meu celular toca. Alguém está me ligando no Viber.

— Ah, Linh — diz Dì Vàng quando o vídeo se estabiliza, soando como se eu é que tivesse ligado. Ela está em um aeroporto, sentada em uma área de espera lotada. Ao lado dela está uma senhorinha intrometida que encara minha tia, desconfiada, depois desvia o olhar. — Cinco horas até eu aterrissar na Califórnia!

Conjuro toda a minha energia em um sorriso e lhe digo como estou entusiasmada para finalmente vê-la. Minha aparência deve entregar que há algo de errado, porque no momento seguinte ela se aproxima da câmera, estreitando os olhos, e pergunta:

— Qual é o problema? Você estava chorando?

Que jeito de receber minha tia aos Estados Unidos depois de sete anos.

Antes que eu me dê conta, estou lhe contando tudo o que aconteceu nos últimos meses. As palavras jorram de mim. Talvez seja mais fácil falar livremente porque há uma câmera nos separando. Ou talvez porque Dì Vàng se parece um pouco com minha mãe agora, e eu queria poder explicar tudo isso para ela. Começo pelo início — e, para mim, o verdadeiro início foi quando Bảo atravessou a rua porque viu que eu precisava de conforto. Começo com *ele*, sem mencioná-lo como o filho das nêmesis dos meus pais ou como o sobrinho de seu ex-noivo, mas como o garoto que se ofereceu para ajudar quando não precisava fazer isso. Eu lhe conto sobre ele e sua escrita e minha pintura — como nosso relacionamento se formou e desabrochou junto com a arte que estou finalmente fazendo.

Conto a minha tia sobre nossos encontros para o jornal, depois nossos encontros românticos. Sobre a felicidade que veio com a revelação do meu mural — aquele silêncio inicial, depois os aplausos ruidosos de estranhos que amaram o que eu havia feito. E então lhe conto sobre o momento em que as coisas desandaram com meus pais, quando tudo o que havia escondido deles se revelou e eu não tinha uma forma real de me explicar.

Eu devia ter imaginado onde isso ia dar. Eu sabia que mentir era errado, mas achava que era o único jeito de fazer as coisas que queria. Não era? Termino minha história com essa pergunta, uma que faz minha tia desviar o olhar para refletir.

Então ela suspira e toma um gole de café, que ela comprou no Auntie Anne.

— Isso não parece bom, Linh.

— Eu sei — digo, sentindo-me miserável.

— É muita coisa para considerar, mas acho que é o ato de mentir que mais magoou minha irmã. Ela te ama, Linh. E acho que ela não se sente bem por ficar de fora da sua vida.

— Não era minha intenção fazer isso.

— Ah, eu sei que não — ela diz, compreensiva.

— Desculpa, não queria ter sobrecarregado a senhora antes mesmo de você chegar aqui.

— Posso pensar sobre isso durante a viagem de avião. — Ela se recosta em seu assento. — Então, esse garoto — diz, quase melancólica. — Eu me lembro de como era ter a sua idade, como me sentia. — Ela abre um sorriso breve, que logo desaparece. — Pelo que parece, esse garoto parece muito *đàng hoàng*.

Inspiro. Estou no precipício aqui e, assim que eu disser isso, assim que ouvir a reação dela, não vou poder voltar atrás.

— Isso é outra coisa que preciso te contar. Você conhece o Bảo, de certa forma. Porque você conhece os pais dele, ou a mãe dele. E o tio dele. O que morreu.

Ela abre os lábios e o sol da janela na extrema esquerda, que dá para os aviões, toca seu rosto, escondendo sua expressão de mim.

— *Trời ơi.*

Ela sabe. Ela se lembra.

Um funcionário do aeroporto começa a chamar as pessoas para embarcar.

— Dì Vàng — começo a pedir desculpas, sabendo que esse pensamento vai ocupar a mente dela durante o voo, e não vai haver nada que ela possa fazer para impedi-lo.

De tão chocada, ela só consegue dizer tchau antes de falar que precisa entrar na fila.

— Já faz tanto tempo. Mas acho que todos nós vamos ter que encarar isso, de uma vez por todas. Te vejo em breve.

O trajeto é excruciante. Uma música toca ao fundo, do tipo que embalava Evie e eu durante nossas raras viagens de carro. Isso foi antes de Mẹ e Ba abrirem o restaurante, quando suas horas de trabalho eram um pouco mais perdoáveis. Nós viajávamos pela Califórnia — para um parque ou para visitar um parente. Em momentos intermitentes, minha mãe estendia a mão para trás e minha irmã ou eu, rindo, colocávamos nossa mão na dela, pedindo-lhe para adivinhar de quem era.

— *Tay của ai vậy?*

Mẹ fingia pensar, apertando a mão, os dedos, adivinhando de quem era a mão que ela estava segurando. É claro, minha mãe tinha o retrovisor e podia facilmente ver quem era, mas eu achava que era apenas um superpoder que ela tinha porque era mãe.

Na ala de desembarque, meus pais e eu nos sentamos com três assentos entre nós. De tempos em tempos, Ba se levanta para esticar as pernas, depois ir até a janela, com as mãos unidas, para observar os aviões decolando. A área está viva com roupas vibrantes e línguas se misturando e voando logo acima da minha cabeça. As paredes são largas e brancas, e passageiros cansados atravessam o portão da alfândega; seus rostos aborrecidos se transformam em risos, surpresa e entusiasmo quando reencontram suas famílias. Então a pessoa mais colorida emerge — uma mulher com o cabelo preso no topo da cabeça, por conveniência, e não pela aparência. Seu lenço de pescoço, sua blusa e suas calças exibem um espectro bizarro de tons de verde, rosa e amarelo, mas todos parecem combinar. Ela está aqui.

Minha tia dá um gritinho, fazendo outros passageiros olharem para ela, alguns chocados, outros achando graça. Deixando a bolsa momentaneamente — uma bolsa trançada que já viu dias melhores — ela e minha mãe, que voltou à vida subitamente, se abraçam. Seu abraço é forte e apertado. Consigo senti-lo.

— Você está tão magra! — exclama minha tia, apertando as bochechas, os ombros e os quadris da minha mãe, mas ela afasta as mãos da irmã com tapinhas.

— O que você está vestindo? — pergunta minha mãe, da mesma forma que minha irmã pergunta quando não entende alguma coisa de imediato.

— A última moda no Vietnã — retruca ela, pomposa. — Comprei o mesmo lenço para você.

— Não deveria ter comprado.

— Tudo bem. Vou dar ele para Linh. — Ela se vira para mim e abre os braços. — Olha só para você, tão crescida! Você é tão bonita. — Fico lá por um momento e ouço Mẹ dizer para Ba pegar a bolsa que Dì Vàng deixou para trás.

Não sei por que, mas começo a chorar. Talvez porque estava exausta dessa energia em casa, do que eu fiz para nos trazer até aqui, ou por não esperar que minha tia fosse me abraçar por tanto tempo. Ou que o abraço fizesse eu sentir saudade da forma como Mẹ costumava me abraçar. Os braços da minha tia se apertam ao redor de mim.

43

Bảo

Fico feliz por Việt não ser do tipo que me pressiona. Ele sabe o que está acontecendo com Linh, mas não me força a explicar. Não me diz para parar de choramingar. Simplesmente me deixa lidar com isso do meu próprio jeito. No trabalho, ele continua tagarelando sobre suas séries, sem se importar com o fato de que não estou ouvindo metade do que diz. Na escola, na aula de ciência forense, ele faz a maior parte do trabalho, me dizendo para anotar isso e aquilo.

Mas, certa manhã, acho que ele deve ter se cansado. Estou desconcentrado, olhando para o nada, enquanto ele chama meu nome. Quando não respondo de imediato, ele me dá um soco no ombro — a dor me faz acordar do devaneio.

— Olha. Alguém tirou print dessas avaliações no Yelp.

Puxo o notebook dele para mais perto. Acontece que Jared, o cara que acusou minha mãe de tentar passar a perna nele, andava rondando a região, com base nesses perfis online no Yelp com nomes diferentes. Ele estava atacando vários restaurantes com a mesma mensagem:

Esses xing ling de merda. Se eles vão abrir negócios aqui, deviam falar em inglês, já que não conseguem nem fazer isso, deviam voltar para o lugar deles.

Clico no restaurante dos meus pais. Uma mensagem similar.

Meu primeiro pensamento? *Orações justapostas*. Então ouço a voz arrogante de Jared. Pode ou não ser ele, mas, já que ele foi o cliente mais recente a dizer coisas desse tipo, minha mente o usa como a pessoa sentada na frente de um computador, trollando porque não tem coisa melhor para fazer na vida. Vejo sua esposa passando atrás dele, na casa da família em algum lugar, implorando para ele não apertar o botão de "Postar", depois sair andando, sacudindo a cabeça, quando ele a ignora completamente.

Voltar para onde? Para que outro lugar os pais de Linh iriam? Meus pais? À essa altura, metade da vida deles foi vivida aqui. O país de que eles se lembram não é o que existe hoje. Então por que eles deveriam ir para lá quando o lugar deles claramente é aqui?

Esse cara não sabe de merda nenhuma.

— Ele está em todo lugar — diz Việt.

Ele clica nos nomes de outras lojas da vizinhança. Salões de beleza, lanchonetes de *bánh mì*. Jared, ou quem quer que seja, tem atacado todo estabelecimento vietnamita proeminente nas proximidades.

— Você acha que muita gente viu isso?

Việt apenas dá de ombros.

— Pelo bem desse babaca, espero que não.

A comunidade viu as mensagens. Não por meios eletrônicos, mas algo mais confiável para nossos pais: o boca a boca. E quem ouve primeiro? O grupo de Mẹ. Suas amigas, incluindo Nhi Trưng, reunidas em sua mesa, discutindo baixinho entre si, com páginas impressas das avaliações espalhadas pela mesa. Mẹ examina uma delas, com os óculos na ponte do nariz. Ela não parece feliz.

— Então vocês também viram?

— Bảo?

— As avaliações.

Mẹ cerra os lábios, respondendo minha pergunta.

— Elas são ridículas. Racistas.

Deixando o grupo, ela vai para os fundos, onde Eddie, Trần e os outros estão de brincadeira outra vez. Não vejo Ba até perceber que ele está no restaurante também, com os maridos. Eles também vieram aqui para falar sobre as avaliações. Na cozinha, um dos cozinheiros silenciosamente lança uma lata de Café du Monde e Mẹ a recebe habilmente, colocando uma colherada em um coador individual.

— *Con muốn cà phê không?* — pergunta ela alegremente, e começa a fazer um para mim antes que eu possa responder.

Percebo que essa é a nossa primeira conversa de verdade desde a nossa discussão sobre Linh há algumas semanas. Estamos exatamente onde estávamos antes. Dessa vez, dou a volta na mesa de preparo e tento argumentar com ela.

— Nós não vamos fazer alguma coisa sobre a avaliação?

Minha mãe não me responde de imediato. Em vez disso, ela se ocupa com o coador, mexendo com o gotejador, girando-o de modo que as gotas caiam no ritmo certo.

— Fazer o quê?

Meus pais nunca foram do tipo que faz escândalo. Eles guardam seus comentários para a cozinha depois do expediente ou para a segurança da nossa casa. Se quiserem expressar suas opiniões, eles o fazem com outros como eles — vietnamitas que escaparam de sua terra pelos mesmos motivos, que leem os mesmos jornais sobre o lar que uma vez conheceram. Eu me pergunto se é por causa de tudo que eles já enfrentaram, por quão facilmente poderiam ter sido punidos por dizer algo contra o governo. Como eles viram amigos e familiares serem punidos por fazer exatamente isso.

Pode ser tudo isso. Mas não é como se eles fossem me contar algum dia. Tento outra vez.

— Essa avaliação é ridícula.

— E?

— Ela está basicamente falando merda de todos os estabelecimentos na nossa comunidade! Nós precisamos fazer alguma coisa.

— Por que você continua se importando? O que nós podemos fazer? Hm?

Sua raiva sobe como uma chama veloz, me pegando desprevenido. E também porque eu não tenho uma resposta. Como podemos lutar contra alguém que é anônimo? Ou contra as mentiras que espalharam sobre nós na internet?

— Como é que os americanos falam? Não é a sua batalha.

Balanço a cabeça. Uma antítese de basicamente tudo que ela já me disse a minha vida inteira. É sempre sobre nós. Não uma pessoa — nós. Juntos. Não vou deixar ela começar a falar esse tipo de coisa agora.

— Essas palavras — digo lentamente — têm consequências. É, às vezes, você acha que elas não vão fazer muita coisa, especialmente quando são ditas entre amigos, na segurança de um lugar. — Sua expressão muda; ela se lembra da nossa discussão. — Mas algumas palavras, como essas, às vezes vencem. Não podemos deixar isso acontecer. Não podemos deixar alguém simplesmente ver essas palavras na nossa página e não nos defender.

Agora minha mãe apenas parece cansada, décadas mais velha do que realmente é.

— Não vou deixar essa pessoa dizer coisas desse tipo e sair impune. Não vou.

Estou cansado.

De tudo. De toda essa fofoca inútil que nunca morre, apenas retorna de formas diferentes. Que faz as pessoas esconderem certas coisas e, quando essas coisas vazam, machucam todos nós de uma vez só.

Alguém precisa finalmente dizer algo em nossa defesa. Mesmo que doa.

Mais tarde naquela noite, em vez de dormir, estou acordado com o abajur aceso e o computador diante de mim. Contemplando o cursor piscante por alguns minutos, coloco meus dedos sobre o teclado e, antes que me dê conta, palavras e frases voam da minha mente para as teclas. A cada palavra que digito, espero apagar as avaliações cruéis que aqueles babacas deixaram nas nossas páginas. Estou escrevendo isso não só pela minha família, mas também pelos outros restaurantes — e pauso — e o dos Mai. Por mais que nossos restaurantes tenham disputado, por mais que a estranha batalha entre eles tenha continuado, nós ainda vivemos no mesmo lugar. E Linh sempre me encorajou a escrever o que sinto. Escrever sobre coisas que são importantes para mim.

Ajeito a postura, esticando as costas e os braços. Uma olhada no relógio mostra que estou digitando há uma hora. É o primeiro texto longo que escrevi que não é uma tarefa. Sou eu na página e, ao olhar para ela, quase me sinto mais leve.

A primeira pessoa com quem quero compartilhar o artigo é Linh, mas, ao lembrar nossa última conversa, quando a vi devastada, minha energia paralisa por um momento. Isso não é uma opção, então vou até a próxima pessoa em quem confio.

Quase hesito em mostrar o texto para Ali no dia seguinte. Vai saber o que ela está pensando sobre o que aconteceu entre mim e Linh, se ela vai ficar do lado dela e me ignorar também, porque deve ser leal. Mas quando lhe mando uma mensagem pedindo ajuda com o artigo durante o almoço, ela responde com um breve "claro, pode ser", me dizendo para encontrá-la na redação como de costume.

Guardo minhas coisas na mesa de almoço e Việt me lança um rápido aceno de cabeça. Ele é meu amigo há tanto tempo que sabe quando calar a boca. Não ouço seus resumos de svu pelo que parecem eras e tenho que dar um crédito a seus amigos de cross-country por seguir a deixa dele, com conversas um pouco menos entediantes do que de costume.

Então, porque não consigo evitar, procuro por Linh, me perguntando se ela vai estar aqui ou em sua sala de artes, confinada como sempre. Mas ela está aqui, almoçando com algumas amigas. Encaro-a com mais firmeza, como se pudesse fazer ela se virar, para me ver, mas ela não nota.

Engolindo em seco, vou embora.

— Não ficou ruim?
— Não está ruim por enquanto.
— Sério?
— Ei, eu disse "por enquanto". Sua próxima frase provavelmente vai ser ruinzinha.

Ficamos em silêncio enquanto ela continua lendo como prometido. Navego pelo Twitter no computador. Ela marca algumas palavras e balança a cabeça algumas vezes.

— Linh me contou o que aconteceu. Quer dizer, mais ou menos. Não a história toda. Mas me contou o que aconteceu.

Minha mão congela sobre o mouse, mas continuo calado.

— Ela tem andado bem estressada. Quer dizer, você sabe que ela provavelmente não quis dizer nada daquilo, não sabe?

Ali está sentada ao meu lado, com uma expressão incomumente soturna.

— Olha, a questão com a Linh é que ela ficou sozinha por um tempo. Não fisicamente, mas sozinha dentro da cabeça dela. Eu sou uma jornalista e ela é uma pintora e, embora ambas sejam atividades criativas, ela nunca realmente teve alguém naquele nível com ela. Mas você, Bảo, você a fez se abrir um pouco. A arte dela mudou. Está transformada. Foi libertada. — Ali pausa. — Nunca vi ela tão feliz, e é porque você entrou na vida dela. Sou grata por isso.

Tenho palavras presas na garganta. Isso não era o que eu esperava quando vim até Ali pedir ajuda.

— E não foi só a Linh que mudou. Você se transformou no escritor que está destinado a ser. — Ela balança a cabeça, como se estivesse confirmando o fato para si mesma. — Apesar do que está acontecendo, a Linh só está assustada. Porque *é* assustador. O mundo dela, o mundo de vocês dois, virou de cabeça para baixo. — Ali dá de ombros. — Deixa a poeira baixar. E não duvide do que ela sente por você. Ou do que você sente por ela.

Depois de alguns segundos, Ali ajeita a postura, se transformando na jornalista que conheço e da qual morro de medo.

— Você nunca vai repetir isso para ninguém — diz ela, com sua típica voz de *eu vou te matar*. Logo depois, ela sorri. Um sorriso genuíno que ela só compartilharia com Linh. — Isso ficou ótimo. Acho de verdade que é o seu melhor texto.

— Sério? — digo outra vez, como um CD arranhado.

— Tão bom — diz ela, se levantando da bancada — que acho que você deveria tentar publicar em algo maior do que só o nosso jornal. Porque não é realmente sobre a escola. É sobre a comunidade. Sua comunidade. Seu lar. E, se você precisar de ajuda com isso, tenho os contatos certos.

Ouvir a palavra "contatos" da boca de Ali ainda soa ameaçador, mas, dentre todas as pessoas, ela é a melhor para me ajudar.

E ela ajuda.

ESTAMOS EM CASA

Ao homem que anda postando avaliações anônimas ofendendo diversos restaurantes de Little Saigon, ao mesmo homem que veio ao restaurante dos meus pais insultando tudo que eles representam:

Você não ouviu seus filhos lhe implorando que parasse? Você não notou o quão envergonhada sua esposa estava? Você não viu a expressão atordoada de todos ao seu redor quando você saiu sem pagar, enfurecido?

Há muita coisa que posso destrinchar aqui. Há muitas suposições que posso fazer sobre você e de onde você vem.

Mas não vou declará-las aqui porque não quero ser como você.

Mas aqui vai um fato:

Você claramente não nos conhece.

Então me permita lhe ensinar uma coisa.

Em Bolsa, todas as pessoas por quem você já passou — as próprias pessoas que você desprezou — provavelmente conhecem mais sofrimento do que você felizmente jamais conhecerá. Elas viram seu amado país ser destruído pelo colonialismo, depois por uma guerra civil. Elas deixaram tudo o que conheciam rumo ao desconhecido. Elas partiram para ter uma chance de viver em liberdade, uma chance para suas famílias e seus futuros.

Uma mão jamais seria suficiente para contar suas perdas.

Mas essa perda, eu acho, fez delas as pessoas mais destemidas e fortes que eu conheço.

É triste que você não reconheça isso. É um lembrete infeliz de que, por mais que minha comunidade represente o Sonho Americano —

construir uma fundação sobre esperanças e sonhos incertos —, pessoas como você preferem ser ignorantes ou espalhar ódio a aceitar essa realidade.

Mas o seu racismo não tem poder algum aqui. Suas palavras não significam nada em Little Saigon. Então, seja lá o que você esperava conseguir — pessoalmente ou online —, você falhou.

Uma pessoa próxima — uma das pessoas mais dedicadas e talentosas que tenho o orgulho de conhecer — uma vez me disse que eu precisava escrever sobre o que é realmente importante para mim. Não preciso dizer que isso é esta comunidade. É meu lar. É minha família. Então o que você está fazendo não é aceitável.

Quero acreditar que você vai aprender com isso e se tornar uma pessoa melhor.

Mas, de novo, não posso fazer suposições.

Obrigado,

Bảo Nguyễn
Filho de imigrantes vietnamitas, com orgulho.

Acho que a ficha do que eu fiz exatamente ao escrever o artigo de opinião não cai até que a primeira cliente da manhã entra no restaurante com o marido. Ela parece vagamente familiar; talvez ela não venha aqui com o marido, mas com outros amigos.

— Seu filho é o Bảo, não é? — pergunta ela em vietnamita.

Mẹ e eu estamos parados na recepção, verificando as reservas para o almoço. Ao ouvir o meu nome, ela estreita os olhos para mim, como se perguntasse *"O que você fez?"*. Sua atenção se volta para a mulher, que desliza um jornal dobrado na direção dela, com o dedo perfeitamente pintado apontando para alguma coisa.

Meu nome.

Nos créditos.

É a edição matinal do *Người Việt*, com uma versão traduzida.

— Quando li o que aconteceu, sobre aquela avaliação horrível, e depois essa bela resposta, tive que vir aqui imediatamente. Você deve estar tão orgulhosa do seu filho.

Meu coração salta ao ouvir o elogio. Uma estranha me elogiando?

— Obrigada. — Mẹ pausa, ainda hesitante.

— Foi muito tocante. Aquelas avaliações foram cruéis. Já estive aqui tantas vezes e nunca tive uma refeição ruim. Então, o que quer que aconteça, vocês têm meu total apoio.

Depois de acomodar a mulher em uma mesa, minha mãe leva o jornal consigo para os fundos, levando também seus óculos de leitura. Passo o tempo todo servindo mesas, com o foco dividido entre os fundos e os clientes — muitos dos quais na verdade vieram por causa do meu artigo, para meu choque.

Uma hora depois, Mẹ emerge de onde estava, onde quer que fosse, com os óculos pendurados no colarinho da camisa. Ela traz o jornal de volta consigo, mas não procura por mim. Mẹ assume sua posição na recepção, com as costas eretas, ocupando-se com a caixa registradora. E pensei que aquilo era tudo. O artigo estava escrito. Estava no mundo.

Então ela para. Eu me aproximo dela, sem saber como ela vai reagir, o que vai dizer sobre o que eu escrevi. Antes que consiga dizer alguma coisa, Mẹ fala.

— Você escreveu isso?

— Dạ.

— Sozinho?

— Sim.

— Você está mentindo?

É sério isso? Tenha um pouco de fé em mim.

— Esse é meu nome, não é? — respondo cautelosamente.

Mẹ balança a cabeça.

— Não sabia que você se sentiria desse jeito. Especialmente sobre a fofoca.

— Só odeio fofoca quando é ruim. Quando realmente machuca outra pessoa.

— Você quer dizer a família Mai. — A voz dela não é raivosa. É curiosa.

Balanço a cabeça.

— Eu realmente penso aquilo que escrevi. Isso não foi só sobre os Mai. Na verdade, é sobre todos nós. Não queria que nós deixássemos um cara qualquer na internet vencer.

— O artigo ficou bom. Muito bom. — Estendendo o braço, ela segura minha bochecha. — *Giỏi, con.*

Alguns minutos mais tarde, depois de voltar para o trabalho, olho para trás e vejo Mẹ segurando o jornal contra a parede, como se estivesse querendo ver como vai ficar pendurado nela.

No dia seguinte, meu retrato aparece emoldurado na nossa parede da fama: artigos sobre o restaurante quando ele abriu, as excelentes avaliações que vieram. Minha mãe provavelmente pediu um favor para amigos para conseguir emoldurar meu artigo tão rápido.

De acordo com Ali, o artigo viralizou, compartilhado por sites de notícias locais. Ela tinha aquele brilho nos olhos quando explicou:

— Eles adoram histórias de superação, sabe. De pessoas que lutam contra babacas como esse cara.

E, por causa do alcance, estamos recebendo cada vez mais clientes, até mesmo de fora de Bolsa.

Há um pequeno grupo de pessoas na nossa comunidade se encarregando de tomar cuidado com futuros incidentes racistas — on-line e em tempo real. Ao entrar no trabalho um dia, vejo as amigas da minha mãe reunidas ao redor do notebook de alguém, sistematicamente procurando por avaliações antigas para denunciá-las. A General, ironicamente, pode ter se estabelecido como a líder.

Não posso ter certeza de que isso vai ajudar a parar as guerras de fofoca, mas ainda é uma mudança bem-vinda. E foi um artigo que deu início a ela. O meu.

Na escola, apenas os alunos cujos pais têm negócios na região prestaram atenção às notícias — e nunca havia percebido que na verdade são muitas pessoas. Alguns colegas vêm até mim para me dar um *high-five* ou dizer "Texto legal" e coisas do tipo. A hora do almoço também me surpreendeu: aparentemente, Việt atualizou alguns dos seus amigos do cross-country sobre a situação toda, e eles foram legais a respeito, brincando sobre eu ser famoso agora. Mesmo Steve ficou tão curioso que se esqueceu de sua banana.

Tentei procurar por Linh. Não que eu fosse saber o que dizer, mas queria saber se ela leu o que escrevi. Se ela soube que, do meu próprio jeito, estava tentando lhe estender a mão.

Há panfletos agora anunciando a próxima Feira de Artes, então a imagem de Linh está em todo lugar. Quero lhe dizer como estou feliz por ela, de verdade. Mesmo que ela pareça não querer falar mais comigo.

Ali se tornou minha pseudoempresária, de certa forma. Quando uma TV local quis me entrevistar para um segmento breve, ela exigiu que lhes mandassem as perguntas para pré-aprovação. Tenho 100% de certeza que ela acrescentou algumas perguntas que me fariam mencionar o jornal da escola e meu papel nele.

E é isso que está acontecendo agora, enquanto estou na frente do restaurante, mexendo com o colarinho da camisa social que minha mãe me forçou a usar. "Đẹp trai" disse ela hoje de manhã quando me inspecionou, no fim das contas aprovando o visual. Meu pai me deixou pegar seu cinto emprestado.

A âncora que me prepara me lembra para não me mover muito porque o microfone é sensível e vai pegar barulhos estranhos.

— Você precisa abrir o enquadramento — ouço Ali dizer a Tim, o operador de câmera. Um profissional. — Assim... Isso, desse jeito. Perfeito.

— Menina, eu sei.

Depois da contagem regressiva, nem consigo me ouvir falando. Apenas vejo a âncora balançando a cabeça firmemente e sua boca formando palavras. Depois ela se dirige diretamente aos meus pais. Eles não param de se mexer atrás de mim, desconfortáveis, inquietos diante das câmeras.

— Vocês devem estar muito orgulhosos do filho de vocês — a repórter finalmente diz.

Quase me intrometo, querendo dizer "Bom, acho que isso já é forçar a barra". Mas minha mãe responde primeiro. Ela olha diretamente para mim e balança a cabeça silenciosamente, seriamente. Isso me faz ajeitar a postura.

— É claro que estou orgulhosa. Tudo isso faz eu me perguntar como ele saiu assim.

— Foi tudo por minha causa — diz meu pai no outro lado. Seu lado brincalhão aparece, embora a repórter pareça confusa, sem saber se ele está falando sério, então ela apenas ri nervosamente.

Finalmente, ela se despede e a luz da câmera se apaga. Acho que me saí bem — ou talvez meus olhos estejam gritando "EU SOU UM FRACASSO!" e ela apenas se sinta mal por mim — porque a entrevistadora aperta minha mão, me dizendo "Bom trabalho" antes de dizer a seus colegas para arrumarem as coisas e irem embora.

Mais tarde, quando todas as câmeras já se foram e os clientes minguaram o bastante para todos conseguirem respirar um pouco, espio meu pai limpando o vidro do meu artigo emoldurado, embora eu tenha certeza de que já está sem manchas. Ele dá um passo para trás para verificar seu trabalho.

Ba me nota um segundo depois.

— *Gì?*

— Nada — contenho um sorriso.

— Certo — diz Ba. — Volte ao trabalho. Pare de ser tão preguiçoso.

Ergo os olhos, fitando o restaurante dos Mai. Parece estar tão movimentado quanto estava quando eu atravessei a rua pela primeira vez, quando criei coragem para falar com Linh. Está movimentado, também, talvez por causa do artigo, mas não é isso que prende meu olhar.

Vi um movimento detrás da janela.

Um lampejo de longos cabelos castanhos escuros.

Sinto saudades dela.

44

Linh

Sinto saudades dele. Há tantas coisas que quero dizer a Bảo depois de ler sua carta. Estou tão orgulhosa dele.
Queria poder ser como você.
Você está falando a verdade, sem se preocupar com as consequências.
Mas estou envergonhada de como fugi — não apenas da nossa última conversa, mas de antes. Era sempre ele tendo que me puxar, me lembrando de que não posso me esconder dos problemas. Porque eles vão se acumular e me enterrar até eu não conseguir respirar.

A casa fica menos tensa com a chegada de Dì Vàng. As últimas noites têm sido leves e divertidas, cheias de riso. É quase como se a discussão na cozinha nunca tivesse acontecido. Mas é só ela se ausentar que meus pais e eu voltamos à estaca zero. Palavras secas. Frias. Severas. Dì Vàng anda visitando amigos em Washington — talvez até Bác Xuân — e volta tarde para casa, ou não volta, hospedando-se na casa de amigos. Ela vai ter que sair novamente e perder minha exposição na Feira de Artes em alguns dias.

Mas na noite em que Dì Vàng de fato fica, ela vem até mim para conversar. Ela acabou de tomar banho e está vestindo um pijama verde pálido. Minhas gavetas estão cheias de roupas parecidas, presentes dela ao longo dos anos. Seu longo cabelo repousa em seu ombro esquerdo em uma bela trança e ela está observando atentamente as artes na minha escrivaninha. Seus olhos se demoram sobre a escultura de Bảo ou o que seja, do nosso primeiro encontro e ela inclina a cabeça, intrigada, antes de seguir em frente. Foi enviada para cá há alguns dias.

— Você é tão talentosa quanto sua mãe sempre me diz.

— Obrigada — falo baixinho, subitamente nervosa. Ainda estou me adaptando a vê-la pessoalmente, sem pixels e em tempo real.

— Não estou mentindo. Sua mãe tem tanto orgulho de você. Seu pai também, mas você sabe como é, ele diz isso mais discretamente. — Ela abre um sorriso por sobre o ombro enquanto puxa as cobertas da cama e se deita, à vontade como se estivesse em casa. Em vez de dormir, minha tia ergue a cabeça. — Está tudo bem agora? Desde a última vez que nos falamos.

Pauso.

— Não mudou nada.

Ela estende a mão na minha direção e eu faço o mesmo; o espaço entre nós é apenas uma ilusão.

— Sinto muito.

— Mẹ te disse alguma coisa? — pergunto, esperançosa. Ela sacode a cabeça negativamente.

Fico encarando o teto por um momento, escutando o ruído baixo do ar-condicionado ao ligar, o chiado dos irrigadores no nosso gramado. Um carro passa. Seus faróis iluminam o quarto antes de desaparecerem. Quero perguntar sobre o tio de Bảo, mas ela não está se oferecendo para me contar. Será que ela também quer ignorar essa história?

— Vou te contar tudo, Linh — diz ela.

Olho para ela, surpresa. Ela deve ter lido minha mente.

— Eu vou, prometo. Mas preciso resolver umas coisas também. Minha irmã nem sabe que eu sei, então só me dê algum tempo. Tudo vai se revelar.

Bác Xuân havia dito a mesma coisa.

— Mẹ sempre falou sobre você como se fosse um tipo de tragédia. Como se sua arte fosse uma punição.

— Eu fiquei em uma situação ruim depois que tudo aquilo aconteceu. Mas o que a minha irmã não entende... — Dì Vàng pausa. — Ou talvez um dia, o que você pode *ajudá-la* a entender é que, para pessoas como nós, a tristeza é parte da nossa inspiração. Outros podem reprimir a tristeza e colocá-la para fora em certas ocasiões, mas nós deixamos ela sair de nós e entrar na nossa arte. É o mesmo para a maioria das emoções, e fazemos isso para abrir espaço para outras.

Concordo com a cabeça, lembrando como minha arte era a única coisa que me acalmava quando as coisas com meus pais e Bảo estavam desmoronando.

Então ela acrescenta, suavemente:
— Todos nós perdemos algo precioso naquela época.

Acho que Ba se cansou da tensão entre mim e minha mãe, apesar de a presença de Dì Vàng ter amenizado as coisas. Agora ela está fora, visitando uma amiga em São Francisco, e deve voltar no fim da semana. O tipo de irritação de Ba leva apenas um dia ou dois, como quando ele estava com dores nas costas. Mas se é a comida, o silêncio ou o fato de ficar no meio de nós duas, nunca vou descobrir por que Ba aparece do lado de fora do meu quarto enquanto digito as legendas para minha exibição na Feira de Artes. Só mais alguns dias. Ba não entra, como minha mãe; em vez disso, fica parado na porta, como se estivesse esperando permissão para entrar.

— Lição de casa?

— Mais ou menos. — Uma meia-verdade, não uma mentira completa. Sua atenção está no papel à minha frente e também nos fragmentos sobre o chão.

— Venha comer. Fiz sopa. *Canh sườn bí*.

Seu prato de sempre, sem graça.

— Mẹ não vem para casa?

— Vai ficar trabalhando até tarde — diz ele.

Acho que mesmo que ele estivesse bravo, não me deixaria morrer de fome. Sem mais palavras, Ba vira à esquerda, de volta para a cozinha, onde ele já pôs a mesa. Há duas tigelas empilhadas ao lado da panela de arroz. Ele afofa o arroz com os *đũa*, mas não enche as tigelas. Eu me sento, sentindo que ele não me quer aqui apenas para comer. Talvez ele queira me dizer novamente como está decepcionado, e sinto meu estômago afundar.

Ba se acomoda em sua cadeira de sempre. Uma das lâmpadas acima de nós queimou, cobrindo o topo da cabeça dele com uma luz fraca. Ela destaca seus cabelos brancos — são tantos ultimamente. E parece que ele não se barbeou; os pelos em seu queixo são como tinta preta aplicada com esponja.

— Mẹ e Ba estão decepcionados, con — ele começa. — Não achávamos que criaríamos uma filha que mentiria tanto para nós. Mentir e achar que nós não íamos descobrir.

Mordo os lábios, pensando em como tentei argumentar com Mẹ e como isso deu errado.

— Não é só isso: decepção. Você nos magoou.

Eu me mexo na cadeira agora, pouco acostumada a ouvir essa palavra dele. Parando para pensar, acho que nunca a ouvi aqui. O conceito é inconcebível. Como Ba poderia ficar magoado? Ele é sempre tão forte, tão firme em suas ações. Uma daquelas esculturas de mármore romanas que milagrosamente nunca racham.

Sussurro quando ele pausa.

— Desculpa — repito em vietnamita, embora ele não pareça ouvir, porque diz imediatamente:

— Mas uma parte de mim se pergunta. Ba e Mẹ deveriam ter notado mais por que você estava agindo de forma tão estranha. Notado que você parecia... mais triste do que estamos acostumados. Notei isso bem aqui, nessa cozinha naquela noite. — Ele aponta para o lugar onde eu estava. Ele se inclina para frente. — *Ba không muốn con fique triste.*

Não quero que você fique triste.

— Mas você está feliz aqui.

É então que noto que Ba estava segurando uma coisa com a outra mão. Um recorte de um boletim informativo, do tipo que estabelecimentos repassam de porta em porta, contendo a foto de Bảo e eu que alguém lhe enviara. Isso foi há apenas duas semanas? A Linh da foto está orgulhosa, orgulhosa de si mesma, e também feliz nos braços de Bảo enquanto eles contemplam o mural, seu trabalho, sua arte. Ba tem razão. Eu estava feliz.

Mas por que ele está mostrando isso para mim agora? Será que ele vai dizer alguma coisa sobre Bảo? Não há como negar o que somos nessa foto. Em vez disso, ele parece estar o ignorando, literalmente o tirando da imagem.

— Nós queremos que você seja feliz, mas não queremos que você sofra.

— Como Dì Vàng — sussurro, relembrando as palavras que minha mãe repetiu várias e várias vezes.

Ele sacode a cabeça.

— Como nós sofremos. *Khi Ba tới nước này* — começa ele, antes de voltar a falar em inglês. — Quando vim para cá, meu inglês não era bom. Ainda não é bom. Mas lá no Vietnã, eu conseguia ir para a frente de uma sala de aula e falar sem medo. Meus professores me diziam que eu seria um grande homem de negócios. Que eu ia levar todo mundo à falência porque todos iam querer comprar o que quer que eu vendesse! — Ele sorri diante da memória, orgulhoso. — Depois de fugir, de vir para cá, queria tentar isso. Queria tentar marketing e publicidade porque era uma coisa que eu amava fazer e, antes de você nascer, fiz faculdade disso.

Um pensamento atiça meu cérebro, e vou atrás dele, encontrando-o em poucos segundos. Na caixa de fotos, havia uma que mostrava Ba em uma sala de aula. Talvez fosse daquele tempo? Eu sabia que Ba não tinha um diploma, mas não sabia que ele havia tentado.

— Mas, por causa do meu inglês, não me saía bem em apresentações. Não conseguia falar nem com meus colegas. Era difícil, e eu comecei a odiar aquilo. Comecei a odiar fazer o que eu amava, o que eu nunca achei que fosse acontecer. Sei que outras pessoas poderiam ter seguido em frente apesar disso. Sua mãe é alguém que conseguiria, porque ela é forte. Eu não era. E então Evelyn nasceu. E depois você nasceu, e não havia mais tempo para estudar. Nós tínhamos muita coisa para nos preocupar. Nós tínhamos que sobreviver.

Pego a mão dele. Sou tomada por uma sensação estranha de entendimento. Ele foi atrás do que amava fazer e não conseguiu, ou não terminou, por mais que tenha se esforçado. Mas isso não significava que ele era um fracasso.

— O senhor pode voltar a estudar. Ainda dá tempo.

Ba afasta a sugestão com um gesto.

— Estou feliz no restaurante agora. De certa forma, ainda faço marketing e publicidade. — Como as promoções de phở e como a cada vez que chega um novo cliente ele exibe seu sorriso, seu carisma. — Mas tenho medo por você, con. — Outra palavra que não ouço com frequência vinda de Ba. — Arte vai ser uma vida difícil.

Prendo a respiração.

Vai. Talvez ele não saiba a importância de suas palavras — talvez ele *saiba* —, mas essa é a primeira vez que ouço isso como uma possibilidade.

Eu me agarro a ela, apertando sua mão.

— Ba, sei que vai ser sempre difícil. Mas eu *consigo* fazer isso. *Estou* fazendo isso, agora. — Penso em suas palavras de antes, sobre como outras pessoas talvez tivessem seguido em frente, diferentemente dele. — Você não acha que eu sou *forte o suficiente*?

— É claro que con é forte. Você é Linh Mai — ele responde rapidamente. Sorrio de leve.

— Eu quero fazer isso. Eu *consigo* fazer isso. Eu sei que consigo. Porque tenho o senhor e... Mẹ. Vocês sobreviveram por mim e Evie — digo, mencionando suas palavras de antes. Fico me perguntando se Mẹ se sente da mesma forma, e talvez seja por isso que ela nunca viu a arte como um caminho para mim. Ela também tem medo; sua própria história é marcada por muitas dificuldades no Vietnã e depois. Talvez essas marcas a acompanhem para sempre.

Sei que, se fechar meus olhos agora, vou ver Mẹ, nessa cozinha, com lágrimas nos olhos. Vejo-a com a minha idade, quando ela veio para cá, quando não tinha o que eu tenho agora, que é oportunidade. Tudo por causa deles.

— Ba, todas as dificuldades que o senhor enfrentou, você superou elas. Agora o senhor só merece viver.

Ba olha para a mesa, piscando. Contendo lágrimas. Eu nunca o vi chorar, e acho que nunca verei, mas vê-lo tão perto disso liberta minhas lágrimas. Desmorono; eu entendo, agora, só um pouco mais do que ele enfrentou, lamentando a vida que ele nunca pôde realmente ter. Ele está cansado. Ficamos sentados lá, de mãos dadas por alguns minutos, até eu sentir o aperto de Ba.

— Isso realmente te faz feliz? Pintar?

— Faz.

— Você tem *certeza* de que não quer fazer engenharia? — pergunta ele.

Rio agora, sacudindo a cabeça de modo que minhas lágrimas caem sobre a mesa.

— Certeza absoluta.

— *Thôi* — ele diz depois de pigarrear. Sua voz está rouca. — *Đừng khóc nữa. Rửa mặt đi, xong xuống ăn cơm.*

Rio. *Lave o rosto.* A resposta vietnamita que eu ouvia quando criança sempre que chorava depois de levar uma bronca. Disparo pelo corredor até o banheiro, jogo água gelada no rosto e olho para o espelho. A vermelhidão ainda está lá, mas me sinto diferente.

Pela primeira vez em semanas, estou um pouco mais leve.

Volto para a cozinha e encontro uma tigela agora cheia de arroz fofinho, *nước mắm* e uma tigela de *cahn bí* entre nós. Mergulho uma colher, experimentando o caldo.

— Falta sal.

Ba estala a língua.

— Tente fazer você, e vamos ver se você se sai bem.

Nossos *đũa* atingem o interior das nossas tigelas. Comemos nossa refeição silenciosamente, até mesmo confortavelmente. Quando Ba termina sua primeira tigela, ele a repousa sobre a mesa.

— Aquele garoto do restaurante da frente. O que escreveu o artigo sobre o qual todos estão falando. — Ba aponta para a foto com os *đũa*. — Então você conhece ele mesmo.

Tomo um grande gole, torcendo para não entrarmos em outra discussão, porque isso acabaria comigo. Faço que sim com a cabeça.

— Ele é seu amigo?

Outro aceno.

— *Bạn trai?*

Namorado. Não mais. Eu o magoei. A vontade de chorar retorna. Sinto os cantos dos olhos formigarem. Não é só para minha mãe que preciso pedir desculpas, mas também para Bảo.

— Nós... não nos vemos há um tempo. E não sei se vamos nos ver outra vez.

— Tudo bem — ele responde simplesmente.

Talvez se lembrando de que normalmente falaria dessas coisas com Mẹ mais do que com ele, simplesmente volta à sua refeição. Uma parte de mim se pergunta se ele percebeu que nunca me mostrou tantas emoções assim, então talvez esteja atingindo seu limite em uma noite.

Ainda sinto saudades dele.

Por mais cruel que tenha sido, por mais dolorosas que minhas palavras tenham sido — mesmo que não fosse a minha intenção —, ele ainda escreveu aquele artigo nos defendendo, nossa comunidade, incluindo minha família.

Linh, você realmente estragou tudo.

As coisas em casa não estão muito melhores, mas também não estão piores. Pensei em um plano ao amanhecer, no café da manhã, observando minha mãe cortar cupons e meu pai ler a seção de crimes do jornal. Ba tem tentado aplacar Mẹ, amenizar as coisas entre nós, mas minha mãe é teimosa.

Cada gesto frio, cada olhar distante, me machuca mais do que percebo. Talvez eu não consiga consertar as coisas de imediato. Eu realmente menti para ela. Mas há uma outra coisa que posso tentar consertar agora, e talvez algo de bom saia dela.

Paro bem diante da fachada do restaurante da família de Bảo. De repente, a porta da viela se abre; um punhado de cabelo preto aparece — e é Việt. Congelo, e ele faz o mesmo. Sem saber qual será a reação dele — se ele vai simplesmente me ignorar — sinto uma onda de alívio percorrendo meu corpo quando Việt fala comigo.

— Você viu o artigo?

— Vi. Ficou ótimo. Estou muito orgulhosa dele.

— Ele sabe disso?

Nós dois sabemos que Bảo e eu não nos falamos desde aquele dia na sala de artes.

— Vou ser bem sincero com você, Linh. Você é minha amiga agora, sabe? — Quase começo a chorar ao ouvir a firmeza com que ele diz isso. Inacreditavelmente, o melhor amigo esquisito de Bảo também se tornou alguém em quem posso confiar. E ele ainda está falando comigo. — Então vou dizer isso de amigo para amiga. Se você realmente não gosta mais do Bảo e não quer namorar ele, não tenho nenhum problema com o que você fez. — Cada pedaço de mim quer gritar NÃO. — Mas se você fez aquilo porque está com medo ou coisa do tipo... você não acha que o Bảo está sentindo o mesmo? Quer dizer, ele sabe que tudo está contra vocês dois.

— Sinto muito.

— Você sabe que ele fez tudo isso por você. — Do jeito típico de Việt, ele apenas dá de ombros. — No fim das contas, é entre você e ele. Se você escolher terminar o relacionamento, só faça isso do jeito certo.

Ele espera que eu concorde, que o deixe ir.

— É isso que você quer?

Não me movo. Essa é a última coisa que quero fazer, mas não digo isso. Em vez disso, pergunto:

— A mãe do Bảo está lá dentro?

Alguma coisa muda nos olhos dele. E ele balança a cabeça, como se dissesse *"Boa escolha"*.

Estremeço ao ouvir o toque alto da campainha. O sol atinge a parede de um jeito diferente, revelando ainda mais de suas imperfeições — rachaduras em certos lugares, partes desbotadas sob a luz constante do sol. Bảo já disse que a parede sempre foi pavorosa. Meus olhos vão da parede para a recepção, de onde a mãe de Bảo me encara, com os óculos na ponta do nariz. Seu olhar não é tão severo como eu esperava, mas ainda respiro fundo.

A reação dela é estranha, como se estivesse vendo uma coisa que não consigo enxergar. Talvez houvesse alguma outra coisa lá, mas ela desaparece em um momento. Ela sai detrás da recepção. Será que ela vai me fazer sair?

— Você é uma das filhas deles. Você é uma Mai.

— Dạ, chào cô. Tên con là Linh. — Imagino que responder em vietnamita seja educado. Acho que funciona, já que ela apenas acena com a cabeça. Espera que eu continue.

Volto a falar em inglês.

— Eu vi o que o Bảo escreveu no jornal. — Aponto para a página emoldurada na parede. — Foi muito legal da parte dele defender a nossa comunidade.

— Sim, foi bom.

— Ele é um ótimo escritor. Tenho certeza de que a senhora tem orgulho dele.

— E você sabe que ele escreve?

— Nós somos amigos. Nós nunca havíamos nos falado antes desse ano e nós... nos aproximamos.

— Amigos. — Ela arregala os olhos como alguém que está aprendendo o que a palavra significa pela primeira vez.

— Sim.

Pronto, coloquei para fora.

— Enfim, o que ele fez significou muito. Ter escrito algo legal sobre a nossa família. Eu não... não posso dizer que sei o que aconteceu. Para fazer vocês nos odiarem — corro com as palavras quando a vejo abrir a boca. — E sei que não sou parte disso, e tudo bem e tal. Acho que meus pais nem iam querer que eu estivesse aqui.

Suspiro fundo.

— Mas eles ficaram felizes de ter alguém para defendê-los. Significou muito. Então... obrigada. — Dou um passo à frente, mas a mãe de Bảo não recua nem nada. Desenrolo o papel em que trabalhei, lentamente. Sinto seu olhar sobre mim, me analisando, sem saber ao certo por que sequer estou aqui. — Foi muito legal da parte do Bảo, especialmente depois que... — Engulo em seco. Não há necessidade de lhe dar outra razão para me expulsar.

Estar aqui é como um sonho estranho. Somos apenas eu e ela. Como eu e Bảo, sempre existimos no mesmo lugar, a alguns passos de distância, e agora estamos aqui uma na frente da outra.

Olho para a parede que Bảo havia mencionado em algumas das nossas conversas.

— Quero fazer algo por vocês. Sabe, eu sou pintora.

— Uma artista? — ela pergunta, entorpecida.

Inclino a cabeça, sem esperar aquela reação. Ela soa incrédula.

— É, foi mais ou menos por isso que o Bảo e eu começamos a trabalhar juntos. E eu tive uma ideia para essa parede. Ela já é bonita desse jeito, com todas as fotos, mas fiquei pensando...

Mordo os lábios antes de desenrolar o papel completamente.

Essencialmente, é um mural que estou propondo. Um de uma vista aérea de Nha Trang. As águas, as ruas cheias de motocicletas. Uma ode ao lugar de onde eles vieram. Eles manteriam as fotos emolduradas, mas elas seriam como as faces na paisagem. Um lembrete agradável do passado — embora ele não tenha sido assim tão agradável. Gesticulo para diferentes partes do mural, e estou hiperconsciente das mãos dela, levemente rosadas como se ela tivesse acabado de lavá-las em água quente.

— Gostaria de fazer isso por vocês algum dia.

— Por quê? — pergunta ela, incrédula.

— Bảo me disse que a próxima coisa que vocês queriam para o restaurante era uma nova parede. — Minha voz treme. — Ele ama muito a senhora. Você é a mãe dele. — Agora estou apenas balbuciando, então reúno toda a coragem que me resta. — Quero me desculpar com Bảo, mas não sei como. Ele é a pessoa mais honesta que conheço, mais honesto que eu. Porque ele se importa. Porque ele é especial. Ele é muito importante para mim. — Paro de falar antes que fique mais emotiva. Faço uma expressão corajosa, começando a recuar. — Enfim, obrigada pelo seu tempo. E por favor me avise se eu puder ajudar no futuro.

— Por que você mesma não diz tudo isso para ele?

Sorrio tristemente.

— Porque ele tinha razão: ainda estou com medo.

45

Bảo

A porta anuncia o cliente seguinte e digo "oi" sem olhar, contando o troco de um cliente antes de entregá-lo.

— Obrigado por vir — abrindo outro sorriso no rosto, foco no recém--chegado. Então percebo que não é um cliente qualquer.

É o pai de Linh. Anos vendo-o na janela olhando para nós, seu perfil logo antes de desaparecer restaurante adentro, me dizem que é ele. Ele está parado com os braços cruzados atrás das costas — estilo vietnamita. Instantaneamente sinto sua reprovação — como se pais vietnamitas passassem pelo mesmo treinamento de aura antes de terem filhos —, mas é mais uma reação instintiva do que qualquer outra coisa.

— *Tên con là Bảo?*

— *Dạ. Chào, Bác.*

Ele acena com a cabeça, provavelmente notando quão desastroso é meu vietnamita, mas aceitando minha tentativa, pelo menos. Seus olhos varrem o salão. Posso ouvir a voz da minha mãe em pânico dentro do meu cérebro: *Por que ele está aqui?*

Ele passa a falar em inglês.

— Seu artigo ficou muito bom. — Ele segura a última edição do *Người Việt*, dobrada para eximir meu artigo. — E você defendeu bem nossa comunidade.

Nossa.

— Você é um escritor? — pergunta ele.

Se eu respondesse "*Acho que sim*", ele provavelmente teria uma opinião ainda pior de mim.

— Sou, sim. Estou pensando em fazer faculdade nessa área.

Ele sacode o jornal na minha direção — não de um jeito ameaçador, graças a Deus.

— Acho que seria muito bom para você.

— O-obrigado — consigo falar.

Novamente o silêncio cai pesadamente sobre o salão e tento não me contorcer sob seu escrutínio. Me pergunto se ele sabe que eu estava saindo com Linh antes de tudo explodir.

— Você é amigo da Linh.

Isso não vai parar só por causa da discussão. Ou pelo menos é o que espero.

— Eu sou... O senhor quer falar com os meus pais ou...?

Sua expressão muda.

— Não, não. — Ele sacode a cabeça. — Não deixe eles saberem que estive aqui. — Ele levanta um canto dos lábios. — Vou ter problemas.

Ah, o horror das esposas vietnamitas. Apenas balanço a cabeça e aceno enquanto o pai de Linh vai embora, atravessando a rua com tanta pressa que eu devo ter alucinado toda a visita. Não sei por quanto tempo fico parado lá, observando o restaurante de frente para o nosso, imitando a postura de vigilância do meu pai. Será possível que meu artigo conseguiu preencher uma lacuna? Será que o perdão pode nascer disso?

Coloco a mão no meu bolso de trás, tocando o panfleto dobrado da Feira de Artes. Seguro-o ao atravessar a rua.

46

Linh

Saio escondida para a Feira de Artes. Não, não foi exatamente assim. Meus pais devem ter percebido que eu estava saindo. Fiz barulho ao atravessar o corredor e me certifiquei de balançar as chaves antes de fechar a porta. Tudo para ver se eles diriam alguma coisa. Mas não aconteceu nada. Eles não monitorarem aonde estou indo é muito pior.

O auditório não está cheio como nos eventos esportivos, mas, quando entro, fico surpresa com a quantidade de pessoas que estão aqui para a Feira de Artes. Mais ao fundo, com laços — dramático! — está o meu espaço. Vejo alguns outros colegas, como Eric e Spencer, exibindo suas obras.

Por passar tanto tempo com o nariz na tela, obcecada com os menores detalhes, eu me esqueço de ver a imagem inteira. Esqueço como fica o todo quando tudo se junta. Agora, com o cavalete disposto dessa forma, sinto que posso ver uma história.

Eu fiz tudo isso. Tudo aqui eu posso chamar de meu. Apesar de estar sozinha hoje à noite, estou me apegando a isso.

Acho que nunca sorri tanto. Enquanto espero as pessoas se aproximarem, releio minha declaração. Pedi para Ali dar uma olhada nela, mas o que eu realmente queria era que Bảo a lesse. Ele sempre foi bom em coisas desse tipo. Mas é minha culpa eu não poder pedir para ele fazer isso, sei disso. Eu o afastei, o magoei. E agora estou pagando por isso.

Os elogios são gentis e de aquecer o coração, mas temporários. Meu sorriso desaparece assim que cada visitante deixa meu espaço. Observo um colega e seus pais posando para algumas fotos. Seu pai parece tão orgulhoso dele. Viro as costas, lutando contra uma queimação no fundo dos olhos. Queria que Mẹ e Ba pudessem estar aqui, mas não tive coragem de mencionar a feira, mesmo que Ba esteja começando a aceitar minha arte. Queria ter podido lhe dizer a verdade desde o começo. Talvez assim eles sentissem orgulho o suficiente para estar aqui, apenas dessa vez, por mim.

Em pouco tempo, o público da Feira de Artes mingua. As pessoas estão indo embora e alguns outros artistas já estão tirando suas telas dos cavaletes, para guardá-las aqui ou levá-las para casa.

— Linh! — Vejo o cabelo cacheado de Ali antes de seu rosto. Ela me aperta com força, falando sem parar sobre como está orgulhosa de mim. — Verdadeiras obras de arte! Como você está se sentindo?

Ela vai ficar preocupada se eu responder honestamente: que me sinto sozinha e não consigo impedir isso, mesmo que todos estejam reagindo bem ao meu trabalho. As pessoas cujas opiniões mais importam... simplesmente não estão aqui.

Para me oferecer um pouco de conforto, saiba disso ou não, Yamamoto passa por mim rapidamente, me apertando com força e sussurrando como está orgulhosa de mim. Que, se eu não conseguir a bolsa da Gold Key, ela vai visitar a sede deles, seja lá onde for, e protestar.

Forço um sorriso, que desaparece quando vejo *ele*.

Acho que digo "oi" ou alguma versão disso, bem quando ele faz o mesmo. Ele está tropeçando nas palavras agora antes de finalmente parar, fixado no chão. Será que as coisas vão ser assim de agora em diante?

— Você está bonito. Profissional — arrisco.

— Precisava impressionar uma pessoa. — Um sorriso surge em seus lábios. Meu coração salta ao ouvir sua resposta, mas tento não demonstrar isso, esperando. Então reparo no buquê que ele está me oferecendo, acanhado. — Fiquei sabendo sobre a sua ideia do mural. Minha mãe me contou.

Aceito as flores.

— Ela ficou bem chocada quando apareci.

— Ela mal conseguia falar. Isso não é comum. — Ele pausa antes de se virar para minhas pinturas. — Então, me fala sobre elas.

Ele não está indo embora. Ele está aqui e sua presença me dá um pequeno raio de esperança. Nesse momento, é o bastante. Passo a mão na dele, desfrutando de seu calor, e o puxo na direção das minhas obras. A mais antiga delas retrata uma cena comum da minha infância: eu esperando meus pais terminarem os preparativos para o dia seguinte. Pintei a Linh de dez anos em uma mesa, soprando bolhas na água, concentrada. Mẹ passa a cabeça pela janela de serviço e está provavelmente tentando falar com Ba, que está na recepção.

Mostro-lhes a fachada do restaurante da minha família, na noite em que o Dia do Phở terminou com sucesso. Tentei transmitir o contentamento que senti ao ver o rosto de Mẹ em meio à neblina amarelada das luzes da rua, o brilho das poças que sobraram da tempestade.

Conduzo Bảo até minha pintura da sala de arte da primeira vez em que ele me visitou. Uma cena idílica; a luz da tarde atravessa a janela, tocando as carteiras e banquetas, e minhas costas enquanto eu encarava a tela. Pintei a mochila de Bảo e um pedacinho de seus sapatos enquanto uma mesa bloqueava a visão de seu corpo.

Essas memórias cresceram dentro de mim ao longo do tempo e durante as últimas semanas. O ato de pintá-las é agora um borrão; estava tão focada na minha tela que mal tinha noção do tempo. Talvez porque eu nunca havia desejado tanto escapar. Ver minhas pinturas agora, exibidas dessa forma, é uma espécie de experiência extracorpórea, mas também é vazia. Queria que meus pais também pudessem vê-las, ver o quanto minha arte e minha vida com eles, aqui, estão tão profundamente ligadas que não se trata mais de tentar desfazer esses laços.

O conceito de eu ser uma artista *sem eles* não existe.

Espio a reação de Bảo enquanto ele se aproxima para examinar os detalhes da sala de arte. Ele ainda não me soltou. Percebo que, apesar de esfregá-las com força, minhas mãos ainda contêm resíduos de tinta. Mas vê-las contra a pele limpa de Bảo é reconfortante. Normal.

— Eu achava que sabia do que você era capaz, mas isso vai além. Acho que não consigo escolher uma pintura preferida. Amo todas elas. — Ele está olhando para mim agora, e talvez seja uma esperança tola que me faz enxergar um brilho familiar e melancólico em seus olhos. Do tipo que ele me lançava antes de me trazer para perto para me beijar, antes de tirar uma mecha de cabelo do meu rosto.

E eu sei que devo apenas dizer aquilo.

— Sinto muito, Bảo. Mais do que jamais vou ser capaz de expressar. O mural foi só uma tentativa de tentar me desculpar pelo que eu disse.

— Linh, você não precisa...

— Seu artigo foi honesto. O exato oposto da forma como eu vinha agindo. Eu estava com medo de contar a verdade para os meus pais. Então menti, e aquelas mentiras só aumentavam. Eu te magoei. Eu magoei meus pais, e agora isso, embora seja tudo o que sempre sonhei, parece apenas vazio. — Gesticulo para as pinturas atrás de mim, com cores e emoções que foram pintadas, de uma forma, para eles. — Não consigo comemorar de verdade porque magoei tantas pessoas para chegar até aqui.

Ele para de tentar protestar, levando os braços ao meu redor. Não entendo o quanto precisava de seu toque completo até pressionar o nariz contra seus ombros e ser confortada por seu cheiro familiar.

— Eu estava sofrendo. Não sabia como lidar com todos os segredos vindo à tona. Mas eu menti para você, Bảo. Eu quero *nós*. Eu sempre quis *nós*.

— Acho que eu sabia disso. Ou pelo menos esperava que o que eu estava pensando estivesse certo — ele se inclina de leve para trás para me olhar, acariciando minha bochecha com o polegar.

— Obrigada por ser corajoso, Bảo Nguyễn.

— A-hã.

Ali, me surpreendendo, abraça nós dois por trás.

— Finalmente, Romeu e Julieta estão juntos novamente. Achei que você ficaria brava comigo por deixar ele te ver.

— Me deixar? — pergunta Bảo, mas Ali o ignora.

— Mas, tenho que admitir, me aproximei desse cara nas últimas semanas. Se nós nos uníssemos, poderíamos realmente mudar a indústria jornalística.

Seguro o riso ao ver a careta de Bảo, que Ali não consegue ver porque está de costas para ele. Ainda assim, aquela risada se transforma em confusão quando ela pergunta para ele:

— Eles estão lá fora?

— Eu estava chegando lá. — Ele está quase... tímido? — Linh, eu sei que há pessoas importantes que você quer que estejam aqui, que estão faltando. Mas eles não estão aqui, não agora. — Bảo inclina a cabeça, apontando para a saída. — Eles estão lá fora.

— Quê...?

Eles?

Quem...?

Deixo uma trilha de pétalas de flores ao sair correndo do auditório, atravessando o longo corredor com pais perambulantes e irmãos mais novos se divertindo com tudo que puderem tocar. Encontro minha tia bem no finalzinho dele, sozinha. Ela me recebe com um sorriso.

— Dì Vàng!

Voo nos braços dela e ela devolve meu abraço com uma risada profunda. Sua bolsa desliza do ombro e cai no chão.

— Surpresa?

— Chocada. Como...

— Bom, eu já estava planejando vir. Aquela história de visitar uma amiga era mentira. Queria te fazer uma surpresa. — Ela olha para um ponto atrás do meu ombro. Quando sigo seu olhar, não vejo ninguém. Eu me viro, confusa. — Era ele, não era?

Incapaz de encontrar as palavras certas, apenas faço que sim com a cabeça.

— Ele é a cara do tio — ela diz isso levemente, mas há uma história inteira atrás dos seus olhos. O que ela já me disse provavelmente era apenas metade.

Minha tia sacode a cabeça, afastando a expressão, e me afasta gentilmente de seu abraço. Ela me conduz na direção da saída.

— O quê...?

— Vai lá. Umas pessoas importantes estão esperando você lá fora. Te vejo de novo lá dentro. Aparentemente tem uma superestrela exibindo as obras dela aqui. Seja a pessoa corajosa e honesta que sei que você é.

Meus passos lá fora são bem mais hesitantes. O cheiro de cigarro flutua pelo ar gelado. Eles se arrumaram. Meu pai com sua camisa polo dentro das calças sociais com cinto. Ele está de costas para mim, com os braços cruzados atrás do corpo, com a cabeça para trás como se estivesse esperando um sinal dos céus. Ao lado dele está minha mãe, sempre preferindo estampas florais mais suaves, em um vestido vermelho e branco na altura do joelho que nunca a vi usar.

É possível que ela o tenha comprado especialmente para a exibição de hoje — e esse pensamento me enche de esperança.

— Ba. Mẹ. — Seguro as flores contra o peito. À essa altura, elas já estão arruinadas. — Achei que vocês não viriam. — Meus passos na direção deles parecem incomumente barulhentos e é apenas porque meus pais estão tão quietos e imóveis. Parecem estátuas realistas.

— Nós não sabíamos que isso ia acontecer até hoje. Con não disse nada diretamente. — A acusação é clara na voz dela.

— Então como vocês ficaram sabendo para vir aqui?

— Alguém jogou um panfleto por baixo da porta — explica Ba calmamente.

Alguém.

— Ali?

— Talvez — diz Ba. Ele me encara sem piscar, mas não diz nada. É agora que ele vai tentar ser sutil? O que ele...?

Bảo.

Então essa é a causa do sorriso dele.

— Depois do que aconteceu, sabia que vocês não iam querer vir.

— Con sabia? Como con poderia saber disso? — rebate Mẹ.

O vermelho em seu vestido parece ganhar vida própria, como fogo na noite. Ba a interrompe, dizendo-lhe em vietnamita para abaixar a voz. Ele está fazendo o papel oposto hoje; seus olhos me suplicam, lembrando-me de quando eu chorei e chorei. Ele está do meu lado, mas não pode fazer muita coisa se eu não me explicar.

Se eu não finalmente contar a verdade sobre mim.

— Mẹ, eu não quero mais mentir para a senhora. E eu sei que menti. Sobre o que eu queria. Sobre a minha arte. Sobre Bảo, também, e a nossa... amizade. Na época, eu achava que tudo isso era necessário.

Minha voz falha.

— Eu sou uma pintora. E eu realmente amo o que eu faço. Nada me faz mais feliz. Quando tudo no mundo parece difícil e pesado, é para a pintura que eu vou. É como a senhora e a cozinha, Mẹ. Você nunca sentiu que pode desaparecer nela?

Mẹ cruza os braços e mantém os olhos fixados no chão.

— Eu ainda queria dar orgulho para vocês e mostrar que tudo que estava fazendo era *por causa* de vocês, não apesar de vocês.

— Há outros jeitos de dar orgulho para Ba e Mẹ. Acima de tudo, você não deve mentir para nós.

— Mas não foi a minha intenção. Mẹ, por favor. Eu desenho *por causa* de vocês. Porque vocês sempre deram o seu melhor para me criar direito. Porque você trabalha tanto, nunca tem tempo para si mesma, então estou fazendo isso por você, por vocês dois. Tudo que vocês estão fazendo possibilitou que eu fosse feliz. Queria que vocês tivessem tido isso quando eram mais novos. Vocês trabalharam tanto, vocês deram tudo que tinham para que eu tivesse uma vida boa. E eu acredito nisso. Eu tenho uma vida boa. Eu tenho uma vida feliz. Por favor. Quero te mostrar o que eu quero dizer. Posso te mostrar?

Seguro a mão dela. O fato de que ela não a solta me enche de coragem.

Eu a conduzo para dentro da escola como fiz em Huntington Beach, daquela vez em que vimos meu primeiro artista real. Não era só porque eu queria ver; era porque eu queria que minha mãe visse também.

A distância, ouço Yamamoto cumprimentar meus pais. Não fico escutando a conversa, mas fico de lado e observo seus rostos. Um pouco de confusão. Um pouco de incredulidade. Eles devem estar espantados porque não é apenas Yamamoto que gravita na direção deles, são outros pais cujos filhos também exibiram suas obras.

Mas o que mais me surpreende é o deslumbramento silencioso que floresce em seus olhos, uma reação que eles demonstravam diante das minhas obras das aulas de arte do primário.

Segurando novamente a mão da minha mãe, aponto para uma cena que ainda não havia mostrado para Bảo, que ainda não havia tido a chance de mostrar. Eu a pintei porque estava lembrando de como a vida era muito mais simples alguns meses atrás.

É uma tela de 22 por 27 centímetros que mostra as horas após nossa primeira promoção: nós três comemorando na cozinha. Devia estar escuro no lado de fora, mas, dentro da cozinha, sob as luzes fortes do teto, estávamos exaustos e cheios de esperança. Minha mãe se aproxima da tela. Espero que ela veja a expressão em seus olhos que tentei capturar, aquele contentamento cansado. Espero que ela veja eu me apoiando nela, ombro a ombro. E espero que veja meu pai e como ele se senta ereto. Acima de tudo, quero que ela veja como nós três estamos juntos, uma família. Somos mais fortes apenas juntos.

— Eu amo muito essa — comenta Yamamoto, parada logo atrás de mim. Vejo minha mãe estreitando os olhos para as tatuagens nos braços dela, mais curiosa do que horrorizada.

— Por quê? — meu pai finalmente pergunta.

— Porque pude conhecer a Linh ao longo dos anos, sr. Mai e sra. Phạm. Eu vejo o quanto ela se importa com o que os senhores pensam. Mas também vejo o quanto ela é presente e viva na arte dela, provavelmente mais do que se dá conta. E apenas alguns minutos atrás, ao observar os senhores entrando no auditório, vi como Linh se iluminou sabendo que vocês estão aqui para apoiá-la. — Bảo tem razão, minhas expressões revelam tudo que sinto. — Tudo isso — ela gesticula para as pinturas —, isso é Linh e o que ela mais valoriza. Em uma exposição.

— Ser artista... é difícil — diz Mẹ lentamente.

Eu me pergunto se ela é cuidadosa ao expressar essa opinião na frente de uma professora.

— Ah, é, sim. A senhora sabe que é. E, pelo que pude perceber na minha breve conversa com a sua irmã — Yamamoto aponta com a cabeça para minha tia, que está se misturando com pessoas no lado oposto do salão —, ela também sabe. Mas, em tudo que se ama, não há sempre um pouco de tristeza, um pouco de essência de sofrimento? Isso, para mim, é o que faz a arte valer a pena. Sofrer através dela, minar as emoções que você guarda dentro de si, encarar o que for emocionalmente penoso, assumir o controle disso. E depois renascer no final.

Ela fala diretamente comigo.

— É isso que Linh está fazendo. É uma grande honra ser professora dela. Espero que os senhores saibam que a Linh é um talento único.

Yamamoto aperta meu braço antes de voltar à multidão, como um espírito gentil. Outros colegas e seus pais me rodeiam e, pela primeira vez esta noite, desfruto de seu brilho caloroso. Simultaneamente, fico de olho nos meus pais. Eles estão perambulando, olhando outros trabalhos. Minha tia logo se junta a eles e aponta para certas telas e esculturas, talvez explicando suas diferenças. Ali anda pelo salão entrevistando outros artistas, explicando que não pode ser tendenciosa na reportagem. Bảo, no entanto, parece ter desaparecido, entendendo que eu precisava de mais tempo com meus pais.

O auditório esvazia e apenas cinco ou seis famílias permanecem. Meus pais se juntam a mim novamente com minha tia, e tudo que posso fazer é segui-los enquanto atravessam o corredor em silêncio. Nossos passos rangem e ecoam no espaço vazio. Fico no meio da minha tia e da minha mãe. Sou atingida pela necessidade de segurar a mão de Mẹ outra vez.

A voz dela atravessa meus pensamentos.

— De agora em diante, con não pode mais mentir. *Đừng nói láo nữa nghe không?*

Balanço a cabeça, prometendo que não haverá mais mentiras entre nós.

— Arte é o que você quer? É o que te faz feliz?

Ba havia feito a mesma pergunta.

— É o que me faz mais feliz, Mẹ.

Caminhamos um pouco mais, agora parados no estacionamento. O cheiro leve de grama, fumaça de churrasco e asfalto nos rodeia.

— Mẹ *còn* brava com você — responde Mẹ calmamente.

— Eu sei. Mas eu prometo, não vou...

Em uma fração de segundo, sou esmagada contra minha mãe. Seus braços não deixam espaço para fuga.

— Você sabe que é minha vida, con — Mẹ sussurra com força no meu cabelo.

Pisco os olhos para espantar as lágrimas, com a cabeça enterrada em seu ombro. Sinto Ba dando tapinhas nas minhas costas e vejo uma Linh mais nova, sonolenta, sendo carregada até a cama pelos meus pais.

— Não chore — diz Dì Vàng, felicidade pura em sua voz.

Não sei com qual de nós duas ela está falando.

No carro, enquanto saímos do estacionamento, Mẹ estica a mão para trás. Eu a agarro, perguntando de quem é a mão.

— Que brincadeira boba — minha tia murmura com um sorriso. Minha mãe e eu sorrimos uma para a outra pelo retrovisor.

Minha família passa o resto do trajeto criticando outros artistas, embora eu ache que eles são todos ótimos. Meu pai os chamou de "*dở quá*".

— Então quão melhor eu sou como artista? — provoco Ba.

E a resposta dele me surpreende da melhor forma possível, quando ele me lança um enorme sorriso pelo retrovisor:

— *Một trăm* porcento.

47

Bảo

O Festival Tết em Little Saigon significa dezenas de ruas fechadas. Os poucos policiais que não cresceram por aqui parecem atordoados por nossa inclinação à música animada, performances de academias de artes marciais e carros alegóricos adornados com flores — um monte delas. As bandeiras americana e sul-vietnamita pendem dos postes.

O ar está carregado com o cheiro de doces fritos — bananas, eu acho — e a multidão varia de jovens a idosos. Criancinhas correm pelas ruas, algumas com dificuldade com seus *áo dài* de seda em cores vibrantes, seguidas por um pai que parece estressado e segura o mini *khăn đóng* do filho. Mas o ódio pelos chapéus é universal em crianças dessa idade. Pais mais velhos tentam localizar suas esposas, que os abandonaram para encontrar as amigas; hoje é seu dia de folga. Levo um susto quando alguns balões perdidos colidem com meu rosto. Uma versão alegre de "*Xuân đã về*", que celebra a chegada da primavera, toca em um carro alegórico feito de palha. A Miss Vietnã da Califórnia está sentada na frente, acenando delicadamente. Pessoas gritam na multidão.

— Olha como ela é magrinha — murmura minha mãe, apertando a bolsa ao corpo.

Ela então olha feio para um grupo de garotas que acidentalmente a empurraram para tirar fotos do carro que passava. Por mais que odeie aglomerações, ela sempre faz questão de participar das comemorações. Acho que elas a fazem lembrar da infância. E ela sempre consegue encontrar algumas amigas vietnamitas.

O prêmio em dinheiro é outro atrativo, indo de 500 a 5.000 dólares.

— De que outro jeito vamos pagar a faculdade? — respondeu Ba quando perguntei por que entramos no sorteio com tão poucas chances de ganhar.

Assustadoramente, seu tom parecia totalmente sério.

O carro alegórico típico do canal Vietnam America passa. Outro carro chega, de uma floricultura local, e os ocupantes lançam buquês à multidão. Mẹ dá um tapinha no ombro de Ba.

— Olha as flores!

Espantosamente, ela não é a única asiática de meia-idade suspirando de encanto pelas flores jogadas à multidão. Com uma agilidade que me surpreende, minha mãe salta para pegar um ramalhete, segurando-o sobre a cabeça, vitoriosa. Ba faz uma piada, mas dá para ver que ele está orgulhoso dela.

Então vejo um balançar familiar de cabelos do outro lado da rua, parada atrás da cerca. Linh. Ela está debruçada sobre a grade, espiando o próximo carro a se aproximar, e está sorrindo. Essa é a minha namorada do outro lado da rua. Uma namorada de verdade. "*E antes não era?*" diz uma voz estranhamente parecida com a de Việt na minha cabeça.

Ela não poderia ser mais linda. Dessa vez, ela prendeu o cabelo em uma trança lateral e está batendo palmas ao ritmo da música.

Linh está com os pais e uma mulher que tem cabelo comprido assim como Linh; deve ser a sua tia. Ela mencionou que a tia estava visitando-a. Abro caminho até a frente, recebendo algumas cotoveladas no trajeto, mas não consigo deixar de sentir que algo está me puxando na sua direção. Abro os braços e grito o nome dela.

Ela nota.

"*O que você está fazendo?*" ela parece dizer, com uma expressão de pânico nos olhos.

"*Não precisamos mais ter medo! Nossos pais sabem que estamos juntos*", respondo com meus olhos. Quando nada muda na expressão dela, percebo que ainda não dominamos a telepatia. Atrás de mim, ouço meus pais me chamando, confusos.

A multidão é tão afobada que me joga contra a grade. Linh ainda parece assustada. À essa altura, nem os pais, nem a tia dela me notaram... mas então ela nota. A tia, pelo menos. Seu rosto desaba, me fazendo parar. Nunca vi alguém ficar branca tão rápido, mas por que comigo? Mas seus olhos não se fixam em mim, eles passam por mim, focando-se nos meus pais, que, eu me viro e percebo, congelaram no meio da rua também.

É como o encontro no templo budista outra vez.

Então algo estranho acontece. A tia de Linh se vira...

E corre.

48

Linh

Nunca imaginei ver Bảo na porta da minha casa.

Ou que ele seria capaz de entrar em casa. Mas é isso que está acontecendo agora. Ele está sentado ao meu lado na sala de estar, como se fizéssemos isso toda semana.

— Você está bem? — pergunta ele, colocando uma mecha de cabelo atrás da minha orelha, o que me faz entrar em pânico.

Meus olhos vão para o meu pai, que está sentado em sua cadeira de sempre; ele não para de nos lançar olhares questionadores, mas, se ele não aprova nossa proximidade, não diz muita coisa. Minha mãe, que deixou Bảo entrar para começo de conversa, está mais preocupada com minha tia, que, ao retornar do desfile, foi direto para o quarto principal, trancando a porta. Ela não responde ninguém, mesmo minha mãe que lhe implora para sair.

— O que está acontecendo? Você está bem? — ela pergunta ao lado da porta.

A porta do quarto se abre devagarinho e todos nos levantamos quando minha tia aparece, de olhos vermelhos, mas, de resto, serena.

— Desculpem, eu precisava me recompor. — Seus olhos varrem a sala antes de pousarem sobre Bảo, o único que não faz parte da família. Segundos se passam e o silêncio se torna desconcertante. — Eu te vi na feira, mas te ver à luz do dia daquele jeito... você realmente se parece com seu tio.

— É o que dizem.

— O quanto vocês sabem?

Falo por mim e por Bảo, explicando que Bác havia nos contado que nossas famílias se conheciam no Vietnã. Falo da foto que encontrei, que

foi quando Bảo relatou, acanhado, a história narrada pela mãe dele —
não a acusação —, mas a angústia que ela expressou quando descobriu
que nós nos conhecíamos.

Mẹ permanece sentada em silêncio, nervosa, enquanto Ba vai até a
janela da sala, nos observando.

Minha tia se vira para Mẹ:

— Eu já sabia que eles estavam aqui.

— Como?

— E isso importa? — argumenta minha tia. — Agora, por que você
não me contou tudo isso?

— Eu não queria te machucar de novo. Não queria falar de memórias
que deveriam ser esquecidas.

Dì Vàng sacode a cabeça.

— Isso foi há muito tempo. Sou uma adulta agora.

— Você estava apaixonada por ele — diz Mẹ. — E ele te abandonou
sem pensar. Aquilo foi culpa dele. E da família dele. E foi tudo imperdoável.

— Você sabe por que ele partiu? — pergunta minha tia, firme. — Ele
ia herdar o negócio da família.

— Isso é um motivo para comemorar, não para te abandonar. Ele
deveria ter cuidado de você.

Dì Vàng debocha, erguendo as mãos.

— É claro! Porque eu estava destinada a ser pobre só porque sou
uma artista.

— Todos nós sabemos das dificuldades. Você não podia simplesmente
ignorar isso. Era a realidade. — Minha mãe olha para mim agora, só que
isso não é sobre mim. — Nossos pais só estavam fazendo a parte deles e
cuidando de você.

— Mas eu estou aqui. E estou bem, você não precisava me proteger.
Você não precisa.

— Você está mentindo para si mesma. Eu sei que você ficou triste
depois que ele foi embora. E eu mal conseguia falar com a família dele
depois disso. Como eu poderia? Foram eles que o mandaram para longe,
que o convenceram a procurar um par melhor.

— Não foi culpa deles — diz Dì Vàng.

— Como? Como você sabe? — questiona Mẹ. Meu pai murmura
alguma coisa, suspeito que ele está dizendo para ela se acalmar, mas ele
é silenciado com um olhar fulminante.

— Porque fui eu quem mandei ele ir embora.

O quebra-cabeça se embaralha novamente, meu entendimento dessa situação muito estranha desaparece em um milissegundo. Meus olhos se movem entre minha mãe e Dì Vàng, que se encaram em uma disputa, ambas desejando que a outra fale primeiro. Ba se senta em silêncio, de braços cruzados e rosto inexpressivo.

— O quê? — sussurra minha mãe.

— O que ninguém sabe, ninguém além do tio de Bảo e eu, é que nós nunca estivemos juntos.

— *Gì? Nói lại* — diz minha mãe, confusa.

— Nós éramos uma distração. Ele gostava de Huyền.

— Huyền? — Mẹ desvia o olhar, uma versão endurecida escarnecendo o nome. Agora me pergunto o que essa mulher fez para desagradar minha mãe.

— Sim, Huyền.

— Quem era ela? — pergunto.

— Uma garota da vizinhança — Dì Vàng explica rapidamente. — Mas a família dela era mais pobre do que as nossas, e a família de Cam jamais teria aprovado o casamento.

— Hm — resmunga minha mãe, com desdém. — Porque eles tinham preconceito.

Bảo paralisa ao meu lado. É sua primeira vez na nossa casa e ele é diretamente insultado pela minha mãe.

— Eu poderia dizer o mesmo sobre a nossa — retruca minha tia, com um tom severo o bastante para rivalizar com o da minha mãe. — Segurança financeira, não era? No fim das contas, era por isso que nossos pais aprovavam nosso namoro. Mas Cam era meu melhor amigo. E ele amava minha outra amiga, então eu fingia que estava saindo com ele sempre que saíamos do bairro, mas na verdade eu o estava levando para ver Huyền. — Quando as últimas palavras saem de sua boca, com o segredo finalmente revelado, ela se senta. Minha tia toca o colar, pensativa. — Então o noivado todo aconteceu e fomos soterrados por expectativas familiares, tentando fazer as coisas funcionarem. Lembra, Huyền teve que ir embora porque os pais dela fugiram primeiro. E aí ele ficou tão triste. Eu não conseguia arrancar uma palavra dele. Eu não podia fazê-lo feliz, nem como sua melhor amiga. Então eu lhe disse para ir atrás dela. A vida já era miserável lá por causa do Viet Cong, você sabe disso.

Com um coração partido, então? — Minha tia sacode a cabeça. — Então eu lhe disse para ir. Encontrá-la onde quer que estivesse e lhe contar a verdade. Começar uma nova vida juntos.

Ela suspira, tremendo.

— Não imaginei que ele ia perder a vida no caminho.

Olho para Bảo, que está com a boca levemente aberta diante das revelações que emergem na nossa sala de estar. Ele sabia tão pouco quanto eu, e agora as coisas estão apenas começando a fazer sentido. As décadas de culpa que nossas famílias atribuíam uma à outra se manifestando no que pensávamos ser uma competição boba.

— Isso não pode ser verdade — diz Mẹ.

— Mas é.

— Por que você não disse nada?

— Como eu podia sequer *começar* a me explicar? Para todo mundo, nós éramos um casal perfeito. Mẹ e Ba estavam felizes com isso. — Ouvir minha tia mencionar os pais a faz soar jovem novamente.

— Mas a família de Cam te culpa. Você não lembra como vocês ficaram bravas uma com a outra? A gritaria que aconteceu. A irmã dele disse coisas horríveis.

— Ela havia perdido o irmão.

— Mesmo assim! Eles não deviam ter dito que você era desalmada. Desprezível.

Foi aí que as coisas ficaram ruins? Eu me lembro da reação da minha mãe quando ela viu a foto de Bảo e eu. Sua raiva se sobrepunha a mim, se sobrepunha a qualquer lógica. Posso apenas imaginar as palavras horríveis trocadas entre nossas famílias.

— A minha família não sabe a verdade, sabe? — pergunta Bảo. Os olhos de Mẹ voam até ele, arregalando-se e depois estreitando-se, como se tivesse acabado de se dar conta de quem ela realmente deixou entrar. — É por isso que eles ainda estão bravos com a sua família.

— As coisas que foram ditas foram dolorosas. Mas eles não me machucaram. *Eles* foram machucados. Eles haviam acabado de perder um filho. Um irmão. — Ela se vira para os meus pais. — Se vocês tivessem me perdido, vocês não teriam reagido da mesma forma, não teriam tentado colocar a culpa em alguém? Há limites para a raiva que podemos guardar. Mas tenho esperança, porque aqui estão Linh e Bảo, dispostos a superar isso.

— O Bảo é ótimo — digo. — E a família dele se importa com ele tanto quanto vocês se importam comigo.

Ele aperta minha mão, abrindo um sorriso. Dessa vez, não coro; sou encorajada por seu compromisso silencioso.

— Quando um bando de racistas perseguiu nosso restaurante e quase todos os estabelecimentos em Bolsa, ele escreveu um artigo por todos nós. Porque é o certo.

Minha tia o avalia e, com base em seu sorriso, parece pensar melhor a respeito dele.

— Ele escreveu o que pensava ser melhor. Ele não deixou um pouco de história entrar no caminho do que era certo.

Bảo se remexe em seu lugar.

— E se vocês falarem com a minha família?

Minha mãe ajeita a postura.

— O quê? Não, não, não, isso é demais. Não quero vê-los. É... Muita coisa aconteceu.

— Tudo porque eu não contei a verdade por anos. E agora olha o que aconteceu. Preciso assumir a culpa por isso. Nós vamos — diz minha tia.

— Mas...

Minha tia se vira para mim, depois ergue os olhos para Bảo.

— Ligue para os seus pais.

Mesmo que ele tenha sugerido a conversa, Bảo engole em seco, nervoso, e faz que sim com a cabeça.

49

Bảo

Minha mãe anda de um lado para o outro no restaurante, alisando o vestido nervosamente, o mesmo que usou na nossa entrevista para a TV. Ela está fingindo resmungar para si mesma — o que quer dizer, bem alto para mim e Ba — sobre a audácia da família de Linh de vir aqui sem ser convidada, como porcos incivilizados.

Não importa que a família de Linh tenha ligado para explicar o motivo da visita.

Ou que eu tenha lhes dito que a tia de Linh viria também.

Ou que o horário tenha sido decidido pela minha mãe.

Sem saber o que fazer, me junto ao meu pai na cozinha, onde ele usa uma concha para despejar *chanh muối* — limonada salgada — de uma enorme jarra em cinco copos. Os limões são armazenados em um pote por meses e depois finalizados com um pouco de açúcar, água e gelo. Fico com água na boca, não bebo isso desde que era pequeno.

Ba ergue os olhos brevemente, terminando o último copo.

— Eles faziam o melhor chá de limão. A avó de Linh. Depois da escola, nós todos íamos para a casa da avó dela para beber um copo. Era refrescante.

— Ah — digo, sem saber como responder o comentário, uma memória sobre a outra família, que eles odiaram por tanto tempo, compartilhada voluntariamente.

Sou poupado de responder quando ele gesticula para que eu leve os copos para o salão e os coloque na mesa.

A luz cai sobre as fotos em preto e branco da nossa família, que me observam desde que me conheço por gente. A visão delas me dá um pouco de esperança. Não importa o que aconteça hoje, elas serão nossas testemunhas.

Enquanto espero na recepção, tentando ignorar os pensamentos sombrios da minha mãe, ansioso por um vislumbre de movimento do lado de fora, não consigo deixar de também sentir um tipo estranho de calma. Uma inevitabilidade que começou no momento em que minha mãe deixou Linh entrar no restaurante, apesar da família dela e de quem ela é.

Eu me apego ao sentimento quando vejo Linh conduzindo sua família até nós.

— Eles estão vindo.

— E daí? — exclama minha mãe, mas ela sai da cozinha e começa a se agitar com as louças e talheres.

— Como estão as coisas por aqui? — murmura Linh, já dentro do restaurante.

Ficamos para trás enquanto nossas famílias se acomodam à mesa.

— Estranhas pra caramba. — Não tiro os olhos das nossas famílias, juntas em um só lugar. É como se eu estivesse assistindo ao meu programa de TV preferido ao vivo pela primeira vez: jogadores familiares, mas resultados desconhecidos. — Revistei minha mãe para ver se ela tinha alguma arma e ela está limpa.

Linh segura uma risada, depois aperta minha mão antes de soltá-la, cedo demais. Passo minha mão pelas costas dela em um gesto efêmero de conforto — para nós dois — antes de focarmos nos nossos respectivos pais na área de refeições. Minha mãe viu essa interação. Um choque breve lampeja em seus olhos, mas ela não diz nada.

Ela está parada ao lado de Ba, rígida.

— Há quanto tempo — diz a mãe de Linh.

— Muito tempo. — Minha mãe aponta com a cabeça para a tia de Linh. — Não sabia que você estava visitando. — Seu familiar tom animado deu lugar a um som diferente. Percebo então que a voz dela está hesitante.

Com um gesto de Ba, todos nos sentamos de uma vez: três em cada lado da mesa, com a tia de Linh puxando uma cadeira na ponta. Não consigo lembrar como mover minhas mãos, onde colocá-las. Linh me lança um sorriso hesitante. Seu tornozelo roça o meu.

— Você vai ficar bastante tempo aqui nos Estados Unidos? — pergunta Mẹ.

— Não, apenas algumas semanas. Estava planejando fazer uma visita já faz um tempo. Até agora, as coisas têm sido divertidas. — A tia de Linh mantém seu tom leve e casual; ela está tratando isso como uma ocorrência comum.

— E o que você faz agora no Vietnã?

— Ainda sou artista. Faço esculturas. Joias e vasos.

Ela tira da bolsa uma estatueta e a coloca sobre a mesa: um dragão vermelho com manchas amarelas ao longo do corpo. Minha mãe não a toca. É Ba quem a pega.

Ele balança a cabeça solenemente.

— É um belo dragão.

Ainda assim, ele o empurra um centímetro de volta para a tia de Linh.

— Vocês não sabem por que é um dragão?

Nesse ponto, estou perdido e fascinado de uma só vez — emoções sem nome cobrem, depois desaparecem do rosto da minha mãe.

O sorriso de Dì Vàng é irônico.

— Ano do Dragão. O ano de Cam.

Minha mãe olha para o dragão antes de pigarrear.

— Por que é que você está aqui?

— Fiquei surpresa quando vi vocês no desfile. Linh havia mencionado vocês, mas, ao vê-los tão abruptamente, saí correndo. Eu me lembrei do nosso último encontro. Me lembrei do que dissemos. E agora acho que é hora de resolver essa questão de uma vez por todas.

— O que há para dizer?

A tia de Linh inspira.

— Sei que vocês culpam a mim e a minha família pela morte do seu irmão. Que vocês acham que eu de alguma forma o magoei e o fiz sair do país, e que foi assim que ele morreu. E o que quero dizer é que eu sou culpada. Mas não da forma como vocês pensam.

Minha mãe se inclina para frente, fazendo a cadeira ranger.

— Antes de ir embora, Cam não estava apaixonado por mim. Ele era apaixonado por outra pessoa.

— Você está dizendo que ele era infiel?

Minha mãe começa a se levantar da cadeira, pronta para defender a honra do irmão, e ainda assim a tia de Linh permanece sentada, com os ombros retos, assim como Linh quando está determinada. Embora mal tenhamos nos falado, estou começando a gostar dela. Essa é uma pessoa que, há muito tempo, soube se defender da minha mãe, uma força da natureza, embora fosse mais nova.

— Estou te dizendo a verdade. Minha verdade. E a dele.

— Não é a verdade dele, já que ele não está aqui.

— Ele era apaixonado por Huyền. Você se lembra dela? A neta da mulher que sempre vendia peixe para a vizinhança nas manhãs de sábado? Os mais frescos! Nós não costumávamos admirar como ela trançava bem o cabelo?

Minha mãe está com a testa franzida.

— Ela falava que era o avô dela quem trançava. Porque as mãos da avó sempre cheiravam a peixe. — Ela soa distante, sua mente vasculhando memórias.

— Isso! Huyền. Era uma garota adorável. Tão inteligente. Tão linda. — A tia de Linh pausa. — A única coisa contra é que ela era pobre e seus pais haviam a abandonado. Cam e eu éramos próximos, então eu sabia como ele se sentia. Eu sempre soube. O tempo todo, era eu quem orquestrava as visitas, dando tempo para eles passarem um com o outro enquanto vocês todos pensavam que nós estávamos juntos.

— Por quê? — sussurra minha mãe.

— Porque eu realmente o amava. E porque eu sabia que ele era feliz com ela.

— Mas o noivado... Por que... Como? — pergunta Ba.

— Como contei à minha irmã, nós fomos arrastados. Não podíamos sair dele. Eu vi que Cam estava arrasado. Mas todos estavam tão decididos. Então Cam se resignou à ideia.

— Se ele estava tão resignado, vocês teriam se casado — diz minha mãe, ríspida.

— Eu falei para ele ir embora. Vocês sabem como ele se queixava? Como ele ficaria deprimido naquele país? Mesmo que ela não tivesse ido embora, ele teria partido eventualmente.

— E ele morreu.

— E isso é uma coisa que nunca vou esquecer. Mas então eu penso: quem controla a tempestade? Como pode alguém adivinhar os mares? Você não sabe que me sinto da mesma forma? Que se eu tivesse conseguido *fazer* ele me amar, isso teria sido suficiente? Mas isso é impossível. Você não pode controlar quem você ama, assim como ninguém pode controlar os mares que o tiraram de você. De mim. — Sua voz falha. — De todos nós.

Linh olha para mim.

Eu olho para Linh.

— *Không bao giờ em không nhớ* Cam.

Não se passa um dia em que eu não lembro dele.

Uma pausa tão longa que podemos ouvir o ventilador da cozinha e o relógio no fundo do salão. O ar retorna, permitindo que nos movamos. Nesse momento, estamos todos diante de um precipício.

Prendo a respiração quando a tia de Linh estende o braço, tomando a mão da minha mãe. Ela não a afasta.

— Cam se foi. — Então ela gesticula para todos. — Você não acha que ele ficaria ainda mais chateado de ver o que aconteceu com as nossas famílias no final? Nós já fomos tão próximos. Nós éramos como uma família. Nós sofríamos juntos. Nós celebrávamos juntos. Ouvir o que aconteceu todos esses anos, o que eu só descobri porque Linh me contou, é apenas errado. Essa... rivalidade.

Minha mãe ergue o queixo.

— É natural restaurantes competirem entre si.

— A nossa competição não era natural — intervém a mãe de Linh.

— O que você esperava? Sua mãe sempre foi a melhor cozinheira e foi ela quem te ensinou a cozinhar. É claro que me senti intimidada quando você entrou em cena.

Nunca em um milhão de anos achei que minha mãe admitiria que a receita dela era inferior.

— Nós não sabíamos que vocês estavam do outro lado da rua quando concordamos em comprar o restaurante de Bác Xuân. Nunca foi nossa intenção competir; foi uma forma de sustentar nossas filhas.

— Que se tornaram brilhantes — acrescenta a tia de Linh, lançando um olhar orgulhoso para Linh, que coloca uma mecha de cabelo atrás da orelha. Me distraio brevemente pelo rubor em suas bochechas. — E parece que o seu filho também se tornou admirável por causa de seu trabalho duro. — Coço a nuca enquanto Linh me dá um chutinho debaixo da mesa. — Podemos todos concordar nesse ponto.

Ela suaviza o tom.

— Mas não é cansativo estar sempre competindo? Quando é que vocês vão ter vencido?

Não sei bem se meus pais já se fizeram essa pergunta. Mas sei a resposta. Não há sentido nisso. Não há vencedores se toda essa competição tem mascarado uma guerra em nome de assuntos não relacionados ao número de clientes que entra, o número de tigelas vendidas a cada dia.

Pela forma como minha mãe se remexe na cadeira, ela provavelmente chegou à mesma conclusão. Seus olhos vão até a nossa parede. Ela talvez esteja olhando para o irmão, tendo uma conversa silenciosa com ele.

— Bác Xuân... ao vender o restaurante para vocês, sinto que ele estava tentando nos fazer perdoar um ao outro.

— Não deu nada certo — diz a mãe de Linh.

— Ele sempre foi intrometido.

— Muito intrometido.

— *Ông tò mò* — diz a tia de Linh. Ela se vira para a irmã. — Não era assim que a nossa mãe sempre o chamava?

— Meus pais o chamavam de coisa muito pior.

Espera. Minha mãe está segurando um sorriso? Não pode ser. Eu me viro para Linh, que parece estar igualmente chocada com o que está acontecendo agora.

— *Thôi, không nói nữa* — diz meu pai. Seus ossos estalam quando ele gira os ombros curvados para trás.

— *Mình làm gì được bây giờ?* — murmura o pai dela, concordando.

O que podemos fazer agora?

Nossos pais chegam a um acordo primeiro e agora depende de nossas mães.

Os casais olham para os pratos, movendo a comida, ficando sem palavras.

Dì Vàng toma um gole e estremece.

— *Chua quá, chị.* — Azedo demais.

Engulo em seco. É isso. Tudo vai descarrilhar.

Então, inacreditavelmente, um sorriso enorme aparece no rosto dela.

— Algumas coisas realmente nunca mudam.

Em vez disso, minha mãe funga de um jeito que me diz que ela não está realmente brava.

— A culpa é da sua mãe. Ela nunca quis me dar a receita dela.

Nossas famílias têm muito assunto a colocar em dia. Suas lembranças continuam, tirando Linh e eu da conversa. Mas está tudo bem, porque pelo menos as coisas foram reveladas, finalmente reveladas. Compartilhando um olhar, nós nos levantamos da mesa, e Linh e eu vamos para o lado de fora. Encontramos um ponto no meio-fio e nos sentamos — bem na frente do lugar onde compartilhamos nossas primeiras risadas.

Linh repousa a cabeça no meu ombro.

— Isso é um sonho?

Rio antes de depositar um beijo no topo da cabeça dela.

— Se é, vamos continuar dentro dele só mais um pouquinho.

— Você acha que vai ficar tudo bem?

Linh vira a cabeça para olhar nossas famílias e diz:

— Mas eles não conseguem realmente esquecer o passado. Com um igual ao deles, é muito impossível. Mas será que eles vão ser capazes de seguir em frente agora? — Seu olhar pousa sobre mim outra vez. — Eu acho que sim.

Aperto a mão dela, concordando.

50

Linh

Os Mai e os Nguyễn jamais serão os melhores amigos que costumavam ser décadas atrás. Há muita história turvando as águas que compartilhamos. Mas, pelo menos, há menos palavras não ditas. Em uma atmosfera de perdão, o Ano Novo Lunar passou com tranquilidade.

Minha mãe e a de Bảo começaram a dividir suas receitas caseiras, atualizando uma a outra com cada iguaria culinária que fazem em casa. Às vezes elas se visitam em seus respectivos restaurantes. Meu pai e o dele se dão bem; se alguém olhasse com atenção, teria a impressão de que são irmãos. Minha tia agora liga para a mãe de Bảo — queira ela ter notícias de Dì Vàng ou não. Bảo ainda está tentando descobrir isso.

Sei que tudo vai ficar bem. Porque cada visita, cada momento passado junto, cada risada compartilhada repara o que foi quebrado, como uma pincelada de gesso gentilmente rejuvenescendo algo precioso de muito tempo atrás.

Acho que chef Lê não entendeu no que estava se metendo quando convidou Bảo e eu e nossas famílias para seu restaurante. Ele se desculpou excessivamente, dizendo que pretendia fazer aquilo logo depois da revelação do meu mural, mas seu filho, Philippe, havia ficado doente e não havia tempo suficiente.

Diante de duas mulheres fortes com opiniões fortes sobre cozinha, quase espero o chef Lê derreter sob o interrogatório delas. Mas, é claro, ele teve sua própria mãe vietnamita para enfrentar ao crescer, e encara o desafio com tranquilidade. Eu diria até que elas ficam impressionadas com o fluxo de trabalho da cozinha e alguns de seus pratos — talvez até curiosas para conseguir as receitas.

No salão principal, olho para o outro lado da mesa, observando Bảo tentar se defender da insistência da mãe de que ele precisa comer mais arroz. Minha própria mãe me alerta para tomar cuidado com ossos em um dos pratos de *cá chiên* no centro da mesa, embora eu tenha comido esse tipo de peixe a vida inteira. Enquanto isso, nossos respectivos pais estão sentados uma na frente do outro em um silêncio amigável, preocupados com suas próprias tigelas de arroz.

O cabelo de Bảo ainda está levemente molhado. Ao ver o filho do chef Lê e de Saffron à sua frente, ele tenta fazer a pobre criança rir, mas Philippe está completamente entediado. De vez em quando, em seu lugar no colo do pai, ele olha confuso para a mãe em busca de ajuda. Ele apenas sorri quando Saffron murmura uma palavra de carinho em francês, depois engatinha para os braços dela.

Ali havia brincado que esse seria o jantar do século, e tenho certeza de que se eu lhe contasse para onde ia, ela provavelmente me seguiria. Ultimamente, ela anda com uma ideia ridícula de que vai escrever um romance sobre duas famílias vietnamitas rivais cujos filhos se apaixonam. Não sei como ela vai fazer isso, mas acho que Ali consegue fazer qualquer coisa quando se decide.

Debaixo da mesa, sinto Bảo apertar minha mão. Não chegamos a esconder isso das nossas famílias — nosso namoro, embora "nada de namoro até você se casar" seja uma frase comum dos nossos pais. E quando saio de casa ou faço um intervalo para visitar Bảo no restaurante da família dele, meu pai sempre diz "Ah, o *bạn* dela". O "amigo" dela.

Vamos chegar lá... como tudo o mais.

Nosso jantar finalmente termina e o riso em nossas gargantas — cortesia do humor do chef Lê — finalmente se acalma. Palitos de dente são distribuídos e há um silêncio momentâneo enquanto cada adulto limpa os dentes.

Um funcionário aparece trazendo a conta.

Um "merda" baixinho escapa da boca do chef Lê quando ele lembra *exatamente* quem está à mesa e da batalha de famílias vietnamitas para pagar a conta. Ele resmunga alguma coisa sobre checar a cozinha e sai correndo. Saffron e Philippe logo se juntam a ele.

— Deixa eu pegar isso — minha mãe diz primeiro, usando o tom que comanda os cozinheiros e garçons.

Uma centelha aparece nos olhos da mãe de Bảo.

— Ah, não, pode deixar.

— *Thôi, được rồi.* Por favor, eu cuido disso.

Quem vai vencer?

Dou um pulo quando Bảo sussurra na minha orelha esquerda:

— Vamos dar o fora daqui? Antes de elas realmente se matarem?

Faço que sim com a cabeça e saio da mesa. Tão focados na conta, nossos pais não notam nossa saída.

Lá fora, nos vemos em um beco, um ponto de encontro familiar para nós, suponho.

— Da última vez que nós nos vimos em um beco, você quase me rejeitou — diz Bảo.

— É mesmo? — Arqueio uma sobrancelha.

— Você vai me rejeitar de novo?

Sorrindo perversamente, empurro ele contra a parede e lhe dou um beijo sonoro. Caímos no riso assim que nos separamos.

— Espertinha — o sorriso continua em seu rosto. — Linh?

Suspiro, contente.

— Hmm?

— Tem tinta no seu cabelo de novo.

Eu realmente tentei ficar limpa. Dou de ombros.

— E daí? — digo, desafiando-o.

Bảo não dá nenhuma resposta. Um brilho aparece em seus olhos, e ele estende os braços para mim, me puxando para si pelos passantes dos meus jeans. Seu polegar acaricia minha bochecha, e seus olhos são suaves.

Agora nos beijamos para valer.

Agradecimentos

Tenho tantas pessoas para agradecer. Ba, sou grata por seu amor, seu conforto e seu encorajamento silenciosos. Sempre me lembrarei da sua paciência quando eu esvaziava as prateleiras na Biblioteca Pública de Cheshire — e depois quando recebia muitas multas. Mẹ, você é a pessoa mais forte que conheço e eu estaria perdida sem você. Aprendi a entender sua força e seus sacrifícios cada vez mais. Acho que meu amor por contar histórias começou com você — aquelas noites em que você me contava histórias da sua infância, apertada entre mim e Chị An depois que juntávamos nossas camas.

Ba, Mẹ, eu amo vocês, amo vocês, amo vocês. Não consigo imaginar não ser filha de vocês. Acho que nenhum dos dois já tentou me impedir de ler e escrever, e fico feliz por isso.

An, nossas vidas nos levam em trajetórias diferentes — *muito* diferentes, rs. Seu brilhantismo, sua força e seu amor me ajudaram a superar tantas coisas. Você realmente é minha irmã mais velha. Eu te amo e quero o melhor para você. Fico feliz por ser sua cunhada, Kevin, e não consigo pensar em um parceiro de vida melhor para An! Também tenho orgulho de ser tia de Calhoun.

Dan, você é um humano raro de todas as formas possíveis e eu realmente te amo.

Também gostaria de agradecer meus parentes distantes porque, quando eu era bem jovem, nós morávamos ou estávamos sempre juntos. Agora estamos espalhados pelos Estados Unidos e pelo Vietnã. Não subestimo suas dificuldades, não vistas e não ditas: Dì Chín, Anh Bé, Chị Ty, Chị Quỳnh, Anh Sơn, Chị Như, Chị Nhi, Bon Bon, Tin Tin, Gigi,

Anh Thông, Ben, Lilly, Eric, Ý Vy, Chị Huyền, Anh Thiện, Jasmine. Dì 10 Lớn, Cậu Đức, Chị By, Anh Hoàng, David, Noah, Sam e Hannah. Embora nós só tenhamos nos visto algumas vezes, quero mandar amor para a família da Costa Oeste (não nos vemos há mais de sete anos) e para minha família no Vietnã.

Jen Ung, este livro literalmente não teria existido sem você. Eu te admiro como editora e te admiro por ser minha editora. Obrigada por tolerar meus atrasos, por seus comentários enriquecedores e pelo entusiasmo. Aprendi muita coisa com você; você é querida. Jim McCarthy, você é um agente tão extraordinário, e serei sempre grata pelo apoio que você me deu desde o comecinho. Você é o melhor no ramo. Para a equipe editorial por trás de mim, muito obrigada: Mara Anastas, Liesa Abrams, Laura Eckes, Elizabeth Mims, Sara Berko, Brenna Franzitta, Mandy Veloso, Kathleen Smith, Caitlin Sweeny, Lisa Quach, Savannah Breckenridge, Nicole Russo, Lauren Carr, Jenny Lu, Lauren Hoffman, Anna Jarzab, Christina Pecorale, Victor Iannone, Emily Hutton, Michelle Leo e Stephanie Voros.

Acho que não tenho espaço suficiente para agradecer a todos que fazem parte da minha vida, e estou com medo de verdade de esquecer alguém. Por favor, não se ofenda se você não estiver aqui. Alguns devem saber do impacto que tiveram e outros talvez não (surpresa!), mas queria agradecê-los de qualquer forma porque vocês enriqueceram minha vida como pessoa, como escritora e como editora: Ali Famiglietti — não a Ali deste livro —, fico feliz por ter encontrado minha irmã de alma em você. Desde o momento em que fizemos amizade por causa de *Fringe*, naquele dia de neve em Fairfield, sabia que seríamos amigas por um longo tempo. Eric Lynch, Spencer Colpitts, and Clara de Frutos — olha só para nós! Somos tão diferentes uns dos outros e amadurecemos bastante. Eu amo vocês. Muito amor e abraços para a família Tran, Mariah Stovall (Beans!), Stephanie Jimenez (Beans!), Luigi DiMeglio, Melissa Bendixen, Lara Jones, Melanie Igelias Pérez, Wendolyne Sabrozo, Chelcee Johns, meus colegas da Atria, Fiora Elbers-Tibbitts, Sean deLone, Nick Ciani, Daniella Wexler, Rakesh Satyal, Jhanteigh Kupihea, Amar Doel, Lindsay Sagnette, Libby McGuire, Dr. Tommy Xie, Gretchen and Jeff Messer, Kelly e Stephen Barry, Rebecca Faith Heyman, Bryan Crandall, Caitlyn Cardetti, Steve Breslin e BTS (desculpem, eu precisava).

Obrigada para The Hastings — minhas "irmãs" de MFA: Ellyn Gelman, Stacey Holmes, Sam Keller, Kerry McKay, Alix Purcell, Sam Sullivan e Jessica Tumio. Serei eternamente grata ao Departamento de Inglês da Universidade de Fairfield e aos docentes do programa de MFA de Fairfield que me deram aulas na época em que estudei lá: Elizabeth Hastings, Hollis Seamon, Eugenia Kim, Al Davis, Rachel Basch, Karen Osborn, Sonya Huber, Elizabeth Hastings, Carol Ann Davis, Baron Wormser, Susan Darraj Maddaj, Michael White e Bill Patrick.

Amigos e professores de Cheshire: acho que vocês sabem quem são. Podemos não estar mais presentes nas vidas uns dos outros, mas vejo vocês e tenho orgulho de vocês. Sra. Yamamoto, você deixou o mundo enquanto eu escrevia esse manuscrito. Eu estava lembrando do dia em que visitei CHS e deixei uma cópia na sua sala — a mesma sala onde nossa turma, mesmo depois que havíamos terminado, compartilhava mais Occasional Papers e pendurava orgulhosamente nossas cartas de aceite de faculdade. Só quero te agradecer por me inspirar, por ser tão gentil com muitas, muitas, muitas pessoas.

Obrigada,
Loan

Este livro foi publicado em março de 2022 pela Editora Nacional.
Impressão pela Gráfica Impress.